집행관들

조완선
장편소설

집행관들

다선
책방

등장인물 관계도

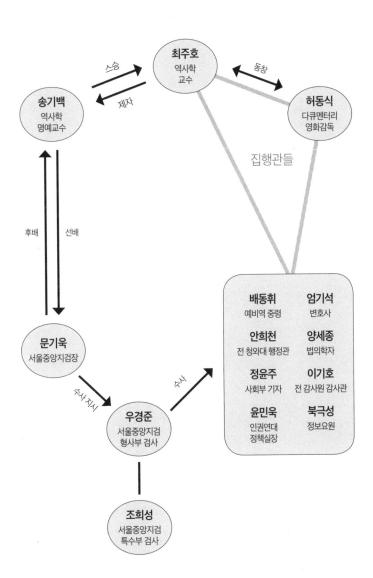

최주호
역사학
교수

스승 / 제자

송기백
역사학
명예교수

동창

허동식
다큐멘터리
영화감독

집행관들

후배 / 선배

문기욱
서울중앙지검장

수사 지시

우경준
서울중앙지검
형사부 검사

수사

배동휘
예비역 중령

엄기석
변호사

안희천
전 청와대 행정관

양세종
법의학자

정윤주
사회부 기자

이기호
전 감사원 감사관

윤민욱
인권연대
정책실장

북극성
정보요원

조희성
서울중앙지검
특수부 검사

차례

제1장

위험한 초대

1

"나…… 동식이야…… 허, 동, 식."

처음엔 그가 누구인지 잘 몰랐다. 낯설고 생소한 이름이다. 두 번이나 느려터진 쇳소리가 귓불을 흔들어도 감이 오지 않았다. 하씨는 두 명이나 돼도 허씨 성을 가진 사람은 없다. 그래도 부지런히 기억을 더듬어 올라가는데, 갑자기 목탁 깨지는 소리가 고막을 후려쳤다.

"대동고등학교 3학년 3반!"

그 소리에 정신이 번쩍 들었다. 대동고등학교는 10대의 추억이 오롯이 새겨진 터전이다. 거기서 희망을 키우고 장밋빛 미래를 꿈꿨다. 잠시 숨을 고른 후 추억의 상자 속으로 기어들어 갔다. 정겨운 얼굴들이 앞다투어 고개를 내밀고 히죽거렸다. 허동식이라고 했던가. 교실 한 바퀴를 빙 돌고 나서야 간신히 그 이름을 건져 올렸다.

"어, 그래…… 동식이…….."

최주호는 엉겁결에 그렇게 대꾸했다. 눈에 확 띄거나 비범한 개인기를 가진 아이는 아니었다. 어디서나 흔히 볼 수 있는 그저 그런 아이다. 목소리의 주인공은 헛기침을 두어 번 내뱉고는 잠깐 뜸을 들였다. 그 짧은 침묵 속에 어설픈 환청이 뒤통수를 살짝 긁어댔다. 이제 내가 누군지 알겠지? 최주호는 휴대폰을 꼭 쥐고 그의 다음 말을 기다렸다.

"여기 정문 앞 카페다. 자유지대!"

그 소리만 달랑 남기고 전화가 끊겼다. 이건 또 뭐지? 조금은 황당하고 당혹스러웠다. 난생 처음 그에게 연락 온 것도 놀라운데, 학교 앞까지 찾아와 얼른 튀어나오라고 하다니…… 전화를 끊은 뒤에도 한동안 입안이 칼칼했다.

고등학교를 졸업한 후 그를 본 적이 없다. 서로 친한 사이가 아니었으므로 그의 소식을 귀동냥으로도 듣지 못했다. 동창회를 여러 번 나가봤지만, 그가 얼굴을 내민 적은 한 번도 없었다. 허동식은 동창들 사이에서 까맣게 잊힌 이름이었다.

대체 무슨 일로 찾아온 걸까? 감이 전혀 없지는 않았다. 둘 중하나겠지, 뭣 좀 팔아먹거나 돈 몇 푼 꿔달라거나. 그것 말고는 딱히 떠오르는 게 없다. 25년 만에, 잘 알지도 못하는 동창을 찾아올 정도라면 보통 다급한 일이 아닌 듯싶다. 최주호는 강의 시간표를 확인하고 대학 연구실을 나섰다.

카페에 들어서기 전에 공연히 발걸음이 주춤거렸다. 한눈에 그를 알아볼 수 있을까? 하도 오랜 세월이 지나 좀처럼 그의 얼굴이 그려지지 않았다. 멍게처럼 도톨도톨한 여드름 말고는. 카페 문을 여는데 괜스레 눈주름이 따끔거렸다.

쓸데없는 걱정이었다. 허동식을 찾는 건 어렵지 않았다. 카페 안에는 손님이 두 명밖에 없었다. 하나는 짧은 커트 머리의 젊은 여자였고, 다른 하나는 중년기에 갓 접어든 더벅머리 남자였다.

"오랜만이다."

그가 내민 손을 마지못해 잡았다. 얼음장처럼 차가운 손이다. 여전히 그의 얼굴이 낯설었다. 그가 얼마나 변한 건지 전혀 알 길이 없다. 여드름이 박혀 있던 자리에는 주근깨가 군데군데 들어섰다.

"많이 놀랐구나."

"조금."

솔직히 그의 방문이 어색하고 부담스러웠다. 그에 대해 아는 게 별로 없기 때문에 말문이 잘 터지지 않았다.

"네가 쓴 칼럼…… 늘 주의 깊게 보고 있다."

이윽고 인사치레의 안부를 끝낸 그가 뜻밖의 소리를 툭 내던 졌다.

"고생이 많다……. 인간쓰레기들을 상대하느라……."

최주호는 적잖이 당황했다. 그의 입에서 자신의 칼럼이 나올 줄은 몰랐다. 허동식은 자신의 근황에 대해 잘 알고 있었는데, 최 근에 쓴 칼럼은 물론 연구 논문까지 줄줄이 외울 정도였다. 어느 정도 말문이 트이자, 그는 요즘 술상머리에서 단연 화제가 되고 있는 정치인을 콕 찍어 입에 올렸다. 청와대 정무수석 출신의 3선 의원, 한마디로 철면피 같은 인간이다. 나라 곳간을 죄다 빼먹고 도 끄떡없다. 요리조리 법망을 빠져나오는 데는 타고난 선수다.

"깍두기판 같은 세상이야……."

그가 요즘 돌아가는 세태를 한마디로 정리했다. 맞는 소리다. 며칠 전 민간인 불법 사찰 혐의로 재판을 받던 국정원 책임자가 집행유예로 풀려났다. 수백 억 원의 세금을 탈루한 재벌 회장은 구속 영장이 기각됐다. 기자들이 소감을 묻자 이들은 약속이나 한 듯 건방을 떨었다. 사법부의 현명한 판결을 존중한다고.

"뭔 일 있냐?"

최주호는 허리를 꼿꼿하게 세우고 목덜미를 좌우로 꺾어댔다. 이제 그만 좀 떠들고 어서 찾아온 용건을 꺼내라는 신호다.

"실은 부탁이 있어서 왔다."

허동식은 희멀건 낯짝을 탁자 앞으로 쑥 내밀었다. 그러고는 카페 안을 휘휘 두리번거렸다. 그의 두 눈에 원인 모를 경계심이 꾸역꾸역 몰려들었다. 카페 안에는 아무도 없었다. 짧은 커트 머리 여자는 카운터에서 계산을 하고 있었다.

"노창룡 자료가 좀 필요한데……."

"누구?"

"해방 전에 고등계 형사를 지낸…… 네가 지난봄에 칼럼에도 썼잖아."

이제 기억이 났다. 삼일절을 앞두고 한 신문사의 청탁을 받아 노창룡에 관한 칼럼을 쓴 적이 있다. 친일 청산의 증표로 반드시 노창룡을 잡아들여야 한다고, 그래서 치욕의 역사를 심판해야 한다고 적었다. 노창룡은 일제 강점기에 악명을 떨친 고등계 형사로, 이 땅에 생존해 있는 유일한 친일파다. 일본에 살고 있다는 소문만 무성할 뿐 그의 거주지는 알려지지 않았다.

"그 칼럼 제목이……「마지막 친일파를 위한 변명」일 거야."

허동식은 칼럼 제목까지 정확히 기억했다. 그쯤 되면 열혈 팬으로도 손색이 없다. 최주호는 노창룡의 어떤 자료가 필요한지를 물었다.

"아무거든 좋아. 친일 행각이나 해방 후의 행적도 좋고…… 하여튼 뭐든지 있으면 구해줘."

예상이 한참 빗나갔다. 정수기를 한 대 사달라거나 돈 좀 빌려달라고 통사정할 줄 알았다. 요즘은 뜸하지만 몇 년 전만 해도 사정이 딱한 동창들에게 연락이 오곤 했다. 만약 돈을 요구해 오면

맥시멈으로 30만 원을 잡았다. 여러 차례 속은 터라 그 이상은 곤란했다. 그런데 악질 친일파 자료라니, 정말 생뚱맞은 부탁이다. 그의 요구를 들어주기 전에 인터넷에서 찾아보라고 권유했다.

"인터넷에는 쓸 만한 자료가 없더라고. 넌 이 방면에 전문가잖아."

"무슨 일 때문인데?"

"작품을 구상하고 있는데…… 꼭 좀 필요해서 그래."

"소설 쓰냐?"

"그건 아니고……. 어때, 구해줄 수 있어?"

"해볼게."

차마 25년 만에 나타난 동창의 부탁을 외면할 수가 없다. 사실 그의 부탁은 그리 어려울 것 같지도 않았다.

"언제쯤이면 될까?"

"한 이틀 정도."

"그때 다시 연락하고 올게."

허동식은 이제 볼일 다 봤다는 듯 자리에서 일어났다. 카페에서 나온 후 그와 나란히 보폭을 맞추며 큰길가로 걸어갔다. 그새 하늘은 잔뜩 찌푸려 있었다. 비가 오려는지 먹구름장이 어깨동무하며 몰려들었다. 학교 앞 횡단보도에 이르자 허동식은 걸음을 멈추었다.

"넌 날 도와주리라 믿어……."

"……."

"난 널 잘 알거든."

그는 한쪽 눈을 찡긋거리고는 녹색등이 켜진 건너편 길로 총총히 사라졌다. 그가 남긴 말이 쏜살처럼 달려와 고막에 착 달라붙었다. 뭘 도와주고, 뭘 안다는 소린가!

허동식의 방문이 수상쩍었다. 카페 안에서도 그는 한 건 올리려는 장물아비처럼 내내 경계심을 풀지 않았다. 노창룡을 입에 올릴 때는 일부러 눈높이를 맞추려고 애를 썼다. 정수기를 팔아 넘기거나 돈을 빌리러 온 동창만도 못했다. 그래도 이들은 비릿한 미소도, 이상한 소리도 늘어놓지 않았다. 그의 방문에 주목했던 또 다른 이유는 헤어지기 직전에 남긴 묘한 여운이다. 넌 날도와주리라 믿어……. 그 말 속에 은밀하고 비밀스러운 거래가 느껴졌다. 별것도 아닌데 그 말이 자꾸 신경이 쓰였다.

쩜쩜하고 얼떨떨했다. 25년 만에 불쑥 찾아온 고교 동창, 유일하게 생존해 있는 친일파 자료, 그리고 암호처럼 툭 내던진 알 수 없는 말들……. 그는 정말 친일파 자료를 부탁하려고 온 걸까? 혹시 또 다른 꿍꿍이가 있는 것은 아닐까? 갑자기 바위만 한 의혹 덩어리가 머릿속으로 데굴데굴 굴러왔다.

2

어, 그래…… 동식이…….

그 소리가 기어 나오는 순간 단박에 알아봤다. 시답지 않은 이름을 찾느라 수고 많았다. 기억의 물살을 헤집고 연어처럼 거슬러 올라갔겠지. 3학년 3반에 이르러서는 교실 안을 정신없이 두리번거렸을 테고. 머리통이 빙글빙글 돌아가는 게 휴대폰을 잡은 손마디에도 느껴졌다. 생각보다 늦었지만, 그렇게라도 용케 찾아 내 다행이다.

허동식은 씁쓸한 기분을 지울 수가 없었다. 애초부터 그가 호들갑을 떨며 반기리라고는 기대하지 않았다. 그렇다고 대낮에 도깨비라도 본 것처럼 황당한 표정을 지을 줄도 몰랐다. 하긴 25년 만에 불쑥 연락했으니 그럴 만도 했다. 아마 카페 안에 사람이 여럿 있었다면, 자신을 찾아내는 것도 쉽지 않았을 것이다.

최주호는 카페에서 내내 불편해 보였다. 얼굴도 잘 모르는 얼치기 동창에게 생돈을 뜯길지도 모를 경계심마저 엿보였다. 거리감을 좁혀보려고 요즘 뭇매를 맞고 있는 정치인을 슬쩍 입에 올려봤는데, 반응이 신통치 않았다. 아직 그런 대화를 나눌 사이가 아니라는 듯 선을 그었다. 어찌 됐든 그렇게라도 안면을 텄으면 됐다. 첫 인사 치고는 무난한 편이다.

그는 TV에서 보는 것보다 실물이 더 나아 보였다. 나이가 들어서도 번뜩이는 총기는 여전했다. 고등학생 때 최주호만큼 사려 깊은 아이가 없었다. 그 깊은 생각 속에 날카로운 비판 의식이 깔려 있었다. 그 나이답지 않게 논리가 정연하고 글 쓰는 솜씨도 빼어났다. 특히 책을 가까이 해서 일찌감치 학자의 길에 들어설 줄 알았다. 허동식은 대학가를 벗어나 편의점 앞에 주차된 차에 올랐다.

"뭐래요?"

정 기자가 차 시동을 걸며 물었다. 횡단보도 앞에서 꽁꽁 얼어붙은 그의 모습이 떠올랐다. 넌 날 도와주리라 믿어…… 슬쩍 한번 찔러봤는데, 생각보다 예민하게 반응했다.

"간만 봤어."

말은 그렇게 했지만, 이미 볼 장 다 본 셈이다. 25년 만에 그를 찾아간 데는 그만한 이유가 있다. 뭐든 노력 없이 저절로 굴러들어 오는 것은 없다. 원하는 것을 얻기 위해서는 그만큼 공을 들여야 한다.

"노창룡 자료가 곧 올 거야."

"미끼로군요."

그랬다. 정 기자의 말대로 그의 심장을 낚아 올릴 미끼다. 아직 그에게는 일감을 순순히 내줄 처지가 아니다. 목숨을 내놓고 뛰어든 일인데, 아무나 마구잡이로 끌어들일 수는 없다. 그래서 미끼로 간을 본 후 그의 속내를 지켜볼 생각이다. 사실 이맘때쯤 최주호를 정식으로 초대하려고 했다. 며칠 후면 노창룡이 귀국하는 터라 타이밍도 적절했다.

오래전부터 최주호를 지켜봤다. 그의 연구 논문부터 최근 3년간의 칼럼에 이르기까지. 그러나 그의 심장이 얼마나 뜨거운지는 아직 확인하지 못했다. 칼럼만으로는 부족했다. 그의 글이 목을 축여주기는 해도 심장을 뜨겁게 달궈주지는 못했다.

짐작컨대, 그를 순순히 데려오기는 쉽지 않을 것이다. 그렇다고 무리수를 두면서까지 서두를 필요는 없다. 이제 겨우 첫 단추를 꼈을 뿐이다. 적당히 뜸을 들여야 밥맛도 좋은 법이다.

차는 서울역을 지나 시청 쪽으로 접어들었다. 허동식은 조수석 등받이에 몸을 깊이 파묻었다.

"요즘 들어 잠도 잘 오지 않아요."

정 기자가 차창 유리를 내렸다. 누구나 그랬다. 노창룡의 입국 날짜가 정해진 후부터 설렘과 흥분으로 하얀 밤을 지새웠다. 날이 밝으면 손이 닳도록 간절히 빌었다. 제발 노창룡이 온전한 몸으로 입국하게 해달라고.

"꿈이라면 섭섭하겠군."

후텁지근한 바람이 정 기자의 긴 생머리를 할퀴고 사라졌다.

"꿈이라뇨? 농담이래도 그런 소리는 하지 말아요."

정 기자가 매섭게 쏘아붙였다. 그랬다. 꿈이어서도 안 되고 꿈일 수도 없다. 지난 2년 동안 오직 한 길만 보고 뚜벅뚜벅 걸어갔다. 곁눈질할 틈도 주지 않았다. 무료한 삶을 충전시켜주는 데는 확실한 목표만 한 게 없다.

"오랜만에 귀국하니…… 잘 예우해야겠어요."

그런 걱정은 하지 않아도 됐다. 노창룡은 함부로 다루어서는 안 될 인물이다. 그의 명성에 맞게 극진히 영접할 생각이다. 공항까지 마중 나갈 입장은 아니어도 가슴속에는 늘 한 아름 꽃다발을 품고 그가 오기를 기다렸다.

광화문 광장 쪽으로 들어서려는 순간 차가 멈췄다. 빵빵, 앞뒤에서 경적 소리가 계속 울려댔다. 신호등이 세 차례나 바뀌었는데도 차는 꼼짝하지 않았다.

"무슨 일이야?"

허동식은 차 유리를 내리고 고개를 내밀었다. 게거품을 문 확성기 소리가 콧잔등을 치고 달아났다.

"집회가 있나 봐요."

광장 안에는 철거민들이 단식 농성을 벌이고 있었다. 17일째라는 숫자가 아릿하게 눈을 적셨다. 농성 천막 앞에는 '철거민의 생존권을 보장하라!'라고 적힌 현수막이 팔랑거렸다. 순간 아내의 얼굴이 스르르 떠올랐다. 아내가 살아 있다면, 저들과 함께 있지 않았을까. 동조 단식은 하지 않아도, 그들에게 따뜻한 격려의 손길을 내밀지 않았을까. 뻥 뚫린 가슴속으로 대못 하나가 슬며시 들어섰다.

"여기서 내려줘."

차는 청계광장 횡단보도 앞에서 멈췄다. 광화문대로는 뚫릴 기미가 전혀 없었다. 차라리 걸어가는 게 더 나을 것 같다. 현재 시각 3시 30분. 약속 시간이 30분이나 남았다.

"허 선배, 잠깐만."

정 기자가 허동식의 소매를 잡았다.

"내일 안 과장님을 만나기로 했는데, 함께 갈래요?"

"난 됐어."

사흘 전에 안 과장과 함께 노창룽이 머물 곳을 둘러봤다. 빈틈은 없었다. 노창룽의 만찬 장소도, 만찬이 끝난 뒤에 대절할 택시도 확인했다. 안 과장은 정보 계통에서 산전수전 다 겪은 베테랑이다. 한때는 청와대에서 행정관으로 근무하며 정보통으로 명성을 날렸다. 하나를 알려주면 열을 해낼 사람이다.

"노창룽이 귀국하면 다시 연락하자고."

허동식은 차에서 내려 독립문 쪽으로 터벅터벅 걸어갔다. 마수걸이 판은 잘 짜여졌다. 그 판 위에 먹잇감을 올려놓고 맛나게 요리할 일만 남았다. B팀도 노창룽의 귀국에 맞춰 분주히 발품을 팔고 다녔다. 공항은 물론 노창룽이 묵을 호텔에서도 두 눈 시퍼렇게 뜨고 대기했다. 이쯤이면 VIP급 환영과도 견줄 만했다.

또 하나, 그를 맞이할 비장의 카드가 남았다. 마지막 가는 길에,

애국지사를 요절내던 손맛을 그대로 돌려주고 싶다. 그런 생각만으로도 온몸이 부르르 떨렸다. 천수(天壽)는 아무나 누리는 게 아니다.

3

오늘따라 글이 잘 써지지 않는다.

꼭두새벽부터 기어 나와 연구실에 죽치고 있지만, 도통 진도가 나가질 않았다. 글 쓰는 데도 때가 있기 마련이다. 컴퓨터 키보드에 불똥이 튀듯 거침없이 써 내려가는 날이 있는가 하면, 밤을 꼬박 새워도 단 한 칸도 메우지 못하는 날도 있다.

최주호는 의자 등받이를 젖히고 길게 기지개를 켰다. 눈길은 여전히 모니터 화면에 머물렀다.

'과연 누구를 위한 사면인가.'

정부는 광복절을 앞두고 또 한 차례 대규모 사면 복권을 예고했다. 언론은 누가 사면 대상자가 될 것인지 예상 명단을 고르느라 정신이 없었다. 그중에는 악덕 재벌 총수는 물론 파렴치한 정치인도 다수 포함되어 있다. 그걸 뻔히 알면서도 가만히 있을 수가 없었다. 그래서 이번 칼럼에는 통치권자의 사면권에 대해 다뤄볼 작정이다. 사면이라는 게 알고 보면 죽 쒀서 개 주는 꼴이다. 그때 연구실 전화벨이 요란하게 울렸다.

"수위실에 웬 꼬마가 찾아왔다는데요."

김 조교가 수화기를 들고 뒤를 돌아보았다.

"꼬마?"

"예, 연구실로 올라오라고 할까요?"

"아니야. 내가 내려가지."

그렇지 않아도 바람도 쏘일 겸해서 매점에 가려던 참이었다. 하루 종일 연구실에만 처박혀 있으니 온몸이 근질거렸다. 인문대 수위실로 다가서자, 한 아이가 쪽문 밖으로 고개를 빠끔 내밀었다.

"아저씨가 최주호 교수님이에요?"

히죽히죽 웃는 아이의 얼굴에 불량기가 배어 나왔다.

"그래. 무슨 일로 날 찾아왔지?"

아이는 수위실을 나오며 손바닥을 활짝 펼쳤다.

"이게 뭐냐?"

"심부름 값부터 줘야죠."

맹랑한 아이다. 아이의 다른 손은 서류 봉투를 꼭 쥐고 있다. 누군가 그 봉투를 전해주라고 시킨 모양이다. 지갑에서 오천 원짜리 지폐를 꺼냈다. 아이는 가는 실눈을 뜨고 못마땅한 듯이 째려보았다.

"에이, 쫀쫀하게 오천 원이 뭐예요."

"오천 원이 적어?"

"그 아저씬 이만 원 줬단 말이에요."

아이는 호주머니에서 만 원짜리 두 장을 꺼내 살랑살랑 흔들었다.

"싫으면 관둬라."

지갑에 돈을 넣는 시늉을 하자, 아이가 재빨리 돈을 낚아챘다.

"됐어요. 쫀쫀한 아저씨."

아이는 싱겁게 거래를 끝내고는 인문대 계단을 내려갔다. 아이가 주고 간 봉투를 열었다. 그 안에는 신문에서 오린 칼럼이 들어 있었다. 「감시자로서의 국민의 역할」…… 낯익은 제목이 꿈틀거렸다.

국가가 존재하는 한 비리와 부패는 늘 우리 주위에 독버섯처럼 자라왔다. 이 지구촌에 비리와 부패가 없는 나라는 없다. 그러나 부패 공직자를 응징하고 처단하는 방법은 나라마다 다르다. 아마 우리나라만큼 그들에게 국민 화합이라는 이름으로 면죄부를 준 나라는 없을 것이다. 이제 깨어 있는 시민들이 나서야 할 차례다. 살아 있는 권력 앞에서 한없이 작아지는 사법기관에 더 이상 맡길 수는 없다. 대안이 없다고 고민하기 전에, 철저한 감시자가 되고 집행자가 되어야 한다. 그것이 민주 시민으로서의 직무다.

청와대 비서관이 뇌물 수수 혐의로 구속되었을 때 쓴 칼럼이다. 그가 제대로 형기를 마치는지 두 눈 부릅뜨고 감시하자는 게 주요 골자다. 최주호는 매점에 가려다 말고 곧장 연구실로 올라왔다.
"누구예요?"
"처음 보는 아이야."
김 조교는 봉투 안의 내용물을 확인하더니 고개를 갸웃거렸다.
"이건 교수님이 쓴 칼럼이잖아요……. 누가 보낸 거죠?"
예사롭지 않은 일이다. 굳이 이런 수고를 들이면서까지 칼럼을 되돌려 줄 필요가 있을까? 지금까지 익명의 전화를 받은 적은 있어도 칼럼을 직접 돌려받기는 처음이다. 기분이 썩 좋지는 않았다. 그건 묵언의 시위, 소리 없는 질책이었다. 글만 뻔지르르하게 적어놓고 감시자 역할을 제대로 하지 못한 자신을 모질게 추궁하는 것이다. 그때 호주머니 안에서 휴대폰 진동음이 옆구리를 흔들었다. 액정 화면에는 낯선 번호가 찍혀 나왔다.

"나다."

허동식이다. 그러고 보니 그의 전화번호를 휴대폰에 저장하지 않았다.

"어제 미처 말하지 못한 게 있어서……."

하마터면 그의 부탁을 그냥 지나칠 뻔했다. 칼럼 쓰는 데 집중하느라 노창룡을 까맣게 잊었다. 그의 수상한 방문도 잠시 수면 아래로 가라앉았다.

"노창룡이 사용하던 고문 자료도 부탁한다."

"고문 자료?"

"그래. 물고문이나 전기고문 같은 거 있잖아."

그의 휴대폰에서 새 울음소리가 계속 들려왔다. 그가 전화하는 곳은 산속 같았다. 새 울음소리에 나뭇가지가 흔들리는 소리도 간간히 섞여 있다.

"구할 수 있겠어?"

"해볼게."

"당분간 너희 학교에 못 갈 것 같아……. 문자로 주소를 찍어줄 테니 우편으로 보내줘."

"……"

"바쁜 일이 생겨서 그래."

"잠깐!"

최주호는 전화를 끊으려는 그를 붙들었다.

"하나만 물어보자, 왜 이런 자료가 필요한 거야?"

"너도 곧 알게 돼……."

그 소리와 함께 전화가 끊겼다. 통화 매너가 젬병이다. 학교 앞에서 헤어질 때도 요상한 소리로 혼을 쏙 빼놓더니, 하여튼 여러 가지로 마음에 들지 않았다. 잠시 후 휴대폰 안으로 그의 주소가 스르르 기어들어 왔다.

"김 조교! 나 좀 도와줘."

지금 한가하게 그의 부탁을 들어줄 처지가 아니다. 칼럼 쓰는 일보다 더 급한 게 없다. 한 차장은 벌써 두 번이나 전화를 걸어와 칼럼을 언제 넘길 거냐고 재촉했다.

"노창룡 자료요?"

"그래. 그의 약력과 친일 행각, 해방 후의 행적도 좀 필요하고……. 하여튼 되는 대로 찾아줘."

화장실에서 얼굴을 닦고 돌아와 다시 모니터 앞에 앉았다. 머릿속에는 할 말이 산더미처럼 쌓여 있는데 좀처럼 문장이 만들어지지 않았다. 일단 칼럼 초안을 잡는 데 집중했다.

특별사면 하면 가장 먼저 떠오르는 게 무엇일까? 정치·경제권 인사들이 죗값을 다 치르기 전에 사회로 복귀시켜주는 것이다. 이번 광복절에도 어김없이 특별사면이 예고되어 있다. 권력형 부정부패를 저질렀던 정치인도, 민생을 혼란에 빠뜨렸던 기업인도 다수 포함되어 있다. 이들의 면면을 살펴보니 그야말로 비리 백화점,

부정부패의 집합소를 그대로 옮겨놓은 듯하다.

칼럼을 쓰기 시작한 지 꽤 오래됐다. 그런데 매번 활자화된 글을 볼 때마다 마음 한 구석이 허전했다. 과연 이깟 글이 무슨 역할을 할 것인가. 제아무리 공을 들이고 문장을 다듬어도 마음 가는 대로 따라준 적이 없다. 글과 현실이 따로 놀았다. 칼럼은 그저 희망사항일 뿐이고 공연한 넋두리에 불과했다. 그래서인지 어느 때는 칼럼을 쓰는 건지 소원수리를 쓰는 건지 헷갈릴 때도 있다.

최주호는 칼럼을 쓰다 말고 메일함을 열었다. 오늘도 아내의 메일은 없었다. 딸아이의 메일도 없다. 올 들어 딸아이의 메일이 확 줄어들었다. 2년 전만 해도 일주일에 두세 번은 메일이 왔다. 아빠, 사랑해…… 메일 마무리에 어김없이 따라붙는 그 말이 보양식보다 더 큰 힘이 됐다. 그런데 요즘에는 한 달에 한 번도 보기 힘들다. 아내와 딸아이를 미국에 보낸 지 2년이 넘었다. 앞으로 2년을 더 외기러기 신세로 지낼 생각을 하니 눈앞이 캄캄했다.

메일함을 닫고 다시 칼럼 초안으로 돌아왔다. 칼럼을 보낸 자는 누굴까? 낮에 꼬마가 주고 간 칼럼이 자꾸 신경 쓰였다. 위정자를 감시해야 할 칼럼니스트가 되레 익명의 독자로부터 감시를 당하는 기분이다. 최주호는 마음을 가다듬고 다시 키보드를 두드려나갔다.

언제나 그랬듯이 법은 이들에게 관대하다. 이번에도 자비와 관용을 베풀어 바겐세일 하듯 대방출하려고 한다. 반성과 죄의식이 없는 사면은 국민 화합이 아니라 오히려 국민 분열을 초래할 수 있다. 이 사회의 정의가 뿌리째 흔들릴 수도 있다. 사면을 논하기 이전에 국민의 눈높이가 어디에 머무르고 있는지, 법이 누구를 위해 존재하는지를 먼저 성찰해야 한다. 특권 세력에게만 은사권의 혜택을 부여한다면, 과연 어느 누가 법에 신뢰를 보내고 판결 결과에 승복하겠는가.

4

날이 저물면서 찜통더위는 한풀 꺾였다.

안 과장은 손수건을 꺼내 목덜미를 훔쳤다. 땀이 목 줄기를 타고 내려와 쇄골까지 스며들었다. 원래 땀이 잘 나지 않는 체질이었다. 50줄에 들어서니 몸이 예전 같지가 않다. 손수건에서 짜낸 땀이 한 주먹이나 됐다.

"저기 대리석 건물 보이지?"

안 과장은 아래턱으로 도로 맞은편의 3층 건물을 가리켰다. 정 기자의 시선이 그곳을 빠르게 따라잡았다. 대리석으로 쌓아 올린 3층 건물은 붉은 노을 속에 푹 잠겨 있었다. 노창룽의 만찬 행사가 열릴 곳이다. 노창룽의 입국은 철저히 비밀에 부쳐졌다. 겉으로는 '아시아의 평화를 위한 밤' 행사로 마련됐다. 행사에 참석하는 초청 인사들도 그의 입국을 알지 못했다. 노창룽의 등장은 만찬 행사의 깜짝 이벤트였다.

"하여튼 제삿날도 기막히게 잡았어."

안 과장은 손수건을 털어낸 후 뒷주머니에 찔러 넣었다.

"노창룡이…… 아흔둘인가요?"

"아흔넷!"

안 과장이 빠르게 그의 나이를 바로잡았다. 가만 놔두었다가는 백 살도 거뜬히 채울 기세다. 노창룡의 사주팔자가 궁금했다. 아흔네 살을 사는 것도 쉽지 않을 텐데 마지막 가는 길에도 만찬이 예정되어 있다니, 보통 인간으로서는 감히 상상도 할 수 없는 팔자다. 허 감독도 애써 그걸 강조했다. 절대 천수를 누리게 해서는 안 된다고.

"저기로 나오나 보죠?"

정 기자가 만찬장 건물 입구를 가리켰다. 안 과장은 고개를 끄떡였다. 만찬이 끝나자마자 1차 플랜이 가동될 예정이다. 벌써 다섯 차례나 예행연습을 마쳤다. 만약을 위해 일반택시 두 대와 모범택시 한 대도 갖췄다. 이들이 행사장에 불러들일 출장 뷔페 주문처도 확인했다. 만찬 시간은 오후 6시에서 10시까지다. 만찬이 끝나면 노창룡은 그가 묵고 있는 호텔로 향할 것이다. 택시를 타든지, 행사 주최측이 제공한 차를 이용하든지 둘 중 하나다.

안 과장은 전자에 무게를 두었다. 누군가 내기를 걸어오면, 거기에 올인할 생각이다. 노창룡은 다른 사람의 차에 타는 것을 싫어했다. 의심이 많은 자는 상대의 호의도 경계하는 법이다. 그건 B팀에서 알려준 정보였다. B팀은 노창룡의 입국 후의 일정에 대해서도 손바닥 들여다보듯 훤히 꿰차고 있었다.

"택시를 이용하지 않으면 어쩌죠?"

빤한 질문이다. 안 과장은 정 기자를 힐끔 쳐다봤다. 잘 알면서도 그냥 해보는 소리일까, 아니면 정말 몰라서 묻는 걸까? 돌담 별채 안에서 서로 머리를 맞대고 시나리오를 짠 게 열흘 전이다. 빈틈없이 챙기라는 소리겠지, 돌다리도 두들겨보고 건너라는 주문으로 받아들였다.

"염려 놔. 그땐 2차 플랜이 가동될 테니깐."

고국에 발을 들여놓은 이상 노창룽이 빠져나갈 틈은 없다. 지뢰밭은 한두 곳이 아니다. 여러 경우의 수를 대비해 돌발 상황에도 만전을 기했다.

"CCTV가 여럿 보여요."

오늘따라 정 기자가 자꾸 토를 달았다. 실전을 앞두고 다소 긴장하는 눈치다.

"그깟 허수아비, 백 대가 있으면 뭣 하누."

안 과장은 CCTV쯤은 대수롭지 않다는 듯 실실 웃었다. CCTV의 위치는 물론 사각지대까지 면밀히 체크했다. 이래 봬도 정보 계통에서 20년을 굴러먹은 몸이다. 범죄백서만 해도 수십 권을 독파했다. 노창룽의 만찬장을 파악한 후 감시 카메라의 위치부터 확인했다. CCTV만큼 확실한 증거물도 없다. 범행의 흔적은 수사의 단서를 제공하고 범죄자를 끝까지 괴롭히는 원인이 된다. 자신의 범죄를 외부에 노출시키는 것만큼 어리석은 일은 없다.

"허 감독은 어떻게 됐어? 어제 최 교수를 만나지 않았나?"

"간만 봤대요."

"그게 무슨 소리야?"

"아직 다 털어놓지 않았나 봐요."

"그렇겠지……. 그 친구는 우리와 다르잖아."

안 과장은 최 교수를 끌어들이기가 만만치 않을 것으로 내다봤

다. 글로만 삔지르르하게 늘어놓는 것과 직접 실천으로 옮기는 일
은 달랐다. 그의 칼럼이 심장만큼 뜨거운지는 좀 더 두고 볼 일이
다. 앞으로 최 교수의 운명은 허 감독에게 달려 있다고 해도 과언
이 아니다. 늘 그랬듯이 운명이란 예고 없이 다가오기 마련이다.

문득 허 감독을 처음 만난 날이 떠올랐다. 기밀 문건 유출 혐의
로 청와대에서 쫓겨나던 그해 가을이었다. 당시 안 과장은 청와
대 수석 비서관의 친인척을 관리하는 일을 맡고 있었다. 그들이
직위를 이용해 비리를 저지르지 않는지 감시하는 자리였다. 그런
데 청와대에 파견 근무를 나온 지 반 년 만에 옷을 벗었다. 비서
관의 친인척 비리 문건을 외부에 유출한 혐의였다. 청와대 출입
기자와의 술자리에서 그 문건을 기자에게 흘린 게 화근이었다.
이틀 후 기밀 문건 내용이 신문에 대문짝만하게 실렸다. 어안이
벙벙했다. 오프더레코드를 약속한 기자의 말에 깜빡 속고 말았
다. 이 문건은 엄청난 파장을 불러 일으켰다. 청와대의 검은 속살
이 세상 밖으로 훤히 드러났다. 시간이 지나면서 이번 사건이 엉
뚱한 방향으로 흘러갔다. 비서관의 친인척 비리 사건이 기밀 문
건 유출 사건으로 둔갑해 버렸다. 그들의 비리는 묻히고 문건 유
출만 드러났다. 언론은 이 사건을 공직자의 부도덕한 행위로 규
정짓고 자신을 집중 공격했다. 개떼처럼 달려들어 머리에서 발끝
까지 물어뜯었다. 결국 청와대에서 쫓겨나고 20년 가까이 몸담
았던 경찰직에서도 파면됐다. 국가는 팔다리는 물론 몸통까지 삭
둑 잘랐다. 억장이 무너져 내렸다. 한 순간에 모든 걸 잃었다. 어
디 한 군데 하소연할 곳도, 마음 줄 곳도 없었다. 그렇게 술에 절
어 하루하루를 보내고 있을 때 40대 초반의 더벅머리 사내가 집

을 찾아왔다. 허 감독이었다.

"저와 함께 일해 보지 않겠습니까?"

위험하고 은밀한 제안이었다. 그의 제안은 너무도 섬뜩해서, 감히 상상조차 할 수 없었다. 안 과장은 선뜻 답을 주지 못했다. 쉽게 결정을 내릴 수 있는 일이 아니었다. 자칫 폐가망신 당할 수도, 목숨을 잃을 수도 있다. 그러나 밤마다 끓어오르는 분노를, 분노를 삭인 뒤에 어김없이 찾아오는 참담함을 숨길 수가 없었다. 허 감독의 제안을 수락하기까지 꼭 보름이 걸렸다. 무엇보다 허 감독의 맑고 총총한 눈빛이 마음에 들었다. 거짓이 없는, 진솔하고 담백한 눈빛이었다. 허 감독과는 그렇게 인연을 맺었다. 그런 인연이 운명으로 바뀌는 데는 오랜 시간이 걸리지 않았다.

"배 중령님에겐 소식 없어요?"

노창룡을 구워삶을 장소를 찾았냐는 소리다. 일주일 전부터 배 중령은 명당자리를 찾으려고 사방팔방을 뛰어다녔다. 마수걸이 첫 판인데, 아무 데나 정할 수 없다면서 부지런히 발품을 팔았다.

"거의 다 된 것 같아……."

어젯밤 늦게 배 중령과 통화를 했다. 어떻게 돼가고 있느냐는 물음에 그는 짧게 대답했다. 이보다 더 좋을 순 없다고.

5

"이 정도면 되겠어요?"

김 조교가 스무 장 분량의 복사본을 내밀었다. 단행본을 복사한 문서와 인터넷에서 뽑은 출력물이다. 여기에는 노창룡의 친일 행각, 해방 후의 활동 등이 자세히 나와 있었다. 먼저 노창룡의 약력부터 살폈다.

경상북도 울산 출신. 농잠학교를 나와 울산에서 17세까지 일본인 상점에서 고용인으로 일했다. 1938년 경남 순사교습소를 졸업했고, 다음 해 경찰부 보안과 근무를 시작으로 친일 부역의 이력을 쌓기 시작했다. 1944년에는 독립운동가를 검거한 공로를 인정받아 일제로부터 훈장을 받았다. 해방 후 미군정 하에서는 수도청 수사과에 근무했다. 1948년 반민특위의 처벌 대상에 올랐으나 무사히 풀려나온 후 반민특위 위원들을 협박하는 등 특위 해체 활동에 적극 가담했다. 한국전쟁 당시에는 충북 영동의 경찰서장을 맡아 좌익사범을 검거했으며, 자유당 정권 시절에는 서울시경 보안과장을 지냈다. 1960년 4·19 혁명이 일어나자 모든 공직에서 물러났으나 이듬해 5·16 군사 쿠데타 이후 다시 공직에 복귀했다. 유신 초기까지 중앙정보부에서 대공수사 업무를 맡았다.

해방 전에서 4·19 직후, 유신 초기까지가 노창룡의 주요 활동 시기였다. 그의 친일 행각은 A4 용지 열 장에 이르렀다. 친일 경력이 불과 4년인 데 비하면 엄청난 분량이다. 특히 고등계 형사 재직 중에는 혹독한 고문으로 악명을 떨쳤다.

"고문뿐만이 아닙니다. 조작에도 일가견이 있었더군요."

노창룡은 일제로부터 충성심을 확인받으려고 여러 가공의 사건을 조작했다. 이런 조작 뒤에는 어김없이 가혹한 고문이 뒤따랐다. 고등계 형사들에게 고문은 총칼보다 더 무서운 무기였다. 노창룡을 비롯한 고등계 형사들은 대부분 출세형의 친일파다. 이들은 학력이 낮고 밑바닥에서부터 승진하느라 일본 경찰간부의 비위를 잘 맞췄다. 해방 후 이들이 살아남을 수 있었던 것도 그들의 경력과 무관하지 않다. 조작의 기술을 통해 생존의 요령을 터득했던 것이다.

"최근 자료를 찾아보니까…… 교토로 거주지를 옮긴 것 같은데요."

노창룡은 1997년 국민의 정부가 출범하자 미국으로 도피했다. 민족문제연구소에서 친일인명사전 발간을 준비하고 있다는 소식이 한창 이슈가 될 때였다. 3년 후 노창룡은 미국에서 비밀리에 일본으로 건너왔다. 이때부터 노창룡에 관한 소식이 국내에 떠돌기 시작했다. 오사카에서 그를 직접 봤다는 소리도 간간히 흘러나왔다. 2000년대 초반에는 광복회 회원들이 노창룡을 잡기 위해 직접 오사카로 건너간 적도 있었다. 그러나 노창룡을 검거하는 데는 실패했다. 이를 두고 고국의 정보원이 노창룡의 뒤를 봐주고 있다는 소문이 끊이지 않았다.

예나 지금이나 노창룡의 존재는 각별했다. 그럴 수밖에 없었다. 노창룡은 친일인명사전에 등재된 민족반역자 중에 유일한 생존자이기 때문이다.

"수고했어."

칼럼은 겨우 마감 시간에 맞춰 이메일로 보냈다. 세 번이나 고쳐 써도 마음에 들지 않았다. 알고 보면 시사 칼럼이라는 게 사골 곰탕과 엇비슷했다. 소금과 후추로 간을 맞추고 빤한 내용으로 재탕 삼탕 우려먹었다. 권력자를 적당히 꾸짖고 국민의 간지러운 데를 살살 긁어주면 됐다. 적당한 시빗거리를 만들어 여론을 떠보는 것도 칼럼니스트의 몫이다.

칼럼을 보낸 후 김 조교가 가져온 자료를 챙겼다. 이 자료에는 노창룡이 검거한 애국지사들의 명단도 수록되어 있었다. 스무 명 가량의 독립 운동가가 그의 손에 잡혀 곤욕을 치렀다. 고문 도중에 목숨을 잃은 사람도 세 명이나 됐다. 참담한 시절이었다. 해방 직전 노창룡은 울산을 무대로, 임시정부와 고국을 이어주는 연락책을 검거하는 데 주력했다.

'고문 자료도 부탁한다……'

뒤늦게 허동식의 부탁이 떠올랐다. 다시 한번 김 조교가 가져온 자료를 챙겨 봤다. 적지 않은 분량에도 고문 자료는 별로 없었다. 서너 개가 눈에 띄긴 했는데, 그것도 아주 적은 분량이다. 그냥 이대로 보낼까, 잠시 망설였다. 김 조교는 대학원 강의에 들어가 자리에 없었다. 아무래도 이 자료로는 부족해 보였다. 허동식이 따로 부탁했기 때문에 더욱 신경이 쓰였다. 최주호는 연구실을 나와 대학 도서관으로 향했다.

생각보다 고문 자료를 찾기가 쉽지 않았다. 일제 강점기의 고문 자료는 여기저기 흩어져 있었다. 고문 종류만 따로 정리되지 않아 분문 속에서 일일이 찾아야 했다. 도서관에서 관련 도서를 열람하는 데만 해도 제법 시간이 걸렸다. 한두 시간이면 충분할 줄 알았는데 도서관이 문 닫을 때까지 마땅한 자료를 찾지 못했다. 결국 시간에 쫓겨 관련 서적을 대출하고 도서관을 나왔다.

도서관에서 대출한 책은 『일제 강점기 고문 잔혹사』다. 이 책에는 고등계 형사들이 애국지사를 어떻게 고문했는지 적나라하게 기록되어 있다. 물 먹이기, 손가락 비틀기, 학춤 추이기, 등나무 감기기……. 반민특위 재판에 기록된 고문 피해자의 증언은 엽기 영화를 보는 것처럼 으스스했다.

곤봉, 죽봉, 죽검 등으로 온몸을 난타하고 2~3일간 굶기거나 잠을 재우지 않았다. 뜨거운 화로를 머리 위에 들게 하고 두레박줄에 묶어 깊은 우물 속에 몸을 처박았다. 한겨울에는 강가의 얼음을 깬 후 온몸을 밧줄로 결박해 물속으로 밀어 넣었다. 물속에서 나온 후에는 머리 위로 빙수를 붓고 나무 위에 거꾸로 매달았다. 고문 도중에 실신을 하면 온몸을 장작불로 지져서 정신을 차리게 했다.

밤늦게까지 연구실에 틀어박혀 노창룡의 자료를 주제별로 한데 모았다. 고문 자료는 중요 부분을 복사해 쉽게 알아볼 수 있도록 붉은 밑줄을 그었다. 노창룡의 친일 행각은 연도별로 나눠 하나의 자료철로 묶었다. 그렇게 모아놓고 보니 대략 A4 용지로 30장 정도의 분량이 됐다. 이 정도면 허동식이 원하는 자료로서 손색이 없어 보였다. 다음 날 아침 연구실에 도착해서는 빠진 게 없는지 다시 한번 확인했다.

'강서구 화곡동 16-593.'

점심시간에 맞춰 교내 우체국에서 빠른 등기로 부쳤다. 노창룡의 자료를 찾고 정리하고 부치는 데 꼬박 하루가 걸린 셈이다. 일을 다 처리하고 나니 담뱃갑만 한 우체국 영수증만 남았다.

6

차는 구불구불한 산길을 달렸다. 야트막한 능선을 넘은 뒤부터 폐가조차 보이지 않았다. 인적은 뚝 끊기고 새 울음소리만이 간간히 흘러나왔다.

배 중령은 큰길을 놔두고 일부러 좁은 길로 들어섰다. 좁은 길 외에도 CCTV가 없는 길만 골랐다. 안 과장의 특별 주의 사항이다. 오랜 경험과 학습이 그렇게 지시를 내렸다. 꼬리는커녕 그림자도 남기지 말라고.

"아직 멀었어?"

조수석에 앉은 안 과장이 물었다.

"조금만 더 들어가면 돼."

"얼른 보고 싶군. 히힛."

차에 오를 때부터 안 과장의 입에서 콧노래가 흘러나왔다. 얼굴엔 복사꽃이 활짝 피었다. 요즘 들어 안 과장의 말수도 부쩍 늘어났다. 2년 가까이 그를 지켜봤지만, 지금처럼 활기찬 모습을 본 적이 없다. 하긴 얼마나 목이 빠지게 기다리던 날인가.

사실 첫 집행 대상자로 노창룡이 낙점되리라고는 아무도 예상하지 못했다. 지난봄까지만 해도 전직 청와대 민정 수석과 군 장성 출신의 재선 국회의원을 두고 장고에 들어갔다. 기왕이면 거물급을 첫 제물로 삼으려고 했다. 그건 누구나 같은 생각이다. 잔챙이를 건드려봐야 언론의 주목도 받지 못했다. 이 둘을 놓고 3차 집행 회의가 이어질 즈음, 뜻밖의 낭보가 B팀의 정보망에 걸려들었다. 노창룡이 올여름에 입국한다는 것이다.

애초의 계획을 전면 수정했다. 민정 수석과 재선 의원은 저만치 뒤로 물러났다. 4차 집행 회의에서 첫 번째 집행 대상자로 노창룡을 만장일치로 통과시켰다. 어느 누구도 토를 달지 않았다. 목숨이 붙어 있는 유일한 친일파…… 마수걸이 상대로 그만한 인물을 찾는 것도 쉬운 일이 아니다. 그야말로 저절로 굴러 들어온 떡이다. 허 감독은 이를 두고 하늘이 내린 계시라고 추켜세웠다.

"다 왔어."

잡초가 우거진 마당 한 가운데 차가 멈췄다. 차에서 내리자 실바람이 먼저 그들을 맞이했다. 뒤이어 날벌레들이 우르르 마중을 나왔다.

폐가에는 고요한 적막이 흘렀다. 창호지가 찢겨나간 창틀, 깨진 장독대, 강아지풀들로 덮인 낡은 기와……. 앞마당에는 제멋대로 뻗은 잡초들이 뒤엉켜 있었다. 사람의 손길이라고는 전혀 없었다. 날짐승의 숨결마저 끊겼다.

"오호, 역시!"

안 과장이 주위를 둘러보며 탄성을 질렀다. 이곳에서는 암만 지랄 염병을 떨어도 모를 것 같았다.

"여기가 어딘 줄 알아?"

배 중령의 입 꼬리가 살짝 올라갔다.

"독립운동가의 후손이 살던 곳이야……."

"제대로 골랐군!"

"첫 작품인데 아무 데나 멍석을 깔 수는 없지."

이는 허 감독의 특별 주문이다. 허 감독은 노창룡을 보낼 장소가 색다른 곳이기를 바랐다. 받은 만큼 돌려주자는 소리에서 힌트를 얻었다. 특별한 사람에게는 특별하게 대우하자는 뜻이다. 즉시 국가보훈처로 달려가 독립유공자 후손의 명단을 입수했다. 여길 찾는 데 꼬박 일주일이 걸렸다. 배 중령 부하들의 도움이 컸다.

"하여튼 억세게 팔자가 좋은 인간이야. 제삿날을 앞두고 만찬도 즐기고 묏자리도 봐주고……."

안 과장이 또 노창룡의 사주팔자 타령을 늘어놓았다.

"그놈은 언제 데려올 거야?"

"내일 귀국이야. 사흘 남았어."

공항에서 투숙 호텔까지는 B팀에서 맡기로 했다. 만찬 행사장에 도착한 후부터는 A팀의 몫이다.

"배달사고 나지 않게 잘 좀 부쳐줘."

"염려 마. 극진하게 잘 모셔 갈 테니."

배 중령은 비시시 웃었다. 안 과장과는 여러모로 닮은 데가 많았다. 국가의 녹을 먹다가 옷을 벗었고, 내부 고발자라는 낙인이 찍혔다. 깊은 좌절에 빠져 있을 때 허 감독이 찾아온 것까지 꼭 닮았다. 전생에 보통의 인연이 아니고서는 있을 수 없는 일이다. 그래서인지 안 과장과는 말이 잘 통했다. 하나를 말하면 둘 이상은 금방 알아들었다. 배 중령은 폐가 마루에 걸터앉았다.

허 감독이 없었으면 그 악몽의 세월을 어떻게 보냈을까? 아마 폐인으로 하얀 밤을 지새웠을 것이다. 노숙자들과 술 한잔 기울이며 밤마다 승냥이처럼 울부짖지 않았을까. 그때만 떠올리면 지금도 온몸이 부들부들 떨렸다.

내부 고발자의 최후는 참담했다. 양심 선언에 나서기까지 명분은 뚜렷했다. 국민의 혈세가 새나가는 것을 막으려고 했다. 사욕이 없었다. 떡고물은 눈에 들어오지도 않았다. 국가의 기강을 바로잡고자 하는 일이라 나름 자부심도 있었다. 그런데 되레 군부의 기강을 문란케 하는 죄인으로 낙인찍히고 말았다. 어느 누구도 자신의 말에 귀를 기울여 주지 않았다. 어디를 가도 사람 취급을 받지 못했다. 사방이 온통 벽이었다. 그렇게 막장의 어둠에 갇혀 있을 때, 허 감독이 손을 내밀었다. 그의 손에 한 줄기 빛이 보였다. 군복을 벗고 난 후 처음 보는 빛 줄기였다.

"의미 있는 일을 함께 해보고 싶습니다."

그 한마디에, 허 감독의 속내를 단박에 꿰뚫었다. 세상을 한번 갈아엎자는 소리로 들렸다. 허 감독은 시간을 줄 테니 잘 생각해 보라고 권유했지만, 배 중령은 그 자리에서 흔쾌히 수락했다. 솔직히 어렵지 않은 결정이었다. 머리를 굴릴 이유도, 구구절절 설명할 필요도 없었다. 너무도 쉽게 결정을 내린 탓인지 허 감독은 얼떨떨한 표정을 지었다. 그가 콕 짚어 자신을 지목했다면 마다할 이유가 없었다. 오히려 많은 사람 중에 자신을 선택해 준 게 고마울 따름이었다. 그렇지 않아도 군복을 벗은 후 무슨 일이든 해야겠다고 단단히 벼르던 참이었다. 지금까지 단 한 번도 그때의 결정을 후회한 적이 없다. 허 감독이 다시 그런 제안을 해와도 그의 손을 덥석 잡았을 것이다. 모처럼 사람 냄새가 나는 손이었다.

"이리 와봐. 보여줄 게 있어."

배 중령은 폐가 문 쪽에 붙어 있는 헛간으로 다가갔다. 헛간 안에는 가죽 끈과 물주전자, 긴 막대로 만든 형틀이 가지런히 놓여 있었다.

"이게 뭐야?"

"노창룡이 젊었을 때 늘 곁에 두고 있던 물건이지. 이걸 보면 감회가 남다를 거야."

일제 강점기 고등계 형사들이 즐겨 사용하던 고문 도구다.

"받은 만큼 돌려주자는 건가?"

배 중령은 고개를 흔들었다. 받은 만큼이 아니라 거기에 두세 배를 보태고 싶었다.

노창룡의 집행 방법을 두고 한참을 고민했다. 그놈을 저승길에 제대로 보내고 싶은데, 딱히 떠오르는 방법이 없었다. 5차 집행 회의에서도 여러 안건이 나왔으나 마음에 드는 게 없었다. 어차피 그놈의 사체를 공개할 거라면 사람들의 눈을 사로잡아야 했다. 불에 태우는 건 너무 끔찍했고, 목을 매다는 것은 성의가 없어 보였다.

"이게 다 허 감독의 작품이야."

허 감독은 그런 고민을 말끔하게 해결해 주었다. 엊그제는 이곳까지 손수 고문 도구를 가지고 왔다.

"이걸 보라고."

배 중령은 형틀 위에 있는 문서를 안 과장에게 내밀었다. 여기에는 고등계 형사들이 사용하던 고문 방법이 자세히 적혀 있었다.

"고등계 형사 놈들은 고문을 하면서 상대가 얼마나 견디는지 서로 내기를 했다는군."

허 감독이 가져온 문서는 초보자에게 고문 지침서와도 같다. 그 문서를 읽어 가는데 등줄기에 서리가 내리고 머리칼이 활활 타올랐다.

"나도 이대로 한번 해봐야겠어."

배 중령은 노창룡을 없애는 데 큰 의미를 두지 않았다. 그깟 친일파 한 놈을 없앤다고 세상은 변하지 않는다. 민족정기니 역사의 심판이니 하는 것과도 거리가 멀다. 보낼 만한 인간쓰레기를 보내는 것, 그 이상도 이하도 아니다. 약간의 자부심은 덤으로 생각하면 됐다.

이제 모든 준비는 끝났다. 허 감독의 말대로 잘 짜인 판 위에, 먹잇감을 올려놓고 맛나게 요리하는 일만 남았다.

7

어제 과음을 한 탓인지 속이 울렁거렸다.

한 시민단체에서 마련한 초청 강연회에 참석했다. 강연을 마친 후 주최 관계자들과 저녁을 함께 했다. 반주로 가볍게 시작한 술이 2차로 이어지면서 평소 주량의 두 배를 마셨다. 늦잠을 잔 터라 해장은커녕 끼니도 거른 채 집을 나왔다.

최주호는 연구실에 도착하자마자 부랴부랴 운동복으로 갈아입었다. 신입생 환영 체육대회에 참석하기 위해서다. 원래 신입생 환영 행사는 4월에 개최하는 게 관례다. 그러나 학교 사정이 여의치 않아 1학기 기말고사가 끝난 후에야 열렸다. 대운동장에는 풍물패들이 꽹과리와 북소리를 울려대며 흥을 돋우고 있었다. 운동복으로 갈아입고 연구실을 나가려는데, 김 조교가 거칠게 문을 열고 들어섰다.

"교, 교수님…… 오, 오늘 신문 보셨어요?"

겨우 세수만 하고 집을 나섰다. 신문은커녕 아직 인터넷도 열어보지 못했다.

"노, 노창룡이……."

김 조교는 말을 제대로 잇지 못하고 거친 숨을 몰아쉬었다.

"노창룡이 왜?"

"사, 살해됐습니다……. 여기 보세요."

최주호는 김 조교가 쥐고 있는 신문을 낚아챘다.

26일 해방 후 서울시경 보안과장을 지낸 노창룡(94, 일본 교토 거주) 씨가 경기도 양평군 양수리의 한 폐가에서 숨진 채 발견됐다. 사체 발견 당시 노 씨의 몸은 단단한 가죽 끈으로 묶여 있었고, 신체 일부가 심하게 훼손된 것으로 알려졌다. 경찰은 "노 씨가 살해되기 직전까지 장시간 고문을 받은 것으로 보인다"면서 "사건 현장에 있는 고문 도구를 국립과학수사연구소에 의뢰할 것"이라고 밝혔다. 노 씨는 지난 22일 비밀리에 입국한 것으로 알려졌다.

이게 어떻게 된 일인가! 폭포수를 뒤집어 쓴 것처럼 머리칼이 곤두섰다. 간밤에 술 마시는 사이 엄청난 일이 벌어졌다. 노창룡의 자료를 허동식에게 보낸 게 불과 닷새 전이다.

"지금 인터넷에서 난리가 났습니다."

컴퓨터를 켜고 포털 사이트로 들어갔다. 노창룡 사건은 인터넷의 모든 포털 사이트를 휩쓸고 있었다. 뉴스 코너에서는 매체마다 속보 경쟁을 하듯 새로운 기사를 쏟아냈다. 기사에 달린 댓글 수도 수천 건에 이르렀다. 대부분 그런 악질 친일파는 이제라도

역사의 심판을 받아야 한다는 내용이다. 그 어디에도 살인범을
비난하는 글은 없다.

가슴이 벌렁거리고 호흡이 거칠어졌다. 노창룡이 입국한 것도
놀라운 일인데, 입국한 지 나흘 만에 살해됐다니. 최주호는 아랫
배에 단단히 힘을 주고 관련 기사를 읽어 내려갔다.

신문은 거의 전 지면을 노창룡 사건으로 도배했다. 여기저기
널려 있는 기사를 요점 정리하듯 한데 모았다. 노창룡은 김덕술
이라는 가명으로 비밀리에 입국했다, 용의자는 그의 입국을 알고
주도면밀하게 범행을 저질렀다, 경찰은 이번 사건에 세 명 이상
이 가담했을 것으로 추정했다. 노창룡의 친일 행각과 자유당 시
절의 악행 등도 간간히 섞여 있었다. 신문을 쭉 훑어오다가 고문
수법에 관한 기사에 눈길이 멈췄다.

우리나라에 20세기 말까지 이어져온 고문 수법은 해방 전부터 행
해진 일제의 악습이다. 수많은 애국지사들이 물고문과 손톱 빼기
등의 잔혹한 고문으로 고통을 받았다. 이런 고문 행태는 일제 강점
기 고등계 형사들에 의해 이 땅에 정착됐다는 것이 통설이다.
노창룡 씨의 직접적인 사인으로 밝혀진 '등나무 감기기'는 일본
탄광지대에서 자행했던 고문의 하나로, 일제가 조선에 전수한 악
질 고문 수법이다. 소위 노가다[土方]라는 건설공, 탄광 노무자들
에게 가해진 사형(私刑) 방식의 하나다. 고등계 형사들은 이 방법
을 더욱 발전시켜 로프 대신 가죽 끈을 사용했다. 물에 불린 굵직
한 가죽 끈으로 전신을 빈틈없이 결박하는 것이 첫 번째 절차이
다. 난로나 폭양 밑에 그대로 팽개쳐두면 가죽 끈은 말라 오그라

들면서 피해자의 살 속으로 파고든다. 고문을 받는 쪽은 죽음 직전의 고통을 당하지만, 고문을 가하는 쪽은 손가락 하나도 움직일 필요가 없다. 고문을 가하는 자들에게는 지극히 편안한 방식이다. 용의자는 숨진 노 씨가 연로하다는 점에 착안해 그가 절명할 때까지 '등나무 감기기' 방식으로 살해한 것으로 보인다. 또한 노 씨의 양손이 결박된 흔적으로 보아 '학춤 추이기'라는 고문 수법도 가해진 것으로 추정된다.

방금 뭘 본 거지? 그새 눈자위가 붉게 타 들어가고 관자놀이는 침을 맞은 것처럼 따끔거렸다. '등나무 감기기'에 적힌 기사는 대학 도서관에서 대출한 책의 내용과 똑같았다. 처음부터 끝까지, 토씨 하나 틀리지 않았다. 그뿐이 아니다. 노창룡의 친일 행각, 일제 고등계 형사들이 자행했던 각종 고문 수법도 허동식에게 건네준 자료와 일치했다. 한 줄 한 줄 읽어 내려갈 때마다 허동식의 얼굴이 지면 위를 둥둥 떠다녔다.

"어떻게 이런 일이……."

김 조교의 얼굴이 딱딱하게 굳어졌다. 한나절 동안 애써 찾은 자료의 주인공이 처참하게 살해됐으니 김 조교가 놀라는 것은 당연했다.

"교수님……."

김 조교가 무슨 말이든 해보라고 아래턱을 내밀었다. 순간 대수롭지 않게 넘겨야 한다고, 뇌세포가 명령을 내렸다.

"살다 보니 이런 우연도 다 있군."

최주호는 별일 아니라는 듯 가볍게 응수했다. 공연히 일을 크게 만들 필요는 없다. 김 조교는 아직 허동식의 존재를 알지 못했다.

"왜 그런 눈빛으로 쳐다보나?"

김 조교는 여전히 경계의 눈빛을 풀지 않았다.

"아, 아닙니다. 너무도 기가 막혀서……."

"나도 마찬가지야."

"……."

"자네 먼저 나가 있어. 나도 곧 따라 나갈 테니."

김 조교는 뭐라 홀로 구시렁거리며 연구실을 나갔다. 최주호는 의자에 힘없이 주저앉았다. 마른하늘에 날벼락이 떨어졌다. 졸지에 노창룡 사건에 조력자가 된 기분이다. 우선 생각나는 대로 한 가지 의문을 잡아 올렸다. 어떻게 허동식에게 보낸 자료가 신문사에 흘러들어 간 걸까? 아무리 신문사가 자료 수집에 뛰어나다고 해도 이처럼 똑같은 글이 나올 수는 없다. 곧이어 두 번째 의문이 옆구리를 쿡 찔렀다. 허동식은 노창룡이 고문으로 살해될 것을 알고 있었을까?

'곧 알게 돼…….'

허동식의 목소리가 등줄기를 타고 슬그머니 기어올라 왔다. 고문 자료가 왜 필요하냐고 물었을 때 허동식은 그렇게 대답했다. 휴대폰을 빼들고 허동식에게 전화를 걸었다. 신호는 가는데 전화를 받지 않았다. 그래도 계속 같은 버튼을 눌렀다. 해맑은 기계음이 이제 그만 좀 걸라고 점잖게 타일렀다. 이번엔 고교 동창들에게 닥치는 대로 전화를 걸어 허동식의 소식을 물었다. 동창들의 첫 마디는 약속이나 한 듯이 똑같았다. 허동식이 누군데? 허동식의 소식은커녕 그가 누구인지도 몰랐다. 허동식의 이름을 기억하는 동창은 한 명도 없었다.

대운동장에서는 체육대회가 시작되었는지 함성 소리가 울려 퍼졌다. 머릿속이 먼지가 꽉 들어찬 것처럼 먹먹했다. 최주호는 관자놀이를 힘껏 짓눌렀다. 그러고는 지난 기억을 차분하게 더듬어 올라갔다. 허동식이 학교에 찾아온 것은 18일이고, 노창룡이 입국한 것은 22일이다. 허동식에게 자료를 건네준 것은 21일이고, 노창룡은 26일 살해됐다. 불과 열흘 사이에 모든 일이 벌어졌다. 허동식은 노창룡의 입국을 알고 있지 않았을까? 굳이 날짜를 따지지 않아도 허동식이 이번 사건에 개입했을 가능성은 충분해 보였다.

잠시 후 또 하나의 의문이 사정없이 정수리를 짓눌렀다. 허동식은 왜 노창룡의 자료를 자신에게 부탁한 걸까? 노창룡을 살해할 의사가 있었다면, 쥐도 새도 모르게 처리했을 것이다. 그런데 허동식은 노창룡의 악질 친일 행적은 물론 고문 자료까지 죄다 까발렸다. 바보 등신이 아닌 다음에야 그처럼 친절하게 알릴 필요가 없다. 그때 연구실 문이 열렸다.

"학과장님이 빨리 나오시래요."

김 조교가 어서 나오라고 손을 흔들었다.

"알았어. 곧 갈게."

지금 체육대회에 신경 쓸 때가 아니다. 날벼락의 정체를 밝혀야 한다. 날벼락이 어디에서 날아왔는지, 또 누굴 겨냥하고 있는지 찾아내야 한다. 자칫하다가는 영문도 모른 채 살인 사건에 엮일 수도 있다.

복기가 필요했다. 최주호는 다시 첫 번째 의문으로 돌아왔다.

노창룡의 자료가 어떻게 신문사에까지 흘러갔을까? 자료 내용을 적당히 손볼 만도 한데 토씨 하나 안 고치고 그대로 옮겨 실었다. 특히 '등나무 감기기' 기사가 눈에 거슬렸다.

최주호는 다른 신문을 찾아보려고 구내매점으로 향했다. 대운동장에서는 신입생과 재학생이 편을 갈라 축구를 하고 있었다. 매점에 들어서자마자 모든 신문을 사서 노창룡 사건의 기사를 조목조목 살폈다. 일곱 개의 신문 중에 '등나무 감기기' 기사가 실린 신문은 딱 한 곳밖에 없다. 김 조교가 가져온 신문, 아주일보다. 작성 기자의 이름은 정윤주였다.

등줄기에 으스스한 냉기가 몰려들었다. 그새 팔뚝에는 오돌토돌한 소름이 돋아났다. 처음엔 황당하고 당혹스러웠다. 차츰 시간이 지나면서 원인 모를 위기감이 몰려왔다. 뭔가 기이한 음모가, 자신만 모른 채 은밀히 진행되고 있는 느낌이다. 그와 함께 여러 의혹과 잡념이 무더기로 달려들었다. 그런 수많은 잡생각 가운데 한 가지를 콕 짚어냈다. 이건 결코 우연이 아니다!

8

오늘은 손맛이 달랐다.

손아귀에 착 달라붙는 짜릿함도, 발끝을 확 채어주는 긴장감도 없다. 오싹한 스릴은커녕 어깻죽지만 시큰시큰 저려왔다.

우경준은 허리에 감긴 줄을 풀고 클라이밍 테이프를 떼어냈다. 오늘따라 멍게 돌기처럼 튀어나온 암벽이 높고 가팔라 보였다.

기껏해야 10미터 안팎인데 꼭대기에 오르기까지 제법 시간이 걸렸다. 세 번째 도전했을 때는 그만 줄을 놓쳐 몸뚱이가 푸줏간에 걸린 고깃덩이처럼 빙그르르 돌았다.

스포츠클라이밍을 시작한 지 두 달이 조금 넘었다. 이제 겨우 초보를 뗀 수준이다. 암벽 타기는 겉보기와는 달리 체력 소모가 많았다. 운동량도 웬만한 구기 종목 못지않았다. 하긴 겉멋이나 부리려고 이걸 선택한 게 아니다. 마흔을 넘기고 보니 체력이 절실했다.

탈의실에서 옷을 갈아입는데, 요란한 진동음이 옆구리를 흔들었다. 액정화면에는 문기욱 검사장의 이름이 찍혀 있었다. 휴대폰을 귀에 대자 착 가라앉은 목소리가 흘러나왔다.

"신주쿠에 조용한 방 하나 잡아놓게. 늦게 점심이나 하자고."

뜻밖의 전화다. 우경준은 휴대폰을 내려놓고 탈의실에 걸려 있는 시계를 봤다. 7시 50분, 아직 출근 전이다.

무슨 일로 보자고 한 걸까? 스포츠 센터를 나오면서 문 검사장의 속내를 짚어봤다. 별일도 아닌데 굳이 청사 밖으로 불러낼 사람이 아니다. 문 검사장이 은밀하게 독대를 청한 이유, 최근 검찰 분위기와도 무관해 보이지 않았다.

혹시 꼬리를 잡힌 게 아닐까? 형사 8부의 부장검사가 스폰서의 폭로로 구속된 이후 청사 안이 무겁게 가라앉았다. 이참에 기강을 바로 세우자는 의견이 검찰 게시판에 속속 올라왔다. 대검찰청 감찰반이 일선 검사의 뒤를 캐고 있다는 소문도 나돌았다. 벌써 부장검사 하나, 평검사 둘이 내사를 받고 있다는 소리도 떠돌았다.

요즘 들어 검찰 내의 분위기가 뒤숭숭했다. 청사 밖은 가마솥

더위로 연일 수은주가 고점을 찍고 있는데, 청사 안은 대설을 앞둔 한겨울이다. 모두들 살얼음판이 깨질세라 몸을 낮추고 슬금슬금 눈치를 살폈다. 언젠가부터 청사 안에 농담이 사라졌다. 농담이 사라진 자리에, 무거운 침묵과 적당한 긴장감이 들어섰다.

우경준 역시 스폰서로부터 자유로울 수가 없다. 스폰서를 가지고 있는 것은 검찰만이 누릴 수 있는 특권이다. 이런 특권을 마다할 검사는 없다. 노른자 보직을 가진 검사일수록 스폰서 지원도 든든했다. 그 맛에 변호사로 개업하지 않고 검찰에 눌러앉는 이들도 꽤 많았다.

조만간 스폰서도 정리해야 할 것 같다. 그까짓 돈 몇 푼에 지금까지 공들인 노력이 물거품 되게 할 수는 없다. 얼마 전 스폰서에게 단단히 입막음을 해놓았지만, 마음이 놓이지 않았다. 열 길 물속은 알아도 한 길 사람 속은 모르는 법이다.

점심때가 한참 지나서인지 일식집 안은 한가로웠다. 머리를 노랗게 염색한 사장은 카운터 앞에서 짧은 치마를 입은 종업원과 잡담을 나누고 있었다.

탁자 밑으로 다리를 길게 뻗으려는데, 문이 열리고 문기욱 검사장이 들어섰다. 우경준은 자리에서 벌떡 일어났다.

"좀 늦었네."

조금 늦은 게 아니다. 오후 1시 50분, 약속시간에 꼭 한 시간을 채웠다. 우경준은 그 앞에 방석을 공손이 내밀었다.

"식사부터 할까?"

문 검사장이 메뉴판을 뒤척거렸다.

"요즘 새우가 싱싱하다고 합니다. 그래서 A코스를 예약해 놨습니다."

"취소해."

"네?"

"우동이나 먹자고."

그럴 줄 알았다. 신주쿠에서 보자고 하기에 혹시나 했다. 문 검사장은 고급 음식점이나 룸살롱에는 얼씬도 하지 않았다. 그 정도 위치면 한껏 폼 잡고 접대를 받을 만도 한데, 아예 접근조차 못하게 만들었다.

"자네, 요즘은 어떤가?"

문 검사장이 팔짱을 끼고 허리를 꼿꼿하게 세웠다.

"잘 지내고 있습니다."

우경준은 바짝 긴장했다. 그의 다음 말에 따라 자신을 청사 밖으로 불러낸 이유가 나올 것이다.

"이제 큰일 한번 해야 하지 않겠나?"

"큰일이라면……."

"검사가 원래 보직으로 먹고사는 사람들 아닌가."

내년 봄, 검찰 인사를 염두에 둔 말이다. 서울에 적을 두었다고 해도 보직이 보잘것없으면 명함도 내밀지 못했다. 스폰서들도 검찰의 보직을 가장 중요하게 여겼다.

"사건은 말이야, 항상 맹목적일 때 거칠고 위험해지지. 우리 쪽은 맹목적이라고 여기고 있는데, 상대는 분명한 목적이 있다고 하는 거야……. 바로 거기서 충돌이 생기지 않나. 타협도 협상도 없어. 오직 대결뿐이야……."

무슨 소린지 잘 알아듣지 못했다. 문 검사장은 늘 말을 빙빙 돌려서 하기 때문에 진의를 파악하기가 쉽지 않았다.

"자넬 보자고 한 건 다름이 아니고……."

그는 바지 뒷주머니에서 꼬깃꼬깃 접힌 신문지를 꺼내 펼쳤다. 「경찰이 풀어야 할 다섯 가지 의혹」, 「CCTV를 무용지물로 만든 완벽한 범행」…… 커다란 고딕체 기사 제목이 한눈에 들어왔다.

"노창룡의 조카가 고검장님인 건 알고 있나?"

"그렇습니다."

"그럼 됐네. 더 말해 뭣하겠나."

이제 무슨 소린지 알아들었다. 한마디로 노창룡 사건을 맡으라는 것이다. 우경준은 표 나지 않게 한숨을 돌렸다. 그의 입에서 무슨 소리가 나올지 조마조마했다.

"사안이 중대한 만큼…… 광역수사대에서 지원해 줄 거야. 수사본부는 일단 서부지청으로 잡아놨네."

낚시 도구를 다 챙겨놨으니 어서 고기를 낚아 올리라는 소리다. 조금은 낯설었다. 이런 일이라면 청사 안에서 말해도 될 텐데, 왜 굳이 밖으로 불러냈을까.

"인터넷 공간에서는 벌써 영웅이 되어 있더군."

우경준도 기사 말미에 달린 댓글을 봤다. 범인들에게는 '민족 정기를 일깨운 정의의 사도'라는 칭호가 따라붙었다. 한 커뮤니티 사이트에서는 벌써부터 범인들을 지켜주자면서 호들갑을 떨었다.

"한 가지 여쭙겠습니다."

"해보게."

"노창룡이 입국한 걸 누가 또 알고 있었습니까?"

문 검사장은 고개를 절레절레 흔들었다.

"고검장님도 노창룡이 입국한 걸 모르고 있었어. 언론에 보도된 뒤에야 알았지."

노창룡은 입국한 지 나흘이 지나서 살해됐다. 그 나흘 동안 왜 고검장에게 연락하지 않았을까. 고검장은 고국에 남아 있는 노창룡의 유일한 혈육이다. 한때 광복회 회원이 노창룡을 응징하기 위해 일본에 건너간 적이 있다. 당시 검찰 주변에서는 이런 정보를 노창룡에게 알려준 인물이 고검장이라는 소문이 그럴듯하게 나돌아 다녔다. 그새 인연을 끊기라도 했단 말인가.

"한 가지 새겨둬야 할 게 있어."

문 검사장이 탁자 앞으로 바짝 고개를 내밀었다.

"말씀하십시오."

"수사 진행 상황은 반드시 내게 먼저 보고하게."

"……."

"어느 누구에게도 알려서는 안 된다는 소리야."

"알겠습니다."

한 늙은 친일파의 죽음을 두고 온 나라가 떠들썩거렸다. 그깟 일로 나라가 들썩거리는 게 우스웠다. 늙은 친일파 하나 쳐 죽인다고 민족정기가 되살아나는 건 더 웃긴 일이다.

우경준은 슬그머니 주먹을 쥐었다. 그가 친일파든 악질 고등계 형사 출신이든 상관없다. 목표와 타깃은 분명했다. 범인들을 잡아들여 법의 심판대에 세우는 것이다. 덤으로 내년 검찰 인사에 한 가닥 기대를 걸어보는 것이다. 그쯤이면 한번 기를 쓰고 덤벼

볼 만했다.

9

밤새 한숨도 자지 못했다.

눈을 뜨면, 뱁새 같은 실눈으로 주위를 경계하던 허동식의 얼굴이 어른거렸다. 속 안에 음흉한 꿍꿍이를 여럿 꿰찬 얼굴이다. 눈을 감으면, 어눌하고 착 가라앉은 목소리가 윙윙거렸다. 곧 알게 돼, 넌 날 도와주리라 믿어…… 그 진절머리 나는 소리가 귓불을 가만 놔두지 않았다. 바로 이것이었을까? 그날 찜찜했던 기분의 정체는.

1학기 마지막 강의를 마치고 곧바로 아주일보를 찾았다. 허동식에게 보낸 자료가 어떻게 신문사로 흘러들어 갔는지, 첫 번째 의문부터 풀어보기로 했다.

아주일보 편집국은 한가했다. 사회부 기자들은 취재를 나갔는지 데스크만이 홀로 자리를 지키고 있었다.

"웬일이야? 여기까지 다 찾아오고."

한 차장을 따라 편집국 회의실 안으로 들어갔다. 신문사를 방문한 것은 오랜만이다. 칼럼은 주로 메일과 팩스를 이용했다.

"이번 주말에 개소주나 먹으러 갈까?"

한 차장이 흰 이를 드러내며 비실비실 웃었다.

"요즘 칼럼은 영 맥아리가 없어서 하는 소리야."

"일없어."

"하긴 마누라도 없는데, 공연히 거시기에 공들일 필요는 없지. 낄낄."

한 차장은 대학 동기다. 그가 다리를 놔준 덕분에 아주일보의 고정 필진에 명단을 올렸다.

"요즘도 송기백 교수님 자주 찾아뵙나?"

한 차장이 회의실 안에 있는 반도일보를 가져왔다.

"지난 설에 간 뒤로는 못 갔어."

"거기 한번 읽어봐."

한 차장이 송 교수의 칼럼이 실린 곳을 가리켰다.

식민지에서 해방된 후 반민족적 범죄를 청산하지 못한 국가는 우리나라밖에 없다. 해방 후 민족반역자들을 처단할 기회가 여러 차례 있었으나, 모두 실패하고 말았다. 자유당 정권과 유신 정권은 반공이라는 그늘막 뒤에 숨어 애국지사와 민주인사를 탄압하고 유린했다. 친일 잔당들은 부당한 권력과 손을 잡고 여전히 권세를 누리고 있다. 21세기 들어서는 친일파 2세들이 독버섯처럼 자라며 야금야금 세를 불려나가고 있다.

지하에서 수많은 애국선열들이 통곡할 일이다. 과연 언제까지 친일 부역 세력에게 휘둘릴 것인가. 역사를 잊은 민족에게 미래는 없다. 잃어버린 역사를 복원하는 길은 의외로 간단하다. 친일 부역자를 과감하게 도려내고 법의 심판대에 세우는 것이다. 역사의 단죄 없이 어떻게 사회 정의를 외치고 민족정기를 논할 수 있겠는가.

문장 하나하나에 노 교수의 열정이 진하게 묻어나왔다. 노창룡 사건은 송 교수에게는 좋은 칼럼 소재였다. 이런 호재를 두고 가만히 있을 송 교수가 아니다. 팔순의 나이에도 불구하고 열정만큼은 여느 젊은이 못지않게 뜨거웠다.

"다음 칼럼은 노창룡을 다뤄보는 게 어때?"

"……."

"화끈하게 한번 써봐. 아직도 친일파들을 감싸고 도는 정치꾼들이 있잖아. 이번 기회에 손 좀 보자고."

"여럿 다치겠군."

"여론도 그걸 원해. 너도 인터넷 봤지?"

최주호는 고개를 끄덕였다.

"친일파 한 명의 죽음에 국민들이 이처럼 열광할 줄은 몰랐어. 어제는 신문사가 마비될 정도로 독자들의 전화가 빗발쳤다니까. 그런 쓰레기는 진작 저세상에 보냈어야 했다고 말이야. 그게 지금 우리 국민의 정서야."

오늘 아침에는 의미심장한 댓글도 올라왔다. 이참에 친일파 후손들의 재산도 깡그리 몰수해 국유화하자는 의견도 적지 않았다. 나치 전범을 지구 끝까지 추적하는 이스라엘 정부와 비유하는 글도 눈에 띄었다. 최주호는 이번 사건이 어떻게 흘러가고 있는지를 물었다.

"일반 살인 사건과는 차원이 달라. 프로들이 개입했을 가능성이 커."

"프로?"

"범인들은 상당한 정보력까지 갖추고 있어. 흥미로운 점이 한둘이 아니야."

한 차장은 이번 사건을 은근히 흥미 위주로 몰아갔다.

"경찰은 뭐래?"

"아직 감을 못 잡은 것 같아. 처음엔 원한 관계로 봤다가 수사 방향을 바꿨다고 하더군."

최주호도 같은 생각이다. 개인적인 원한 관계라면 노창룡의 사체를 살해 현장에 그대로 방치할 리가 없다.

"범행 목적이 있을 거 아냐?"

"경찰은 사회 혼란을 부추기는 세력으로 보고 있는데, 그건 너무 막연한 소리고. 뭔가 깊은 내막이 있을 거야."

사건이 발생한 지 얼마 되지 않아 특별히 건질 만한 정보는 없었다. 사건 정보는 그쯤이면 됐다. 최주호는 조심스럽게 아주일보를 찾아온 목적을 꺼냈다.

"사회부에 정윤주 기자라고 있지? 이 사건을 취재한 기자 말이야."

한 차장은 고개를 끄덕였다.

"그 친구는 어때?"

"이 방면에는 베테랑이지. 한번 달려들면 물불 가리지 않는 성격이라고."

"소스가 어디야?"

"무슨 소스?"

"고문 기사 말이야. 꽤 상세하게 적었던데."

정 기자는 고문 수법을 어떻게 알고 기사를 썼을까? 『일제 강점기 고문 잔혹사』를 그대로 베꼈거나 누군가의 도움을 받았거나, 둘 중 하나다. 전자일 확률은 매우 희박하다. 역사 전문가인 자신도 이 자료를 찾는 데 적지 않은 시간이 걸렸다. 무엇보다 정 기자를 주목한 이유는 기사의 초점이 대부분 고문에 맞춰져 있다는 점이다. 일제 고등계 형사의 고문 수법을 그처럼 적나라하게 기사화한 곳은 아주일보밖에 없었다. 그것이 자신을 아주일보로 불러들인 이유다.

"사건이 터지자마자 정 기자가 고문 자료를 가지고 왔는데, 마침 그 자료가 노창룡을 살해한 수법과 일치했지. 그때까지도 경찰은 고문 수법의 명칭은 알지 못했어."

"그 친구가 노창룡의 사체를 직접 봤나?"

한 차장은 고개를 절레절레 흔들었다.

"그런데 어떻게 고문 수법을 안 거지?"

"현장 사진을 보더니 금방 알아보더군. 사건 현장에는 노창룡에게 고문한 도구들이 그대로 남아 있었어."

말이 되지 않는 소리다. 사건 현장에 있는 로프만 보고도 '등나무 감기기' 수법이라는 걸 알다니. 정 기자가 일제 고문 수법의 전문가라도 된다는 건가. 범인들과의 교감 없이는 있을 수 없는 일이다.

"그 친구 좀 만나볼 수 있을까?"

사실 범인들이 프로든 아마추어든 개의치 않았다. 그들의 범행 동기도 관심 밖이다. 그러나 이번 사건에 허동식이 개입했는지, 또 정 기자가 어떻게 노창룡의 자료를 손에 넣었는지는 꼭 밝혀야 했다.

"정 기자는 왜?"

"그, 그냥……."

한 차장의 눈매가 가늘게 찢어졌다.

"이번 사건에 꽤나 관심이 많군."

"너만큼이야 하겠어. 지금 여기 없나?"

"곧 들어올 거야. 하여튼 이번 사건은 풀어야 할 의혹이 꽤 많아. 범인들은 노창룡의 입국부터 행선지까지 훤히 알고 있었어. 암만 해도 조직이 움직이고 있는 것 같아."

"조직이라니?"

"한두 명이 아니라는 소리지. 경찰도 세 명 이상이 가담했을 거라고 하잖아."

그때 편집국 안으로 긴 생머리의 여자가 들어섰다.

"마침 저기 오는군."

"잠깐!"

최주호는 한 차장의 옷소매를 잡았다.

"나 먼저 가봐야겠어."

"정 기자 만나보고 싶다고 했잖아."

"다음에 만나기로 하지. 오후에 강의가 있는 걸 깜빡했어."

"싱겁기는……."

최주호는 도망치듯 편집국을 빠져나왔다. 아주일보 1층 로비에서 잠시 숨을 골랐다. 앞뒤 재지 않고 너무 들이대는 건 아닌가. 아주일보에 갈 때만 해도 정 기자를 꼭 만나려고 했다. 그녀를 만나서, 고문 자료의 출처를 알아내려고 했다. 그런데 막상 정 기자를 보자 생각이 바뀌었다. 툭 터놓고 말하기에는 아직 때가 일렀다. 허동식을 아십니까? 고문 자료는 어디에서 구한 겁니까? 그렇게 대놓고 물어볼 자신이 없었다. 과연 그녀가 질문에 순순히 응할지도 확신이 서지 않았다.

당분간 궁금하더라도 꾹 참기로 했다. 언젠가 적당한 때가 오면 스스럼없이 나서게 될 것이다. 지금 당장 만나야 할 사람은 정기자가 아니라 허동식이었다. 그를 만나지 않고서는 이 무성한 추측을 잠재울 방법이 없다.

연구실에 들어서자마자 인터넷에 접속했다. 포털 사이트는 여전히 노창룡 사건이 장악하고 있었다. 이 사건은 해외 언론에서도 주요 뉴스로 다뤘다. 특히 나치 전범을 처단한 프랑스와 이스라엘에서 각별한 관심을 보였다. 그때 모니터 옆에 조그만 영수증이 눈에 쏙 들어왔다. 노창룡 자료를 허동식에게 부치고 교내 우체국에서 받은 영수증이다. 그와 동시에 허동식이 문자로 찍어 준 주소가 떠올랐다.

아아, 왜 그걸 생각하지 못했을까? 허동식의 집 주소가 휴대폰에 저장된 것도 모르고 계속 버튼만 눌러댔다. 한심한 일이다. 그의 주소를 곁에 두고도 애꿎은 동창들만 다그쳤다.

최주호는 발딱 몸을 일으켰다. 당장 허동식의 집으로 쳐들어갈 것이다. 그를 만나면 인정사정 볼 것 없이 거세게 따져 물을 것이다. 이 해괴한 일을 알아듣게 설명 좀 해보라고, 대체 무슨 개수작을 부리는 거냐고.

제2장

시효는 없다

1

역사는 친일파의 죄를 방치하지 않았다. 노창룡의 죽음은 일개 고등계 형사의 죽음으로 간단히 넘길 문제가 아니다. 반민족행위자에게는 반드시 그 죄를 묻고 심판해야 한다는 역사의 교훈으로 삼아야 한다.

정부는 이번 사건을 접한 국민들이 무엇을 바라는지, 또 무엇을 요구하는지를 겸허한 자세로 귀 기울여야 한다. 결코 살해 용의자를 두둔하는 것이 아니다. 민족정기를 되찾게 해준 용의자에게 보내는 시선이 차갑지 않은 이유가 바로 여기에 있다. 역사의 심판에는 시효가 없다.

역사의 심판에는 시효가 없다…… 기자의 글이 마음에 들지 않았다. 겉으로는 용의자를 두둔하는 게 아니라고 떠벌이지만, 속내가 빤히 드러났다. 까막눈이 아닌 다음에야 그 정도는 단박에 알아봤다. 기자의 논조는 처음부터 끝까지 용의자를 감싸고 있었다. 기자수첩 코너에 이름을 올린 이는 정윤주다.

우경준은 언론에 실린 분석 기사를 꼼꼼하게 살폈다. CCTV를 무용지물로 만든 주도면밀함, 치밀하고 빈틈없는 동선, 대로변에서 납치한 대범성……. 사실 분석이라기보다는 소설에 가까웠다. 한두 마디 팩트에, 수십 마디 허구를 주렁주렁 달았다. 이따금씩 자극적이고 기발한 글도 곁들여 독자들의 눈을 유혹했다.

범인들의 의도를 파악하는 것은 어렵지 않았다. 노창룡의 사체를 공개했을 때부터 감을 잡았다. 고문으로 망가진 사체를 온 국민이 다 보라는 것이다. 이건 공개 처형이나 다름없다. 더군다나 노창룡이 즐겨 써먹던 고문 수법을 그대로 되돌려주었다. 그렇게 하면 사람들의 스트레스가 풀릴 것으로 내다봤을까, 치욕의 역사가 복원되리라고 여겼을까. 희한한 종자들이다.

"정보통이 가담하고 있는 것 같은데요."

한 형사는 노창룡의 동선을 부지런히 훑고 다녔다. 노창룡이 입국한 후부터 살해되기 직전까지. 그러나 손에 쥘 만한 정보가 없었다.

"범인들은 노창룡의 입국 날짜는 물론 만찬 행사에 참석하는 시간까지 훤히 알고 있었습니다."

그랬다. 노창룡의 입국을 알 정도라면 보통 정보력이 아니다. 노창룡의 입국 날짜를 알고 있는 사람은 몇 되지 않았다. 이들은 노창룡의 입국을 철저히 비밀에 부쳤고, 만찬 주최측도 보안 유지를 위해 각별히 신경 썼다. 만찬에 참석한 초청 인사들은 행사 막바지에 노창룡이 나타날 줄은 몰랐다고 했다. 한마디로 깜짝 이벤트였다. 여기까지는 주최측의 의도대로 잘 굴러갔다. 그러나 노창룡은 행사가 끝나고 감쪽같이 사라졌고, 반나절이 지난 후 폐가에서 처참한 주검으로 발견됐다. 그가 죽음에 이르는 과정도 깜빡 이벤트 같았다.

"마지막 행적은 나왔나?"

"만찬이 끝나고 모범택시를 탔습니다."

거기에서 노창룡의 운명이 갈라졌다. 노창룡은 왜 군이 모범택시를 이용했을까? 그날 만찬이 끝나고 노창룡을 호텔로 데려가려는 사람은 줄을 섰다고 했다. 그런데 노창룡은 이들의 호의를 마다하고 모범택시를 불렀다. 범행에 이용된 모범택시는 보름 전, 강남대로에서 도난된 차량으로 밝혀졌다. 오래전부터 치밀하게 준비한 계획범죄다. 하긴 노창룡의 입국을 알 정도라면 그만큼 사전 준비도 철저했을 것이다. 시간과 공을 들일수록 빈틈이 줄어드는 법이다.

"노창룡이 살해된 현장이 좀 독특합니다."

"그게 무슨 소리야?"

"폐가가 된 지 꽤 오래됐는데…… 마을 주민들이 예전에 독립운동가의 후손이 살던 집이라고 하더군요."

"가지가지 하는군."

친일파와 독립운동가의 후손이라…… 제법 어울리는 그림이다. 노창룡을 저세상으로 보낼 장소로는 안성맞춤이다. 놈들도 그곳이 독립운동가의 후손이 살던 집이라는 것을 알았을까. 그걸 알았다면, 보통 정성을 기울인 게 아니다. 친일파의 처단에 여러 양념을 곁들여 최고의 맛을 내려고 부산을 떨었다.

"혹시 맹목적인 민족주의자의 소행이 아닐까요?"

한 형사가 고개를 주억거리며 김빠진 소리를 던졌다. 우경준의 눈과 입이 동시에 쭉 찢어졌다.

"지금이 어느 시댄데 그따위 소리를 하고 있나? 이런……."

등신 같은, 소리가 나오려는 걸 간신히 참았다.

"애초부터 이들은 범죄를 숨길 생각이 없었습니다. 제가 보기엔……."

이번엔 민 형사가 끼어들었다.

"사체를 대놓고 공개한 이유부터 찾아야 할 것 같습니다."

그렇다면 놈들이 그렇게 까발려서 얻고자 하는 게 뭘까? 온 국민의 스트레스를 풀어주기 위해서? 그건 지나가는 소도 웃을 일이다. 동기가 없는 살인은 없다. 정신병자나 묻지 마 범죄에도 단순하게나마 동기가 있기 마련이다.

우경준은 일선 수사관이 작성한 보고서를 살폈다. 다 고만고만한 내용이다. 보고서라기보다는 언론이 분석한 기사를 짜깁기 한 내용에 불과했다.

이건 또 뭔가? 현장 감식반이 작성한 보고서를 뒤척이다가 손길이 멈췄다. 이 보고서에는 두 개의 특이한 점이 눈길을 끌었다. 노창룡의 손발톱이 모두 사라지고, 노창룡의 등에 아라비아 숫자가 새겨져 있다고 적혀 있다.

"이 숫자는 뭐야?"

한 형사가 재빨리 감식반이 찍은 사진을 가져왔다. 보고서에 적힌 대로, 노창룡의 등짝에 아라비아 숫자가 선명하게 찍혀 있다.

"아, 씨발…… 돌아버리겠네."

국립과학수사연구소 사체 보관실에 들어서자 약물 냄새가 코를 찔렀다. 솔직히 이곳에 오고 싶지 않았다. 훼손된 사체를 보는 것은 끔찍한 일이다. 그래서 감식반이 찍은 사진으로 대체하려고 했다. 그러나 노창룡의 등에 새겨 넣은 숫자를 보고는 생각이 달라졌다.

노창룡의 몸은 온통 검붉은 피멍이 들었고, 군데군데 살점이 뜯겨 나갔다. 사진으로 볼 때와는 또 달랐다. 무릎 부분에는 붉은 혈관이 피부 밖으로 삐쭉 튀어나왔다. 낮에 먹은 대구탕이 목구멍까지 기어올라 왔다.

살인이 목적이라면 이렇게까지 험하게 다룰 필요가 있을까? 살인의 목적 말고 두 가지가 더 추가되어야 할 것 같다. 광기와 메시지다. 노창룡의 사체에는 분노가 극에 달할 때 나타나는 광기와, 놈들이 외부에 전하고자 하는 메시지가 담겨 있다.

"검시관 생활 중에 이런 시신은 처음 봅니다. 손가락 관절이 모두 꺾여 있습니다."

키가 작달막한 검시관이 혀를 내둘렀다. 고등계 형사들의 고문 수법 중의 하나인 '손가락 비틀기'를 재현한 것이다. 다섯 손가락 사이에 막대 철근을 끼워 넣고 손가락을 비트는 방식인데, 고문이 심하면 뼈가 튕겨져 나가 손가락을 못쓰게 된다. 특별한 고문 기구가 필요하지 않아 언제 어디서든 손쉽게 할 수 있는 고문 방법이다.

"그것도 모자라…… 손발톱을 모두 빼갔습니다."

"전리품인가?"

"그런 것 같습니다."

"엎어봐!"

검시관이 등이 보이도록 노창룡의 사체를 엎었다. 아라비아 숫자는 붉은색으로 양쪽 어깻죽지에 새겨져 있었다.

194809
196011

얼핏 보기에 1948년 9월과 1960년 11월을 가리키는 듯하다.

애초부터 놈들은 할 말이 많아 보였다. 사체를 까발리는 것만으로는 성이 차지 않은 것이다. 범죄자 중에 이런 종자들이 가장 고약했다.

"이 숫자를 통해…… 뭔가를 말하려고 하는 것 같지 않습니까?"

검시관이 아래턱을 어루만지며 고개를 까닥거렸다.

"제가 보기엔, 이 숫자를 풀어야 수사의 가닥이 잡힐 것 같은데요."

우경준은 검시관을 매섭게 째려보았다. 말이 꽤나 많은 검시관이다. 사체 보관소에 들어설 때부터 쓸데없는 소리를 계속 주절거렸다.

"자네 맡은 일이 뭐야?"

"네?"

"주둥이 그만 나불대고 입단속이나 잘 해."

우경준은 그렇게 톡 쏘아붙이고는 사체 보관실을 나왔다. 이 아라비아 숫자는 아직 언론에 알려지지 않았다. 국민 정서를 감안해 철저히 보안을 유지했다. 수사관들에게도 입도 벙긋하지 말라고 단단히 주의를 주었다. 사회 혼란을 최소화하는 것도 수사팀에게 맡겨진 몫이다. 여기에는 범인들의 의도대로 끌려가지 않겠다는 뜻도 담겨 있다.

우선 이 숫자의 의미부터 풀어야 한다. 피해자의 사체에 표식을 남기는 것은 가해자가 자신의 뜻을 외부에 전하고자 할 때 자주 쓰이는 방식이다. 그것이 곧 살인의 명분이 되는 것이다.

2

'몸과 마음을 다스려 평화를 찾는 곳'

노창룡을 깔끔하게 처리했기 때문일까. 오늘따라 테라피 홀 정문에 걸려 있는 현판이 푸근하게 다가왔다. 보면 볼수록 마음에 드는 문구다. 그래서인지 이곳에 드나들 때마다 몸과 마음이 가뿐해졌다.

이 목조 건물 안에서 노창룡을 단일 집행 대상자로 결정했다. 뜨거운 심장들이 모여 마지막 친일파의 저승길을 배웅했다. 테라피 홀은 팀원들이 서로 의견을 나누고 의사를 결정하는 공간이다. '분노'를 걸러내 '열정'으로 승화시키는 곳이기도 하다. 앞으로도 수많은 제물이 이곳을 거쳐 저승길로 올라가게 될 것이다.

허동식은 테라피 홀을 가로질러 돌담 별채로 향했다. 그새 날이 어두워졌다. 산기슭을 베개 삼아 노닥거리던 땅거미도 꼬리를 감추었다. 저 멀리 산꼭대기에는 허연 낮달이 위태롭게 걸려 있었다.

돌담 별채 앞에 이르자 귀에 익은 목소리가 두런두런 들려왔다. 이곳은 A팀의 아지트다. 여기서 노창룡을 저세상에 보낼 밑그림을 그렸다. 팀원들의 아이디어를 모았고, 시나리오를 짰으며, 그대로 실천에 옮겼다. 착오는 없었다. 너무 매끄럽게 진행되어서 맥이 빠질 정도였다. 돌발 상황에 대비해 만든 제2, 제3플랜은 써보지도 못했다.

"어서 와, 허 감독!"

배 중령이 허동식을 가볍게 포옹했다. 뒤이어 안 과장이 허동식의 손을 꼭 잡았다. 정 기자는 가볍게 눈인사로 대신했다.

사흘 만에 A팀원이 한 자리에 모였다. 불과 며칠밖에 되지 않았는데, 다들 오랜만에 만난 벗 같았다. 무사히 일을 마쳤기 때문인지 팀원들의 얼굴은 밝았다.

"모두 수고하셨습니다."

허동식은 A팀의 리더로서 팀원들에게 정중하게 인사를 올렸다. 정 기자, 배 중령, 안 과장, 그리고 B팀원들까지…… 안 과장의 후배, 배 중령의 부하들도 빼놓을 수 없다. 독립운동가 후손의 폐가를 찾아낸 것도, 택시 세 대를 만찬 현장에 대절한 것도 그들이었다. 이들의 열성 덕분에 노창룡의 명줄을 무사히 끊었다.

허동식은 가방 안에서 와인을 꺼냈다. 첫 작품을 무사히 마친 기념으로 조촐한 뒤풀이를 마련했다. 오늘 특별히 준비한 것은 프랑스 샤블리산 화이트 와인이다.

"고대 그리스 사람은 와인을 신의 선물이라고 했습니다. 로마인들은 전쟁에서 승리할 때마다 와인으로 축배를 들었죠."

허동식은 유리컵에 와인을 따랐다. 축배의 날에는 독한 위스키보다 부드러운 와인이, 레드보다 화이트가 더 잘 어울렸다.

"어떤가, 마수걸이치고는?"

배 중령이 물었다.

"최고였습니다."

허동식은 엄지를 치켜들었다. 노창룡의 입국에서 저세상으로 보낼 때까지, 아귀가 착착 맞아떨어졌다. 사실 염려가 전혀 없던 것은 아니다. 시나리오를 짜는 것과 그대로 실행에 옮기는 것은 달랐다. 여러 차례 예행연습을 거쳐도 마음이 놓이지 않았다. 지나고 보니 다 쓸데없는 걱정이었다. 집행관들은 티끌 한 점 없이 완벽했다.

"그놈의 손발톱이야."

배 중령이 비닐봉지 안을 탈탈 털어 원탁 위에 올려놓았다.

"손톱 빼는 게 이리 힘든 줄 몰랐어……."

"수고했어요."

정 기자가 붉은 피가 묻어 있는 손발톱을 하나하나 챙겼다.

"다음부턴 하나만 빼는 걸로 하지. 새끼발톱으로 말이야."

노창룡의 손발톱을 빼자고 제안한 것은 B팀이다. 테라피 홀에 손발톱을 전시해서 집행의 거울로 삼자고 했다.

"마지막으로 해준 말은 없었나?"

안 과장이 물었다. 배 중령이 저승길을 앞두고 노창룡과 무슨 대화를 나눴는지 궁금했다.

"그럴 기분이 아니었어."

배 중령은 고개를 절레절레 흔들었다. 노창룡의 숨통이 끊어질 때까지 눈길을 떼지 않았다. 얼마나 버티는지 시간을 쟀다. 한 시간, 두 시간…… 가래 끓는 소리가 목울대를 흔들었다. 세 시간을 넘어가자 맥이 빠졌다. 보통 체력이 아니었다. 어떻게 아흔이 넘어도 그런 체력을 유지할 수 있는지 비결을 묻고 싶었다.

"10만 원을 날렸거든."

"그게 무슨 소리에요?"

정 기자가 물었다.

"부하들과 내기를 했어. 난 두 시간을 걸었는데, 이 인간이 글쎄 네 시간이나 버티더라고."

"내기에 졌군요."

대단한 늙은이였다. 그쯤 되면 고이 저승길을 받아들일 만도
한데 끝까지 명줄을 놓지 않았다. 붉은 실핏줄이 박힌 그의 눈이
말하고 있었다. 백 살까지 살게 좀 도와달라고. 그럴 수는 없었다.
백 살이 아니라 단 하루도 허락하고 싶지 않았다. 그때 노크 소리
와 함께 윤민욱 실장이 별채 안으로 들어섰다.

"마수걸이 파티 하는 겁니까?"

윤 실장이 와인 병을 쳐다보며 밝게 웃었다.

"어서 오십시오."

허동식이 그를 반갑게 맞이했다.

"축하 파티에 케이크가 빠지면 안 되죠."

윤 실장이 탁자 위에 케이크 상자를 올려놓았다.

"A팀을 위해 특별히 주문한 겁니다."

정 기자가 케이크 포장을 풀었다. 케이크 가운데에는 초코크림
으로 194809, 196011 숫자가 쓰여 있다. 노창룡의 등에 새겨 넣
은 숫자다.

"오호, 역시!"

배 중령이 흰 이를 드러내며 활짝 웃었다. 윤 실장은 B팀의 리
더로, 시민단체인 '인권연대'의 정책실장이다. 이번 일에는 B팀
이 A팀의 지원군으로 참여했다. B팀원 중에 북극성의 정보력이
가장 돋보였다. 노창룡의 입국이나 입국 후의 일정을 밝혀낸 것
도 북극성이다. 그의 빼어난 정보력 덕분에 노창룡의 동선을 일
찌감치 확보했다. 북극성은 수사팀의 진행 상황도 훤히 꿰차고
있었다. 다음 2차 집행 대상자는 A팀이 B팀의 지원군으로 참여

할 예정이다.

"수사 상황은 어떻습니까?"

허동식이 물었다.

"아직 이 숫자도 밝혀내지 못한 것 같습니다."

수사의 윤곽조차 잡지 못하고 있다는 소리다. 노창룡을 저세상에 보낸 명분을 등짝에 깔아놓았다. 수사팀이 괜한 곳에 화풀이하지 않도록 거기에 암시와 귀띔을 줬다. 법률에 관해 약간의 지식이 있다면, 쉽게 풀 수 있는 문제다.

"수사 책임자는 정해졌습니까?"

"서울지검에서 파견된 우경준 검사입니다."

"그는 어떤 자요?"

안 과장이 물었다.

"평판은 그리 좋지 않습니다. 검사 초임 시절에는 사건 브로커를 협박했다가 징계를 받은 적도 있습니다."

"떡고물에 밝은 자로군."

"그럼, 좋은 시간 되십시오."

윤 실장은 와인을 비운 후 별채를 나갔다.

"사람들의 반응이 좋아서 다행이에요."

정 기자가 케이크를 잘라 접시 위에 올려놓았다. 오늘 본 댓글 중에 독특한 호칭이 눈길을 끌었다. 이 시대의 진정한 애국자, 저승에서 온 심판관…… 그 같은 달콤한 소리를 들으려고 늙은 친일파를 없앤 게 아니다. 죽일 놈, 소리를 수백 번 떠들어봐야 소용이 없다. 백 마디의 욕이나 넋두리보다 단 한 번의 실천이 절실하다. 아무도 나서지 않는 한 못된 종자들은 결코 사라지지 않는다.

"최 교수의 자료가 큰 도움이 됐어요."

최주호를 낚을 미끼 치고는 제 역할을 톡톡히 했다. 정 기자는 물론 배 중령에게도 도움을 줬다. '등나무 감기기'는 요즘처럼 무더운 날에 써먹기 딱 좋은 고문 수법이다.

"최 교수 아내가 미국에 있다고 하지 않았나?"

배 중령이 물었다.

"그래. 딸아이와 함께 시카고에 있지."

안 과장은 최주호 아내의 주거지는 물론 딸아이 학교까지 확보하고 있었다. 최주호가 궤도에서 이탈할 것에 대비해 만든 조치다. 거기까지 건드리고 싶지 않았지만, 팀원의 안전을 위해 어쩔 수 없었다.

"지금쯤 날벼락을 맞은 기분이겠군."

배 중령이 혼잣말로 중얼거렸다. 허동식은 와인을 단숨에 비웠다. 최주호의 당혹스러운 얼굴이 눈에 선했다. 노창룡 사건을 접한 후로 잠도 제대로 자지 못했을 것이다. 동창들에게 일일이 연락하며 한바탕 호들갑을 떨었을 것이다. 지금 이 순간에도 자신을 찾으려고 똥줄이 타고 있지 않을까. 그러나 크게 염려할 것은 없다. 앞으로 적당한 시간이 지나면 그 역시 A팀의 일원으로 이 자리에 서게 될 테니까. 여기에 서서, 유쾌한 후일담을 나누며 축하 와인 잔을 받게 될 것이다. 그러기 위해서는 시간이 좀 더 필요했다.

3

마을버스 종점 옆에 차를 주차하고 2차선 도로를 따라 내려왔다. 허동식의 집은 화곡동 마을버스 종점 근처였다. 큰길 모퉁이를 돌아서자, 단독 주택이 길에 늘어서 있었다.

여기까지 오는 동안 단단히 마음먹었다. 어떤 변명을 늘어놓는지 잠깐 기회를 줄 생각이다. 씨도 안 먹히는 소리를 했다가는 가차 없이 싸대기를 후려칠 것이다. 그래도 마땅한 답변을 내놓지 않으면 경찰에 찌를 거라고 으름장을 놓을 것이다.

최주호는 허동식의 주소를 다시 한번 확인한 후 녹색 대문을 열었다. 널따란 마당을 중심으로 두 채의 양옥 건물이 마주보고 있었다.

"계십니까?"

두 번을 불러도 반응이 없다. 왼쪽 건물 처마 밑의 빨랫줄에는 여자 속옷이 펄럭거렸다. 오른쪽 건물은 빈집처럼 서늘한 냉기가 흘렀다.

"거기 누구요?"

그때 등 뒤에서 가래 섞인 목소리가 들려왔다. 대문 앞에는 허연 머리의 노인이 우두커니 서 있었다.

"허동식 씨를 찾아왔습니다."

"허 감독 말이오?"

노인은 허동식을 허 감독이라고 불렀다. 영화판의 감독인지, 막노동판의 감독인지 알 바 아니다. 허동식과는 고교 동창이라고 밝히고 그의 근황에 대해 물었다.

"요즘 통 안 보이던데. 집에 안 들어온 지 꽤 된 것 같소."

그럴 리가 없다. 집에 오지 않았다면 노창룡의 자료를 어떻게 챙겼을까.

"가족은 없습니까?"

허동식이 찾아왔을 때 경황이 없던 터라 가족 관계도 묻지 못했다. 가족관계는커녕 그가 무슨 일을 하고 있는지도 몰랐다.

"아직 잘 모르는 모양이로군. 허 감독의 아내는 죽었소."

"그게 어, 언젭니까?"

"3년은 됐을 거요."

"……."

"철거민들의 농성 현장에 갔다가 담장에 깔려 죽은 모양이오."

노인은 잔기침을 두어 번 내뱉더니 목소리를 낮게 깔았다.

"동네에서 소문난 잉꼬부부였소. 허 감독은 평소에도 아내를 끔찍이 아꼈다오. 그런 아내가 죽었으니 얼마나 상심이 컸겠소."

노인은 그들의 부부관계를 묻지도 않았는데 친절하게 말해 주었다.

"아내가 죽은 후로 매일같이 술만 마셨소. 술에 취하면 큰소리로 울부짖었고……."

"자녀는 있습니까?"

최주호는 노인의 말을 자르고 그의 자녀로 화제를 돌렸다. 지금 허동식의 아픈 과거에 귀 기울일 처지가 아니다.

"없소. 아기를 가지려고 했는데, 잘 안 된 모양이오."

"그 친구 집은 어딥니까?"

"저기요."

노인은 오른쪽 건물을 가리키고는 여자 속옷이 펄럭이는 맞은편 건물 안으로 들어갔다. 낭패였다. 허동식은 집을 비운 지 오래됐다. 그의 아내는 죽었고, 자식은 없다. 그의 소식은커녕 연이 닿는 사람도 없다. 갑자기 커다란 갯벌에 홀로 남겨진 기분이다. 최주호는 대문을 나서려다 말고 걸음을 멈췄다. 기껏 여기까지 찾아왔는데…… 이대로 돌아갈 수는 없다.

허동식의 집은 굳게 잠겨 있었다. 문 옆에는 작은 창문이 딸려 있었다. 혹시나 해서 창문을 열고 안을 들여다보았다. 거실을 겸한 주방이 눈에 들어왔다. 식탁 위에는 먹다 남은 컵라면이 보였고, 설거지통에는 식기가 가득 담겼다. 식탁 다리 사이로 두 눈이 빨려 들어가는 순간, 동공이 활짝 열렸다. 반쯤 열려 있는 방문턱 앞에 낯익은 봉투가 보였다. 대학 로고가 새겨진 봉투…… 노창룡의 자료를 보낸 그 서류 봉투다!

허동식이 집에 다녀간 것이다. 손을 댈 만한 곳이 있는지 빠르게 머리를 굴렸다. 한 군데가 퍼뜩 떠올랐다. 마당을 나와 녹색 대문 옆에 있는 우편함을 뒤졌다. 그 안에는 공과금 통지서 등 우편물이 가득 쌓여 있었다. 그중에서 허동식에게 온 우편물을 따로 골라냈다. 가장 최근에 온 우편물은 영화제작사에서 보낸 엽서다.

영화제작사 '지리산'은 충무로역 근처에 있었다. 사무실 벽에는 영화 포스터가 덕지덕지 붙어 있었는데, 눈에 익은 영화가 하나도 없었다. 대부분 다큐멘터리 독립영화와 저예산 영화다. 포스터만으로도 어떤 영화사인지 감이 왔다.

"저도 허 감독님 못 본 지 꽤 됐어요."

여직원은 허동식이 사무실에 들른 지 두 달이 넘었다고 했다.

"전화해 보세요. 휴대폰 번호 모르세요?"

"휴대폰이 꺼져 있습니다."

"작품 구상 중인가 보네요. 허 감독님은 작품 구상 중일 때는 전화를 받지 않아요."

급히 전할 게 있는데, 방법이 없겠느냐고 물었다.

"잠깐 기다려보세요."

여직원이 전화를 한 지 얼마 되지 않아 빵모자를 눌러쓴 사내가 들어섰다. 빵모자 사내는 허동식과 어떻게 되냐고 물었고, 고등학교 동창이라고 말했다.

"혹시…… 역사를 전공하는 교수님 아닙니까?"

"그렇습니다만 어떻게 저를…….'

빵모자 사내는 빙그레 웃어 보였다.

"허 감독이 조만간 교수님 한 분이 찾아올 거라고 했거든요."

"그럼, 제가 여기에 올 것을…… 알고 있었다는 겁니까?"

"예. 짐작은 하고 있었습니다."

몽달귀신에게 싸대기를 맞은 것처럼 얼떨떨했다. 마치 허동식에게 원격 조종 당하는 기분이다.

"그 친구가 뭐라던가요?"

"앞으로 동창 분에게 많은 도움을 받아야 할 거라고 했습니다."

넌 날 도와주리라 믿어…… 그 진절머리 나는 소리가 또 고막 속으로 기어들어 왔다.

"그 친구 하는 일이 뭡니까?"

"다큐멘터리를 만들고 있습니다."

이제야 허동식이 뭘 하려는지 짐작이 갔다. 역사 바로 세우기 같은 다큐멘터리를 구상 중인 듯하다. 친일파를 족치는 것은 봐줄 만한데, 제작 방식이 틀렸다. 아무리 리얼리티를 살린다고 해도 너무 엽기적이고 괴기스럽지 않은가.

"그 친구가 만드는 다큐멘터리가…… 역사 쪽입니까?"

"역사요? 그쪽과는 거리가 좀 먼데."

빵모자 사내는 사무실 벽에 붙어 있는 영화포스터를 가리켰다.

"저게 허 감독이 만든 겁니다."

〈코리안 드림은 없다〉…… 불법 체류 중인 외국인 노동자들의 삶을 다룬 다큐멘터리 영화다. 잘못 짚은 건가? 빵모자 사내는 허동식이 우리 사회의 소외된 현장에 카메라 앵글을 맞추고 있다고 덧붙였다.

"어디 갈 만한 곳이 없습니까? 집에는 잘 들어오지 않는다고 하더군요."

최주호는 다시 원점으로 돌아왔다.

"그 친구가 늘 그래요. 작품 구상 중일 때는 깜깜무소식입니다."

"……."

"혹시 모르니 암자에 한번 가보십시오. 작품 구상할 때 종종 들르는 곳입니다."

"그 암자가 어딥니까?"

최주호는 암자의 위치를 확인한 후 '지리산'을 나왔다. 후텁지근한 바람이 얼굴을 할퀴고 사라졌다. 머리 위로 땡볕이 쏟아졌다. 문득 허동식을 찾기가 쉽지 않을 거라는 생각이 들었다. 마음 먹고 내빼면 달리 손쓸 곳이 없다. 그렇다고 이대로 포기할 수도 없는 노릇이다. 허동식을 찾아야 할 곳이 더 남아 있다면, 어디든 지 달려가야 했다. 앞으로 얼마든지 시간을 낼 수 있다. 마침 여름 방학이 시작됐고, 다음 학기에 제출할 연구 논문도 마무리 작업 중이다. 허동식을 찾는데 시간은 장애가 되지 않았다. 기왕 나선 걸음이니 가는 데 까지는 가볼 작정이다.

4

눈앞이 침침하고 눈자위가 아려왔다. 우경준은 영양제 한 알을 입에 털어 넣었다. 눈의 피로에 좋다는 비타민이다.

194809, 196011…… 이게 무슨 숫자일까? 죽을 맛이다. 어쩐지 놈들의 농간에 말려드는 기분이다. 사체를 대놓고 공개한 것도 찜찜한데, 사체에 암호 같은 수수께끼를 새겨 넣다니…… 목이 빠지게 들여다봐도 확 꽂히는 게 없다.

노창룡을 중심으로 1948년 9월과 1960년 11월에 벌어진 사건을 샅샅이 뒤졌다. 이 시기는 해방 후 대한민국 정부가 세워지고 4·19가 일어난 해였다. 그러나 아무리 더듬어도 노창룡과 관련된 사건은 없었다. 이 무렵 노창룡은 머리카락 보일세라 꼭꼭 숨어 있었다. 해방과 4·19는 그에게 악재 중의 악재였다. 노창룡뿐만이 아니다. 친일파들은 하나같이 두문불출하고 몸을 사렸다. 반민특위가 해체되고 5·16 군사 쿠데타가 일어난 후에야 슬슬 양지로 기어 나왔다.

우경준은 이 숫자에서 한발 빼기로 했다. 답이 나오지 않는 걸 백날 들여다봐야 머리만 아플 뿐이다. 일단 노창룡이 입국 후의 행적에서 실마리를 찾아보기로 했다. 노창룡이 입국한 날짜는 22일, 폐가에서 살해된 날짜는 26일이다. 그런데 22일부터 26일까지의 행적은 밝혀지지 않았다. 노창룡은 테러를 염려해서인지 자신의 동선이나 신변에 대해서는 입을 열지 않았다. 나흘 동안 노창룡은 어디서, 무엇을 했을까?

사건 발생 일주일 후, 수사팀에 반가운 소식이 전해져 왔다. 노창룡의 입국 사유를 밝혀줄 인물을 찾아냈다. 만찬 행사에 참석한 초청 인사의 증언이 결정적이었다.

"그날 만찬 행사에서 노창룡 씨가 대형 로펌의 변호사 얘기를 한 적이 있습니다."

초청 인사는 노창룡이 만난 변호사가 누구인지는 알지 못했다. 어쨌든 그것만으로도 큰 소득이다. 수사팀은 대형 로펌을 중심으로, 노창룡이 다녀간 흔적을 빠르게 훑었다. 한나절 만에 노창룡과 대면한 변호사의 신원이 파악됐다. 이름은 주용일, 전직 고등법원 판사 출신이었다. 우경준은 그가 근무하는 로펌 사무실을 직접 찾았다.

주용일은 70대 초반의 노신사로, 하얗게 빗어 넘긴 가르마가 눈길을 끌었다. 간단히 방문 목적을 밝힌 후 노신사의 비위를 살짝 건드려봤다.

"노창룡 씨가 살해된 걸 알면서도 왜 알리지 않았습니까?"

노창룡의 죽음으로 온 나라가 시끄러운데, 이 늙은 변호사는

나 몰라라 뒷짐만 지고 있었다. 판사 출신답지 않은 처신이다. 수사팀이 그를 찾아내지 않았다면 영원히 묻어두었을 것이다.

"미안합니다. 의뢰인에게 불미스러운 일이 벌어진 걸 보고 마음이 편치 않았습니다."

그는 언론에 조명을 받을 것 같아 부담이 갔다고 솔직히 털어놓았다. 우경준은 프라이버시는 지켜줄 테니 수사에 협조해 달라고 정중하게 부탁했다. 그러자 노신사의 입이 순순히 열렸다.

"꽤 오래전에 이완용의 증손자가 이완용 명의의 땅을 찾겠다고 나선 적이 있는데…… 혹시 알고 계십니까?"

우경준은 고개를 끄떡였다. 1990년대 중반, 일부 친일파의 후손이 '땅 되찾기'에 나서서 큰 비난을 받은 적이 있다.

"노창룡 씨는 죽기 전에 자신의 명의로 된 땅을 찾으려고 입국한 것 같습니다. 강원도 철원 쪽에 그의 명의로 된 땅이 상당 부분 있는 걸로 알고 있습니다. 바로 그 땅을 되찾을 수 있는지 제게 소송을 의뢰했습니다."

우경준은 노창룡이 그 땅을 되찾을 수 있는지를 물었다.

"물론 쉽지는 않겠죠. 그 땅은 노창룡 씨가 해외로 도피한 후 오래도록 방치된 터라 지금은 국유지로 되어 있습니다."

"노창룡 씨가 찾아온 게 언젭니까?"

"22일입니다. 입국하자마자 절 찾아왔습니다."

"땅 찾는 거 말고 다른 입국 사유는 없습니까? 이를테면 개인적으로 풀어야 할 문제라든가……."

"묘지를 보러 다닌 것도 입국 사유가 되겠군요. 입국한 다음 날 제게 그러더군요. 어디 잘 아는 명당자리 없느냐고요."

그래도 고국 땅에 묻히고 싶었던 걸까. 어찌 됐든 노창룡은 소원을 이룬 셈이다. 사지가 갈가리 찢겼지만, 그가 원하는 고국 품에 안겼으니까.

"오전에는 소송 상담을 했고, 오후에는 역술인과 함께 경기도 용인의 묘 터를 보러 다녔습니다. 그리고……."

노신사는 잠시 말을 끊더니 손수건을 꺼냈다. 에어컨 바람이 시원하게 나오는데도 그의 이마에는 송골송골한 땀이 맺혔다.

"이건 제 느낌입니다만…… 노창룡 씨는 누군가에게 미행을 당하고 있는 눈치였습니다."

"미행이요?"

"그렇습니다. 입국 첫날은 잘 몰랐는데, 이틀째 되는 날부터 주위를 자주 두리번거렸습니다. 저희 사무실에 와서도 창밖을 내다보곤 했습니다."

"혹시 짐작 가는 사람이라도 있습니까?"

"한때 광복회 회원들이 노창룡 씨를 잡으려고 일본에 건너간 적이 있는데……."

무슨 말을 하려는지 감 잡았다. 우경준 역시 친일파를 응징하려는 세력을 첫 번째 용의선상에 올려놓았다. 그래서 2000년대 초반 일본에 건너가 노창룡을 잡으려고 했던 광복회 회원들을 모조리 조사했다. 그러나 이들에게 별다른 혐의점을 찾을 수가 없었다. 그들은 노창룡이 입국한 것도 알지 못했다.

"이 사진 좀 봐주십시오. 피해자의 사체를 찍은 겁니다."

우경준은 가방에서 노창룡의 사체 사진을 꺼냈다.

"오오, 이럴 수가……."

노신사의 얼굴이 험하게 일그러졌다. 일반인에게는 처음 공개하는 사진이다.

"이 숫자가 뭘 의미하는지 아시겠습니까?"

혹시나 해서 슬쩍 던져봤다. 물론 노신사가 이 숫자의 비밀을 풀리라고는 기대하지 않았다.

"1948년 9월과 1960년 11월에 일어난 사건을 말하는 것 아닙니까?"

그 소리가 나올 줄 알았다. 이 숫자를 밝히려고 여러 전문가들을 만났는데, 첫 마디가 약속이나 한 듯이 똑같았다.

"저희도 이 시기를 중점적으로 조사했지만, 특별한 점을 발견할 수 없었습니다."

노신사는 사진을 뚫어지게 들여다보았다. 뭔가 실마리를 찾은 걸까. 눈 밑의 주름이 꿈틀거렸다.

"잠깐 기다려보십시오."

그는 자리에서 일어나더니 의자 뒤에 있는 책장 쪽으로 다가갔다. 책장 안에는 각종 법률 서적이 가지런히 꽂혀 있었다. 노신사는 두툼한 법률 서적을 꺼내고는 한참을 뒤척거렸다.

우경준은 그가 법률 서적을 뒤지는 동안 사무실 안을 둘러봤다. 국내 최고의 로펌답게 사무실 인테리어도 훌륭했다. 눈길 주는 곳마다 번쩍번쩍 광이 났다. 지난해 퇴임한 검찰총장도 이 로펌에 둥지를 틀었다. 1년도 되지 않았는데 벌써 수십 억 원의 수임료를 챙겼다는 소문이 법조계에 나돌았다. 전관예우 덕분이다. 하긴 뭐든 끗발이 있어야 대우를 받는 법이다. 일반 평검사로 옷을 벗으면 전관예우는커녕 검찰 대우도 받지 못했다.

"이제 그 숫자의 의미를 알 것 같습니다……."

다시 자리에 돌아오자, 노신사의 눈이 반짝 빛났다. 우경준은 마른침을 꿀꺽 삼켰다.

"1948년 9월은 반민족행위처벌법이 제정된 때입니다……. 이 법은 일제에 적극 협력한 자, 친일 부역자 등 반민족행위자를 처벌하기 위해 만들어졌습니다. 그리고 1960년 11월은 반민주행위자 공민권제한법이 제정된 때입니다."

특히 이 법은 4·19가 발생하기 전, 공직자들의 범죄 사실을 적용한 법률을 근거로 삼았다. 여기에는 직권 남용과 피의자의 가혹 행위가 첨부되어 있었다.

"그렇다면……."

우경준은 말끝을 흐렸다.

"피의자들은 당시의 법률을 노창룡 씨에게 소급 적용시킨 겁니다. 이를테면 대한민국 법률에 의거해 형을 집행한다는 것이죠."

우경준의 입이 쩍 벌어졌다. 놈들은 정말 이 두 개의 법률을 살인의 명분으로 삼으려 했단 말인가! 정수리에 뾰족한 침이 들어선 것처럼 머리가 핑 돌았다. 감히 대한민국 법률을 건드리다니, 거기까지는 상상도 하지 못했다.

로펌 사무실을 나오는데 한쪽 다리가 휘청거렸다. 아라비아 숫자의 비밀은 싱겁게 풀렸다. 노신사에게 별 생각 없이 던져본 것인데, 뜻밖의 결과가 나왔다. 그런데 숫자의 비밀이 풀렸는데도 홀가분하지가 않았다. 의혹을 푼 게 아니라 되레 더 큰 짐을 떠안은 기분이다.

문 검사장의 눈길은 줄곧 창밖에 머물렀다. 약식 수사 보고서를 잠깐 훑어보고는 내내 딴청을 부렸다. 그를 볼 면목이 없었다. 사실 이 약식 보고서에는 내세울 만한 내용이 없었다. 용의자는커녕 아직 단서조차 잡지 못했다.

"막장에 갇힌 게로군."

문 검사장이 창가에서 뒤로 돌아섰다.

"CCTV에도 노출이 안 되고, 목격자도 없고, 흔적도 없고……."

정말 감쪽같았다. 노창룡의 납치 현장부터 살해 현장까지 놈들은 단 한 번도 노출되지 않았다. 모범택시는 행사장 사거리에 설치된 CCTV에 잠깐 노출됐을 뿐이다. 그 후에는 어떤 도로에서도 CCTV 화면에 잡히지 않았다. 살해 현장으로 이송하면서 번호판을 교체했거나 다른 차량을 이용한 듯하다.

"입국 사유는 밝혀냈나?"

"해외로 도피할 때 자신의 명의로 된 땅을 찾고…… 개인적으로는 고국에 묻힐 묘지를 보기 위해 입국한 것으로 보입니다."

"숫자는?"

"반민족행위처벌법과 반민주행위자 공민권제한법이 제정된 시기와 일치합니다."

우경준은 내심 불쾌했으나 겉으로 드러내지 않았다. 노창룡의 입국 사유는 물론 등짝에 새겨 넣은 숫자의 의미도 보고서에 다 적었다. 문 검사장은 입을 꾹 다문 채 더 말해 보라는 듯 고개만 까딱거렸다.

"범인들은 이 법률을 소급 적용해서 살해 명분으로 삼으려 한 것 같습니다."

"살해 명분?"

"그렇습니다."

"그럼, 집행관이라는 소린가?"

"……."

"고약한 사람들이로군……."

이 숫자를 해독한 후 수사 방향이 확 바뀌었다. 노창룡을 법 집행의 대상으로 삼고 있다면, 광기에 가득 찬 사회 불만 세력일 확률이 높다. 특히 법을 불신하거나 법에 의해 깊은 상처를 받은 자가 가담했을 것이다. 가장 까다로운 수사 대상이 이런 부류다. 원한도 없고 인연도 없다. 목적이나 명분은 뚜렷하지만 이를 받쳐 줄 만한 연결고리가 보이지 않았다.

"빈틈을 잘 찾아보게. 원래 강력 사건은 사소하고 하찮은 것에서부터 실마리가 풀리지 않나."

옳은 소리다. 종종 하찮고 사소한 것들이 사건을 푸는 데 결정적인 역할을 한다. 그런데 아쉽게도 이번 사건에는 그런 게 없다. 놈들은 사소하고 하찮은 것도 남겨두지 않았다.

"정영곤 의원이 자네 대학 선배라고 했지?"

문 검사장이 느닷없이 정영곤을 입에 올렸다.

"그렇습니다."

"이번 광복절에 특별사면 된다는군."

"……."

"실컷 잡아 처넣으면 뭣하누……."

문 검사장의 입에서 짧은 탄식이 흘러나왔다. 우경준은 공연히 얼굴이 붉어졌다. 초임 검사 시절 정영곤은 자신의 든든한 버팀

목이었다. 비도 막아주고 바람도 막아주었다. 곤경에 빠졌을 때 정영곤의 도움을 받은 적이 한두 번이 아니었다. 땡볕이 들 때면 시원한 그늘을 만들어주기도 했다. 그가 검찰 옷을 벗고 정계에 진출한 후에도 마찬가지였다.

하여튼 대단한 인간이다. 올여름에 석방될 것이라는 그의 호언 대로 가석방 명단에 이름을 올렸다. 불사조라는 그의 별칭은 이 번에도 딱 들어맞았다.

5

4차선 도로에서 우회전한 후 비포장도로로 접어들었다. 그 뒤 로 한참 동안 구불구불한 길이 이어졌다. 그렇게 흙먼지를 뒤집 어쓰고 반시간 가까이 차를 몰았다.

빵모자 사내가 알려준 암자는 산중턱에 자리하고 있었다. 차 를 밭길에 주차하고 20여 분을 더 걸었다. 산은 높지 않은데 길이 거칠었다. 마음이 급한 탓인지 쉬어 갈 엄두가 나지 않았다. 셔츠 안으로 땀이 스며들었다. 가쁜 숨을 내쉴 때마다 시큼한 땀 냄새 가 코를 찔렀다.

나 잡아봐라…… 자나 깨나, 어디를 가든 허동식이 찰거머리처 럼 따라붙었다. 연구실에도 집에도 화장실에도 낄낄거리며 따라 와 혀를 날름거렸다. 머릿속에는 날카로운 쇠꼬챙이가 기어들어 와 뇌세포를 갉아 먹었다. 그걸 빼내지 않는 한 아무 것도 할 수 없었다. 너도 곧 알게 돼…… 그때는 잘 몰랐다. 그 한마디가 이

토록 무시무시하게 다가올 줄은.

암자는 작고 아담했다. 건물도 몇 채 되지 않았다. 최주호는 법당 앞에 있는 승려에게 다가가 허동식이라는 사람이 있는지를 물었다. 젊은 승려는 고개를 갸웃거렸다. 이번에는 허동식의 인상을 늘어놓았다. 더벅머리에, 키는 보통이고, 체격은 마른 편이며…… 젊은 승려는 그제야 알겠다는 듯 고개를 끄떡거렸다.

"이쪽으로 오십시오."

젊은 승려가 안내한 곳은 법당 뒤편의 선방이었다. 그곳에는 툇마루가 딸려 있는 방들이 다닥다닥 붙어 있었다. 왼쪽 끝의 방 앞에는 한 젊은이가 툇마루에 앉아 행정학 책을 보고 있었다. 얼핏 보아 공무원 시험을 준비하는 것 같았다. 승려는 젊은이와 몇 마디 대화를 나눈 후 고개를 흔들며 다가왔다.

"암자를 떠난 지 오래됐다고 합니다."

예상하던 대로다. 허동식이 아직도 이 암자에 있으리라고는 생각하지 않았다. 달리 그를 찾아갈 곳이 없기에, 혹시나 하는 마음으로 발길을 잡았다. 아무리 귀띔으로 들은 곳이라고 해도 그냥 지나칠 수가 없었다. 최주호는 젊은이에게 신분을 밝히고 허동식이 언제 떠났는지를 물었다.

"두 달 정도 됐습니다."

"여기서 뭘 하던가요?"

"글을 쓰는 것도 같고…… 신문을 스크랩하는 것도 같고…… 하여튼 허 감독님은 뭔가를 열심히 준비하는 것 같았습니다."

젊은이의 입에서도 허 감독 소리가 자연스럽게 흘러나왔다.

"암자에 그 친구를 찾아온 사람이 있었습니까?"

젊은이는 고개를 끄떡였다.

"어떤 사람입니까?"

"나이가 꽤 들어 보이는 노신사였습니다. 그분은 TV에서 본 것도 같은데…… 낯이 좀 익었습니다."

"노신사 말고 또 누가 찾아왔습니까?"

젊은이는 손에 들고 있던 책을 툇마루에 내려놓았다.

"서너 명 쯤 되는 것 같았는데……. 다들 체격이 좋았습니다. 허 감독님보다 나이가 좀 더 들어 보였고요."

젊은이가 대충 꼽은 인물만 해도 넷이나 됐다. 이 인원이라면 노창룡을 납치하고 살해하기에 적당한 숫자다. 언론에서도 노창룡을 살해한 용의자가 세 명 이상이라고 했다. 그때 정 기자가 떠올랐다. 최주호는 방문객 중에 여자도 있었느냐고 물었다. 그렇다는 대답이 돌아왔다.

"그 여자의 인상이 어떻던가요? 혹시 긴 생머리에 30대 초반 정도로 보이지 않았습니까?"

"그런 거 같습니다."

"그 여자의 직업이…… 기자 아닙니까?"

"그건 모르겠습니다."

"느낌이 어땠습니까?"

"느낌이라뇨?"

"그러니까 그 친구와 여자의 관계가…….."

"특별한 느낌은 없었습니다. 그냥 서로 잘 아는 사이라고나 할까요. 그 여자는 허 감독님에게 선배라고 부르는 것 같았습니다."

그때 앞치마를 두른 중년 여자가 고개를 주억거리며 다가왔다.

"댁이 허 감독을 찾아왔소?"

김치 겉절이를 담그다가 왔는지 그녀의 손에는 고춧가루가 잔뜩 묻어 있었다.

"그렇습니다."

"허 감독과는 워떤 사이요?"

"고등학교 동창입니다."

"동창? 마침 잘 왔구먼이라. 잠깐 기다려보쇼."

중년 여자는 수돗물에 손을 씻고는 법당 옆의 허름한 창고에 들어갔다. 곧이어 그녀는 옆구리에 검은색 파일철을 끼고 나왔다. A4 용지 크기의 문서를 스크랩할 수 있는 파일철이다.

"허 감독 만나거들랑 요것 좀 꼭 전해주소."

"이게 뭡니까?"

"글씨, 지난달에 허 감독이 여길 다시 찾아오지 않았겠소. 방에 뭐신가 두고 갔다는디 그걸 찾으러 일부러 온 거요. 아, 그땐 허 감독이 찾는 게 뭔지 몰라 방에 아무것도 없다고 혔지. 근디 허 감독이 돌아가고 일주일쯤 됐던가. 불쏘시개 할려구 다락을 뒤져보니께 그 안에 요게 있지 않겠소. 보아하니 허 감독이 찾으려고 한 게 꼭 이거 같은디 말이여. 허 감독 만나거들랑 잊지 말고 꼭 전해주소."

중년 여자는 파일철을 손에 쥐어주고는 휑하니 사라졌다.

"저도 그 파일철을 본 적이 있습니다……"

젊은이가 방으로 들어가려 말고 파일철을 힐끔 쳐다봤다.

"허 감독님이 늘 곁에 두고 있던 파일철입니다. 작품을 만드는 데 꼭 필요한 자료가 있다고 했거든요."

무슨 말인지 금방 알아들었다. 이 파일철이 허동식에게 아주 중요한 물건이라는 것이다. 허동식이 다시 암자에 들른 것만 봐도 짐작이 갔다.

법당 뒤편의 대리석 계단에 앉아 파일철을 펼쳤다. 납작하게 누워 있는 비닐을 한 장 한 장 넘겼다. 비닐 안에는 신문에서 오린 기사가 스크랩되어 있었다. 「로비의 귀재 법망을 유린하다」, 「비리로 얼룩진 검은 커넥션」, 「복마전의 사각지대」…… 굵은 고딕체 제목이 신문 한복판에 깔렸다. 유명 정치인이나 기업인, 공직자들에 대한 기사였다. 신문뿐만이 아니라 시사 잡지에 실린 장문의 기사들도 스크랩되어 있었다. 대형 비리 사건에서 동전 크기만 한 동정 기사에 이르기까지 다양했다. 이들 중에는 칼럼을 쓰는 데 소재가 된 인물도 여럿 보였다.

최주호는 파일철에 담긴 인물에서 두 가지 공통점을 찾아냈다. 하나는 이들이 이 나라를 이끌어 가는 주요 인사라는 점이다. 정치 경제 사회 문화 등 각 계층에서 내로라하는 인물들로 채워졌다. 다른 하나는 그들의 명성에 걸맞지 않게 온갖 추잡한 부패와 비리에 얽혀 있다는 점이다. 그러나 이들은 교묘하게 법망을 빠져나가거나 정권 교체의 틈을 타 무혐의 처리된 공통점을 지니고 있었다. 철면피, 미꾸라지, 기름장어, 불가사리…… 이들을 일컫는 여러 별칭도 기사 제목에 덤으로 깔렸다. 몇몇은 여론에 떠밀려 구속됐으나, 병보석으로 풀려 나오고 국경일에 특사로 사면되는 행운을 누렸다. 파일철은 쓰레기 하치장 같았다. 냄새가 너무 고약해서 숨을 쉴 수가 없을 정도다.

파일철을 반쯤 넘겼을까. 낯익은 이름 석 자가 관자놀이를 콕 찔렀다. 노창룡이다. 2년 전, 한 탐사보도 전문기자가 노창룡의 교토 집을 방문한 후 쓴 기사였다. 여기에는 한 곳에 정착하지 못하고 수차례 집을 옮긴 노창룡의 도피생활이 담겨 있었다. 더욱 놀라운 것은 노창룡 기사를 스크랩한 마지막 부분에 있었다.

「마지막 친일파를 위한 변명」……. 삼일절을 앞두고 한 신문사의 청탁을 받고 쓴 칼럼이었다. 카페 안에서 허동식은 이 칼럼의 제목을 정확하게 기억해 냈다. 그뿐이 아니다. 감시자로서의 국민의 역할…… 꼬마가 가져온 칼럼도 납작하게 엎드려 있었다.

산기슭에서 서늘한 바람이 불어왔다. 파일철에 너무 집중한 탓인지 눈주름이 시큰거렸다. 파일철을 쥔 손에는 땀이 차올랐다. 잠시 파일철을 덮고 두 눈을 감았다.

허동식은 왜 이런 자료를 모은 걸까? 집채만 한 의혹 덩어리가 머리맡으로 와르르 쏟아졌다. 마땅한 답이 떠오르지 않았다. 이 파일철에 담긴 기사들은 3년 전부터 집중적으로 모은 것들이다. 이번엔 질문을 살짝 바꿔봤다. 허동식은 이 자료를 어디에 쓰려는 걸까?

계단에서 일어나자, 갑자기 아찔한 현기증이 밀려왔다. 어렴풋이나마 짚이는 게 있긴 했다. 이것저것 다 털어내고 나니 딱 하나만 손에 잡혔다. 그건 바로 살생부(殺生簿)다.

6

한밤중에도 더위는 여전했다.

별채 창문 밖으로 풀벌레 소리가 들려왔다. 허동식은 원탁 옆에 간이침대를 폈다. 날이 더워서 침대 바닥에만 홑이불을 깔았다. 저녁은 컵라면으로 대충 때웠다.

암자를 나온 후 돌담 별채에 임시 거처를 마련했다. 원래 야전 체질이라 조금도 불편하지 않았다. 다큐멘터리를 찍을 때는 이슬 피하는 곳이라면 아무 데서나 잠자리를 깔았다.

집에 안 들어간 지 꽤 오래됐다. 지난봄에 집을 나와 노창룡의 자료를 가지러 딱 한 차례 집에 들른 게 전부다. 사실 집보다 이곳이 더 편했다. 아내가 없는 집은 황량한 사막이다. 풀 한 포기 나지 않았다. 생기라고는 눈곱만큼도 없다. 거실 안의 화초도 금방 말라 비틀어졌다. 집에 홀로 남아 있는 시간은 유배의 시간이다. 잡념은 깊어지고 꿈은 쪼그라들었다.

그날의 상처는 좀처럼 지워지지 않았다. 상처를 치유하는데 길게 1년을 잡았다. 그쯤이면 훌훌 털고 일어설 줄 알았다. 그런데 3년이 지나도 그대로다. 아니, 더 골이 패이고 깊어지는 것 같다. 아내가 죽은 후 모든 걸 잃었다. 몸 껍데기만 덩그러니 남았다. 꿈을 갖는 것은 사치였다. 그나마 확실한 목표가 생겼다는 게 큰 위안거리다.

허동식은 간이침대에 누워 새로 만든 파일철을 뒤척거렸다. 이제 2차 집행 대상자를 정할 차례다. 첫 단추는 잘 꿰어졌다. 그날 마수걸이 뒤풀이는 한밤중까지 이어졌다. 유쾌한 후일담은 좀처럼 끝날 기미가 없었다. 웃고 떠드느라 시간 가는 줄 몰랐다.

2차 집행 대상자는 누가 좋을까? 행복한 고민이다. 저세상에 보낼 인간쓰레기들의 명단은 차고 넘쳤다. 그래도 신중하게 고르고 또 골랐다. 제비뽑기 하듯 허투루 정해서는 안 될 일이다. 노창룡처럼 빼어난 먹잇감을 찾는 것은 쉽지 않았다.

우선 네 명 정도로 후보자 명단을 추리기로 했다. 처음 집행 대상 후보자에 올라왔던 청와대 전 민정 수석과 군 장성 출신의 재선 의원을 다시 끼워 넣었다. 여기에 두 명을 더 추가하려는데, 탁자 위의 휴대폰이 부르르 몸을 떨었다. 윤 실장이다.

"방금 전…… 광복절 특사 명단을 입수했습니다."

윤 실장답지 않게 목소리가 들떠 있다. 저녁 무렵에 북극성을 만난 모양이다. 윤 실장은 이맘때쯤 좋은 안건이 올라올 거라고 귀띔해 주었다.

"2차 집행 대상자는 이번 특사 명단에서 정했으면 합니다."

허동식은 그들이 누구인지를 물었다.

"모두 아홉 명입니다."

재벌 총수가 둘, 정치인 넷, 고위 공직자 셋이다. 잠깐 동안 그들의 면면을 살펴봤다. 모두 2차 집행 대상자로 충분한 자격을 갖추고 있었다. 아무나 콕 집어도 전혀 이상할 게 없다.

허동식은 윤 실장의 제안을 흔쾌히 받아들였다. 마침 잘 됐다. 특사로 풀려나오는 인간을 집행 대상자로 삼아야겠다고 벼르던 참이다. 이 땅의 법 집행이 얼마나 잘못된 것인지 보여주고 싶었다. 그런데 이처럼 기회가 빨리 찾아올 줄은 몰랐다.

특별사면자는 하나같이 형량이 턱없이 짧다는 공통점을 가지고 있었다. 5년은 넘어야 할 형량이 1년에 불과했다. 무기징역에 처할 중죄인의 형은 3년을 넘지 못했다. 그나마 이런 형량을 다 채우고 나오지도 않았다. 허동식은 휴대폰을 들고 팀원들에게 문

자를 보냈다.

'주말 정오, 2차 집행 대상자 선발 예정.'

상큼한 주말이다. 하늘엔 구름 한 점 없었다. 정오가 다가오면서
팀원들이 하나둘씩 테라피 홀로 모여들었다. 안 과장은 어제 과음
을 했는지 술 냄새가 확 풍겼다. 배 중령은 머리를 짧게 잘랐다. 군
복을 벗은 지 3년이 다 되어 가는데도 여전히 군인 냄새가 났다.
정 기자는 엷은 화장을 했다. 붉고 도톰한 입술이 매력적이다.

정오가 조금 넘어 제7차 집행 회의가 열렸다. 노창룡을 저세상
에 보낸 후 오랜만에 열리는 집행 회의다. 지난 4차 집행 회의에서
는 노창룡을 만장일치로 통과시켰다. 윤 실장은 특사 명단에 있는
아홉 명의 자료를 원탁 위에 올려놓았다. 이들이 투옥된 죄목 이
외에도 여러 비리가 함께 올라왔다. 이번 집행의 주체는 B팀이다.
사흘밖에 시간이 없었는데도 윤 실장은 아홉 명의 비리 행각을
한눈에 알아볼 수 있도록 일목요연하게 만들었다.

집행 회의가 열리고 한 시간 만에 김길종과 정영곤이 2차 집행
후보자로 가려졌다. 진작 마음에 두고 있던 인간들이다. 모든 팀
원들의 생각이 한결같았다. 어느 누구도 이의를 제기하지 않았다.
김길종과 정영곤은 아홉 명 가운데 단연 돋보이는 쓰레기였다.

김길종은 태오그룹 총수로, 업계에서는 악덕 기업인으로 잘 알
려진 인물이다. 주요 선거가 있을 때마다 수십 억 원에 이르는 정
치 비자금을 조성해 정경유착의 끈끈한 고리를 이어갔다. 그 대
가로 온갖 특혜를 누리며 문어발식으로 사업을 확장해 나갔다.
계열사인 태오산업의 노사분규 때는 구사대를 투입해 노조원을

강경 진압하다가 노조원 두 명이 사망했다. 그러나 어느 누구도 책임을 지지 않았다. 정영곤은 검찰 출신의 3선 의원으로, 시민단체에서는 그를 두고 조작과 왜곡의 달인으로 불렀다.

잠시 휴식 시간을 가진 후 집행 회의가 다시 열렸다. 이번에는 김길종과 정영곤을 두고 팽팽한 줄다리가 이어졌다. 두 시간이 넘도록 팀원들의 의견은 한데로 모아지지 않았다. 노창룡을 만장일치로 결정할 때와는 판판이었다. 그렇다면 방법은 하나밖에 없다. 거수투표다. 허동식은 정영곤에게 한 표를 던졌다. 어젯밤 2차 집행 대상자로 정영곤을 낙점하기로 윤 실장과 은밀하게 합의를 봤다. 어쩔 수 없는 선택이다. 윤 실장은 집행 대상자가 예정된 목록에서 벗어나는 걸 원치 않았다. 결국 윤 실장의 의도대로, 정영곤이 2차 집행대상자로 정해졌다. 김길종은 그야말로 운수 대통한 셈이다.

"하늘이 돕는군."

안 과장이 테라피 홀을 나오면서 중얼거렸다.

"노창룡과 꼭 닮았어."

배 중령이 안 과장의 말을 받았다.

"감방에 처박혀 있었으면 명줄이라도 붙어 있었을 텐데."

"그게 다 팔자 탓이지."

허동식은 빙그레 웃었다. 정영곤이 감방에서 제 발로 기어 나오겠다는데, 달리 도리가 없다. 노창룡도 그랬다. 고국에 들어오지 않았다면 마수걸이 상대로 그를 선택하지 않았을 것이다. 타이밍도 아주 좋았다. 시간이 지나면서 노창룡 사건도 열기가 식어가고 있었다. 그런 열기를 다시 달궈줄 땔감이 필요하던 참이었다.

허동식은 돌담 별채로 들어가 자리를 잡았다. 이제부터는 A팀이 B팀의 지원군으로 나설 차례다. 짧게는 보름, 길게는 한 달을 예상했다. 그 기간 안에 정영곤의 신상 정보와 행적을 탈탈 털어서 B팀에게 전해주어야 한다. 수순은 변함이 없다. 지난겨울부터 각 팀의 역할을 차근차근 준비해 왔다. 그때그때 상황에 맞게 여러 시나리오를 짜냈다. 거기에 알맞은 패턴을 찾아 집행 대상자를 쏙 집어넣으면 됐다.

문득 암자에 두고 온 파일철이 떠올랐다. 정영곤의 자료를 적지 않게 모아두었다. 그 파일철에 인간쓰레기들의 비리만 스크랩한 게 아니다. 그들의 취미, 특성, 종교, 대인 관계, 단골 술집까지 꼼꼼하게 모아두었다.

대체 그 파일철은 어디로 사라진 걸까? 암자를 나온 지 한참 지나서야 파일철이 없어진 것을 알았다. 부랴부랴 다시 암자를 찾았으나, 파일철은 보이지 않았다.

"감방에서 나오자마자 따라붙어야 하나?"

안 과장이 물었다.

"그렇습니다. 정영곤이 출옥한 후부터 일정과 동선을 정확히 파악해야 합니다."

허동식은 안 과장에게 정영곤의 새벽 산책로를 주의 깊게 살펴봐 달라고 주문했다. 정영곤은 구속되기 전에 새벽 일찍 서초동 우면산을 산책하는 것으로 알려져 있었다.

"배 중령님은 저녁 이후의 동선을 살펴주시기 바랍니다. 청담동에 정영곤이 자주 가는 카페와 룸살롱이 있을 겁니다. 정 기자는 정치부 기자를 통해 정영곤의 일정을 체크하도록 해."

더 말해 봐야 잔소리밖에 되지 않았다. 굳이 이런 지시를 내리지 않아도 잘 알고 있을 것이다. 오랜 기간 팀원들과 호흡을 맞춰왔다. 저세상으로 보낸 건 노창룡 하나에 불과하지만, 마음속으로는 벌써 백 명도 더 보냈다.

"이번엔 어떻게 보낼 건가?"

배 중령이 물었다.

"엄 변호사가 무척 궁금하게 여기던데."

B팀의 엄 변호사는 노창룡을 제거한 방법이 21세기 최고의 형집행이라고 높이 평가했다. 과분한 칭찬이다. 노창룡에게 그랬듯이, 정영곤에게도 딱 맞는 집행 방법이 있다. 단지 명줄을 끊는 것만으로는 성이 차지 않았다. 여운은 여운대로, 의혹은 의혹대로 잡아두고 싶었다.

허동식은 최주호의 논문을 마음에 두고 있었다.

7

"교수님……."

"……."

"교수님!"

최주호는 눈까풀을 밀어 올렸다. 눈앞에는 김 조교가 우두커니 서 있었다.

"날 불렀나?"

"웬 술을 그리 많이 드셨어요?"

머리가 지끈거렸다. 양치질을 해도 입가에 술 냄새가 가시지 않았다. 양주 두 잔만 마시고 잠을 부른다는 것이 기어이 한 병을 다 마셔버리고 말았다.

"요새 무슨 고민 있으세요?"

"아니야."

최주호는 창가로 다가가 창문을 활짝 열었다. 후텁지근한 바람이 얼굴을 스치고 달아났다. 그 바람에 섞여 허동식의 탁한 목소리가 목덜미를 감아올렸다.

'늘 주의 깊게 보고 있다……'

암자에서 가져온 파일철에는 자신의 칼럼이 스크랩되어 있었다. 지난 2년 전부터 차곡차곡 모은 것들이다. 아주일보에 고정 필진으로 참여한 후로는 단 하나도 빠뜨리지 않았다. 그만한 열혈 독자가 없다. 아니, 이는 거의 스토커 수준에 가까웠다.

처음엔 허동식이 이번 사건에 본의 아니게 엮였을지도 모른다고 생각했다. 지나고 보니 참으로 순진한 생각이었다. 이 파일철대로라면, 그는 오래전부터 치밀하게 준비하고 있었다. 인간쓰레기들의 비리는 물론 그들의 특성도 싹싹 긁어모았다. 짐작컨대, 노창룡 하나로 끝날 것 같지가 않았다. 파일철에는 백여 명에 이르는 인간쓰레기들이 목만 겨우 내밀고 키득거렸다.

"다음 칼럼은 정영곤을 다뤄보는 게 어때요?"

김 조교가 시큰둥한 표정을 지으며 모니터 화면을 가리켰다. 모니터에는 교도소를 나오는 정영곤의 얼굴이 큼지막하게 올라왔다. 하루 종일 광복절 특사를 두고 말이 많았다. 인터넷에 올라

온 기사마다 엄청난 수의 댓글이 광복절 특사들을 성토했다. 그
중에도 정영곤을 집중 공격했다.

"뻥끼통에 궁둥이 깐 지 얼마나 됐다고. 내 이러니 열 안 받게
생겼습니까?"

열혈 지지들에게 둘러싸인 정영곤의 얼굴은 마치 개선 장군 같
았다. 카메라를 보고도 전혀 거리낌이 없다.

"그나마 송기백 교수가 열을 식혀주네요."

김 조교는 정영곤의 사진을 밀어내고 송 교수의 칼럼을 띄워
올렸다. 송 교수는 정영곤의 가석방을 예상하고 있었는지 그의
사면에 초점을 맞췄다. 칼럼 제목도 「도적들의 세상」이다.

지난가을, 검찰청사로 당당하게 들어가던 그의 모습을 기억하는
가. 국민의 손으로 잡은 이 나라의 '큰 도적'들, 그들은 국민의 '포
로'이다. 그런 포로에게 감히 누가 국민의 허락 없이 면죄부를 주
는 것인가. 이제 더 이상 도적들의 농간과 기만에 휘둘려서는 안
된다. 국민의 단합된 힘으로, 도적들과 맞서 싸워야 한다. 침묵하
는 양심은 독이 되어 돌아온다.

송 교수의 칼럼은 언제 봐도 결기가 느껴졌다. 그가 걸어온 인
생과도 딱 들어맞았다.

송 교수는 민주화의 산증인이며, 이 시대의 큰 스승이다. 유신
정권에 이어 서슬 퍼런 군사독재 정권 시절에도 이 땅의 민주화
를 위해 온몸을 불살랐다. 여생을 편히 보낼 나이에도 여전히 노
동과 인권, 사회적 약자의 사각지대를 누볐다.

"이것 보세요. 드디어 노창룡의 귀국 사유가 밝혀졌어요!"

포털 메인을 훑고 있던 김 조교의 두 눈이 커졌다. 모니터 화면에는 조선 왕릉 못지않은 화려한 무덤이 실렸다. 노창룡이 입국한 지 얼마 되지 않아 구입한 묘지다. 사진 아래 기사는 노창룡이 입국한 이유도 밝혔는데, 강원도 철원에 자신의 명의로 된 땅을 돌려받기 위해 소송을 준비 중이었다고 적었다. 이번에도 정윤주 기자가 발군의 실력을 보였다. 그때 책상 위의 전화기가 울렸다.

"그 꼬마가 또 찾아왔다는데요."

그 소리와 동시에 몸이 즉각 반응했다.

"금방 내려간다고 해."

이번엔 순순히 놔두지 않을 것이다. 어떻게든 아이의 입을 열게 해서 심부름을 시킨 자의 정체를 밝혀낼 것이다. 따지고 보면 지금까지 이어져온 숱한 의혹도 그 칼럼이 손에 들어온 후부터 시작됐다. 인문대 수위실 앞에는 그 아이가 생글거리며 웃고 있었다.

"안녕하세요."

아이는 옆구리에 서류 봉투를 꿰차고 있었다.

"떡볶이 사줄까?"

최주호는 반쯤 고개를 숙이고 아이와 눈높이를 맞췄다. 아이는 뜻하지 않은 호의에 당황한 듯 어리둥절한 표정을 지었다.

"따라와."

아이를 데리고 매점으로 가서 떡볶이 2인분을 시켰다. 떡볶이가 나오자 아이는 슬금슬금 눈치를 살폈다.

"괜찮아. 마음 놓고 먹어."

"이거 정말 먹어도 돼요?"

"그럼."

떡볶이 2인분이 게 눈 감추듯 금방 사라졌다. 아이는 길게 트림을 하며 깨끗이 비워진 그릇을 아쉬운 눈길로 바라보았다.

"더 사줄까?"

"됐어요."

1인분을 더 사와 아이 앞에 내밀었다. 아이는 그것마저 단숨에 해치웠다. 최주호는 빈 그릇을 치우고 아이의 눈을 똑바로 쳐다봤다.

"아저씨는 솔직한 아이가 좋다. 넌 누구지?"

"전…… 그냥 심부름하는 거예요."

"네가 누구냐고 물었다."

"우리 엄마는 학교 정문 앞에서 순대를 팔아요."

그러고 보니 아이의 얼굴이 낯이 익었다. 정문 앞의 포장마차 주변에서 이 아이를 본 것도 같았다.

"이젠 됐어요?"

"그래, 왜 또 날 찾아왔지?"

아이는 그날처럼 또 손을 내밀었다.

"그 아저씨가 얼마 주던?"

"2만 원이요."

"아저씬 3만 원을 주마."

아이의 입이 쭉 찢어졌다.

"그 대신 아저씨가 묻는 말에 솔직히 대답해야 한다."

"……"

"네가 솔직하게 말하면 더 줄 수도 있어."

"뭔데요?"

"자, 일단 돈부터 받아라."

아이는 3만 원을 호주머니에 찔러 넣었다.

"이 봉투를 전해주라고 한 사람이 누구니?"

"말하지 말랬어요."

"키가 큰 편이니?"

아이는 고개를 끄떡였다.

"체격은?"

"……."

"말랐니?"

"아뇨. 살이 좀 찐 편인데요."

아이의 말대로라면 허동식은 아니다.

"그 아저씨 특징을 말해 봐라."

아이는 잠시 망설이더니 탁자 앞으로 고개를 내밀었다.

"좋아요, 딱 하나만 말씀 드릴 게요. 턱 밑에 점이 있어요."

"턱 밑에 점?"

"예. 아주 커요."

아이는 봉투를 건네주고는 매점 입구 쪽으로 몸을 틀었다.

"잠깐."

최주호는 아이를 불러 세운 후 지갑에서 만 원짜리 한 장을 꺼냈다.

"하나만 더 말해 봐라."

"음…… 모자를 썼어요. LG 프로야구단 모자요."

"됐다. 그 아저씨를 다시 만나거든 내 말을 꼭 전해라."

"뭐라고요?"

"아저씨가 한번 만나보고 싶다고."

"알았어요."

아이는 만 원을 낚아챈 후 매점을 나갔다. 서류 봉투 안에는 이번에도 자신의 칼럼이 들어 있었다.

이틀 전 조작과 왜곡의 달인이라 불리던 한 정치인이 구속됐다. 그는 오래전부터 숱한 범죄 혐의를 받아왔지만, 기름장어처럼 법망을 빠져나갔다. 그러나 한 시민단체의 끈질긴 추적으로 결국 쇠고랑을 찼다.

우리는 부패한 정치인을 용서하는 데 지나칠 정도로 관용을 베풀어왔다. 파렴치한 비리 정치인에게도 재기의 길을 너무도 쉽게 터주었다. 오히려 그런 수혜를 받지 않은 정치인이 드물 정도다. 이제는 그런 암세포와 결연하게 연을 끊을 때다. 다시는 정치 일선에 서지 못하도록 철저한 감시자가 되어야 한다. 부패 정치인에게 면죄부를 준다면 부패의 악순환은 계속될 것이기 때문이다.

앞으로 똑똑히 지켜볼 것이다. 과연 그가 끝까지 형기를 마치고 나오는지, 또 다시 면죄부를 받아 정치 일선에 복귀하는지 두 눈 부릅뜨고 지켜볼 것이다.

「시민의 눈에 걸려든 기름장어」…… 지난해 가을 정영곤이 구속되었을 때 쓴 칼럼이다. 정영곤은 칼럼의 바람과는 달리 특별 사면으로 석방됐다. 이번에도 칼럼은 공염불이 되고 말았다. 온갖 잡생각이 머릿속을 빙빙 맴돌았다. 이젠 익명의 독자로부터 감시를 당하는 게 아니라 모종의 음모에 말려들고 있는 느낌이다.

최주호는 칼럼이 실린 신문을 슬그머니 비틀었다. 이 칼럼은 마치 불길한 징후를 예고하는 주문장 같았다.

8

"신통한 기자로군."

우경준은 모니터 화면을 뚫어지게 쳐다봤다. 며칠 전 로펌에서 만난 노신사의 증언이 인터넷 기사에 실렸다. 아주일보는 노창룡이 구입한 묘지 주변의 사진을 실어 또 한 차례 파문을 일으켰다. 그런 사진만으로도 국민의 공분을 사기에 충분했다. 사진에 나와 있는 묘지는 작은 공원 같았다. 묘지에 들어서는 길목에도 온갖 꽃들이 만발했다. 아주일보는 노창룡이 입국한 이유도 정확히 밝혀냈다. 기사 말미에는 이번에도 정윤주라는 이름이 달려 있었다.

"어디서 이런 정보를 입수했을까요?"

한 형사가 물었다.

"입단속은 단단히 시켰지?"

대답 대신 그렇게 되물었다.

"물론입니다."

수사팀에서 새어 나간 것 같지는 않다. 로펌의 변호사도 마찬가지다. 그날 우경준은 변호사와 합의를 봤다. 변호사는 노창룡의 등짝에 새겨진 아라비아 숫자를, 우경준은 노창룡의 소송 건에 대해 서로 비밀을 지키기로.

정윤주 뒤에 제보자가 있는 게 아닐까? 고급 정보를 독점하는 데는 특별한 제보자가 있기 마련이다. 단순한 제보자일 확률은 극히 낮다. 그들 사이에 어떤 암묵적인 거래가 있었을 것이다. 아무런 대가 없이 이 같은 정보를 제공하지는 않는다. 대가를 원하는 것은 이 바닥의 오랜 전통이다. 놈들이 노창룡의 사체를 공개했을 때부터 짐작했다. 정 기자는 특종을 얻는 대가로, 놈들의 불순한 의도를 세상에 전하고 있는 것이다. 어쩌면 익명의 제보자가 이번 사건의 공범일 수도 있다.

"선을 넘은 것 같은데…… 정 기자 뒤 좀 털어볼까요?"

"아직은 때가 일러. 조금 더 지켜보자고."

뒤를 털더라도 상대와 때를 잘 가려야 한다. 설령 정 기자를 조사한다고 해서 순순히 제보자의 정체를 털어놓을지도 의문이다. 기자들은 하나같이 능구렁이 같은 인간이다. 정론직필이니 뭐니 떠들어대도 그만한 속물이 없다. 때로는 검찰 위에 올라서서 칼춤을 추는 짓도 서슴지 않는다.

3년 전쯤인가, 한 신문사에서 검찰총장의 뒤를 탈탈 털어낸 적이 있다. 검찰총장의 은밀한 사생활을 캐서 신문에 대문짝만하게 실었다. 이 사건으로 검찰총장은 여론에 뭇매를 맞고 옷을 벗었다. 언론이 검찰의 최고 우두머리를 한 방에 날려 보낸 것이다. 검찰로서는 치욕의 순간이었다. 항간에서는 청와대가 검찰총장을 날려 보내려고 언론을 이용했다는 소문이 있으나, 이를 입증할 방법이 없다. 그래서 언론과는 적당히 밀착 관계를 유지하는 게 좋다. 함부로 칼을 들이대다가는 되레 그 칼에 치명상을 입을

지도 모른다.

"우 검사님, 전화 왔습니다."

우경준이 소리 나는 쪽으로 고개를 돌렸다.

"누군데?"

"정영곤 의원입니다."

한옥 문턱을 넘자, 대청마루에서 가야금 소리가 흘러나왔다. 때맞춰 처마 밑 초롱에 불이 들어왔다. 한복을 곱게 차려 입은 아가씨들은 방과 주방을 부지런히 넘나들었다. 우경준은 마당을 가로질러 별채 쪽으로 다가갔다. 정영곤은 별채 온돌방 벽에 기대고 서서 창밖을 내다보고 있었다.

"고생하셨습니다. 선배님."

우경준은 잰 걸음으로 다가가 정영곤에게 깍듯하게 고개를 숙였다.

"어서 오게."

"진작 찾아뵙지 못해 죄송합니다."

정영곤의 집에 직접 찾아가 안부 인사를 올리려고 했다. 그러나 노창룡 사건에 매달리고 있는 터라 짬을 내기가 쉽지 않았다. 그래서 출감 날짜에 맞춰 화분을 보냈다. 화분 리본에는 '세한송백(歲寒松柏)'이라는 글자를 넣었다. 추운 계절에도 소나무와 잣나무는 잎이 지지 않는다는 뜻으로, 어떤 역경 속에서도 지조를 굽히지 않는 사람을 일컫는 말이다.

"얼굴이 좋아 보이십니다."

감방에서 호위호식이라도 했단 말인가. 구속되기 전보다 얼굴이 더 좋아보였다. 예전에는 없던 기름기도 줄줄 흘렀다.

"요즘은 어떻게 지내는가?"

정영곤이 술을 가득 채우며 물었다.

"큰 사건 하나 맡고 있다는 소릴 들었는데."

"그것 때문에 여간 골치 아픈 게 아닙니다."

"큰집에서 나와보니 온통 노창룡 소리뿐이더군."

우경준은 정영곤의 얼굴을 슬쩍 쳐다봤다. 출감한 지 닷새밖에 되지 않았는데, 무슨 이유로 보자고 한 걸까? 지금쯤이면 집에 틀어박혀 몸보신을 해야 할 때다.

"무슨 일이…… 있습니까?"

우경준은 에둘러 그렇게 물었다. 정영곤은 깍지 긴 손을 앞으로 쭉 내밀더니 손가락을 차례대로 꺾었다. 우경준은 저 몸짓이 무얼 뜻하는지 잘 알고 있다. 뭔가 중요한 말을 전하려고 할 때 나타나는 생체 반응이다.

"말씀만 하십시오. 무슨 일이든 도와드리겠습니다."

우경준이 재빠르게 장단을 맞췄다.

"시민행동본부 있지 않나?"

시민행동본부는 정영곤을 감옥으로 보낸 시민단체다. 지난해 가을 시민행동본부가 빼도 박지도 못하는 물증을 잡는 바람에 결국 실형을 선고받았다.

"손을 한번 보고 싶은데."

"……."

"감방에 있으면서 내내 그런 생각을 했지. 받은 만큼, 아니 두 배 세 배로 돌려주어야겠다고 말이야."

"마음에 두고 계신 게 있으시면 말씀해 주십시오."

"어디든 털어서 먼지 나지 않는 곳이 있겠나?"

시민행동본부의 약점을 캐내 손 좀 보라는 소리다.

"거기에 강 실장이라는 놈이 있어. 그놈을 단단히 조지게. 아주 돼먹지 못한 놈이야."

"알았습니다. 그건 제게 맡기십시오."

사람의 성격은 쉽게 변하지 않는 법이다. 개털이든 범털이든 교도소의 교정 행정가지고는 어림도 없다. 수감자들은 하나같이 가슴속에 주먹만 한 응어리를 훈장처럼 차고 있다. 새로운 삶을 시작하기 전에 반드시 거쳐야 하는 절차 중에 하나가 그런 응어리를 제거하는 일이다. 보복이든 응징이든 그걸 제거해야 상쾌하게 새 출발을 할 수 있다. 한두 번 겪는 일도 아니다. 그동안 사단 병력에 이르는 범죄자들을 감방에 보냈지만, 거기서 뉘우치고 반성하는 자를 본 적이 없다.

"거 참, 되게 신경 쓰이네."

정영곤이 갑자기 목덜미를 잡으며 자리에서 일어났다. 그는 창가 쪽으로 터벅터벅 걸어가더니 창문을 거칠게 열었다. 그러고는 창밖으로 고개를 내밀고 좌우를 쓰윽 둘러봤다.

"왜 그러십니까?"

"누군가 미행하는 것 같단 말이야……."

정영곤은 고개를 갸웃거리며 다시 자리에 돌아와 앉았다.

"낮에도 잠실 산책로를 졸졸 따라다니는 게……."

이번엔 우경준이 자리에서 일어나 정영곤보다 더 세게 창문을 열어젖혔다. 창밖 거리에는 아무도 없었다. 처마 밑의 검은 고양이가 지그시 노려보고 있을 뿐이다.

"내가 너무 신경이 예민해진 건가?"

정영곤은 멋쩍은 듯 피식 웃었다. 그의 말을 바로잡아 주고 싶다. 신경이 예민한 게 아니라 의심이 많은 거라고.

"앞으로의 계획은 어떻습니까?"

우경준이 화제를 돌렸다. 정영곤은 잔을 비운 후 술상 위에 기름기가 흐르는 낯짝을 들이댔다.

"올겨울까지 쉬고 싶은데…… 주위에서 쉴 틈을 주질 않아."

술잔을 비우면서 잠깐 그의 머릿속으로 들어가 봤다. 감옥을 나가면 무엇을 할지 밑그림을 그렸을 것이다. 물고기는 물을 떠나서는 살 수가 없다. 그는 조만간 정계에 화려하게 복귀할 것이며, 또 다시 권력의 정점에 설 것이다. 그가 출감할 때 교도소까지 마중을 나온 여러 정치인들이 그걸 증명하고 있다.

"다음 보궐 선거가 언제쯤인가?"

9

안 과장은 차 유리를 올리고 시계를 봤다. 현재 시각 저녁 7시 30분, 이곳에 도착한 게 6시 무렵이니 한 시간 반이 지나갔다. 안 과장 후배는 호주머니에 양손을 찔러 넣고 한식집 대로변 주위를 어슬렁거렸다. 팔작지붕의 한식집 앞 도로는 외제차로 북적거렸다.

"오늘 특별 메뉴는 장어구이인가 봅니다."

안 과장 후배가 운전석에 올라타며 구시렁거렸다. 그는 노창룡이 만찬장에서 나올 때 모범택시를 직접 운전했다. 안 과장이 데려온 네 명 중에 가장 믿음이 가는 후배다. 이들을 포섭하는 데 반년이 걸렸다. 깔끔한 일처리보다 입이 무거운지를 먼저 봤다. 입 한번 잘못 놀렸다가는 벽에 똥칠할 때까지 감방에서 썩어야 한다. 믿음과 의리만큼 보안도 중요하다.

"장어가 아직 제철은 아닌데……."

어제저녁, 정영곤은 압구정동의 녹용집을 찾았다. 사흘 전에는 개고기를 먹으러 파주까지 다녀왔다. 장어, 개고기, 전복, 녹용…… 발길 닿는 데마다 양기를 보충하는 곳이다. 한동안 감방에 처박혀 있었으니 양기를 보충하려면 제법 시간이 걸릴 듯하다. 그러나 이런 식탐의 즐거움도 얼마 가지 못할 것이다.

정영곤을 미행한 지 오늘로서 일주일째다. 그가 석방된 후 하루도 빠지지 않고 뒤를 밟았다. 안 과장에게 배당된 시간은 정영곤이 집을 나설 때부터 저녁 8시까지다. 하루의 절반을 그와 함께 보낸 셈이다. 그래도 새벽녘에 정영곤의 꽁무니를 쫓아다니는 배 중령보다는 나은 편이다. 안 과장은 품 안에서 수첩을 꺼내 정영곤의 저녁 일정을 적었다.

8월 22일 18시 5분 한식집 매화정(서초동)에서 장규민(전직 특수부 검사)과 저녁식사. 메뉴는 장어구이.

그 위로는 정영곤이 집을 나설 때부터 저녁 식사 전까지의 일정이 빼곡히 적혀 있다.

8월 22일 11시 25분 자택을 나옴. 11시 45분 잠실야구장 근처에서 간편한 운동복 차림으로 산책. 12시 20분 자택으로 돌아온 후 자가 승용차로 이동. 12시 40분 중국집 만리장(역삼동)에서 이중훈(현직 변호사)과 점심. 14시 10분 만리장을 나와 자가 승용차로 이동. 14시 25분 골프 연습장 원홀(서초동) 도착. 16시 15분 골프 연습장을 나와 승용차로 이동. 16시 30분 헬스클럽 자이언트(서초동) 도착. 17시 45분 헬스클럽을 나옴.

한 치의 틈도 주지 않았다. 어디를 가든 부처님 손바닥 안이다. 미행은 그리 어려운 일이 아니다. 정보과에 근무할 때 수도 없이 사찰을 해봤다. 야당 대표든 대학 교수든 가리지 않았다. 오더가 떨어지면 밤낮 구분 없이 상대의 뒤를 밟았다.

일주일 동안 지켜본 결과, 정영곤의 일정은 대략 다음과 같다. 정오 무렵 그는 잠실 집을 나와 야구장 근처의 산책로를 걸었다. 잠실과 이어진 한강 변이 그의 주요 산책로다. 원래 정영곤은 새벽 일찍 서초동의 우면산을 오르는 것으로 알려져 있었다. 그래서 허 감독도 새벽 산책로를 주시하라고 당부했다. 그러나 새벽은 고사하고 아침에도 코빼기를 비추지 않았다. 감방에 들어간 후 생체 리듬을 잃은 듯하다. 산책이 끝난 후에는 집 앞의 헬스클럽에서 두 시간 가까이 땀을 빼고 사우나에 들렀다. 오후에는 그의 집에서 1킬로미터 떨어진 골프 연습장에서 시간을 보냈다. 이틀은 혼자 골프연습장에 갔고, 나머지는 전직 국회의원과 시간을 보냈다. 저녁에는 지인들과 식사를 했는데, 대부분이 법조계에 있는 후배들이다. 지금까지 그가 가는 곳을 놓친 적이 없다. 차 안에서 삼각 김밥을 먹으면서도 그의 동선을 따라잡았다.

"아직도 힘이 좀 있나 봅니다."

안 과장 후배가 길게 하품을 하며 구시렁거렸다. 좀 있는 정도가 아니다. 정영곤은 여전히 살아 있는 권력이었다. 1년 남짓한 그의 수형 기간은 아무런 장애가 되지 않았다. 정영곤이 석방된 후 그의 집을 찾아오는 검찰 후배나 정치인이 적지 않았다. 어제는 청와대 민정 비서관이 밤늦게 그의 집을 찾아왔다고 배 중령이 귀띔해 주었다.

"다음 보궐 선거를 준비하고 있다고 하던데요."

보궐 선거가 아니라 대통령 선거를 준비한들 무슨 소용이 있는가. 정영곤의 목숨은 바람 앞의 촛불이다. 하루하루가 목숨을 연장하는 것에 지나지 않는다. 그의 운명은 B팀원들의 손에 달려 있다. 짧으면 닷새, 길어도 열흘 안에 결정이 날 것이다. 지난 주부터 정영곤의 집행 방법을 두고 B팀원들이 숙고에 들어갔다. 노창룡보다 더 화끈한 집행 방법을 찾는 것 같은데, 만만치 않을 것이다.

한식집 앞 도로변에서 상향등이 두 번 깜빡거렸다. 배 중령의 차가 도착했다는 신호다. 약속 시간보다 10분이나 빨랐다. 어제 배 중령은 30분이나 늦게 나와 속을 태웠다. 안 과장의 차는 한식집 앞에서 유턴한 후 큰길가로 내려갔다. 오늘, 안 과장의 임무는 여기까지다.

배 중령은 조수석에 몸을 깊게 파묻었다. 라디오를 틀자, 마침 8시 뉴스가 흘러나왔다. 노창룡 소식이 예전만 못했다. 톱뉴스에서 한참 밀려나 뉴스 중간에 가서야 단신으로 겨우 흘러나왔다. 기사에 달린 댓글도 한풀 꺾였다.

"오늘은 어디로 갈까요?"

운전석에 앉은 배 중령 부하가 물었다. 저녁식사를 마친 후, 정영곤의 행선지는 세 가지로 나뉘어졌다. 청담동 룸살롱과 그의 단골 카페, 그리고 집이었다. 일주일 동안 정영곤은 룸살롱에 두 번 들렀고, 카페에는 세 번 들렀으며, 나머지 두 번은 곧장 집으로 향했다.

문득 지난 일이 새록새록 떠올랐다. 2년 전에도 차 안에서 잠복을 하며 상대의 뒤를 밟은 적이 있다. 그때는 바람 난 유부남과 유부녀를 상대했다. 군에서 강제 예편을 당한 후, 군 선배가 운영하는 심부름센터에 잠시 적을 두었다. 먹고살기 위해서는 어쩔 수 없는 일이었다. 간통 현장을 카메라에 담는 것이 주된 업무였다. 3개월 하고 때려치웠지만, 그때의 참담함을 잊을 수 없다.

"저기 나옵니다."

정영곤이 늙수그레한 사내와 함께 한식집 정문 앞에 모습을 드러냈다. 9시 15분이다. 정영곤은 술을 제법 했는지 얼굴이 벌겋게 달아올랐다. 그는 휴대폰을 잡고 통화를 한 후 늙수그레한 사내와 뒷좌석에 올라탔다. 5분 정도 지나 40대 중반의 사내가 나타나더니 뒷좌석에 앉은 정영곤으로부터 차 키를 건네받았다. 대리운전 기사다.

정영곤의 차는 언덕배기를 내려와 대로변으로 들어섰다. 도로의 차량은 꽤 많은 편이다. 배 중령의 부하는 정영곤의 목적지를 잘 알고 있다는 듯 여유 있게 핸들을 돌렸다.

차는 대로변의 한 의류 매장 건물을 끼고 안쪽으로 들어섰다. 왼쪽으로 가면 룸살롱이고, 오른쪽으로 가면 카페다. 잠시 후 왼쪽 깜빡이등에 불이 들어왔다. 정영곤의 차가 멈춘 곳은 멤버십 룸살롱인 '비너스'다. 배 중령은 수첩을 꺼냈다.

8월 22일 21시 15분 매화정을 나옴. 대리 운전기사 호출, 자가 승용차로 이동. 21시 48분 룸살롱 비너스(청담동) 도착.

에어컨을 켜고 등받이를 뒤로 젖혔다. 앞으로 정영곤은 새벽 1시쯤에 게걸음으로 기어 나올 것이다. 그러고는 또 대리 운전기사를 부르고 집으로 향할 것이다. 정영곤이 집에 들어가는 것을 두 눈으로 확인해야 그날의 임무가 끝난다. 지금까지 살아오면서 한 사람에게 이처럼 몰두한 적이 없다. 심부름센터에서 바람 난 유부녀의 뒤를 밟을 때와는 격이 달랐다. 정영곤의 분신이라도 된 듯 밤마다 그의 사정거리 주변을 맴돌고 뒤를 밟았다.

정영곤의 행적을 체크하면서 적당한 장소를 물색했다. B팀이 안전하게 그를 데려올 수 있도록 밑밥을 까는 것도 자신에게 맡겨진 몫이다. 배 중령은 비너스 룸살롱을 유력한 후보지로 점찍었다.

오늘로서 정영곤의 탐사 일정이 모두 끝났다.

허동식은 마음이 흡족했다. 안 과장과 배 중령이 작성한 정영곤 보고서는 완벽에 가까웠다. B팀이 작성한 노창룡 보고서보다 훨씬 나았다. 이 문서에는 정영곤의 행적과 그 주변 상황이 상세하게 적혀 있다. 정영곤의 자택 주위에 설치된 감시 카메라의 위치, 산책로 코스와 차량 번호, 골프 연습장과 사우나의 위치, 룸살롱과 카페 주변에 매달린 감시 카메라, 룸살롱과 카페 주변의 약도 등 정영곤의 동선이 낱낱이 적혀 있다.

이번 탐사에서 허동식이 가장 주목한 곳은 비너스 룸살롱과 베니스 카페다. 정영곤은 2주 동안 무려 다섯 차례나 비너스에 들렀다. 새벽 1시 무렵의 비너스 앞은 인적이 뜸하고 지나가는 행인도 거의 없다. 베니스 카페도 비너스 룸살롱 못지않게 후한 점수를 주고 싶은 곳이다. 허동식은 문서를 챙기고 통나무 별채로 향했다.

"어서 오십시오."

윤 실장이 허동식을 반갑게 맞이했다. B팀원들은 원탁에 앉아 상황판에 뭔가를 열심히 체크하고 있었다. 변호사인 엄기석, 법의학자 양세종, 감사원 출신의 이기호…… 북극성은 보이지 않았다. 집행 날짜가 가까워 오기 때문일까. 통나무 별채는 이들이 내뿜는 열기로 후끈 달아올랐다.

"정영곤 보고서입니다. 참고하시기 바랍니다."

엄기석이 빠르게 문서를 훑어 내려갔다. 정영곤의 석방 후 닷새째 행적에 가서는 잠시 눈길이 멈췄다.

"여기 우경준도 있군."

"그 친구가 정영곤의 대학 후배 아닙니까?"

이기호가 물었다.

"맞아. 검찰에 있을 때 서로 찰떡궁합이었지……."

엄기석은 특수부 검찰 출신의 변호사다. 그는 배 중령과도 인연이 깊다. 배 중령이 A프로젝트 사건으로 재판에 넘겨졌을 때 자진해서 배 중령의 변호를 맡았다.

"정리가 아주 잘 되어 있군. 고생이 많았소."

엄기석이 환하게 웃었다.

"내가 보기엔…… 대리기사를 이용하면 좋을 것 같은데……."

보고서에는 정영곤이 부른 대리 운전기사의 도착 시간까지 세세하게 기록되어 있다.

"허 감독 생각은 어떻소?"

허동식은 엄기석의 제안에 가볍게 웃기만 했다. 거기까지는 끼어들고 싶지 않다. 앞으로 벌어지는 집행 과정이나 결정 사항은 B팀의 몫이다. 그들 역시 노창룡을 집행할 때 동선만 주고는 일체 끼어들지 않았다. 그러나 정영곤이 마지막 가는 길만큼은 자신의 손때를 묻히고 싶다.

"저 좀 잠깐 보시지요."

허동식은 윤 실장을 별채 밖으로 불러냈다.

"집행 방법은 정했습니까?"

"아직요. 여러 방안이 나오기는 했는데…… 마음에 드는 게 없습니다. 혹시 좋은 방안이라도 있는지요?"

"우선 이걸 보십시오."

허동식은 최주호의 연구 논문에서 발췌한 글을 윤 실장에게 내밀었다. 장문의 글을 알아보기 쉽도록 짧게 요약 정리했다. 여기에는 조선시대의 각종 형벌이 그림과 함께 묘사되어 있다.

조선시대 고유의 형벌은 사형, 유형, 육형, 장형, 재산형, 연좌형,

고문형 등으로 나누어진다. 사형으로는 시체 토막을 공개하는 거열 및 기시, 독약을 강제로 마시게 하는 사사(賜死), 솥에 넣어 끓여 죽이는 팽형(烹刑) 등이 있다. 유형은 유배지로 떠나보내는 것이며, 육형은 단근형(斷筋刑)이라도 하여 절도범을 다스리기 위해 복사뼈의 힘줄을 1촌 5푼 끊는 것이다. 장형은 곤장형(棍杖刑)이라고 하여 죄의 경중에 따라 곤장을 치는 횟수가 정해졌다. 금고형은 연좌형의 일부로서 뇌물을 취하거나 관물을 횡령하는 자에게 내려졌다. 다시는 관리로 채용하지 않는 영불서용(永不敍用), 사족을 서인으로 만드는 폐위서인(廢爲庶人)이 이에 해당하며, 명예형에 해당한다. 그러나 관리의 부패 정도가 심하거나 극악할 때에는 이에 그치지 않고 다음과 같은 육형으로 다스려 형벌의 기초로 삼았다.

- 태배형(笞背刑): 죄인의 오장육부가 있는 등을 치는 것
- 난장(亂杖): 신체의 부위를 가리지 않고 마구 매질
- 주장당문(朱杖撞問): 주릿대로 쓰이는 붉은 몽둥이로 여러 사람이 마구 매질
- 전도주뢰(剪刀周牢): 양 발목과 무릎을 동여매고 정강이 사이에 두 개의 긴 몽둥이를 꿰어 가위를 벌리듯 좌우로 젖히는 고문 방법
- 압슬(壓膝): 사금파리나 자갈을 깐 바닥에 죄인의 무릎을 꿇리고 그 위에 무거운 물건을 얹어 짓누르는 고문
- 포락(炮烙): 불에 달군 쇠로 단근질하거나 죄인을 통째로 불에 굽는 형벌

조선의 역대 왕들은 삼강을 중시하여 이를 위반한 자들에게 중

형을 가했다. 조정의 기강을 확립하고자 특히 부패한 관리에게는 형벌의 수위를 일반 백성에 비해 훨씬 높였다. 영·정조 시대에는 형벌 도구를 관아 앞에 전시해 탐관오리들에게 본보기로 삼았다.

"정영곤 같은 인간에게 딱 맞는 형벌이로군요."

윤 실장이 만족한 표정을 지었다.

"편히 보낼 수는 없죠."

"같은 생각입니다."

조선시대 형벌이 떠오른 것은 우연이 아니다. 열두 편에 이르는 최주호의 논문을 다 읽고 난 후에 얻어낸 결과물이다. 무엇보다 정영곤의 명줄이 끊어지기 전까지, 제대로 죗값을 치르게 하고 싶었다. 이대로 실행된다면, 정영곤은 노창룡보다 더 큰 고통을 맛볼 것이다. 목숨이 붙어 있는 게 얼마나 고통스러운지 새삼 깨닫게 될 것이다. 조선시대 형벌은 일제 강점기의 고문과는 비교가 되지 않았다.

10

어디서부터 말문을 열어야 할까? 갑갑하고 막막했다. 하고 싶은 말은 목젖까지 기어올라 왔는데, 좀처럼 말문이 터지지 않았다. 최주호는 애꿎은 술잔만 입 안에 털어 넣었다. 빈속에 술을 마신 탓인지 목 줄기가 활활 타올랐다.

"대낮부터 웬 술이야?"

한 차장이 파전을 먹기 좋게 네 조각으로 찢었다. 꼬마가 가져온 두 번째 칼럼…… 한 번이면 열혈 독자의 관심과 격려의 뜻으로 받아들이려고 했다. 그러나 같은 일이 반복되면 저의를 의심하지 않을 수 없다. 그냥 어물쩍 넘기기에는 주변 상황이 좋지 않았다. 허동식은 깜깜무소식이고, 의혹은 산더미처럼 쌓여만 갔다.

"할 말 있으면 해봐."

한 차장이 파전 앞으로 양념장을 갖다 놨다. 솔직히 한 차장에게 다 털어놓고 싶은 심정이다. 혼자 감당하기에는 너무 벅찼다. 맨 정신으로는 도저히 입이 떨어질 것 같지 않아 대낮부터 술자리를 마련했다.

"정윤주 기자 말이야…… 노창룡이 묘지를 구입한 건 어떻게 알았대?"

일단 정 기자 얘기로 물꼬를 텄다.

"기껏 불러내서 한다는 소리가 그거야?"

"제보자가 있다는 건가?"

"아직 기자들의 생리를 모르고 있군. 제보자든 취재원이든 이들을 보호하는 건 기자들의 의무야."

그걸 모를 리가 없다. 그런데 하필이면 그 제보자가 자신과 관련 있는 사람이라는 게 문제였다. 한 차장은 휴대폰을 꺼내더니 빠르게 무언가를 검색했다.

"이걸 봐. 정 기자가 정치부에 있을 때 쓴 기사야."

대신그룹 비자금 사건의 배후에 청와대 정무 수석 출신의 안종진 의원이 깊이 관여한 것으로 드러났다. 세간의 화제를 모았던 이 사건은 증거가 불충분해 사장될 위기에 놓여 있었으나 관계자의 용기 있는 제보로 대신그룹 비자금 장부의 실체가 드러났다. 이에 따라 검찰은 안 의원을 소환해 구속 영장을 재청구할 방침이라고 밝혔다. 한편 시민단체에서는 이번 사건이 전형적인 '꼬리 자르기' 수사라고 비난하며 안 의원 이외의 '몸통' 정치인을 밝혀야 한다고 검찰에 촉구했다.

대신그룹 비자금 사건은 여야 가릴 것 없이 정치권에 큰 파장을 일으켰다. 수많은 정치인이 연루됐으나, 안종진 의원만이 구속되는 선에서 사건이 종료됐다. 이는 정 기자가 익명의 제보를 받고 3개월 동안 밀착 취재해서 쓴 아주일보의 특종 기사였다.

"이 사건도 한 시민의 제보로 세상에 알려졌지. 정 기자는 이 기사로 한동안 소송에 휘말렸어. 당시 지면에 오르내리던 정치인들이 근거도 없이 기사를 썼다고 정 기자를 고소한 거야."

"……."

"편집국장이 나서서 겨우 무마됐지만 정 기자는 이 일로 사표까지 썼어. 기자라는 직업에 염증을 느낀 거지."

"실망이 컸겠군."

이 바닥에서 뒹굴려면 누구나 한 번쯤은 겪는 일이다. 그러다가 재수 없게 콩밥 먹는 기자들도 더러 있다.

"노창룡 사건도 이 사건과 크게 다르지 않아."

"제보자의 역할이 컸다는 소린가?"

"그래. 정 기자가 노창룡의 행적을 밝혀낸 것도 익명의 제보자가 있었기에 가능했지."

"그 제보자가 누군지 알 수 없나?"

"그걸 알아서 어쩌려고?"

한 차장이 술을 마시다 말고 눈을 흘겼다.

"내가 예전에 노창룡에 대해 칼럼을 쓴 적이 있는데, 기억해?"

"물론이지. 그를 꼭 잡아들여 죄를 물어야 한다고 했잖아."

"그런데 정말로 노창룡이 입국하자마자 살해됐어. 그것도 아주 잔혹한 고문 수법으로 말이야."

"남의 일 같지가 않다는 소린가?"

"그런 것도 있고…… 하여튼 그 제보자가 자꾸 신경이 쓰여."

"그쯤 해둬. 지금 제보자가 중요한 게 아니잖아."

최주호는 가슴속이 까맣게 타들어갔다. 머릿속에서는 어서 털어놓으라고 아우성인데 입 밖으로는 엉뚱한 말만 기어 나왔다. 그때 한 차장의 휴대폰이 요란하게 울렸다.

"누구? 언제 터진 거야? 아, 알았어. 곧 갈게."

한 차장은 반쯤 남은 잔을 비우고 자리에서 일어났다.

"먼저 가봐야겠어."

"무슨 일인데?"

"사건이 터졌어. 방금 전에 정영곤이 변사체로 발견됐대."

"누, 누구?"

"광복절 특사로 나온 정영곤 말이야!"

순간 머릿속이 하얗게 비워졌다. 열린 문틈으로 솔솔 불어오던 바람이 멈췄다. 술집 주방에서 들려오던 칼질 소리도 뚝 끊겼다. 갑자기 모든 게 정지된 것 같다.

한 차장이 사라지고 술집에 홀로 남았다. 연속으로 두 잔을 비웠다. 그새 누군가 소주를 생수로 바꿔치기했는지 술이 물 같았다. 술집 창문 틈으로 뜨거운 햇볕이 목덜미에 쏟아졌다. 햇볕이 아니라 폭포수처럼 느껴졌다. 꼬마가 가져온 두 번째 칼럼…… 그때 느꼈던 불길한 징후가 이것이었단 말인가. 어느 정도 예상은 했지만, 이렇게 빨리 다가올 줄은 몰랐다.

연구실에 들어서자마자 컴퓨터를 켜고 인터넷으로 들어갔다. 포털 메인 화면에는 정영곤에 관한 속보 기사가 올라왔다.

2일 오전 7시쯤 정영곤(56) 전 의원이 경기도 가평군 승안리의 한 야산에서 숨진 채 발견됐다. 경찰은 "사체 발견 당시 정 의원의 몸이 심하게 훼손되었다"면서 "사건 현장 주변에는 조선시대 쓰였던 형벌 도구들이 남아 있었다"고 밝혔다. 이날 숨진 정 의원은 지난 8월 15일 광복절 특사로 석방됐으며, 정계에 복귀하기 위해 최근까지 정치인들을 만난 것으로 알려졌다.

한 차례 날벼락을 경험한 탓인지 큰 충격은 없었다. 최주호는 노창룡이 살해되었을 때와는 달리 빠르게 냉정을 찾았다.

앞으로 노창룡과 유사한 살인 사건이 또 발생할 것이다. 법당 뒤 계단에서 허동식의 파일철을 접고 잠시 그런 생각을 했다. 파일철에 인간쓰레기가 너무 많아서 노창룡 하나로는 그칠 것 같지가 않았다. 만약 다음 살해 대상을 고르라면 정영곤이 되지 않을까…… 꼬마가 두 번째 칼럼을 가져왔을 때 구체적인 인물이 떠올랐다. 광복절 특사로 나온 인물 중에 정영곤이 가장 돋보이고 언론에 집중 조명을 받았다. 둘 다 예상이 들어맞다니, 놀랍다 못해 당혹스러웠다.

시간이 흐르면서 속보 기사가 포털 메인 화면을 가득 채웠다. 앞다투어 올라온 속보 기사 중에 아주일보가 단연 돋보였다. 다른 언론 매체는 약간의 시차를 두고 아주일보 기사를 베끼는 것에 지나지 않았다. 정영곤의 사인을 가장 먼저 밝혀낸 것도 아주일보였다.

정영곤 전 의원의 사망 원인은 지난 7월 26일 숨진 노창룡 씨와 매우 흡사하다. 노 씨에게는 일제 강점기의 고문을 이용한 반면 정 전 의원에게는 조선시대의 형벌이 사용됐다. 사건 현장에서 발견된 널빤지와 쇠막대기, 나무집게 등은 조선시대 형벌을 가할 때 사용된 형구(刑具)다. 특히 정 전 의원의 사체가 심하게 훼손된 것으로 보아 여러 형벌이 장시간 가해졌을 것으로 판단된다. 정 전 의원에게 직접적으로 가해진 형벌은 오장육부가 있는 등을 치는 태배형, 자갈을 깐 바닥에 죄인의 무릎을 꿇리고 그 위에 널을 얹어 밟는 압슬, 불에 달군 쇠로 단근질하는 포락 등인 것으로 보인다.

태배형, 압슬, 포락…… 낯익은 단어들이 두 눈을 콕콕 찔렀다. 정영곤은 조선시대 형벌에 의해 살해됐다. 그의 직접적인 사인도 노창룡 못지않게 비범하고 참혹했다.

최주호는 암자에서 가져온 파일철을 꺼냈다. 이 파일철에도 정영곤이 구속되기 전까지의 비리 행각이 시기별로 스크랩되어 있었다. 그뿐이 아니다. 파일철 맨 끝에는 자신의 칼럼과 함께 연구 논문을 발췌한 자료도 있다. 이 논문은 3년 전에 발표한 「조선시대 형벌제도 연구」다.

『일제 강점기 고문 잔혹사』와 「조선시대 형벌제도 연구」…….
한 번도 아니고 두 번이나 같은 일이 반복됐다. 약간의 순서만 바뀌었을 뿐 이번에도 노창룡 사건과 비슷한 흐름을 타고 있다. 처음에는 자신이 찾은 자료에서, 그 다음엔 아예 자신의 연구 논문을 대놓고 인용했다. 이쯤이면 더 이상 추측할 것도 없다. 어떻게든 이번 사건에 자신을 엮으려고 하는 것이다.

최주호는 편집국 입구 앞에서 가쁜 숨을 골랐다. 아주일보 1층 로비에서 정 기자가 자리에 있는 것을 확인하고 곧장 편집국으로 올라왔다. 그녀가 로비로 나올 때까지 기다릴 여유가 없다. 이참에 죽이 되든 밥이 되든 다 털어놓을 작정이다.
정 기자는 사회부 데스크와 서로 얼굴을 맞대며 소곤거렸다. 말하는 쪽은 주로 정 기자였고, 데스크는 가만히 듣기만 했다. 이윽고 정 기자는 자리에 돌아와 가방을 챙기고 편집국을 나섰다. 최주호는 엘리베이터 앞에 서 있는 그녀에게 다가섰다.
"정윤주 기자님 맞죠?"
"그런데…… 누구시죠?"
간단히 신분을 밝힌 후 아주일보에 칼럼을 연재하고 있다고 덧붙였다.
"아, 최주호 교수님이군요. 안녕하세요."
정 기자가 고개를 꾸벅 숙였다. 그녀의 긴 생머리에서 익숙한 냄새가 났다. 아내가 즐겨 쓰던 샴푸와 같은 냄새다. 최주호는 잠깐 시간을 내달라고 정중하게 부탁하고 그녀를 비상구 계단으로 데리고 갔다. 편집국에 들어설 때부터 그곳을 미리 봐두었다.

"초면에 실례가 되겠지만…… 정 기자님이 쓴 기사에 대해 물어볼 게 있어서 찾아왔습니다."

"무슨 기사죠?"

"노창룡 사건의 해설 기삽니다. 고등계 형사들이 사용하던 '등나무 감기기'라는 고문 수법이……."

"그 기사가 무슨 문제라도 된다는 건가요?"

말이 끝나기도 전에 그녀가 차갑게 되물었다. 그 기사를 쓰는 데 제보자가 있었느냐고 물었다.

"사실대로 말하죠. 그 해설 기사는 제가 얼마 전에 발췌했던 자료와 똑같았습니다. 토씨 하나 틀리지 않고 말이죠."

정 기자는 말길을 못 알아들은 듯 애매모호한 표정을 지었다. 더 자세한 설명이 필요했다.

"제가 보기엔, 그 고문 자료를 정 기자님에게 건네준 제보자와 제가 알고 있는 사람이 동일 인물이라는 생각이 듭니다."

"무슨 말을 하시는지 모르겠네요……. 저는 그 제보자가 누구인지 알지 못합니다."

"고문 자료를 제보자로부터 전해 받은 것은 맞습니까?"

"그것까지 제가 교수님께 밝혀야 할 것 같지는 않는데요."

예상대로 정 기자는 고분고분 응하지 않았다. 말끝마다 찬바람이 쌩 불었다.

"오늘 일어난 정영곤 사건도 마찬가지입니다."

"……."

"정영곤을 죽음에 이르게 한 조선시대 형벌은…… 제가 쓴 논문과도 일치합니다."

"왜 교수님만 조선시대 형벌에 대해 안다고 생각하세요. 그것은 조금만 시간을 내면 누구나 찾을 수 있는 자료가 아닌가요?"

정 기자는 시계를 슬쩍 보고는 비상구 계단을 나왔다.

"허동식을 아시죠?"

최주호는 엘리베이터로 향하는 그녀의 뒤를 따라붙었다.

"말씀해 보십시오."

그녀의 입 꼬리가 가늘게 찢어졌다. 말 같지도 않은 질문이라는 표정이다.

"대체 뭘 알고 싶은 거예요?"

"전 지금 허동식의 행방을 찾고 있습니다."

"그 사람이 누구인지 제가 어떻게 알아요."

"모를 리가 없습니다. 허동식이 그 자료를 정 기자님에게 넘겨주었을 테니까요. 정 기자님은 허동식이 제공한 그 자료를 보고 기사를 작성했을 겁니다."

"잘못 보셨어요."

"지금 허동식은 어디에 있습니까?"

"……."

"저에게는 중요한 문제입니다. 솔직히 말해 주십시오."

점멸등이 멈추고 엘리베이터 문이 열렸다.

"허동식이 머물렀던 암자에도 찾아온 적이 있죠? 허동식과는 어떤 관계입니까?"

정 기자는 들은 척도 하지 않고 엘리베이터에 올라탔다.

"다음에 얘기해요. 오늘은 때가 아닌 것 같군요……."

그 소리와 함께 엘리베이터 문이 스르르 닫혔다. 최주호는 비상계단을 타고 빠르게 내려갔다. 아직 그녀에게 할 말이 남았다. 조그만 더 다그치면 뭔가 나올 것도 같다.

빌딩 로비로 나오자마자 유리 회전문을 밀치고 빌딩 밖으로 뛰쳐나갔다. 정 기자는 신문사 앞의 횡단보도를 건너고 있었다. 녹색등이 계속 깜빡거리다가 적색등으로 바뀌었다. 최주호는 횡단보도 앞에서 발만 동동 굴렀다. 그 앞으로 차들이 쏜살같이 지나쳤다. 정 기자는 횡단보도를 건넌 후 대로변에 주차되어 있는 승용차에 올랐다. 그때 운전석에 있는 사내가 두 눈에 잡혔다. 사내는 짙은 선글라스에 모자를 쓰고 있었는데, LG 프로야구단 모자였다. 차는 정 기자를 태우고는 휑하니 사라졌다.

'그 아저씨는 LG 프로야구단 모자를 썼어요…….'

뒤늦게 꼬마의 목소리가 스르르 목덜미를 감아올렸다.

11

경찰은 정영곤 피살 수법이 노창룡 사건의 범행 수법과 유사한 점으로 미루어 동일범의 소행으로 추정하고 있다. 고문과 형벌 등의 잔혹한 방법으로 살해했다는 점, 사건 현장에 고문 도구와 형구를 고의적으로 남긴 점 등 노창룡 사건과 여러 가지 일치하는 점에 주목하고 있다. 이에 따라 경찰은 사건 현장에 남아 있는 형구를 국립과학수사연구소에 의뢰하는 한편 이번 사건의 중대성을 감안해 수사진을 대폭 확대하기로 했다.

어쩐지 하나로는 만족할 것 같지가 않았다. 서넛은 때려죽여야 직성이 풀릴 것으로 내다봤다. 노창룡의 사체를 확인하고 국과수를 나올 때 문득 그런 생각이 들었다. 사체에 표식을 남기는 것, 연쇄살인범들이 즐겨 사용하는 수법 중에 하나다.

"오호, 이걸 다 어디서 구했을까요?"

한 형사의 입이 쩍 벌어졌다. 국과수 앞마당에는 형구들이 깔려 있었다. 널빤지, 쇠막대기, 작은 가마솥, 나무 형틀, 나무집게…… 일제 강점기의 고문에서 조선시대 형벌로 살인 패턴이 바뀌었다.

"일부러 제작하지는 않았을 거고……. 하여튼 대담한 놈들이네요."

대담한 게 아니라 해괴하고 기이한 놈들이다. 한 인간을 저세상으로 보내기 위해 엄청난 물량과 수고를 아끼지 않았다. 범죄에 투입된 물량으로 본다면 가히 초대형 살인 사건이다.

우경준은 가는 한숨을 토해냈다. 가평의 한 야산에서 변사체가 발견됐다는 소식을 들었을 때만 해도 그게 정영곤일 줄은 꿈에도 몰랐다. 교도소에서 출감한 지 보름밖에 되지 않았다. 아직도 기름기가 잘잘 흐르는 그의 얼굴이 손에 잡힐 듯 선명했다.

불사조는 그렇게 막을 내렸다. 정계 복귀를 꿈꾸며 화려한 비상을 설계하던 그의 꿈은 산산조각이 났다. 가장 참혹한 형벌에 의해, 가장 참혹한 모습으로 이 세상과 완전 결별했다. 광복절 특사로 석방된 게 되레 화근이었다. 빛을 보기는커녕 영원히 암흑 속에 갇히고 말았다. 감방에 갇혀 있었다면 이런 험한 꼴은 당하지 않았을 것이다.

'누군가 내 뒤를 졸졸 따라다니는 것 같아…….'

돌이켜보니 그의 말은 허튼 소리가 아니었다. 워낙 의심이 많은 자라 그냥 하는 소리인 줄 알고 크게 신경 쓰지 않았다. 지금도 그의 불길한 눈초리가, 불안에 떨고 있는 그의 목소리가 들려오는 듯하다.

"뭐가 이리 오래 걸리나?"

우경준은 인상을 찡그리며 사체보관실 건물을 쳐다봤다. 이번엔 민 형사를 사체보관실에 대신 들여보냈다. 정영곤의 사체를 직접 확인하는 것은 끔찍한 일이다. 마지막 가는 길에 온전한 모습으로 그를 기억하고 싶었다.

"저기 옵니다."

사체보관실을 나온 민 형사가 쭈뼛쭈뼛 다가왔다.

"어때?"

"어휴, 노창룡보다 더 끔찍합니다."

민 형사는 몸을 부르르 떨었다.

"그걸 묻는 게 아니잖아."

"……."

"동일범인지를 묻고 있잖아!"

뒤따라 나오려는 욕설을 간신히 참았다. 눈치 없는 것들과 함께 일하려니 분통이 터지고 잔소리만 늘어갔다.

"이번엔…… 새끼발가락의 발톱만 빼갔습니다."

열 개를 다 빼기 번거로우니 새끼발톱만으로 대신하겠다는 건가.

"그게 전부야?"

"이번에도…… 아라비아 숫자가 새겨져 있었습니다. 등짝에……."

민 형사는 손에 들고 있는 봉투를 내밀었다.

"검시관이 찍은 사진입니다."

민 형사의 말대로 정영곤의 사체는 노창룡보다 더 처참했다. 정영곤의 옆구리에는 살점이 튀어나왔고, 넓적다리는 벌겋게 익었다. 국과수 휴게실에서 먹은 식혜가 목구멍까지 기어올라 왔다. 우경준은 그걸 꿀꺽 삼켜서 다시 위장으로 내려 보냈다. 문득 어렸을 때 마을 아저씨들이 산에서 개를 잡던 모습이 떠올랐다. 개를 산채로 나무에 매달아놓고 마구 두들겨 팼다. 그게 궁금해서 왜 개를 패냐고 물었다. 돌아오는 대답이 신선했다. 그래야 맛이 더 쫀득하다고.

우경준은 10여 장의 사진 중에 정영곤의 등짝을 찍은 사진을 찾았다.

39, 350, 2

7, 124, 1

45, 2, 1

14, 1

24, 252, 2

놈들은 이번에도 사체에 수수께끼 같은 암호를 남겼다. 노창룡의 등에 적혀 있는 숫자보다 더 난해해 보였다.

다시 한번 풀어보쇼…… 놈들이 낄낄거리는 소리가 고막을 쥐어뜰었다.

인터넷은 또 한 차례 야단법석을 떨었다.

시민들의 반응은 여전히 범인들에게 우호적이었다. 잔혹하고 엽기적인 살인 수법에는 관심이 없었다. 기사에 달린 댓글은 범인들을 옹호하는 글이 압도적으로 많았다. 노창룡 사건이 민족정기에 방점을 찍었다면, 정영곤 사건은 사회 정의에 초점이 맞춰졌다. 사람들은 잔혹한 살해 수법보다는 정영곤의 추악한 일대기를 먼저 봤다. 한 심리학자는 이를 두고 '분노의 대리만족'이라는 표현으로 여론을 분석했다. 다들 제정신이 아니다. 사람을 저리 잔혹하게 패죽이고도 영웅 대접을 받다니. 그렇게라도 대리만족을 얻고 싶다면 어쩔 도리가 없다.

인터넷 검색을 끝내고 일선 수사관들이 올린 보고서를 들여다봤다. 눈에 띄는 보고서는 하나도 없다. 서로 약속이나 한 듯 알맹이는 쏙 빠졌다.

"대리기사로 가장해서 납치한 것 같습니다."

사건 당일 정영곤이 사라진 시각은 새벽 1시 무렵이다. 비너스 룸살롱을 나온 후 정영곤은 그의 차와 함께 감쪽같이 증발했다.

"범인은 룸살롱 주변에 대기하고 있다가……."

"대리기사는 만나봤나?"

우경준이 한 형사의 말을 잘랐다.

"물론입니다. 대리기사가 룸살롱에 도착했을 때는 정영곤도, 차도 없었다고 합니다."

"차는 CCTV에 잡혔을 게 아닌가?"

"룸살롱 인근 사거리에 잠깐 노출된 후…… 감쪽같이 사라졌습니다."

이번에도 CCTV는 무용지물이다. 놈들은 중간에 차를 세우고 번호판을 교체했거나 다른 차를 이용한 것 같다. 노창룡을 만찬장에서 납치할 때와 흡사했다. 사건 현장에 남아 있는 형구에는 지문이나 단서가 될 만한 것은 나오지 않았다. 놈들은 고의적으로 물증을 남겼으면서도 뒤처리만큼은 깔끔했다.

대체 놈들이 노리는 것은 무엇일까? 또 다시 해묵은 의문이 떠올랐다. 처음엔 소영웅 심리에 사로잡힌 미치광이들이 법 집행을 살해 명분으로 삼아 사회 혼란을 조장하려는 것으로 봤다. 그러나 사회 혼란은 없었다. 국민들은 열렬히 환호했다. 범인들에게 동조하는 이상 현상까지 벌어졌다.

그래서 놈들이 얻는 게 뭘까? 두 번째 의문이 떠올랐다. 사람들의 스트레스를 풀어주기 위해서? 그들의 대리 만족을 충족시켜주기 위해서? 민족정기 부활이나 사회 정의 실현을 위한 것이라면 할 말이 없다. 그런 막연한 것 말고 좀 더 구체적으로 가슴에 와 닿는 게 있어야 했다.

노창룡과 정영곤…… 놈들이 노리는 게 뭔지는 몰라도, 살해 대상은 분명했다. 하나가 더 보태지니 사건의 윤곽이 어슴푸레 드러났다. 두 피해자는 특별한 공통점을 가지고 있다. 첫째는 불사조라는 점이다. 노창룡은 해방 직후와 4 · 19 때 구사일생으로 살아남았다. 정영곤 역시 숱한 범죄 혐의를 받고도 법망을 잘 빠져나갔다. 지금은 둘 다 저세상으로 갔지만, 그 전까지는 천우신조(天佑神助)의 팔자를 타고난 인물이다. 둘째는 공공의 적이라는 점이다. 그들은 친일파와 부패 정치인의 대명사로 불리며 국민의 공분을 샀다. 요즘 댓글에 흔히 쓰이는 인간쓰레기들이다.

"모여봐."

우경준은 일선 수사관들을 불렀다. 피해자 주변이나 사건 현장에서는 실마리를 찾지 못했다. 그래서 사건 현장과는 다소 거리가 먼 외곽을 훑어보기로 했다.

"정윤주의 뒤를 털어!"

정 기자는 정영곤 사건에도 발군의 실력을 보였다. 정영곤의 직접적인 사인이 조선시대 형벌에 의한 것이라고 가장 먼저 기사화했다. 마치 놈들의 메시지를 빠짐없이 전달하는 대리 창구 같았다. 더 이상 정 기자를 내버려 둘 수가 없다. 그렇지 않아도 이맘때쯤 그녀의 뒤를 털려고 마음먹고 있었다. 이젠 기자고 뭐고 간에 앞뒤 가릴 형편이 아니다.

"아주일보 말고 다른 데도 있는지 살펴봐!"

놈들이 이용하려는 언론사가 아주일보밖에 없을까? 수사팀이 미처 발견하지 못한 곳이 또 있을 것이다. 놈들은 사체를 공개했을 때부터 이번 사건을 언론을 통해 죄다 까발리려고 했다. 또 다른 창구에서 놈들의 메시지가 생산되고 있는지도 모른다. 다음으로 범행에 쓰인 고문 도구와 형벌 도구의 구입처다.

"민속촌, 박물관, 영화 세트장 등 모조리 뒤져!"

놈들이 사용한 도구는 최근에 제작한 게 아니다. 사용한 지 꽤 오래된 듯 손때가 잔뜩 묻어 있었다.

'이게 또 골치로군…….'

우경준은 습관처럼 정영곤의 사체 사진을 꺼냈다. 이번엔 뭘

담은 걸까? 아무리 들여다봐도 까막눈이다. 무작위로 추출한 숫자 같지는 않았다. 고작 이 따위 숫자 놀음에 머리를 쥐어짜야 하다니.

아, 씨팔…… 속에서 주먹만 한 응어리가 기어올라 왔다.

제3장

분노를 표출하는 방법

1

정윤주는 무덤 앞에 국화 한 송이를 올려놓았다. 때마침 무덤 옆의 동백나무 가지 위에 까치 한 마리가 사뿐히 내려앉았다. 능선을 타고 불어온 실바람이 옷깃을 스치고 계곡 쪽으로 빠져나갔다. 계곡 아래에는 구불구불한 길을 따라 냇물이 흘러내렸다.

요즘처럼 오빠의 무덤을 자주 찾은 적이 없다. 허 선배의 제안을 승낙했을 때도, 테라피 홀에 첫발을 들여놓았을 때도, 노창룡을 저세상에 보냈을 때도 오빠의 무덤을 찾았다.

막걸리를 종이컵에 따라 국화 옆에 내려놓았다. 오빠는 유독 막걸리를 좋아했다. 휴가를 나오면 엄마가 부쳐주는 파전에, 아빠가 따라주는 막걸리를 마시며 환하게 웃곤 했다. 오빠가 죽은 후로 집안에 웃음소리가 사라졌다. 웃음소리가 사라진 자리에 깊은 정적이 들어섰다. 이따금씩 탄식 소리도 새어 나왔다. 울음을 참으려다가 목이 메어 가슴을 친 적이 한두 번이 아니다. 오빠가 다시 살아 돌아올 수 없다는 걸 잘 알고 있었다. 그걸 알면서도 희망의 끈을 놓지 않았다. 오빠를 다시 살릴 수는 없어도 오빠의 한은 풀어주고 싶었다. 그게 핏줄을 나눈 동생으로서의 마지막 바람이다.

'오빠는 왜 스스로 목숨을 끊었을까?'

오빠의 무덤 앞에 서자, 가슴 깊숙이 묻어둔 의문의 갈고리가 옆구리를 지그시 눌렀다. 오랜 세월이 흘러도 아직 오빠의 자살 이유를 찾아내지 못했다. 그래서 더 안타깝고 괴로웠다.

'무엇이 오빠를 죽게 만들었을까?'

아무리 되짚어도 답을 찾을 수 없다. 답을 찾을 수 없기에, 의혹은 깊어지고 고통은 더 커져 갔다. 오빠에게는 사랑하는 가족이 있었다. 두 달 후면 결혼할 연인이 있었다. 무엇보다 큰 꿈이 있었다. 그런 오빠가 왜 방아쇠를 당겼는지 이해가 가지 않았다.

'누가 오빠를 죽였을까?'

그날, 오빠는 GP 초소에서 싸늘한 주검으로 발견됐다. 오빠의 가슴에는 권총 한 자루가 비스듬히 놓여 있었다. 오빠를 최초로 발견한 옆 초소의 장병은 한 발의 총성을 들었다고 증언했다. 자정이 훌쩍 넘은 시각이었다. 오빠가 주검으로 발견된 지 사흘후, 군 관계자는 오빠가 스스로 목숨을 끊은 것이라고 결론을 내렸다. 그때까지 오빠의 사인은 자살인지 타살인지 의견이 분분했다. 당시 정황으로 봐서 타살의 흔적이 곳곳에서 발견됐다. 오빠가 누워 있는 모습은 도저히 자신의 몸에 총을 겨눌 수 없는 자세였다. 군 수사기관이 정밀 감식을 했지만, 오빠의 사인은 번복되지 않았다.

아빠는 군 수사기관의 발표를 믿지 않았다. 당시 오빠는 5년 넘게 사귀어온 연인과 결혼을 앞두고 있었다. 그런 오빠가 왜 스스로 목숨을 끊는단 말인가. 아빠는 오빠가 타살된 것이라 주장했다. 군 수사기관과 부대장, 그리고 오빠에게 총을 겨눈 자가 서로 공모하여 오빠의 죽음을 은폐한 것이라고 여겼다. 부대 내에서도 여러 타살 의혹이 제기됐다. 육군 중위였던 오빠와 몇몇 하사관 사이의 불화가 수면 위로 떠올랐다. 오빠가 타살될 명분은 차고 넘쳤다. 그러나 군 수사기관은 이를 철저히 외면했다.

아빠는 오빠의 억울한 죽음을 바로잡고 싶어 했다. 그것이 허

망하게 숨진 아들을 위해 부모가 할 일이라고 여겼다. 국방부와 청와대에 탄원서를 보내고 인권단체를 찾아가 오빠의 사인을 밝히려고 호소했다. 그러나 세상은 아빠의 뜻대로 돌아가지 않았다. 군부대는 철옹성이었다. 아무리 두드리고 고함을 질러도 끄떡하지 않았다. 억울하게 죽은 아들을 위해 아빠가 할 수 있는 일은 없었다. 그저 소리 죽여 울음을 삼키는 것밖에는.

오빠에게 무덤을 만들고자 한 것은 엄마였다. 아빠는 오빠를 화장하려고 했으나 엄마는 극구 만류했다.

"세상일은 모르는 거예요. 아무리 썩어 문드러져도 택민이 시신이 있어야 한을 풀 거 아니에요."

엄마는 오빠가 사망한 지 3년 후 이 세상을 떠났다. 밤마다 가슴앓이를 한 게 원인이었다. 그 무렵 엄마는 심한 우울증에 걸려 있었는데, 약을 복용하지 않으면 단 하루도 버티지 못할 정도로 쇠약해져 있었다. 엄마는 오빠의 억울한 죽음을 꼭 밝혀달라는 말을 유언처럼 남기고 눈을 감았다.

정윤주는 종이컵에 담긴 막걸리를 무덤 주위에 뿌렸다. 국화 송이는 제단 옆의 항아리에 넣었다. 이제 국화 두 송이에 불과했다. 올해가 가기 전에 항아리에 국화 열 송이를 꼭 채우고 싶다. 1차 집행 회의가 끝난 날, 집으로 돌아오면서 그런 결심을 했다. 인간쓰레기들을 저세상에 보낼 때마다 오빠의 무덤 앞에 국화 송이를 바치겠다고.

"아무나 할 수 있는 일은 아니야……. 그러나 누군가는 해야 할 일이지……."

처음 허 선배의 제안을 받았을 때 귀를 의심했다. 놀랍고 신선

한 제안이었다. 허 선배의 말대로 아무나 할 수 있는 일이 아니었다. 고민은 깊어만 갔다. 마음은 굴뚝같은데 몸이 따라주지 않았다. 무엇보다 거기에 참여할 명분이 없었다. 사회 정의? 그건 아니었다. 공정한 법 집행? 그것도 아니었다. 인간쓰레기들을 없앤다고 정의가 서지 않는다. 법 집행이 공정하게 이뤄지지도 않는다.

허 선배가 찾아온 지 한 달이 지나서야 그럴 듯한 명분을 찾았다. 수천 만 명 중에, 쓰레기를 전담 처리하는 청소부가 몇 명쯤은 있어야 하지 않을까. 사회 정의를 이루지는 못해도 이 사회가 만만치 않다는 걸 보여줘야 하지 않을까. 그래서 그 몇 명 중에 한 명이 되기로 했다. 허 선배의 말대로 분노를 꼭 가슴에 담아둘 필요는 없었다. 심장이 느끼는 대로, 분노를 마음껏 표출하면 됐다. 보내야 할 종자를 보내고 나니 일말의 가책도 받지 않았다.

공원묘지 정문을 나설 때였다. 택시 승강장으로 가는데 뒷덜미에 강한 전류가 흘렀다. 누군가 뒤를 따라오고 있다! 정윤주는 뒤를 돌아보지 않고 느낌만으로 알았다. 그런 전류는 10여 미터 떨어진 곳, 건너편 인도에서 오는 것 같았다. 처음엔 그저 같은 방향의 사람이거니 했다. 그러나 가게 진열장을 통해 훔쳐본 상대는 자신을 겨냥해 보폭을 맞추고 있었다. 틈틈이 전봇대에 몸을 숨기거나 지나가는 사람들을 등지고 몸을 최대한 은폐시켰다.

그 사내가 누군지 짐작이 갔다. 엊그제부터 아주일보 앞을 어슬렁거리던 사복경찰이다. 허 선배의 예상은 크게 벗어나지 않았다. 이맘때쯤 사복경찰이 미행할 거라고 했다. 노창룡과 정영곤을 다룬 기사에 의문을 품고 졸졸 따라붙고 있는 것이다. 그건 이미 예상하던 바다. 그러나 아무리 따라붙어도 그들이 원하는 것을 얻지는 못할 것이다. 1년 넘게 준비한 계획이 그따위 어설픈 미행으로 엎어지지는 않는다.

2

허동식은 통나무 별채에서 나오며 힐끔 뒤를 돌아보았다. 아직도 그 안에서는 웃음소리가 그치지 않았다. 일을 무사히 마친 자들의 유쾌한 뒤풀이다. 그들의 웃음소리 중에서 엄기석의 목소리가 가장 크게 들렸다.

"허 감독님."

별채 문이 열리고 윤 실장이 잰 걸음으로 다가왔다. 윤 실장의 입가에 백설기 떡가루가 묻어나왔다. B팀의 마수걸이 파티의 흔적이다.

"여러모로 고맙습니다."

"그런 말씀 마십시오."

허동식은 되레 B팀원들에게 고마움을 표시하고 싶었다. 그들이 자신의 제안을 잘 따라준 덕분에 정영곤을 저세상에 보냈다. 형구를 집행 현장에 보내는 데도 문제가 없었다. 생각보다 형구의 부피가 커서 화물 트럭을 빌렸다. 엄기석은 이번 집행 방법에도 만족감을 표시했다.

"이런 날이 꼭 올 거라고 믿었습니다."

윤 실장이 두 손으로 공손히 담배를 권했다. 그는 누구에게나 존대를 하고 자신을 낮췄다. 인권 단체에서 오래 생활한 탓인지 상대를 배려하는 마음이 몸에 배어 있다.

"어제 산을 오르는데…… 문득 감독님을 처음 뵈었을 때가 떠오르더군요."

허동식 역시 그날을 잊을 수가 없다. 어제 일처럼, 아직도 생생하다. 그날, 아침부터 비가 내렸다. 그래서 혹시나 등산 약속이 취소된 게 아닌지 걱정이 됐다. 북한산 등산로 입구에서 윤 실장을 처음 만났다. 귀공자 같은 얼굴, 잘 빗어 넘긴 머리칼, 빈틈이 없는 몸가짐, 금테 안경에 단아한 옷차림……. 겉으로만 본다면 법 없이도 살 수 있는 인물 같았다. 그러나 윤 실장의 속 안에는 거대한 불기둥이 꿈틀거리고 있었다. 이 사회의 부패를, 거대한 악의 뿌리를 제거하려는 열기로 가득했다. 그걸 확인하는 데는 오랜 시간이 걸리지 않았다.

"저는 지금도 그날의 다짐을 가슴 깊이 새기고 있습니다."

윤 실장의 다짐은 명료했다. 세상을 뒤집을 수는 없지만, 이 사회가 바로 서는데 조금이나마 힘을 보태고 싶다고 했다. 인간쓰레기들을 처치해서 사회 정의가 실현되기를 바란다고 했다. 허동식의 생각은 달랐다. 이 세상을 바꾸든 갈아엎든 그건 중요하지 않다. 이 세상이 좀 더 나아지는 데 힘을 보태고 싶은 생각도 없다. 민족정기니 사회 정의니 모두 관심이 없다. 처음부터 거창한 명분을 내세우지 않기로 했다. 그저 이 사회에 기생하는 악의 종자들을 걸러내 저세상으로 보내는 것뿐이다. 분노를 표출하는 방법…… 목표가 단순할수록 집중력이 강해지는 법이다.

"정영곤이…… 마지막으로 남긴 말은 없었습니까?"

숨통이 끊어지기 전에 뭐라고 발버둥을 쳤을까, 문득 그것이 궁금했다.

"모두 국가를 위한 일이었다고 하더군요."

그런 소리는 어디선가 들은 것도 같다. 공안 기관에 몸담은 자들이 최후 변론에서 자주 써먹는 소리다. 정계의 거물답게 멋진 말을 기대했는데, 기대 이하의 발악이다. 그건 국가에 대한 모독이 아닌가.

"이제 손맛을 봤으니 앞으로 속도를 내야겠습니다."

"물론이지요."

"빠른 시일 안에 3차 집행 대상자를 추리겠습니다."

윤 실장은 가볍게 고개를 숙이고는 통나무 별채 안으로 들어갔다.

"거기 분위기는 어때?"

돌담 별채 안으로 들어서자, 배 중령이 물었다.

"화창한 봄날입니다."

A팀이 마수걸이 축하를 나눌 때와 크게 다르지 않았다. 그들은 와인 대신 소주를 축하주로 삼았다.

"잔칫날에는 케이크보다 백설기가 낫지."

B팀의 답례품으로 백설기를 보내자고 한 것은 안 과장의 아이디어다. 허동식은 윤 실장이 보내 온 케이크를 그대로 흉내 냈다. 백설기에 정영곤의 등에 새겨 넣은 숫자를 다 집어넣었다. 노창룡의 숫자보다 훨씬 많아 장식이 만만치 않았다. 떡집 아저씨는 백설기에 이런 숫자를 넣는 것은 난생 처음이라면서 껄껄 웃었다.

"드디어 미행이 붙었어요."

정 기자가 허동식 곁으로 다가왔다.

"이제 감을 잡은 모양이로군. 정 기자는 당분간 뒤로 빠지도록 해."

그럴 줄 알았다. 지금쯤 정 기자의 우편물에도 손을 대려고 할 것이다. 그렇다고 달라지는 것은 없다.

"얼마 전에는 최 교수가 신문사로 절 찾아왔어요."

"뭐래?"

"허 선배를 아느냐고 물었어요."

아주일보까지 직접 찾아간 걸 보니 속이 꽤나 타는 모양이다. 하긴 마른하늘에 날벼락을 두 번이나 맞았으니 그럴 만도 하다. 정영곤의 집행 방법을 보고 무슨 생각이 들었을까. 논문 일부가 인간쓰레기를 저세상에 보내는 데 사용될 줄은 꿈에도 몰랐을 것이다.

"이제 간 좀 그만 보라고. 그 친구 생각도 해줘야지."

그랬다. 배 중령의 말대로 이쯤이면 적당히 간을 본 셈이다. 지금쯤 최주호의 간은 숯덩이처럼 검게 타들어가고 있을 것이다. 그렇지 않아도 다음 주에 그에게 연락할 생각이다. 이제 최주호를 정식으로 초대할 차례다.

기어이 이곳에 또 오고야 말았다.

벌써 사흘째다. 어제도, 그제도 허동식의 집 근처에서 어슬렁거렸다. 새벽 2시까지 기다렸지만, 그는 나타나지 않았다.

최주호는 허동식의 집이 보이는 모퉁이에서 고개만 빠끔 내밀었다. 그의 집 말고 더 이상 갈 만한 곳이 없다. 언젠가는 집에 한번 들르지 않을까. 오직 그 하나에 기대를 걸고 이 자리를 지켰다. 일주일이든 보름이든 딱히 정하지 않았다. 지금으로서는 어떻게든 허동식을 만나야 한다는 생각뿐이다.

땅거미가 내려서자 주택가는 늦더위를 피하려고 나온 사람들로 북적거렸다. 말복이 한참 지났는데도 더위는 여전했다.

최주호는 빌라 건물 뒤에서 4차선 도로로 들어서는 길을 유심히 바라봤다. 마치 잠복근무를 하는 수사관이 된 기분이다. 연쇄살인범을 잡기 위해 연고지에 급파된 민완 형사. 그러나 연쇄살인범은 깜깜무소식이다.

어디로 가야 그를 만날 수 있을까? 허동식의 집에서 영화제작사, 암자에 이르기까지 발길 가는 대로 따라붙었다. 예정에도 없는 순례가 이어지는 동안 허동식의 정체가 서서히 드러났다. 그의 진면목이 드러날수록 위기감이 몰려들었다. 앞으로 그를 만나면 뭔 개수작을 부리는 거냐고 따져 물을 게 아니라 그 앞에 무릎 꿇고 통사정을 해야 할 듯싶다. 뭔지는 몰라도 제발 자신은 빼달라고. 지금까지 벌어진 일은 모두 없던 걸로 해달라고.

자정이 가까워오면서 주택가의 가게들이 하나둘 문을 닫기 시작했다. 2차선 도로를 지나가는 차량도 점점 줄어들었다. 최주호는 문을 막 닫으려는 슈퍼로 들어가 캔 콜라를 샀다. 허동식을 기다리는 사흘 동안 콜라만 열 캔 이상을 마셨다. 날이 서늘한 새벽에도 목이 바싹 타들어갔다. 슈퍼 카운터에 걸려 있는 TV에서는 마감 뉴스가 시작되고 있었다. 톱뉴스는 당연히 정영곤 사건이다. 앵커는 아직도 사건의 윤곽조차 파악하지 못한 경찰의 무능함을 매섭게 질타하고 있다. 노창룡 사건만큼은 못하지만, 시민들은 여전히 범인들에게 관대한 편이다.

"상을 줘도 모자랄 판에, 왜 못 잡아들여서 저 안달인지 모르겠네."

슈퍼 주인이 한쪽 눈을 찡긋거리며 말을 걸어왔다. 사흘 동안 부지런히 슈퍼에 들른 터라 주인의 얼굴이 낯설지가 않았다. 최주호는 입을 꾹 다물었다. 그의 말이 틀린 건 아니지만 대꾸하고 싶지 않았다. 그때였다. 승합차 한 대가 허동식의 집 앞에 미끄러지듯이 멈췄다. 최주호는 재빨리 슈퍼에서 나와 빌라 건물 뒤에 몸을 숨겼다.

승합차 조수석 문이 열리고 한 사내가 내렸다. 허동식이다. 가슴이 쿵쾅쿵쾅 뛰고 입술이 바짝 타들어갔다. 오오, 이게 대체 얼마 만인가. 반가움과 두려움이 동시에 밀려왔다. 그에게 연락이 오지 않는 한 영원히 못 만날 줄 알았다.

허동식은 대문을 열고 집 안으로 들어갔다. 승합차는 시동을 켠 채 꼼짝하지 않았다. 최주호는 빌라 건물에서 나와 승합차 쪽으로 시선을 돌렸다. 운전석을 바라보는 순간 두 눈이 번쩍 뜨였다. LG 프로야구단 모자…… 운전석에는 아주일보 앞에서 정 기자를 태운 그 사내가 앉아 있었다. 여기서 또 그를 볼 줄이야.

잠시 후 집에서 나온 허동식은 승합차 조수석에 올라탔다. 캔 콜라를 쥔 손에 촉촉한 땀이 스며들었다. 전조등이 켜지고 승합차 앞머리가 들썩거렸다. 이대로 그를 보낼 수는 없는 일, 최주호는 용수철처럼 튀어나가 승합차 앞을 가로막았다.

"허동식!"

아랫배에 힘을 주고 고함을 질렀다.

"내려! 어서!"

두 번이나 재촉해도 반응이 없다. 헤드라이트 불빛만이 온몸을 쏘아댈 뿐이다. 허동식이 앉아 있는 조수석으로 다가가 유리창을 거칠게 두드렸다.

"어서 내리라고!"

악에 받친 소리가 목울대를 울렸다. 그때 멀뚱히 서 있던 승합차가 갑자기 후진하기 시작했다. 승합차는 빠른 속도로 후진하더니 빌라가 있는 골목길로 뒤꽁무니를 들이댔다. 빌라 옆에 주차된 차의 사이드미러가 부서졌다.

"멈춰! 허동식!"

최주호는 후진하는 차를 따라붙었다. 골목길로 들어서려는 순간, 승합차 앞머리가 불빛을 쏘아대며 쏜살같이 튀어나왔다. 최주호는 달려오는 승합차를 피하려고 빌라 건물에 몸을 바짝 붙였다. 승합차는 도로변에 주차된 차의 옆구리를 긁으며 사거리 쪽으로 사라졌다. 눈 깜짝할 사이다. 도로 한 가운데는 캔 콜라가 외롭게 나뒹굴었다. 최주호는 그 자리에 털썩 주저앉았다.

아파트에 들어서자마자 수납장에서 양주병을 꺼냈다. 글라스에 양주를 꽉 채운 후 단숨에 비웠다. 이게 아닌데, 멱살을 쥐든 통사정을 하던 허동식을 만났어야 했는데…… 또 다시 아쉬움이 꾸물꾸물 몰려왔다. 영화 속의 주인공처럼, 죽음을 각오하고 몸을 날려서라도 차를 막았어야 했다.

잠이 오지 않았다. 술기운은 온몸으로 퍼져가는데 의식만큼은 또렷하다. 언제 다시 허동식을 만날 수 있을까? 이쯤에서 기약 없는 순례를 끝내고 싶다. 몸도 마음도 지쳤다. 앞으로 또 그를 찾아 헤매야 한다고 생각하니 서글픈 감정마저 들었다.

기어이 양주 한 병을 다 비우고 소파에 벌렁 누웠다. 거실 천정에 허동식과 LG 프로야구단 모자를 쓴 사내, 그리고 정 기자가 한데 뒤섞여 낄낄거리며 웃고 떠들었다. 나 잡아봐라…… 그때 휴대폰이 요란하게 울렸다.

"나다……."

허동식이다. 최주호는 몸을 발딱 일으켰다. 베란다 창밖으로 뿌옇게 날이 밝아오고 있었다.

3

정영곤이 살해된 후 수사 인원이 대폭 증원됐다. 광역수사대와 수도권 경찰서에서 수사 인력을 보내왔다. 서울지검에서는 평검사 세 명을 지원해 주었다. 특수부 7년 차 한 명, 형사부 5년 차 두 명이다. 강력사건에 특수부 검사가 투입되는 건 흔치 않은 경우다. 처음 노창룡 사건을 맡을 때보다 수사 인력이 세 배나 불어났다. 자존심이 상하는 일이다. 이렇다 할 단서도 찾지 못하고 지원만 받은 꼴이다.

우경준은 서울지검에서 파견된 검사의 인적 사항을 살폈다. 세 명의 검사 중에 조희성 검사가 눈에 띄었다. 특수부 검사 7년 차, 가장 왕성하게 일할 때다. 사업연수원 성적도 꽤 우수한 편이다. 지난해에는 한 대기업의 조세 탈피를 목적으로 만든 페이퍼 컴퍼니를 찾아내 혁혁한 성과를 올렸다.

수사본부에 자리 배치가 끝나자마자 조 검사를 불렀다. 이번 사건을 어떻게 보고 있는지, 또 어떤 대안을 가지고 있는지 궁금했다.

"놈들에 대해 어떻게 생각하나?"

말머리를 자르고 본론부터 꺼냈다. 때로는 수사 검사의 판단에 따라 밑그림이 확 바뀌기도 한다. 판을 이끌어가는 것은 수사 검사의 몫이다.

"우선 뛰어난 정보력을 가진 전문가 집단이라고 판단됩니다."

우경준은 계속 말해 보라는 듯 고개를 까딱거렸다.

"이들은 사건 현장에 증거물을 남겼음에도 불구하고 그 주변은 깔끔히 정리했습니다. 또한 CCTV에 노출되지 않도록 사각지대만을 이용했으며, 범행 이전부터 피해자의 동선을 정확히 파악하고 있었습니다. 그 방면의 전문가가 아니고서는 할 수 없는 일입니다. 이들 중에는 정보기관과 밀접하게 관련된 자도 있을 겁니다. 노창룡의 입국이나 입국 후의 행적은 전문가만이 알 수 있는 고급 정보입니다."

제법 똑똑한 친구다. 모범 답안을 미리 준비한 듯 술술 새어 나왔다. 한마디로 일반 잡범이 아니라 프로들이 개입했다는 소리다.

"좋아. 여기 온 기념으로 숙제를 하나 내주지."

우경준은 그 앞에 노창룡의 사체 사진을 내밀었다.

"이 숫자가 뭘 의미하는지 알고 있나?"

"수사 일지를 봤습니다. 반민족행위처벌법과 반민주행위자 공민권제한법을 제정한 날짜입니다."

조 검사가 시원하게 대답했다. 이번엔 정영곤의 등을 찍은 사진을 내밀었다.

"그럼, 이 숫자는?"

조 검사의 얼굴이 살짝 일그러졌다.

"정영곤의 사체에도…… 숫자가 새겨져 있었습니까?"

"그걸 밝혀내. 이게 자네가 풀어야 할 숙제야."

"……."

"이틀 시간을 줄 테니…… 놈들의 대갈통에 뭐가 들어있는지 잘 좀 까보라고."

수사는 다시 원점으로 돌아왔다. 정밀 감식반이 새롭게 구성됐으며, 사건 현장 주변의 CCTV도 재판독 작업에 들어갔다. 양평과 가평 일대에는 탐문 수사를 확대했다.

우경준은 점점 초조해지기 시작했다. 사방이 꽉 막혔다. 수사관들은 밤낮없이 뛰고 있지만, 무엇 하나 제대로 건진 게 없다. 정 기자의 뒷조사도, 놈들의 또 다른 메시지 전달 창구도, 고문과 형벌 도구의 구입처도 깜깜무소식이다. 마음을 느긋하고 갖고 수사하라는 문 검사장의 독려도 귀에 들어오지 않았다. 언론은 연일 수사팀의 무능과 헛손질을 싸잡아 비난했다. 수사팀에게 쏟아지는 비난은 위험 수위를 훨씬 넘어섰다. 인터넷 공간과 SNS는 근거도 없는 괴담을 만들어 마구잡이로 유포시켰다. 익명이라는 점을 악용해 살인범들을 추종하는 세력도 등장했다. 살인범들을 보호하자는 커뮤니티 카페가 만들어졌다가 이틀 만에 폐쇄됐다. 한 가닥 기대를 걸었던 정윤주의 동향도 별 소득이 없다. 그녀 주변을 탈탈 털었지만, 쓸 만한 정보는 나오지 않았다. 제보자가 있는 건 분명한데 거기까지 손을 대기가 쉽지 않다.

"정윤주의 인적 사항 중에 특별한 게 있습니다. 오빠가 GP 초소에서 자살을 했더군요."

한 형사가 정 기자의 새로운 정보를 가져왔다. 정 중위 권총 자살 사건은 세간에도 잘 알려져 있었다. 한 방송국에서는 이 사건을 2회에 걸쳐 방영해 사회적으로 큰 화제를 불러일으켰다. 아직도 이 사건은 속 시원히 밝혀진 게 없다. 군 수사기관에서는 그의 죽음을 자살로, 유족은 타살된 것이라고 팽팽히 맞섰다. 시민단체에서는 군 의문사라고 규정했지만, 군 당국은 이를 받아들이지 않았다.

"이 사건으로 정윤주의 어머니는 우울증에 시달리다가 세상을 떠났습니다."

"그런 거 말고."

그녀의 불행한 과거사를 알자고 탈탈 턴 게 아니다. 누구나 하나쯤 깊은 상처를 안고 살아가지 않는가. 그런 상처를 유별나게 내세울 건 없다. 우경준은 정 기자 주변에 수사 인력을 더 투입했다. 미행 조뿐만 아니라 그녀의 우편물을 감시할 수 있는 전담반도 새로 꾸렸다.

수사본부 벽시계는 밤 9시를 가리키고 있었다. 우경준은 책상 위를 대충 정리하고 자리에서 일어났다. 사흘 동안 수사본부 안에서 새우잠을 잤다. 오늘은 무슨 일이 있어도 집에 들어갈 것이다. 하나밖에 없는 딸아이의 생일을 그냥 지나칠 수는 없다. 오전과 오후, 아내에게 두 번이나 전화가 왔다. 오전 전화에는 좀 늦을 거라고 했다. 오후 전화에는 외식은 다음으로 미루자고 말했다. 8시가 넘어서는 전화 대신 아내에게 문자가 왔다. 생일 케이크는 생크림으로 사라고.

웃옷을 걸치려는데, 노크 소리가 들리고 조 검사가 들어왔다.

"정영곤의 등에 새겨진 숫자를 풀었습니다."

벌써? 우경준의 두 눈이 휘둥그레졌다. 그에게 숙제를 내준 지 한나절밖에 되지 않았다.

"어디 들어보자고."

우경준은 양복 상의를 의자에 걸치고 자리에 앉았다. 이번엔 뭘까? 묘한 호기심이 발동했다.

"용의자들의 법률 지식이 상당한 수준에 이르고 있다는 점에서 힌트를 얻었습니다. 먼저 맨 위에 새겨진 39, 350, 2부터 말씀드리겠습니다. 이는 형법 제39장 350조의 2로, 특수공갈죄를 적시한 겁니다."

우경준은 깍지 낀 두 손을 책상 위에 올려놓았다.

"그다음 7, 124, 1은 형법 제7장 124조 1항을 가리키는 겁니다. 이 법률 조항은 공무원의 불법체포에 의한 죄에 해당됩니다."

"……."

"45, 2, 1은 정치자금법 제45조 2의 1로, 정치자금 부정수수죄를 이르는 것이며 14, 1은 국회에서의 증언 감정 등에 관한 법률 제14조 1항으로 국회 위증죄에 해당합니다."

조 검사의 똑부러진 목소리가 고막에 착착 감겨들었다.

"끝으로 24, 252, 2는 형법 제24장 252조 2항으로, 살인방조죄에 해당합니다."

"공통점이 있나?"

"이 다섯 가지는 지난해 정영곤이 대법원 판결에서 무죄로 판명난 법률 조항입니다. 용의자들은 이를 다시 끄집어내서 살인의 명분으로 삼으려했던 것으로 판단됩니다. 노창룡과 비슷한 패턴입니다."

노창룡의 숫자를 약간 비튼 것에 지나지 않았다. 우경준은 다섯 개의 숫자를 한데 모았다. 특수 공갈, 불법 체포, 정치자금 부정수수, 국회 위증, 살인방조······ 하나같이 무죄로 판명 난 대법원 판결만을 골랐다. 놈들은 집행관으로 만족하지 않았다. 이번엔 심판관으로 옷을 갈아입고 사법부의 판결을 농락했다.

아, 돌아버리겠네······ 머리칼이 활활 타올랐다. 거기에 기름을 부으면 그대로 불기둥이 될 것 같았다.

4

여의도 선착장은 한가로웠다.

평일이어서 그런지 사람은 많지 않았다. 대부분이 젊은 연인들이었다. 그들은 하나같이 먹고 떠드느라 잠시도 입을 다물지 않았다.

오후 2시 15분, 아직 허동식은 나타나지 않았다. 최주호는 매표소 입구 쪽으로 다가갔다. 저 멀리 유람선 한 척이 선착장을 향해 다가왔다. 뱃머리 위에 매달린 흰 깃발이 시원하게 펄럭거렸다.

'여의도 선착장에서, 2시에 보자······.'

허동식의 통화 내용은 그게 전부였다. 그의 말에 아무런 토를 달지 않았다. 여의도가 아니라 저 아래 땅끝 마을로 불러도 한 걸음에 달려갈 작정이었다. 다급해 보이기는 허동식도 마찬가지였다. 도로변의 차를 들이받으며 결사적으로 줄행랑을 친 지 반나절 만에 전화가 왔다. 그 또한 집 앞에서 자신을 보리라고는 예상하지 못했을 것이다.

허동식의 전화를 받은 뒤로 마음이 한결 편해졌다. 속절없이 마냥 끌려가기보다는 뭐든 툭 까놓고 결정을 내리고 싶었다. 언젠가는 부딪쳐야 할 일이라면 빠를수록 좋다. 그게 좋은지 싫은지는 나중에 생각할 문제다.

허동식을 만나면 첫 마디는 무엇으로 할까? 노창룡과 정영곤의 죽음, 암자에서 가져온 검은 파일철, 꼬마가 가져온 두 개의 칼럼, 고문 자료와 형벌 자료, 정 기자와의 관계…… 정신이 없었다. 어디서부터, 무엇부터 물어봐야 할지 정리가 되지 않았다. 그런 의문은 너무 많아서, 수첩에 꼼꼼히 기록하고 만나야 할 것 같았다. 그가 학교 앞에 불쑥 나타난 지 두 달도 되지 않았는데 2~3년을 보낸 것처럼 까마득하게 느껴졌다.

한강 둔치 계단을 타고 허동식이 느릿느릿 내려왔다. 어젯밤과 같은 옷차림이다.

"오랜만이야."

최주호는 허동식이 내민 손을 잡지 않았다. 그럴 기분이 아니다. 악수할 손으로 그의 싸대기를 올려붙이고 싶은 걸 간신히 참았다. 허동식이 머쓱한 표정을 지으며 손을 거두어들였다.

"배에 탈까?"

유람선은 거대한 몸체를 좌우로 흔들어대며 물살을 헤쳐나갔다. 갑판 위에 오르자 서늘한 강바람이 살 속까지 파고들었다.

"물어볼 게 있어."

최주호는 애써 흥분을 가라앉혔다.

"아주 많아."

"해봐."

너무 할 말이 많은 탓일까. 머릿속에 차곡차곡 담아왔던 수많은 의문들이 서로 먼저 나오려고 바둥거렸다. 따지고 보면 그런 의문에 매달릴 필요도, 그걸 풀어야 할 이유도 없다. 깨끗하게 손 털고 나오면 그만이다. 두 명이 살해된 것은 자신과는 아무 상관 없는 일이다.

"긴 말은 싫으니까 묻는 말에만 간단히 말해."

"……."

"사실대로."

속 시원히 털고 다시 예전의 일상으로 돌아가는 것, 그 하나면 충분했다. 그러나 거기까지 도달하기 위해서는 약간의 과정이 필요했다.

"정윤주 기자도 한통속인가?"

"말이 좀 거칠군."

"정 기자도 네가 끌어들인 것 같은데."

"우리는 그 무엇도 강요하지 않아. 강요해서 될 일도 아니지."

'우리'라는 말이 귀에 거슬렸다. 조직이나 집단이 배후에 있다는 소리로 들렸다.

"누가 내 칼럼으로 꼬마에게 심부름 시켰나?"

"그건 내 소관이 아니야."

"각자 역할 분담이 있다는 소린가?"

"부인하지는 않겠어."

"언제부터 이런 일에 가담한 거야?"

"좀 됐어."

"그게 언제야?"

"거기까진 알 필요 없어."

"파일철은 3년 전부터 집중적으로 모은 거던데."

"암자까지 찾아갔나? 대단하군."

"말 돌리지 마."

"그쯤 됐어."

의례적으로 몇 가지만 물으려 했는데 점점 지난 의문이 들춰졌다. 기왕에 물꼬를 텄으니 중요한 것을 빠뜨릴 수 없다.

"이번엔 왜 내 논문을 활용했지? 그것 말고도 정영곤을 없애는 방법은 많았을 텐데."

"그게 가장 확실했거든."

"어떻게 사람을 그 지경으로……."

"천운이 다한 종자들이야. 쓰레기는 빨리 치울수록 좋아."

"다음은 누구 차례야?"

"곧 알게 돼."

"파일철에 있는 인물인가?"

"너도 한번 골라봐."

허동식은 담담하게 대답했다. 결코 말을 돌리거나 회피하지 않았다. 그 역시 선착장에 오기 전에 할 말을 준비해 온 듯싶다.

"내게 이럴 수는 없어…… 25년 만에 나타나서 기껏 한다는 짓이……."

"기분 나빴다면 사과할게."

"사과를 받아내자고 여기에 온 줄 알아?"

그동안 정신없이 헤매던 때를 떠올리면 지금도 열불이 뻗쳤다. 매번 헛걸음으로 돌아설 때마다 밑도 끝도 없는 늪 속으로 빨려 들어가는 기분이었다.

"이번엔 내가 물어볼까?"

허동식이 혓바닥으로 아래 입술을 쓰윽 핥았다.

"암자에서 가져온 파일철…… 가지고 있지?"

최주호는 고개를 끄떡였다.

"빠른 시일 내에 돌려줘. 내게는 아주 중요한 거야."

유람선 옆으로 수상 보트가 요란한 굉음을 내며 지나쳤다. 간밤에 마신 술기운이 슬금슬금 기어올라 왔다. 어서 빨리 그와의 만남을 끝내고 한숨 푹 자고 싶은 생각밖에 없다.

"대체 내게 원하는 게 뭐야?"

가장 묻고 싶었던 질문을 던졌다. 다시 예전의 일상으로 돌아갈 수 있는지, 아니면 미궁의 늪 속으로 하염없이 빨려 들어갈지 그의 답변에 따라 결정될 것이다. 허동식은 잠시 뜸을 들인 후 입을 열었다.

"이쯤이면 내 말뜻을 알아들은 것 같은데. 더 설명이 필요해?"

"분명하게 말해 봐."

"우린 네가 필요해."

"난 빼줘. 뭔지 몰라도 이런 일에 끼어들고 싶지 않아."

"이미 늦었어. 넌 너무 많은 걸 알고 있어."

"다 네가 뿌린 씨야."

"뿌린 씨는 거두어들여야지. 나를 믿어."

"싫어. 제발 나는 빼줘."

"그건 내가 할 수 있는 일이 아니야."

"……."

"그동안 네가 써 왔던 칼럼…… 모두가 주목하고 있어……."

"그건 어디까지나 칼럼일 뿐이야."

"우리에겐 힘을 실어줄 사람이 필요해."

이제 확실하게 감이 왔다. 허동식이 손길을 뻗은 데는 칼럼이 큰 역할을 한 듯싶다. 그러나 위정자들에게 글로 치도곤을 안기는 것과 직접 고문이나 형벌을 가하는 것은 한참 달랐다. 처음부터 칼럼의 한계를 잘 알고 시작한 일이다.

"그럼, 내게 부탁했던 자료는 뭐야? 날 끌어들이려던 미끼였나?"

"……."

"처음부터 내 의사를 묻는 게 도리 아니었을까?"

"검증이 필요했어."

"검증? 어떤 검증?"

"누구나 그런 검증 과정을 거치게 돼 있어."

"내가 경찰에 알리지 않을 거란 소린가?"

"그것도 일부이긴 하지. 공연히 신경 쓸 일을 만들어서 미안해."

"……."

"앞으로는 그런 일이 없을 거야. 약속해……."

대화가 점점 이상한 방향으로 흘러가고 있다. 아무런 답도 주지 않았는데, 벌써부터 그들 조직의 일부가 된 듯한 착각이 들었다.

"무슨 일을 꾸미는 건지 말해 봐. 아무런 명분도 없이 그런 일을 할 수는 없잖아."

"명분은 없어. 우린 집행관으로서 역할을 할 뿐이야."

"집행관?"

"그래. 법을 집행하는 집행관."

"그게 사람을 고문하고 형벌로 다스리는 건가?"

"그것도 집행의 한 방법이지."

"그래서 얻고자 하는 게 뭔데?"

"……."

"법은 모두에게 평등하다는 것을 몸소 보여주겠다는 건가? 아니면 그렇게 해서라도 사람들에게 대리만족을 시켜주겠다는 건가?"

"좋을 대로 생각해."

"이해가 안 가는군……. 그런다고 세상이 바뀌나?"

유람선은 물살을 가르며 선착장을 향해 다가가고 있었다.

"난 세상을 바꾸려는 게 아니야. 불타는 정의감 때문도 아니지. 그런 건 나와는 맞지 않아."

"그럼, 대체 이유가 뭐야?"

"굳이 말하자면…… 우리 같은 사람도 있다는 걸 보여주고 싶었어. 분노를 실천으로 옮기는 사람들……."

"하지만 방법이 틀렸어. 다른 방법도 많잖아."

"이게 가장 확실해!"

"……."

"모두 너를 기다리고 있어…… 빠를수록 좋아."

유람선이 선착장에 이르자 허동식이 먼저 내렸다. 최주호는 두어 걸음 처져서 그를 따라갔다. 젊은 연인들의 재잘거리는 소리가 귀에 거슬렸다.

"앞으로 그들과 상견례를 준비하도록 해. 사흘 뒤에 다시 연락할게……."

허동식은 둔치 계단 쪽으로 가다말고 걸음을 우뚝 멈췄다. 그러고는 뒤를 돌아보며 분명한 어조로 말했다.

"너와 내가 분노를 대하는 차이가 뭔 줄 알아? 너는 분노를 칼럼으로 때우지만, 나는 몸소 집행을 하지."

그새 몸이 눈사람처럼 꽁꽁 얼어붙은 것 같다. 손도 발도 꼼짝할 수가 없다. 숨을 쉴 때마다 심장 뛰는 소리만이 규칙적으로 들려왔다. 쿵쾅쿵쾅.

"앞으로 너와 나는…… 분노를 표출하는 방법이 같아지게 될 거야."

5

정영곤의 등짝에 새겨진 숫자를 푸는 건 어렵지 않았다. 우 검사가 테스트를 하듯 사진을 내밀었을 때부터 짐작했다. 노창룡에게 그랬듯이, 이번에도 법률과 관련이 있을 것으로 내다봤다. 기왕에 살인의 명분을 법률로 내세웠다면, 이번에는 좀 더 구체적으로 드러내려고 했을 것이다. 그래서 대법원 판결문과 검찰의 공소장을 입수해 정영곤의 죄목을 자세히 살폈다. 주로 형법과 대조해 죄목을 비교했는데, 등에 새겨진 숫자가 법률 조항과 정확하게 일치했다. 하나가 풀리자 나머지 넷은 저절로 해결됐다. 그들의 방식대로라면, 면죄부에 대한 응징인 셈이다.

숫자를 다 풀고 나자 한 가지 의문이 꼬리표처럼 따라 붙었다. 그들이 노리는 게 무엇일까? 우 검사도 그걸 가장 궁금하게 여겼다. 아무리 더듬어도 범죄 동기가 분명하지 않았다. 법률을 건드린 것으로 봐서, 법 집행을 하겠다는 의지만은 분명해 보였다.

조희성은 수사팀이 작성한 수사일지를 다시 한번 꼼꼼하게 살폈다. 뒤늦게 수사팀에 합류한 터라 할 일이 많았다. 처음 노창룡 사건이 터졌을 때부터 이 사건을 예사롭게 보지 않았다. 밖에서 볼 때는 잘 몰랐는데, 범인들은 생각보다 치밀하고 정교해 보였다. 살해 수법도 아주 독특했다. 고문과 형벌…… 범인들은 피해자의 범죄 행위에 딱 들어맞는 살해 수법을 찾으려 공을 들이고 의미를 새겨 넣었다. 엽기적인 범죄인데도 지극 정성을 기울인 탓인지 눈살이 찌푸려지지 않았다.

조희성은 우 검사와는 수사 방향을 달리했다. 피해자의 주변 인물을 탐문하는 것은 무의미한 일이다. 언론 보도에 지나치게 관심을 기울일 필요도 없다. 무엇보다 범인들의 특성을 파악하는 게 가장 시급해 보였다.

"어디 한번 그림을 그려볼까요?"

조희성은 박 형사와 함께 수사팀이 작성한 보고서를 바탕으로 범인들의 성향을 분석해 나갔다. 범인들의 머릿속을 들여다보기 위해서는 좀 더 세밀한 접근이 필요했다.

"이들이 조직을 갖추고 있다면…… 그 숫자가 만만치 않을 겁니다."

박 형사는 조직원의 숫자가 최소 열 명 이상이 될 것으로 내다봤다. 미행에서 납치, 살인에 이르기까지 이들은 체계적인 조직을 갖추고 각자의 역할이 분담되어 있을 것이다. 물론 이들을 아우르고 큰 그림을 그리는 '브레인'을 빼뜨릴 수 없다.

"조직원 중에는 정보력이 뛰어난 자가 있을 겁니다."

조희성은 우 검사에게도 밝혔듯이 정보력에 무게를 두었다.

"수사 계통 쪽도 눈여겨봐야 합니다."

박 형사는 정보통에 그치지 않고 수사 계통에 몸담았던 인물로 범위를 좁혔다. 범인들은 사건 현장에 고의적으로 물증을 남겼으면서도 단서가 될 만한 흔적은 깨끗하게 제거했다. CCTV도 마찬가지다. CCTV가 제 역할을 하지 못한 게 아니라 그들이 CCTV를 철저히 이용했다. 이쪽 계통의 전문가가 개입했을 확률이 높다.

"역사 쪽에 밝은 전문가도 있겠군요."

일반인이 고문 수법이나 형벌제도를 차용하기에는 쉬운 일이 아니다. 그쪽 분야에 밝은 자가 살해 방법을 제시했을 것이다. 그다음에는 정 기자처럼 언론과 밀접한 관계가 있는 인물이 용의선상에 올라왔다. 끝으로 법률 해석에 능통한 법조인을 꼽았다.

"법률을 잘 알고 있다면…… 궐석재판을 했을지도 모르겠군요."

정영곤의 등에 새겨진 법률 조항은 재판의 의미도 담겨 있다. 피해자를 납치하기 전에, 모종의 장소에서 그들이 직접 재판을 열고 판결을 내렸을지도 모른다. 재판은 사법부만의 특권이 아니다. 어느 누구나 나름의 규칙을 정하고 판결을 내릴 수 있다.

조희성은 범인들의 면면을 하나하나 짚어가며 밑그림을 그렸다. 정보, 역사, 법률, 수사, 언론……. 그렇게 하나하나 모아보니 그새 거대한 전문가 집단이 만들어졌다.

풀밭 옆에 차를 주차하고 산길을 따라 올라갔다. 감식반이 찍은 사진으로는 현장 분위기를 느낄 수 없었다. 그래서 박 형사와 함께 사건 현장을 직접 둘러보기로 했다. 현장 속에 답이 있다! 초임 검사 때부터 몸에 배인 습관이다.

산길 옆으로 벌초한 지 꽤 오래된 무덤이 보였다. 좁은 샛길로 접어든 후에는 인적이 뜸하고 민가도 보이지 않았다. 낮은 능선을 넘자 커다란 느티나무 앞쪽에 경찰이 두른 노란 띠가 눈에 들어왔다.

"최초 목격자는 누굽니까?"

조희성이 물었다.

"인근 마을의 농부입니다. 약초를 캐러 갔다가 발견했다고 합니다."

범인들은 어떻게 이런 곳을 물색했을까. 조희성은 주위를 휘휘 두리번거렸다. 사방이 울창한 나무들로 꽉 들어찼다. 정영곤의 사체가 발견된 산기슭 아래로 실개천이 흘러내렸다. 인적이 뚝 끊겨 마치 다른 세계에 온 느낌이다.

조희성은 노란 띠를 걷어 올리고 안으로 들어갔다. 풀밭 위에는 정영곤이 흘린 핏덩이가 군데군데 남아 있다. 풀밭 옆으로 반쯤 타다 만 막대기도 보였다. 막대기 옆의 바위는 검게 그을려 있었다. 형구들을 다 치웠는데도 현장 분위기는 그대로였다. 살해 현장이 아니라 사극 세트장에 온 느낌이다.

"어젯밤에 역사학자를 만났는데…… 이게 맞는 소린지 모르겠습니다."

박 형사가 검게 그을린 바위를 보며 말했다. 범인들의 특성을 체크한 후 박 형사는 가장 먼저 역사학자와 접촉했다.

"사건 현장에 형벌 도구를 남긴 것은 나름의 이유가 있다고 하더군요."

"그게 뭡니까?"

"조선왕조실록에는 영조와 정조 때에 탐관오리들에게 형벌을 가한 후, 형구들을 관아 앞에 전시했다는 기록이 있다고 합니다."

"본보기로 삼으려 한 겁니까?"

"그런 것 같습니다. 이를테면 부패한 관리들에게 보내는 경고장쯤 되겠죠. 탐관오리들의 가렴주구가 극심했던 황해도 지방은 형벌 도구를 한 달 이상 관아 앞에 전시했다고 합니다."

거기까지는 미처 생각하지 못했다. 이 또한 사전에 치밀하게 계산된 것이었을까? 만약 그랬다면 이들이 전하려고 한 메시지는 더욱 분명하다. 역사의 한 단면을 교훈 삼아 부패 관리를 응징하고 처벌하겠다는 뜻이다. 놀라운 연출이다. 이들은 아주 소소한 것에도 의미를 부여했다.

이제야 우 검사의 말뜻을 이해할 것 같다. 수사본부에 처음 합류하던 날, 우 검사는 점심을 하면서 같은 소리를 세 번이나 반복했다. 하찮은 것, 사소한 것에 집중하라고. 처음엔 그 말뜻을 잘 몰랐다. 뚜렷한 증거물이 여기저기 널려 있는데, 왜 그런 소리를 하는지 이해가 가지 않았다. 사건 현장에 와보니 그게 무얼 말하는지 뒤늦게 알았다. 범인들이 워낙 주도면밀하기 때문에 하찮고 사소한 것도 놓치지 말라는 소리다.

"방금 수사본부에서 연락이 왔는데……."

박 형사가 휴대폰을 호주머니에 넣으며 말했다.

"단서를 찾았다고 하는군요."

"단서라니요?"

조희성이 두 눈을 동그랗게 뜨고 물었다.

"폐쇄회로 판독팀에서 뭔가 건진 것 같습니다."

6

허동식은 정확히 급소를 찔렀다. 분노를 표출하는 방법…… 차마 그의 말을 반박할 수가 없었다. 칼럼을 쓰는 것으로 분노를 대신하려고 했다. 나라를 거덜낸 종자들이 제 잇속만 채워도, 그들이 특별사면을 통해 면죄부를 받아도 속절없이 지켜봐야만 했다. 자신에게는 인간쓰레기를 단죄할 권한이, 그들을 응징할 수단이 없었다. 기껏해야 좀 더 자극적인 어휘를 골라 칼럼을 끼적대는 게 전부였다. 그것이 자신만의 분노를 표출하는 방법이었다. 그러나 허동식은 달랐다. 손에 피를 묻혀가며 직접 몸과 행동으로 보여주었다.

정말 분노를 표출하는 방법이 허동식과 같아질 수 있을까? 최주호는 고개를 절레절레 흔들었다. 암만 해도 그건 안 될 것 같다. 원래 손에 피 묻히는 것을 싫어했다. 모기조차 손으로 잡은 적이 없다. 생명을 존중해서가 아니다. 체질적으로 무엇이든 때려죽이는 것을 싫어했다.

"이들은 단순한 테러집단 같지가 않아요."

김 조교는 모니터 화면에서 눈을 떼지 못했다. 화면에는 정영곤 사건을 다룬 기사가 올라왔는데, 기사 제목이 눈길을 끌었다. 「엽기적인 정신분열증 환자인가, 저승에서 온 집행자인가」.

"법 집행은 실종됐고, 나라는 죄다 도적놈들의 세상이고…… 드디어 이런 도적들을 응징하기 위해 들고 일어난 겁니다."

"……."

"다음 차례는 누가 될지 벌써 기다려지는데요."

파일철에 납작하게 누워 있는 인간쓰레기들이 떠올랐다. 지금쯤 그들 중에 한 명을 찍어낸 후 뒤꽁무니를 맹렬하게 쫓고 있지 않을까. 너도 한번 골라봐…… 누가 되든 상관없지만, 사람 패 죽이는 데는 끼어들고 싶지 않았다.

허동식을 만나면 그동안 비비 꼬였던 것이 풀릴 것으로 믿었다. 이번 사건에서 깨끗하게 손을 털고 다시 예전의 일상으로 돌아갈 줄 알았다. 그런데 지금까지의 의혹과는 비교가 되지 않는, 무시무시한 야수의 손길이 목을 죄어 왔다.

허동식이 몸담고 있는 곳…… 막연히 가슴에 품고 있던 예상과 달라 보이지 않았다. 그들은 단단한 조직을 갖췄고, 이 사회에 잔존하는 악을 제거하려는 공동의 목표를 지녔다. 그런 공동의 목표 속에 자신을 끌어들이려고 손을 내밀었다. 그러나 허동식이 자신을 선택한 건 큰 착각이다. 비록 정당한 임무가 맡겨진다고

168 3장

해도 그런 살인집단에는 몸담을 자신이 없다.

집으로 들어가는 길에 아파트 앞 술집에 들렀다. 술집에서 홀로 잔을 비우는 것은 오랜만이다. 아내와 딸을 미국으로 보낸 날, 집 근처에서 술을 마신 뒤로 처음이다. 한 잔씩 목 줄기를 타고 내려갈 때마다 속 안이 활활 타올랐다.

과연 허동식의 제안을 거부할 수 있을까. 그들의 송곳 같은 시선으로부터 벗어날 수 있을까. 이 모든 것을 사흘 안에 결정하기에는 시간이 너무 짧았다. 사흘이 아니라 3년이란 시간을 주어도 안 될 것 같았다.

시간은 빠르게 흘러갔다. 허동식이 제시한 약속 기간도 하루밖에 남지 않았다. 24시간 안에 어떤 결정이든 내려야 한다. 온몸으로 거부하거나 확실한 동참의 의사를 밝히거나, 둘 중 하나다. 그것 말고는 다른 대안이 없다. 어중간한 위치에서 슬금슬금 눈치를 보는 것은 온당한 해결 방법이 아니다. 현실을 직시하고 마땅한 방도를 찾아야 한다. 밤늦게 아내에게 전화가 왔다.

"별일 없어요?"

아내는 다짜고짜 그렇게 물었다. 잠시 뜸을 들였다. 별일 정도가 아니라 일생일대의 기로에 놓여 있다. 동참이든 거부든, 조금도 진척된 게 없다. 동참하려니 몸이 따라주지 않았고, 거부하자니 마음이 따라주지 않았다. 아무 일도 없다고 건성으로 대답하고는 딸아이의 소식을 물었다.

"방금 잠들었어요. 정말 별일 없는 거죠?"

이상한 일이다. 아내는 착 가라앉은 목소리로 또 다시 물었다.

예전에는 안부를 묻는 것이 형식적이었는데, 오늘은 달랐다. 아내의 목소리에 원인을 알 수 없는 조바심이 묻어나왔다.

"요즘 꿈자리가 뒤숭숭해서 그래요."

"여긴 신경 쓰지 마."

"인터넷을 보니까…… 큰 사건이 난 모양이던데요."

"……."

"내 말 듣고 있어요?"

"그래."

수화기에서 전해져 오는 느낌도 예전과 달랐다. 되레 아내에게 무슨 일이 있는 것 같았다.

"엊그제 집으로 책 한 권이 도착했는데…… 좀 이상해요. 책을 보낸 사람 이름도 적혀 있지 않고……."

"책?"

"네. 우리나라에서 온 건데."

그게 어떤 책이냐고 물었다.

"『일제 강점기 고문 잔혹사』라는 책이었어요. 당신이 보낸 거 아니죠?"

뒷덜미에 찌르르한 전류가 흘렀다. 그들은 어떻게 아내의 주소까지 알아냈단 말인가.

"누가 이런 책을 보냈을까요?"

"신경 쓸 거 없어."

"당신 정말 괜찮은 거죠?"

"그래."

아내와 몇 마디 더 나누고 전화를 끊었다. 한동안 멍하니 있다가 거실에 불을 끄고 촛불을 밝혔다. 경건한 의식을 치르듯 촛불을 바라만 봤다. 거부와 동참…… 팽팽하게 줄다리기를 하던 의식은 서서히 동참 쪽으로 기울어졌다. 아내의 전화가 고민거리를 해결해 주었다. 아내가 있는 미국까지 손길을 뻗쳤다면, 더 이상 선택의 여지가 없지 않은가. 그들은 생각보다 훨씬 교활했다.

주사위는 던져졌다. 어디에도 빠져나갈 구멍은 없다. 촛불을 끄고 앞으로 닥쳐야 할 일에 대해 마음을 정리했다. 분노를 실천으로 옮기는 사람들……. 그들은 대체 누구일까? 무엇이 그들을 살인의 광장으로 내몰았을까? 시간이 흐르면서 두려움이 가시고 그 자리를 묘한 호기심이 들어찼다. 호기심은 곧 야릇한 흥분으로 변해갔다.

자정이 조금 지나 허동식에게 전화가 왔다. 그는 대뜸 생각할 시간이 더 필요하냐고 물었다.

"아니야. 마음 정했어."

최주호는 짧게 대꾸했다.

"내일 여의도 선착장에서, 12시에 보자."

"잠깐!"

전화를 끊으려는 그를 재빨리 잡아챘다.

"거긴 마음에 안 들어."

"그럼, 어디서 볼까?"

"2호선 문래역에 내리면 작은 공원이 있어. 거기로 나와."

"알았어."

"시간은 11시야."

"……."

"늦지 마. 난 기다리는 건 딱 질색이니까."

허동식의 답변을 듣지도 않고 일방적으로 전화를 끊었다. 언제까지 그에게 질질 끌려다니고 싶지 않았다.

일단 부딪치는 것, 그게 사흘 동안 고민 끝에 얻어낸 결과물이다. 그 다음엔 어떻게 될지 생각하지 않기로 했다.

7

아침부터 가랑비가 내렸다. 파란 우산, 꽃무늬 우산, 물방울 우산…… 거리에는 갖가지 우산이 종이배처럼 떠다녔다. 신기하게도 똑같은 우산은 하나도 보이지 않았다. 색깔이 같으면 모양이 달랐고, 모양이 같으면 색깔이 달랐다.

허동식은 비닐우산을 펴면서 차에서 내렸다. 현재 시각 10시 45분, 약속 시간이 15분이나 남았다. 늦지 말라는 최주호의 말이 신경 쓰여 새벽부터 바지런을 떨었다. 돌담 별채에서 7시 반쯤에 출발했으니 세 시간 가까이 걸린 셈이다.

어젯밤, 휴대폰에서 들려오는 최주호의 목소리는 담담했다. 약속 장소와 시간을 변경할 때는 그답지 않게 객기마저 느껴졌다. 어찌 됐든 다행스러운 일이다. 아직 결정을 내리지 못했다며, 다 죽어가는 목소리로 김을 빼는 것보다는 그게 훨씬 나아 보였다.

최주호는 빨간 우산을 들고 공원 입구에 우두커니 서 있었다. 허동식은 그의 몸을 빠르게 훑었다. 파일철이 보이지 않았다.

"파일철은?"

그 소리에 최주호의 눈이 쭉 찢어졌다. 지금 그따위 것이 무슨 대수냐는 표정이다.

"다음엔 꼭 가지고 와."

여전히 대답이 없다. 아직 마음의 정리가 안 된 걸까, 우산을 들고 있는 그의 손이 가늘게 흔들렸다. 허동식은 차를 세워둔 도로변으로 몸을 틀었다.

"잠깐! 하나 물어볼 게 있어."

"……."

"대체 내가 왜 필요한 거야?"

"곧 알게 된다고 했잖아."

"손에 피 묻히고 싶지 않아."

"염려 마. 네가 할 일은 따로 있으니까."

허동식은 빨간 우산에 반쯤 가려진 그의 얼굴을 물끄러미 쳐다봤다. 여의도 선착장에서 봤을 때보다 얼굴이 많이 상했다. 고뇌에 찬 결단을 내리기 위해, 사흘이란 시간으로는 턱없이 부족했을 것이다. 안 과장은 보름이 걸렸고 정 기자는 한 달이 훌쩍 넘었다. 그러나 최주호에게는 많은 시간을 내줄 수 없었다. 2년 전과는 상황이 달랐다. 그때는 판이 벌어지기 전이다. 지금은 두 명을 저세상으로 보냈고, 앞으로도 줄줄이 이어 보낼 계획이다. 시간이 넉넉하지 않았다.

"지금 하는 일에…… 결말을 생각해 봤어?"

그런 생각을 해본 적이 없다. 현재 맡은 일에 최선을 다하는 것 말고는 다른 잡념이 끼어들 틈을 주지 않았다.

"난 그게 두려워. 밑도 끝도 없이 덤벼드는 것 같아서……."

"……."

"마음 편히 먹고 만나려고 했는데…… 생각보단 잘 안 되는 군."

"시간이 지나면 익숙해질 거야."

"도무지 이해가 가질 않아……. 대체 왜 이런 일을 하는 거야?"

"지난번에 말했잖아."

조금씩 짜증이 일기 시작했다. 어젯밤의 딩딩했던 목소리는 온데간데없다. 하룻밤 사이에 그의 목소리는 말기 암 환자처럼 푹 꺼져 들어갔다.

"그들 몇 명을 없앤다고 해서 세상이 변할 거라는 생각은 하지 않아. 그저 이 땅에 존재해서는 안 될 쓰레기를 청소하고 싶은 것뿐이지."

"……."

"누구나 하나쯤은 그런 일을 해야 한다고 생각하지 않아?"

"다른 사람들도 같은 생각인가?"

"목적은 같지만 명분은 다를 수 있지."

"알아듣게 말해 봐."

"모두 취향이 같을 수는 없잖아. 정의감에 불타는 사람도 있을 것이고, 이 세상을 확 갈아엎고 싶은 사람도 있겠지……. 각자 생각하기 나름이야."

목적의식으로만 본다면, B팀원들의 사명감이 훨씬 투철했다. 이들은 세상을 조금이라도 바꾸겠다는 신념을 가지고 있었다. 정의사회 실현에 방점을 찍고 새로운 세상을 꿈꿨다. 그러기 위해서는 인간쓰레기들부터 처치해야 한다고 여겼다. 그에 비해 A팀원들은 명분 따위에 큰 의미를 두지 않았다. 암세포 같은 종자들을 걸러내 저세상으로 보내는 것, 그 이상도 이하도 아니다.

"어서 가자."

그새 비는 그쳤다. 자잘한 쓰레기가 빗물에 떠밀려 하수구 안으로 흘러들어갔다. 허동식은 비닐우산을 접고 도로변에 주차된 차에 올랐다. 최주호는 차에 오르려다말고 뒤를 힐끔 돌아보았다. 그의 시선이 머문 곳에 안 과장이 차 범퍼에 비스듬히 엉덩이를 걸치고 있었다.

"누구야?"

"어서 타."

허동식은 안전벨트를 매고 시동을 걸었다. 최주호는 마지못해 차에 올랐다.

"미행하는 건가?"

최주호가 뒤를 돌아보며 물었다. 안 과장의 차는 깜빡이등을 켜며 뒤에 바짝 따라붙었다.

"에스코트지."

"뒤에서 에스코트하는 것도 있나?"

"듣고 보니 그렇군. 하하하."

허동식은 큰 소리로 웃었다.

차는 서울을 빠져나가면서 속력을 내기 시작했다. 차량의 물결도 한층 줄어들었다. 양쪽 도로에는 야트막한 능선이 높이를 조절해가며 끊임없이 이어지고 있었다.

허동식은 차 오디오 세트에 CD를 넣었다. 곧이어 귀에 익은 선

율이 흘러나왔다. 〈디어 헌터(Deer Hunter)〉의 주제가 〈카바티나
(Cavatina)〉다. 아내가 가장 좋아하는 곡이다. 아내는 이 곡이 특
별한 영감을 준다면서 늘 가까이했다. 어느 때는 하루 종일 이 곡
을 반복해서 듣기도 했다. 허동식은 노래보다 영화를 더 좋아했
다. 러닝 타임 내내 조용하지만 묵직한 어조로 반전(反戰)을 드러
냈다. 주인공이 다시 베트남으로 건너가 오랜 친구와 러시안 룰
렛 게임을 하는 장면은 이 영화의 압권이다.

최주호는 두 눈을 감은 채 깊은 생각에 잠겼다. 차에 오른 후
그는 한마디도 하지 않았다. 그의 생각이 어디쯤에 가 있을지 짐
작이 갔다. 아마 광기에 사로잡힌 살인집단을 떠올리고 있을 것
이다. 어쩌면 지금 이 순간에도 그들로부터 빠져나올 궁리를 하
고 있을지도 모른다. 안 과장의 차는 차선을 수시로 바꾸며 적당
한 거리를 두고 따라붙었다.

"아내에게 책을 보냈더군."

최주호가 눈을 감은 채 입을 열었다.

"또 그런 짓을 하면 나도 가만있지 않겠어."

"말했잖아. 거긴 내 소관이 아니라고."

보름 전쯤인가. 안 과장이 최주호의 아내에게 보낼 선물이 있
다고 넌지시 귀띔해 주었다. 그게 무얼 뜻하는지 잘 알면서도 안
과장을 말리지 못했다. 그의 가족을 볼모로 잡아두고 싶은 생각
은 없지만, 팀의 안전을 위해서는 어쩔 수 없다.

차는 팔당댐을 앞두고 속력이 줄어들었다. 댐 위로 나들이 차
량들이 일정한 속도를 유지하며 건너오고 있었다. 최주호가 지금
가는 곳이 어떤 데냐고 물었다.

"무작정 따라갈 수는 없잖아."

"그곳은 생각보다 단순해. 자기가 맡은 일에만 충실하면 돼. 그 외에는 바라지도 않아."

"이름은 뭐야?"

"무슨 이름?"

"조직 이름."

"그런 거 없어."

최주호는 갑자기 조수석 등받이를 바짝 당겼다.

"조직의 이름이 없다니…… 개들도 이름이 있는데."

허동식은 피식 웃었다. 프리메이슨, 템플기사단, KKK 따위의 이름을 기대하고 있는 걸까. 애초부터 그런 겉치레 따위는 염두에 두지 않았다.

"그곳엔 너도 잘 아는 사람들이 있을 거야. 당분간 그들과는 거리를 둘 테니 갑갑해도 참아."

"정 기자도 있나?"

허동식은 고개를 끄떡였다.

"지금 가면…… 그들을 만나는 건가?"

"오늘은 아무도 없어."

"그럼 왜 가는 거야?"

"길을 익혀 둬야지."

차는 팔당댐 앞에 멈추었다. 댐 입구에 매달린 노란 점멸등이 연신 깜박거렸다. 1차선인 팔당댐은 건너편의 차량이 모두 건너올 때까지 기다려야 했다. 곱게 뻗은 댐 위로 차량들이 물밀듯이 밀려왔다.

"여기서부터는 길을 잘 살피도록 해."

신호가 바뀌자 차는 댐 위를 시원하게 달렸다.

"앞으로 자주 올 곳이니깐."

댐을 건넌 후부터 양쪽 도로변으로 크고 작은 입간판이 휙휙 지나갔다. 이제 안 과장의 차는 보이지 않았다. 팔당댐을 건너자마자 비상등을 켠 후 오던 길로 돌아갔다.

"나른 건 몰라도…… 이것 하나만은 분명하게 약속할 수 있어."

최주호가 그게 뭐냐는 듯 눈꼬리를 치켜올렸다.

"결코 후회하지 않으리라는 약속."

허동식은 운전대에서 손을 떼고 보란 듯이 새끼손가락을 까딱거렸다. 지금은 불안감에 사로잡혀 있지만, 얼마 안 가 그 역시 팀원들과 공동의 목표를 갖게 될 것이다. 목표를 완수한 후 뒤풀이 자리에서 유쾌하게 떠들며 웃지 않을까. 그리고 자신의 심장이 얼마나 뜨거운지를 새삼 깨닫게 될 것이다.

차는 점점 깊은 산속으로 빨려들어 갔다. 산등성이를 넘어서자 빽빽한 나무들이 장벽처럼 길을 막았다.

"다 왔어……."

허동식은 최주호의 귀에 대고 나직이 속삭였다.

8

"다 왔다니깐."

최주호는 조수석에서 꼼짝하지 않았다. 안전벨트를 꼭 잡고 무릎 관절에 단단히 힘을 주었다. 차가 비탈길에 멈추는 순간 아주 불길한 예감이 가슴께를 훑고 지나갔다. 이 차에서 내리면 영원히 집으로 돌아갈 수 없을 것 같았다.

　"안 내려?"

　어제 허동식의 전화를 받았을 때만 해도 무슨 일이든 당당하게 부딪치려고 했다. 피할 수 없다면 차라리 즐기려고 했다. 그런데 막상 목적지에 이르자, 또 다시 마음이 흔들렸다. 어젯밤의 굳건한 다짐은 하루도 안 돼 꼬리를 내렸다.

　"어서 내려!"

　세 번이나 재촉해서야 겨우 몸을 끌어내렸다. 최주호는 엉거주춤한 자세로 주위를 둘러보았다. 지하 땅굴이라도 파놓은 걸까. 은거지는 고사하고 폐가 한 채 보이지 않았다.

　"이쪽이야."

　두어 발치 처져서 허동식의 뒤를 따라갔다. 갑자기 숨이 가빠오고 다리가 후들거렸다. 저승사자의 뒤를 따라가는 기분이 이럴까, 눈앞에 길이 빤히 보이는데도 두 번이나 발을 헛디뎌 엉덩방아를 찧을 뻔했다. 그들만의 은밀한 장소…… 바깥 세계와는 철저히 차단된 곳이겠지. 그곳에 발을 들여놓으면 상상도 할 수 없는 또 다른 세계가 있을 테고.

　"쌍바위야. 잘 기억해 둬."

　허동식이 아이 몸만 한 쌍바위를 가리켰다. 바위 옆에 있는 나무줄기를 손으로 걷어 올리자, 사람 하나가 겨우 드나들 만한 좁은 샛길이 나타났다. 샛길 양옆으로 울창한 나무들이 길게 늘어섰다. 샛길을 따라 터벅터벅 위로 올라갔다. 이윽고 좁고 완만한 경사길이 사라지고 탁 트인 평지가 나타났다.

최주호는 숨을 고르고 천천히 고개를 들었다. 야트막한 능선 한가운데에 붉은 건물이 우뚝 솟아 있었다.

"원래 요양원으로 쓰던 곳이야……."

허동식이 건물 입구에 있는 자그만 나무 팻말을 가리켰다. 거기에는 '다니엘 요양원'이라는 글자가 새겨져 있었다. 팻말 아래에는 성서의 한 구절이 흐릿하게 보였다.

티끌로 돌아갔던 대중이 잠에서 깨어나 영원히 사는 이가 있는가 하면 영원한 모욕과 수치를 받을 사람도 있으리라.

—다니엘 12장 2절

3층 요양원 건물은 꽤 낡아 보였다. 건물 벽의 페인트는 흉측하게 벗겨졌고, 여기저기 금이 갔다. 2층 유리창은 깨진 채 방치됐고, 3층에는 아예 창틀도 보이지 않았다. 1층 입구의 문짝은 남아 있는 게 하나도 없었다. 불량 청소년들이 아지트로 삼기에 딱 알맞아 보였다.

"거긴 아니야. 이쪽으로 와."

허동식은 요양원 건물을 지나 돌계단을 타고 아래로 내려갔다. 계단을 다 내려가자 평지에 세 채의 건물이 띄엄띄엄 떨어져 있었다. 커다란 목조 건물 양쪽으로 통나무 별채와 돌담 별채가 보였다. 허동식은 세 채 건물 중에 가장 큰 목조 건물 앞에 섰다. 단층짜리 목조 건물은 요양원 건물과는 달리 아주 견고해 보였다.

여러 번 손을 봤는지 개조한 흔적이 곳곳에 눈에 띄었다. 목조 건물 정문에는 'Therapy Hall'이라고 쓰인 입간판이 서 있었다.

테라피 홀이라…… 치유의 전당이라는 뜻인가. 요양원과도 잘 어울리는 이름이다. 'Therapy Hall' 입간판 아래쪽에는 다음의 문구가 적혀 있었다.

'몸과 마음을 다스려 평화를 찾는 곳.'

얼핏 보기에 이곳은 요양원 강당으로 쓰였을 것 같다. 이 안에서 요가나 명상 등의 프로그램으로 요양원 환자들을 치유하지 않았을까.

"집행 회의가 열리는 곳이야."

허동식이 푸근한 눈길로 입간판을 쳐다봤다.

"집행 회의라니?"

"인간쓰레기들을 낙점하는 회의로 보면 돼."

"노창룡과 정영곤도 여기서 정해진 건가?"

"잘 봤어. 이곳에서 팀원 간의 자유로운 토론을 거쳐 집행 대상자가 정해지지. 물론 집행 대상자를 선정하는 데도 검증 절차를 거치게 되어 있어."

마구잡이로 살해 대상자를 정하지 않는다는 소리다. 아무리 그렇게 에둘러 말해도 살인 집단이 달라지는 것은 아니다. 이 안에서 어떤 광경이 벌어졌을지 짐작이 갔다. 10~20명 정도의 조직원들이 살생부를 들춰보며 지옥으로 내려 보낼 인간쓰레기들을 골랐을 것이다.

"저기는 B팀이 쓰는 곳이야."

허동식이 테라피 홀 오른쪽에 있는 통나무 별채를 가리켰다.

이 건물은 테라피 홀에 비해 훨씬 작았다.

"여기는 A팀과 B팀으로 구성되어 있어. 서로 맡은 역할은 비슷해."

겨우 A팀, B팀이라니…… 싱겁고 성의가 없는 이름이다. 그래도 인간쓰레기들을 때려죽이는 비밀 집단인데, 그에 걸맞은 팀이름이 있어야 하지 않을까. 이를테면 그리스 신화를 차용한 제우스 팀이나 헤라 팀은 이떨까. 구약성서에 나오는 다윗 팀, 솔로몬 팀도 괜찮아 보였다.

"저 건물은 뭐야?"

테라피 홀 위의 언덕에도 건물 한 채가 덩그러니 누워 있었다. 이 건물은 팔작지붕의 기와로 만들어져 고풍스러운 느낌을 주었다.

"거긴 가지 않는 게 좋아."

허동식이 테라피 홀 왼쪽으로 돌아서자, 작은 돌담 별채가 나타났다. 별채 안은 변두리의 사무실을 옮겨놓은 것처럼 허름했다.

"무슨 음산한 창고에 온 것 같군."

사무실 구색은 제법 갖추고 있기는 한데, 벽에 금이 갈라져 을씨년스러웠다. 가운데는 커다란 원탁이, 그 옆으로 나무 책상과 책장이 놓여 있다. 책장 안에는 여러 색깔의 파일철이 가지런히 꽂혀 있었다.

"정 기자는 A팀인가?"

허동식은 고개를 끄떡였다.

"내가 알 만한 사람도 있다고 했는데…… 어떤 사람들이야?"

"궁금한 게 있더라도 당분간은 참아. 며칠 지내다 보면 자연스럽게 알게 될 거야."

묻는 말에 속 시원히 대답한 적이 한 번도 없다. 곧 알게 돼, 서두르지 마, 당분간 참아…… 여기까지 데려왔으면 같은 조직원으로 자세히 설명해 줄 만도 한데, 말끝마다 뒤로 미루거나 시간이 해결해 줄 것이라는 소리만 늘어났다.

"내가 할 일은?"

손에 피를 묻히지 않고 이곳에서 할 일이란 게 뭔지 궁금했다.

"집행 회의 내용을 기록하고 팀원들이 가져온 집행 대상자의 자료를 정리하는 거야. 시간이 좀 더 지나면 자세한 것을 말해 줄게."

허동식은 책장 안에서 겉표지 색깔이 각기 다른 세 개의 파일철을 꺼냈다. 이 파일철에는 아직 정리되지 않은 문서들이 뒤죽박죽 섞여 있었다. 노창룡의 자료는 노란색 파일철에 있었는데, 등나무 감기기 수법에 붉은 밑줄이 그어져 있었다.

"네 자료가 큰 도움이 됐어. 덕분에 일을 잘 치룰 수 있었지."

그것이 자신을 끌어들인 결정적인 미끼였다. 그 미끼를 덥석 물었다가 여기까지 오고야 말았다.

"집행 회의가 있는 날은 토의 내용을 요약해서 적으면 돼. 여기 샘플 자료를 참조해."

허동식은 낡은 서랍 안에서 두툼한 문서철을 꺼냈다. A4용지로 50쪽 가까이 되는 분량이다.

"잠깐 나갔다 올 테니 한번 읽어봐."

이 문서철은 여러 사람이 작성한 듯 각양각색의 형식으로 되어 있었다. 직접 볼펜으로 필기한 것은 각기 필체가 달랐고, 컴퓨터

프린터에서 뽑아낸 것들은 글꼴 등 문서 양식이 달랐다.

최주호는 의자에 앉아 자료철을 차분하게 훑어 내려갔다. 이 안에는 노창룡에 관한 자료가 가득 들어 있었다. 여기에 적힌 표현대로라면 4차와 5차 집행 회의 자료였다. 처음엔 별다른 감흥 없이 자료를 뒤척거렸다. 그런데 얼마 가지 않아 생생하게 꿈틀거리는 글들이 두 눈을 사로잡았다. 한 장 한 장 문서를 넘길 때마다 온몸이 뜨겁게 달아올랐다. 이것은 보통 자료가 아니다! 이 땅의 유일한 친일파를 제거하는데, 이들이 얼마나 열성을 기울였는지 생생하게 드러나 있었다. 4차와 5차 집행 회의 내용을 요약하면 다음과 같다.

1. 노창룡 인물 탐색

1) 약력
경상북도 울산 출신. 1938년 경남 순사교습소 졸업. 1945년까지 울산경찰서 고등계 형사로 재직. 해방 후 수도청 수사과에 근무. 1953년 충북 영동경찰서 보안과장, 1955년 서울시경 보안과장 역임. 1967년 중앙정보부 대공과 근무.
(이 부분은 김 조교가 찾아낸 자료와 비슷했다. 덧붙인다면, 노창룡의 선대는 물론 그의 가족 관계도 상세하게 적혀 있다.)

2) 친일 행위
친일 부역자로 시작해 애국지사를 직접 고문하는 등 해방 전까지 일제에 적극 협력. 상해임시정부와 고국의 연락책을 검거하는 데에 앞장섬.

(노창룡의 친일 행각이 상세하게 묘사되어 있다. 허동식에게 준 자료가 요약본이라면, 여기에 나타난 친일 자료는 그 범위가 훨씬 넓었고, 연도 별로 상세하게 실려 있다. 별첨 자료에는 노창룡에게 고문당했던 애국지 사의 이름과 그 후손에 대한 동정까지 기록되어 있다.)

3) 반민족적 행위

해방 후 친일 전력을 숨기고 자유당 정권에서 치안을 담당. 반공 극우 세력으로 변신해 당시 좌익 세력과 중도 민족주의 세력을 탄압.

(해방 후 노창룡이 경찰에 투신했던 과정과 4·19가 일어나기 전까지의 행적이 나와 있다. 이 무렵 노창룡은 문서를 위조하면서까지 국유지를 사유화하는 데 남다른 수완을 발휘했다. 노창룡이 자신의 명의로 된 땅 을 다시 찾으려 입국했던 것도 이 무렵에 국유지를 사유화시킨 땅이다.)

4) 반민주적 행위

5·16 군사 쿠데타 이후 다시 공직 복귀. 유신 초기까지 정보기관 의 요직을 맡아 좌익사범을 검거하는 데 앞장섰음.

(노창룡이 정보기관에서 담당한 시국 사건과 그가 검거한 시국사범의 명단이 적혀 있다. 노창룡은 한때 보안사에 파견되어 군부와도 긴밀한 관계를 유지했다.)

5) 가족 관계

1남을 두고 있으며 아내는 4·19 전에 사망.

(아들의 행적은 1990년대 이후 신원불상으로 나와 있다. 고국에 유일하게 남아 있는 혈육, 즉 현재 대구 고검장으로 재직 중인 조카에 관한 기록이 적혀 있다.)

2. 집행에 관한 죄목

1) 반민족행위처벌법
일제 강점기에 일본에 협력하며 반민족적 행위로 민족에게 해를 끼친 자, 1948년 9월 22일 법률 제3호에 의거하여 법을 집행.
(여기에는 1941년부터 1945년 8월까지 노창룡의 반민족행위에 관한 죄목이 적혀 있다.)

2) 반민주행위자 공민권제한법
1960년 11월 헌법을 개정한 소급입법에 의한 처벌에 의거해 법을 집행.
(4·19가 발생하기 전의 공무원들의 범죄 사실을 적용한 법률을 근거로 삼고 있다. 직권남용과 피의자의 가혹 행위가 첨부되어 있다.)

3. 집행 전 진행 상황

1) 입국 시기
7월 22일로 예정. 탑승자 명단에 김덕술이라는 가명으로 오른 사실에 유의. 공항에는 B팀원이 마중 나갈 예정.
(자료에 의하면, 이들은 입국 시기뿐만이 아니라 노창룡이 가명으로

탑승한 것, 비행기 좌석 번호, 악천후에 대비하여 다음 비행기의 도착 예정시간까지 기록하고 있다,)

2) 입국 후 일정
입국 절차를 마친 후 시청 앞 프라자호텔에 투숙 예정. 입국 후의 일정은 차후 서면으로 보고 예정.
(여기에는 입국 후 노창룡의 행적이 날짜별로 상세히 나열되어 있다. 입국하자마자 대형 로펌의 변호사를 만나고 역술가와 함께 용인에 묘지를 구입한 과정 등이 포함된다.)

3) 집행 예정일자 및 장소
7월 25일~26일. 제1후보지 노창룡 입국 환영 만찬장, 제2후보지 용인 일대 야산, 제3후보지 노창룡 투숙 호텔.

4. 집행 방법

1) 물품 구입
2) 구입 과정
3) 구입처
4) 장소
5) 사후 처리
6) 참여 인원
(이 부분은 모두 빈칸으로 남아 있다.)

5. 집행 절차

1) 납치 장소
제1차 계획, 노창룡 입국 환영 만찬장. 제2차 계획, 노창룡 투숙 호텔.
(만찬장의 주변 약도, 감시 카메라 위치 등이 적혀 있다. 제1차 계획이 차질을 빚을 경우, 투숙 호텔 앞을 제2차 납치 지점으로 명시해 놓았다. 수차례 예행연습을 한 듯 보완점에 대해서도 상세하게 기록하고 있다.)

2) 집행 장소
독립운동가 김혁철 후손의 집. 인적이 없고 폐가로 변한 지 오래되어 최적의 장소.
(노창룡이 입국하기 전부터 여러 곳을 후보지로 살폈는데, 김혁철 후손의 집이 여의치 않을 경우에 대비해 제2, 제3의 집행 장소도 마련해 놓았다.)

3) 참여 인원
4인.
(여기에는 영문 이니셜만 적혀 있다.)

4) 예상 도피로
집행 장소 주변의 약도를 참조.
(만일에 대비해 현장 주위를 사전에 숙지할 것을 권고하고 있다.)

6. 집행 회의 주요 내용

H: 노창룡의 집행 방법으로, 일제 강점기에 사용했던 고문 수법을 적극 추천.

J: '등나무 감기기'가 가장 좋은 방법으로 판단됨. 날씨가 무더운 관계로 집행 대상자를 가장 고통스럽게 제거할 수 있음.

A: 노창룡을 집행한 후 사체는 암매장하는 게 좋을 듯함. 암매장 장소는 노창룡이 묘지를 구입한 용인 지역의 야산이 적절해 보임.

Y: 용인 일대의 묘지 지역은 위험한 장소로 판단됨. 묘지 입구는 주민들의 왕래가 잦아 적절하지 않음.

E: 노창룡을 암매장 하는 것은 보류하기 바람. 언론이 이번 사건을 지속적으로 보도할 수 있도록 획기적인 집행 방법이 뒤따라야 할 것으로 판단됨.

H: 노창룡의 사체는 집행 장소에 그대로 공개하는 게 좋을 듯함.

B: 집행 대상자의 신체 일부(코나 귀)를 가져와 전리품으로 보관하는 것을 추천. 훗날 상징성 있는 물건으로 기록될 것으로 보임.

Y: 코와 귀는 여론을 자극할 우려가 있음. 손발톱이 적당할 것으로 판단됨.

E: 집행의 명분을 암시하기 위해 노창룡의 신체에 법률 조항을 새겨 넣는 것도 좋은 방법이라고 판단됨.

(이들의 집행 회의 내용은 정리가 되지 않아 뒤죽박죽 엉켜 있었다. 손 글씨로 빠르게 적은 터라 알아볼 수 없는 글도 적지 않았다. 이 밖에도 집행 회의 내용은 꽤 많은 분량을 차지했다. 여기에는 노창룡의 집행 방법, 즉 고등계 형사들의 고문 수법으로 정해지기

까지 오랜 토론이 이어진 것으로 나타났다. 처음엔 노창룡의 사체를 암매장하거나 들짐승의 먹잇감이 되도록 야산에 유기하자고 했으나, 토론이 거듭될수록 노창룡의 사체를 외부에 공개하자는 의견이 다수를 차지했다.

이들 중에 B와 Y는 가장 극단적인 방법을 제시했는데, 노창룡의 손발톱을 빼내 각 언론사에 보내자고 주장했다. 그러나 이들의 의견은 여론을 자극할 것이라는 우려 때문에 받아들여지지 않았다. B는 노창룡의 손발톱을 테라피 홀에 전리품으로 보관하자고 한발 물러났다.)

7. 사후 탐색 및 주의 사항

집행 요원은 다음 사항을 반드시 숙지할 것.

(이 부분은 법의학에 상당한 지식이 있는 자가 서술한 것으로 보였다. 내용은 주로 과학적인 예를 들어 이에 대비한 기술을 열거하고 있다. 즉 혈액, 타액, 모발, 땀, 소변, 기타 인체 분비물에 주의를 당부했고, 수사에 혼선을 줄 수 있도록 반드시 현장에 대안용 단서를 첨부할 것을 권유했다. 특히 지문은 유일무이한 특성 때문에 개인 식별이 가능하므로 장갑을 착용할 것을 권고했다. 또한 신체 부위의 특성을 상세히 기록한 뒤 고문의 효과를 극대화시킬 수 있는 방안을 제시했다.)

1) 언론 동향

(노창룡과 관련된 기사가 모두 스크랩되어 있다. 여기에는 정 기자가 쓴 기사가 가장 많았다.)

2) 수사팀 동향

(이틀 간격으로 수사팀의 수사 진행 상황이 적혀 있다. CCTV 조회 기록, 국과수의 부검 소견서, 피해자 주변의 탐문 기록 등 수사팀의 동향을 손바닥 보듯 훤히 들여다보고 있다. 이번 사건의 수사 책임자인 우경준 검사의 프로필과 함께 검찰 내의 평판도 적혀 있다.)

3) 여론 동향

(이들이 가장 신경 쓰는 부분이다. 노창룡 사건을 다룬 신문 기사의 논조를 분석하고 여론의 동향을 예의 주시했다. 끝부분에는 인상적인 댓글도 여럿 올라와 있다.)

최주호는 문서철을 덮었다. 그새 손바닥은 땀으로 촉촉이 젖어들었다. 놀랍고 무시무시한 기록이다. 이들은 인간쓰레기라고 해서 대충 보내지 않았다. 노창룡의 숨통을 끊는 데 열과 성을 다했다. 최적의 살해 장소를 찾기 위해 독립유공자 후손의 집을 찾았고, 살인 명분으로 삼으려 오래전의 법률을 소급했다.

빨간 파일철에는 정영곤의 집행 전후의 과정이 생생하게 담겨 있었다. 이 파일철은 노창룡의 자료와 엇비슷했다. 7차 집행 회의 자료에는 광복절 특사의 명단과 프로필이 기록되어 있었다. 이날 오전 회의에서는 김길종과 정영곤이 후보자로 선정된 과정이, 오후 회의에는 정영곤이 2차 집행 대상자로 최종 결정되는 과정을 적었다. 그 후에는 모든 자료가 정영곤에게 집중됐다. 정영곤이 석방된 후부터 집행 일자가 정해지기까지의 일거수일투족이 그들의 감시망에 잡혔다. 정영곤의 미행 일지에는 날짜와 시간 대별로 그의 동선이 기록되었으며, 첨부 자료에는 납치 예상 장소인 룸살롱과 카페의 약도, CCTV의 위치 등을 적었다. 이 자료에 나타난 정영곤의 죄목은 무려 열두 가지에 달했다. 특수 공갈, 불법체포와 감금, 국회 위증, 횡령, 세금포탈, 공문서위조, 선거법 위반…… 대법원에서 무죄 판결을 받은 죄목도 그 안에 다 들어 있었다. 파일철 끝부분에는 이번 집행 대상자에게도 노창룡 못지 않은 강력한 집행 방법으로 심판해야 한다는 내용이 추가되었다.

파일철 막바지에 이르렀을 때, 눈주름이 따끔거렸다. 정영곤의 집행 방법에 자신의 이름이 있던 것이다.

'최주호 교수의 「조선시대 형벌제도 연구」 논문을 참조할 것.'

그뿐이 아니다. 별첨 자료에는 집 주소와 연락처, 시카고에 있는 아내의 집과 딸아이의 학교 주소도 적혀 있었다.

"어때? 알아보겠어?"

허동식이 별채 안으로 들어왔다. 최주호는 자신의 이름이 적혀 있는 문서를 허동식의 얼굴에 들이댔다.

"꼭 이렇게까지 해야 했나?"

"……."

"인간쓰레기들 때려잡기 전에…… 예의 좀 지키라고."

아내와 딸아이의 이름을 본 순간 머리꼭지가 휙 돌았다. 문서를 갈기갈기 찢으려는 걸 가까스로 참았다.

"미안하다……. 앞만 보고 가다보니…… 생각이 짧았다."

허동식이 눈을 내리깔았다. 그의 진심 어린 표정을 보자 다소 화가 가라앉았다. 이제 와서 그걸 추궁해 봐야 소용없는 일이다.

"그런데 왜 이런 자료를 모아두는 거야?"

최주호는 원탁 위에 있는 자료들을 가리켰다

"나중에 쓸 데가 있어."

범죄 교과서라도 만들겠다는 건가? 그렇다면 살인을 꿈꾸는 이들에게는 더할 나위 없이 훌륭한 자료다.

"앞으로 나와 연락할 때는 이 휴대폰을 이용해."

허동식이 품 안에서 휴대폰을 꺼냈다.

"핫라인인가?"

최주호가 비꼬는 투로 물었다.

"세상일은 모르는 거야. 하찮은 실수로 큰일을 망치기도 하잖아."

"철두철미하군."

"이번 주말 저녁에 올 수 있지?"

허동식이 한쪽 눈을 찡긋거렸다.

"아니, 꼭 와야 해."

"……."

"집행 회의가 열리거든……."

9

폐쇄회로 판독실에 불이 꺼졌다. 그와 동시에 모든 시선이 두 대의 모니터 화면에 쏠렸다.

무슨 단서를 잡은 걸까, 조희성은 마른침을 꿀꺽 삼켰다. 정영곧의 사건 현장에서 판독팀의 연락을 받자마자 곧장 달려왔다. 지금까지 범인들은 단 한 번도 CCTV에 노출된 적이 없었다.

"아주일보 로비입니다."

판독팀 책임자인 주 형사가 아주일보 로비가 나타난 왼쪽 모니터를 가리켰다. 모니터 화면 아래 시간은 오후 3시 17분을 가리켰다.

"저 여자가 징윤주입니다."

긴 생머리의 여자가 1층 정문을 나서는 모습이 화면에 잡혔다. 주 형사의 시선이 오른쪽 모니터로 향했다.

"이번엔 파란 셔츠를 입은 사내를 잘 보시기 바랍니다."

주 형사가 1층 비상계단 문에서 나온 사내를 가리켰다. 파란 셔츠의 사내는 로비 한가운데서 주위를 정신없이 둘러보더니 정문 쪽으로 빠르게 다가섰다. 주 형사는 화면을 뒤로 돌려 파란 셔츠 사내의 모습에 정지 버튼을 눌렀다.

"누굽니까?"

조희성 옆에 앉은 박 형사가 물었다.

"최주호 교수입니다. 현재 아주일보에 칼럼을 연재하고 있습니다."

판독실에 불이 켜졌다. 주 형사는 더 이상 보여줄 게 없다는 듯 자리에서 일어났다.

"이게 답니까?"

조희성은 얼떨떨한 표정을 지으며 주 형사와 모니터를 번갈아 쳐다봤다.

"그렇습니다."

아직 특이한 점은 발견하지 못했다. 화면에 최 교수와 정 기자가 나타난 시간은 1분도 채 되지 않았다. 화면에 잡힌 최 교수의 동선으로 봐서 정 기자의 뒤를 쫓고 있는 것 같았다. 그들은 약 20여 초의 간격을 두고 아주일보 건물을 빠져나갔다.

"최근 아주일보에 설치된 CCTV를 판독한 결과 최 교수는 사건 발생 전후 두 차례나 아주일보를 방문했습니다."

폐쇄회로 판독팀은 정 기자의 주변을 샅샅이 뒤졌다. 아주일보 CCTV는 물론 그녀의 출입처 CCTV도 빠짐없이 판독했다. 우 검사는 정 기자의 우편물까지 수사 대상에 넣을 정도로 강한 집착을 보였다. 정 기자의 행적을 쫓으려고 아주일보 내의 CCTV를 판독하는 도중 뜻밖의 인물을 찾아냈는데, 그게 바로 최주호 교수였다. 주 형사는 왼쪽 모니터 옆에 있는 문서를 집어 들었다.

"첫 번째 방문한 날은 지난 7월 27일, 노창룡이 살해된 다음 날입니다. 두 번째는 정영곤이 살해된 날인 9월 2일입니다. 방금 보신 화면은 9월 2일에 잡힌 CCTV입니다."

두 사건이 발생한 날과 최 교수가 아주일보를 방문한 날이 일치한다는 소리다.

"최 교수가 첫 번째 아주일보를 방문했을 때는 사회부의 한일국 차장을 만났습니다. 한일국은 최 교수와 대학 동기입니다."

"두 번째 방문했을 때는……."

"편집국 앞에서 정 기자를 만났습니다. 그날은 정영곤이 살해된 날입니다."

이제 주 형사의 말길을 대충 알아들었다. 최 교수가 아주일보를 방문한 시기와 아주일보에서 만난 사람이 예사롭지 않다는 것이다.

"용의자 중에 역사에 밝은 자가 있을 것이라고 하지 않았습니까?"

주 형사가 물었다.

"그렇습니다."

"최주호 교수는 역사학자입니다. 이걸 보십시오."

주 형사가 낱장의 복사 용지를 내밀었다. 「마지막 친일파를 위한 변명」…… 칼럼 작성자는 최주호로, 노창룡을 국내에 송환해 법의 심판대에 세워야 한다는 내용이다.

"정영곤에 관한 칼럼도 있습니다."

「시민의 눈에 걸려든 기름장어」…… 이 역시 정영곤이 구속됐을 때 최주호가 쓴 칼럼이다. 공교롭게도 최 교수의 칼럼은 생전의 두 피해자를 매섭게 공격했다.

"최 교수와 정 기자는 어떤 관곕니까?"

조희성이 물었다.

"아직 특별한 점을 밝혀내지 못했습니다. 미행조가 따라붙고 있으니 조만간 이들의 관계도 밝혀질 겁니다."

최주호가 아주일보를 방문한 시기, 역사학 교수, 그가 쓴 칼럼 내용, 정 기자와의 관계…… 더 이상 구구절절한 설명을 들을 필요가 없다. 이쯤이면 한번 최 교수의 뒤를 사정없이 캐볼 만했다.

조희성은 최근 3년간 최 교수가 쓴 칼럼을 모두 조사했다. 아주일보에 실린 칼럼이 가장 많았다. 진보 매체와 인터넷 신문에도 간간이 그의 글이 올라왔다. 최 교수의 칼럼은 기득권자의 부패와 비리를 난도질하는 데 탁월한 솜씨를 발휘했다. 정치적인 비리 사건이 터질 때마다 여지없이 날을 세웠다. 대부분이 부패 세력을 응징하고 심판해야 한다는 내용이다. 이런 부패 세력을 감싸는 정치 검찰에도 칼을 휘두르는 것을 주저하지 않았다. 이 따금씩 TV 시사 프로그램에 패널로 나와 권력에 빌붙은 정치 검찰을 조목조목 규탄했다.

그동안 최 교수가 써온 칼럼을 한데 모아보니 인간쓰레기들의 거대한 하치장을 방불케 했다.

수사팀은 발 빠르게 움직였다. 곧바로 최 교수의 전담팀이 구성됐다. 그의 칼럼뿐만 아니라 연구 논문과 저서도 조사 대상에 포함시켰다. 뜻밖의 단서가 나온 것은 최 교수에게 수사력을 집중한 지 사흘 후였다.

"최 교수의 연구 논문을 찾다가 발견한 책입니다."

박 형사가 단행본 겉표지와 이 책의 본문을 복사한 문서를 내밀었다. 겉표지에는 『일제 강점기 고문 잔혹사』라는 제목이 박혀 있었다.

"등나무 감기기는 범인들이 노창룡을 죽음에 이르게 한 고문 수법입니다."

박 형사가 복사한 부분을 가리켰다.

'등나무 감기기'는 일본 탄광지대에서 자행했던 고문의 하나로, 일제가 조선에 전수한 악질 고문 수법이다. 소위 노가다[土方]라는 건설공, 탄광 노무자들에게 가해진 사형(私刑) 방식의 하나다. 고등계 형사들은 이 방법을 더욱 발전시켜 로프 대신 가죽 끈을 사용했다.

조희성은 고개를 갸웃거렸다. 최 교수와 이 책이 무슨 관련이 있다는 건가. 이 책의 저자는 박홍규라는 학자였다.

"혹시나 해서 최 교수가 다니는 대학 도서관을 찾아가 이 책을 살펴봤습니다. 그런데 이 책의 대출자 명단에 최주호가 있었습니다. 최 교수가 이 책을 대출한 날짜는 7월 19일, 그러니까 노창룡이 살해되기 일주일 전이었습니다."

등나무 감기기 고문 수법이 실린 책, 그 책을 대출한 최 교수, 최 교수가 책을 대출한 시기, 노창룡이 살해되기 일주일 전……
그뿐이 아니다.

"제가 일전에 조선왕조실록에 실린 탐관오리들에 대해 말한 적이 있지 않습니까?"

조희성은 고개를 끄덕였다.

"최 교수의 연구 논문에…… 그와 유사한 글이 있습니다."

박 형사가 또 다른 복사 뭉치를 책상에 슬쩍 올려놓았다. 「조선시대 형벌제도 연구」, 최 교수의 논문이었다.

18세기 후반 양민의 수탈과 착취가 가장 심했던 곳은 서북 지방이다. 이 지역의 관리들은 극심한 흉년에도 아랑곳하지 않고 마구잡이로 세금을 거둬들여 백성들의 원성이 자자했다. 이에 조정은 서북 지방에 대규모의 암찰 관리를 파견해 가렴 주구하는 탐관오리들을 체포하고 형벌을 가했다. 특히 조정에서는 부패 관리들에게 가한 형벌 도구를 동헌과 관아 앞에 보름에서 한 달가량 전시했다. 다른 관리들에게 본보기로 삼기 위한 조치였다.

최 교수의 논문을 보는 순간 두 손에 짜릿한 손맛이 전해져 왔
다. 월척을 낚을 때의 그런 손맛이다. 사흘 내내 최 교수 주변을
조사한 노력이 헛되지 않았다. 무엇보다 박 형사의 순발력이 놀
라웠다. 『일제 강점기 고문 잔혹사』를 발견하고 어떻게 최 교수
의 대학 도서관에 갈 생각을 했을까. 거기서 그 책을 찾은 것도
놀라웠지만, 대출자 명단까지 입수한 것은 더욱 놀라웠다. 박 형
사의 노고에 단단히 한턱 사고 싶은 심정이다.

아직 섣부른 판단이기는 하나, 제대로 맥을 잡은 것 같다. 아주
일보 로비에서 잡은 CCTV 화면 하나가 수사의 윤곽을 확 바꿔놓
았다. 원래 하나가 걸려들면 고구마줄기처럼 줄줄이 엮여 들어오
는 법이다.

10

땅거미가 물러난 자리에 어둠이 빠르게 내려앉았다. 지난번 낮
에 왔을 때와는 느낌이 달랐다. 희뿌연 어둠에 둘러싸인 요양원
은 마치 전쟁터의 폐허 건물을 보는 것 같았다.

최주호는 불이 환하게 켜진 테라피 홀을 지나 돌담 별채 앞으
로 다가갔다. 별채 문고리를 잡자 허동식이 입김을 훅 불어넣으
며 튀어나왔다.

"오늘 집행 회의 내용은 이 파일철에 기록해."

허동식은 옆구리에 끼고 있는 검은 파일철을 내밀었다.

"전에도 말했지만, 일일이 소개하지 않을 테니 섭섭해하지 마라."

그런 거라면 염려할 필요는 없다. 인사는커녕 허깨비를 대하듯 해도 섭섭해하지 않을 테니까. 아직은 사람을 마구 패 죽이는 자들과 인사를 나누고 싶지 않은 게 솔직한 심정이다.

테라피 홀에 다가서자 사람의 목소리가 두런두런 들려왔다. 창문 밖으로 뿌연 불빛이 새어 나왔다. 갑자기 가슴이 쿵쾅쿵쾅 뛰고, 양다리에 힘이 쭉 빠졌다. 단단히 마음먹고 달려왔지만, 그새 그런 작심은 다 달아난 느낌이다. 이 문을 열면 어떤 광경이 펼쳐질까? 사이비 교주인 듯한 자가 울긋불긋 치장한 옷을 입고 주문을 외고 있는 것은 아닐까. 그를 따르는 광신도들이 하나같이 울며불며 발을 동동 구르는 것은 아닐까. 솔직히 기대 반 우려 반이다. 두려우면서도 한편으로는 궁금했다. 누구일까? 인간쓰레기들을 잔혹하게 난도질하는 인물들은.

끼이익— 문고리를 잡자 나뭇결이 부서지는 소리가 귓가를 때렸다. 최주호는 아랫배에 단단히 힘을 주고 안으로 발을 들여놓았다. 다행히 주문을 외우는 교주는 보이지 않았다. 발을 동동 구르는 자도, 감동을 주체하지 못해 눈물을 흘리는 자도 없다.

커다란 회의용 원탁이 한눈에 들어왔다. 원탁 앞에는 열 명 정도의 사람이 빙 둘러 앉아 있다. 그들의 눈길이 일시에 자신에게로 쏟아졌다. 공연히 어깨가 움츠러들고 고개가 숙여졌다. 전학 온 아이가 처음 낯선 교실에 들어서는 기분이다. 최주호는 허동식 옆자리에 앉았다.

그들은 한창 토의 중이었다. 빨간 넥타이를 한 사내가 근엄한 표정을 지으며 말을 이어갔다.

"개인의 이익 추구에 앞서 사회와 국가의 번영에 기여하는 것이 기업인으로서의 진정한 가치일 것입니다. 그러나 이철승은 시장 경제의 원칙을 무시하고 온갖 부당한 방법을 동원해 사익을 축적하는 데만 열을 올렸습니다. 사유재산을 해외로 빼돌리는가 하면, 교묘한 방법으로 세금을 포탈하고, 공직자들을 매수해 공개 입찰 경쟁의 질서를 어지럽혔습니다. 또한 새 정권이 들어설 때마다 정경유착의 고리를 끊지 못하고 유력 정치인에게 수억 원에 이르는 비자금을 뿌렸으며, 그 대가로 각종 관급공사의 수주권을 따내기도 했습니다."

빨간 넥타이의 발언이 이어지는 동안 최주호는 원탁 앞에 앉아 있는 사람들을 천천히 둘러봤다. 행여 그들과 눈이 마주칠까봐 조심스럽게 곁눈질했다. 대부분 40대 이상의 연령층이다. 맞은편에는 정 기자가 앉아 있었는데, 그녀가 가장 어려 보였고 유일한 여자였다. 빨간 넥타이의 발언이 끝나자 이번엔 50대 초반의 사내가 일어났다.

"이철승은 노동계에서도 가장 악질적인 기업가로 알려져 있습니다. 지난봄에는 조직폭력배로 구성된 구사대를 동원해 합법적인 노조 활동을 탄압했습니다."

심야 토론방송의 진행자인 엄기석이다. 본업이 변호사인 그는 법조계는 물론 방송계에도 잘 알려진 토론 사회자다. 낯익은 사람은 엄기석뿐만이 아니다. '인권연대'의 간부도 있었고, TV 시사 프로그램에 종종 얼굴을 내밀던 법의학자도 있다. 허동식 옆에 앉아 있는 사내도 눈에 익었는데, 그는 국방부의 비리를 폭로하고 양심 선언을 했다가 옷을 벗은 군인이다.

"이철승은 가든백화점 붕괴 사고의 실질적 책임자 아닙니까?"

"그렇습니다. 당시 피의자 신분으로 검찰에 소환돼 조사를 받았으나 증거가 불충하다는 이유로 무혐의 처리되었습니다."

인권연대의 간부가 물었고, 엄기석이 대답했다.

"저희 시민단체에서 조사한 바에 따르면 부실공사 보고서가 담당 검찰에 넘겨진 걸로 알고 있습니다."

"공사 책임자가 법정에서 진술을 번복하여 이철승의 혐의가 입증되지 못했습니다. 훗날 이철승은 자신에게 유리한 진술을 해준 대가로 공사 책임자에게 3억 원을 건네준 것으로 밝혀졌습니다."

"그것만으로도 기소 사유가 충분하지 않습니까?"

"검찰의 한계입니다."

"이철승은 무기 중개 사업에도 뛰어들어 막대한 혈세를 지출하게 만든 장본인입니다."

이번엔 국방부 비리를 폭로했던 군인 출신이 나섰다. 그는 머리가 짧고 강인한 인상을 주었다.

"이철승의 장인이 국방부 차관을 지낸 예비역 소장입니다. 방산업체와 연결해 주는 조건으로 수십 억에 이르는 커미션이 이들의 수중에 들어간 걸로 알고 있습니다."

"이철승은 국방부의 주요 정책 사업인 A프로젝트 사건에도 깊이 관여했습니다. A프로젝트 사건을 무마하기 위해 실무 담당자에게 뇌물을 건넸고, 이를 거부하는 자에게는 협박도 서슴지 않았습니다. 당시 이 사업에 관여한 군 장성이 여러 명 구속됐지만, 이철승만이 무죄 판결을 받았습니다."

허동식이 옆구리를 툭툭 치며 원탁 앞에 녹색 파일철을 내밀었다.

"이걸 참조해……."

여기에는 이철승과 국정원 간부에서 사업가로 변신한 박시형의 비리 자료가 담겨 있었다. 이철승과 박시형……. 그들의 죄목은 경중을 가리기 힘들 정도로 엇비슷했다. 뇌물과 로비를 주 무기로 삼아 권력자들을 구워삶는 데 탁월한 능력을 발휘했다.

"박시형이 신공항 발주 공사를 수주하는 데 잡음은 없었습니까?"

정 기자 물었고, 감색 양복의 사내가 일어났다.

"총 열여섯 개 입찰 과정에서 제한 경쟁이 열한 건, 수의 계약 다섯 건이 입찰된 것으로 확인됐습니다."

"이번 입찰과 관련해서 박시형이 고위 공직자에게 뇌물을 건넨 것으로 알려져 있습니다. 뇌물 액수가 얼마나 됩니까?"

"약 20억 원입니다."

"돈 세탁을 맡은 회계 책임자가 이번 입찰 과정의 비리를 검찰에 밝혔는데, 어떻게 기소가 중지됐습니까?"

"청와대 민정수석인 변우진이 검찰에 압력을 넣은 것으로 보입니다. 변우진은 부산 고검장 출신으로 검찰 내에서 아직도 영향력을 행사하고 있습니다."

테라피 홀은 참고인과 증인만 없을 뿐 국회 청문회장을 그대로 옮겨놓은 듯했다. 이들은 확실한 물증이 있는데도 집행 후보자가 어떻게 법망을 빠져나갈 수 있는지를 집중적으로 따졌다. 처음엔 주로 기업인들이 성토의 대상이었으나 점점 정치인과 고위 공직자로 그 대상이 확대됐다.

그 후로 이철승과 박시형의 검증 작업은 반시간 가량 더 진행됐다. 이들은 미리 준비해온 자료를 토대로 자신의 의견을 제시했다. 어느 누구도 그런 의견을 막거나 논란거리로 삼는 사람은 없었다. 적어도 논의 과정으로만 본다면 철저히 민주주의 원칙이 지켜지고 있었다.

쓸데없는 걱정으로 마음만 조아렸다. 테라피 홀에 들어서기 전까지만 해도 무지막지한 자들이 살생부를 꿰차고 길길이 날뛸 줄 알았다. 안면에 실핏줄을 세우고 과장된 몸짓으로 인간쓰레기들을 성토하리라 여겼다. 그러나 그들은 꼭 해야 할 말만 간단명료하게 전달했다. 그들은 절제된 감정이 몸에 배인 듯 흥분하지 않았고, 서두르지도 않았다. 자신의 의견을 논리적으로 전달할 뿐이었다.

"이것으로 이철승과 박시형의 제2차 검증 작업을 마치겠습니다."

박시형에 대한 검증 절차가 끝나자 인권연대 간부가 일어났다.

"다음 집행 회의는 추후 알려드리겠습니다."

최주호는 엉거주춤 일어나 테라피 홀 안을 둘러봤다. 천정이 매우 높았다. 창문은 네 개였으며, 바닥은 매끈한 마루를 깔았다. 요가나 심신 단련을 하기에 알맞은 공간이다. 그런데 아무리 둘러봐도 이들 조직을 상징하는 문양이 보이지 않았다. 집단의 결속력을 나타내는 깃발, 표시, 기호 따위도 없다.

"뭐 하고 있어? 어서 나와."

허동식이 테라피 홀 안으로 고개를 쑥 내밀었다. 최주호는 그를 따라 돌담 별채로 들어갔다.

"어서 오십시오. 진심으로 환영합니다."

어깨가 딱 벌어진 사내가 다가와 악수를 청했다. 최주호는 엉겁결에 그의 손을 잡았다. A팀원들은 그를 안 과장이라고 불렀다. 문래역 공원에서부터 팔당댐까지 뒤를 따라오던 사내였다.

"앞으로 잘해 봅시다."

이번엔 짧은 머리에 덩치 큰 사내가 손을 내밀었다. 국방부 비리를 폭로했던 군인 출신이다. 그와 악수를 하려는 순간 턱 밑의 검은 점이 눈에 확 들어왔다.

이제 그가 누구인지 확실하게 알았다. 꼬마에게 심부름을 시키고, 아주일보 앞에서 정 기자를 차에 태우고, 허동식의 집 앞에서 승합차를 몰던 자다. 우린 초면이 아니잖소…… 그는 말없이 부드러운 미소를 흘려보냈다. 허동식은 그를 배 중령이라고 불렀다. 정 기자는 인사말 대신 가볍게 한쪽 눈만 찡긋거렸다.

"난 먼저 가봐야겠어."

안 과장이 허동식에게 손을 흔들며 별채를 나갔다. 잠시 후 배 중령과 정 기자도 약속이나 한 듯 별채를 빠져나갔다.

"정식 인사는 다음에 하기로 해. 보다시피 다들 할 일이 많아."

최주호는 이철승과 박시형의 자료를 탁자 위에 올려놓았다.

"다음은 이들 중에 하나를 없애는 건가?"

허동식은 고개를 끄떡거렸다.

"그래도 이들은 운이 좋은 편이야."

"그게 무슨 소리야?"

"이번엔 피를 묻히지 않기로 했거든."

고적하고 한가로운 밤이다. 요양원 주위는 쥐 죽은 듯이 고요했다. B팀이 있는 통나무 별채는 11시가 넘어 불이 꺼졌다. 최주호는 돌담 별채 안에서 이철승과 박시형의 자료를 정리했다. 이들의 비리 자료는 워낙 분량이 많아 정리하기가 만만치 않았다. 여기에는 언론에 발표되지 않은 비리 자료도 상당수 포함되어 있었다. 검찰이나 수사 기관의 내부자 없이는 구할 수 없는 자료들이다. 이 정도의 자료라면, 굳이 이들의 비리 행각을 따로 검증할 필요가 없어 보였다.

그들에게 두터운 신뢰감이 절로 우러나왔다. 단지 국민의 공분을 사고 있다는 이유만으로 집행 대상에 올려놓은 게 아니다. 그들은 확실한 물증을 잡고 충분한 논의를 거친 후 집행 절차를 밟았다. 이 자료만으로도 이철승과 박시형은 법정 최고형을 면하기 어려울 것 같았다.

허동식은 수시로 돌담 별채를 드나들며 자료를 어떻게 정리해야 하는지를 일러주었다. 첫날이어서 그런지 말이 많고 쓸데없는 잔소리를 늘어놓았다. 그는 11시가 넘어서는 온다간다는 말도 없이 사라졌다.

최주호는 자료철을 내려놓고 힘없이 의자에 주저앉았다. 별채에 홀로 남아 인간쓰레기들의 비리 자료나 끼적대고 있다니…… 피를 묻히지 않아 다행이긴 한데, 너무 단순한 일 같았다. 지난주만 해도 이렇게 팔자가 늘어질 줄은 몰랐다.

솔직히 혹독한 신고식을 예상하고 발길을 들여놓았다. 비밀 집단 특유의 의식 행위, 이를테면 조직의 강령을 들으며 혈서를 쓰거나 거창한 다짐이 있을 거라고 여겼다. 광기에 사로잡힌 살인 집단에 둘러싸여 살벌한 의식을 치를 줄 알았다. 그러나 아무것도 없었다. 안 과장이 내민 손을 잡고, 배 중령의 부드러운 미소를 마주했으며, 정 기자의 눈인사를 받은 게 전부였다. 조금은 실망스러웠다. 조직원이 지켜야 할 수칙도, 맹세도 없었다. 아직 피를 보지 못한 까닭인지 살인 집단의 조직원이 되었다는 사실이 실감 나지 않았다.

저벅저벅.

그때였다. 별채 문 쪽으로 다가서는데 발걸음 소리가 들려왔다. 문틈으로 살며시 밖을 내다봤다. 테라피 홀 앞으로 건장한 사내들이 하나 둘씩 모여들었다. 30대 초중반의 사내들이다. 그들은 테라피 홀을 지나 주차장 창고 쪽으로 빠르게 이동했다.

저들은 누구이며, 또 어디로 가는 걸까? 최주호는 별채에서 나와 조심스럽게 그들의 뒤를 밟았다. 주차장으로 가는 샛길은 어두컴컴했다. 그나마 보름달이 빛을 내려 한 치 앞을 겨우 분간할 정도였다.

그들의 발길이 멈춘 곳은 주차장 지하 창고 앞이었다. 멀리서 볼 때는 야트막한 능선에 묻혀 외부에 잘 드러나지 않았다. 지하쪽 창문에서는 희미한 불빛이 새어 나왔다.

최주호는 지하계단을 밟고 한 걸음 한 걸음 내려갔다. 계단 중간에 걸음을 멈추고는 쪽 창문 안을 들여다봤다. 그 안에는 배 중령 이외에 네 명의 사내가 있었는데, 두 명은 시험관 같은 유리막대를 쥐고 흔들었다. 파란색 액체가 담긴 유리막대에 붉은색 액체를 섞자 금방 주황색으로 변했다. 다른 두 명은 탁자 위에 약도가 그려진 도면을 놓고 무어라 귓속말을 나누었다. 배 중령은 한쪽 구석에서 일회용 주사기를 만지작거렸다. 그들 뒤편으로 온갖 잡동사니가 진열장 안을 가득 메웠다. 굵은 동아줄, 유격훈련 때 쓰이는 장갑과 레펠 도구, 망치, 호미, 야전삽, 날이 번쩍이는 칼, 천장에는 각종 줄과 연장들이 매달려 있었다.

그때 주사기를 만지작거리고 있던 배 중령과 눈이 마주쳤다. 여긴 웬일이오? 배 중령의 눈이 그렇게 물었다. 순간 몸이 뻣뻣하게 굳었다. 어서 이곳을 벗어나라고 뇌가 명령을 내렸지만, 몸이 말을 듣지 않았다. 최주호는 무릎 관절에 단단히 힘을 주고 몸을 획 틀었다. 그리고는 나무계단을 타고 빠르게 위로 올라갔다.

이 야심한 밤에 저들은 무엇을 하고 있는 걸까? 시험관 유리막대를 쥐고 있는 것으로 봐서 뭔가를 실험하고 있는 듯했다. 조금은 어리둥절했다. 고문 도구나 형벌 도구를 다루는 이들이 난데없이 시험관 유리막대라니…… 이번엔 무슨 작당을 하려는지 감이 오지 않았다.

11

사소하고 하찮은 것에 집중하라!

우 검사의 말은 옳았다. 최 교수를 찾아낸 것은 우연이 아니다. 사소한 것도 놓치지 않은 판독팀의 집념의 결과다. CCTV에 최 교수가 나타난 시간은 몇 초에 불과하나, 그 안에는 이번 사건의 맥을 짚어줄 실마리가 담겨 있었다. 이를 계기로 최 교수의 칼럼을 분석했고, 그가 대출한 책과 연구 논문을 찾았으며, 노창룡과 정영곤의 직접적인 사인을 밝혀냈다. 정 기자의 행적을 추적하지 않았다면, 최 교수의 존재도 몰랐을 것이다. 오랜만에 CCTV가 제 몫을 한 셈이다.

『일제 강점기 고문 잔혹사』한 권의 책이 수사 방향을 제대로 잡아주었다. 「조선시대 형벌제도 연구」도 마찬가지다. 그러나 이것만으로는 최 교수를 추궁할 명분이 서지 않았다. 우연의 일치라고 딱 잡아떼면 도리가 없다. 그가 아주일보를 찾아간 것도, 거기서 정 기자를 만난 것도 물증이 될 수는 없다. 어찌 됐든 이번 사건에 최 교수가 개입한 것은 분명해 보였다. 사건이 발생하기 전후, 최 교수의 행동은 수사팀의 이목을 끌기에 충분했다.

수사는 조금씩 활기를 띠기 시작했다. 조희성은 최주호에 그치지 않고 노창룡과 정영곤을 다룬 칼럼이 또 있는지 면밀히 조사했다. 얼마 안 가 또 한 인물이 수면 위로 떠올랐다. 두 피해자를 공격한 칼럼니스트는 최 교수만이 아니었다.

"이 칼럼도 한번 보십시오."

박 형사가 내민 칼럼의 제목은 「도적들의 세상」으로, 칼럼 작성자는 송기백 교수였다.

지난가을, 검찰청사로 당당하게 들어가던 그의 모습을 기억하는가. 국민의 손으로 잡은 이 나라의 '큰 도적'들, 그들은 국민의 '포로'이다. 그런 포로에게 감히 누가 국민의 허락 없이 면죄부를 주는 것인가.

송 교수가 광복절 특사로 나온 정영곤을 타깃으로 삼은 칼럼이다. 최주호와 송기백, 공교롭게도 이들은 사제지간이다. 제자와 스승이 서로 내기라도 한 듯 노창룡과 정영곤을 사정없이 쥐어뜯었다. 두 피해자를 공격한 칼럼니스트, 부패 정치인을 난도질하는 역사학 교수, 돈독한 사제지간······. 송 교수의 뒤를 좀 더 파헤치자, 정윤주와도 녹록치 않은 관계임이 드러났다. 송 교수는 정택민이 군에서 의문사 했을 때, 그의 사인을 밝히려고 한 인물이다.

"국회에 탄원서를 낸 것도, 시민단체와 연계해 군 의문사를 밝히려 했던 것도 송 교수입니다."

정 기자와 송 교수, 그리고 최 교수가 묘하게 얽혀 있었다. 한때 조희성은 송 교수의 열렬한 팬이었다. 젊은 시절, 송 교수의 저서를 밤새 탐독하며 정의가 무엇인지, 민주주의가 무엇인지를 깨우쳤다. 검찰에 입문한 후에도 송 교수의 칼럼을 보며 법 집행의 지표로 삼았다. 지금도 그의 칼럼은 작두날처럼 묵직하고 날카로웠다.

아직 송 교수에게 수사를 집중하기에는 때가 이른 감이 없지 않다. 이 땅의 노회한 칼럼니스트라면, 노창룡이나 정영곤을 충분히 다룰 만하지 않은가. 송 교수의 성향으로 봐서 이들을 공격하는 것은 당연한 일이다. 정 기자 오빠의 의문사를 파헤치려고 한 것도 전혀 문제될 게 없다. 그 또한 송 교수다운 행동이다. 그는 여전히 인간쓰레기들에게 칼을 겨누었고, 국가의 부당한 공권력에는 온몸으로 맞섰다.

조희성은 최 교수의 자료를 챙기고 우 검사의 방을 찾았다. 이틀 전부터 우 검사는 수사관들을 달달 볶기 시작했다. 욕지거리는 기본이고 여차하면 조인트라도 갈길 기세다. 수사관을 다루는 그의 태도가 영 마음에 들지 않았다.

"오호."

우 검사의 손길이 깃털처럼 가벼웠다. 최 교수의 자료를 넘길 때마다 입술이 동그랗게 오그라들었다.

"아파트에 혼자 산다고?"

"그렇습니다."

"아내는?"

"현재 시카고에 거주하고 있습니다."

"얼마나 됐나?"

"2년이 넘었습니다."

"자녀는?"

"딸이 하나 있는데, 최 교수 아내가 데리고 있습니다."

"기러기 아빠로군……. 최근 움직임은 어떤가?"

"다음 주에 부패공직자 방지법 공청회에 참석할 예정입니다. 이 공청회의 초정 연사에는 송기백 교수도 있습니다."

조희성은 공청회 팸플릿을 내밀었다. 여기에는 공청회에 참석하는 인사들의 사진과 함께 간단한 프로필이 적혀 있었다.

"최 교수 결혼식 때 송기백 교수가 주례를 봤다고 합니다."

우 검사의 눈빛이 매섭게 빛났다.

"송 교수 나이가……."

"여든입니다."

"아직도 팔팔하네……. 그 나이가 되도록 선동질이나 해대
고……."

우 검사는 송 교수에 대해서는 별 관심을 기울이지 않았다. 그
저 시위나 일삼는 선동꾼으로 평가 절하했다.

"최 교수 말고 건질 만한 건 없나?"

"최근 정 기자의 행적 중에 눈여겨볼 만한 곳이 있습니다."

"그게 뭐야?"

"얼마 전 정택민의 무덤에 두 차례나 다녀갔습니다. 그런데 공
교롭게도 그날이 노창룡과 정영곤이 살해된 다음 날입니다."

"그래?"

우경준의 몸이 용수철처럼 튀어 올랐다.

"이거 냄새가 좀 나는데……."

정 기자의 얘기가 나오자, 우 검사의 몸이 들썩거렸다. 이윽고
그의 눈길이 『일제 강점기 고문 잔혹사』의 대출자 명단에 쏠렸다.

"정윤주가 쓴 기사 좀 가져와."

우 검사는 아주일보에 실린 정 기자의 기사와 최 교수가 대출
한 책의 본문을 비교했다. 이 책에 나오는 등나무 감기기 고문 수
법은 정 기자의 기사와 똑같았다.

"좋아, 여길 잡자고!"

우 검사의 입이 쭉 찢어졌다.

제4장

치유의 전당

1

시간이 흘러도 꿰다놓은 보릿자루 신세는 여전했다. 팀원들과의 간격은 좁혀지지 않았다. 세 차례나 돌담 별채에 드나들었지만, 이렇다 할 대화 한 번 나누지 못했다. 첫날 의례적으로 한두 마디 인사를 건넨 게 전부였다. 말을 걸 틈도, 대화를 나눌 겨를도 없었다. 허동식은 그들과의 자리를 따로 마련하지 않았다. 어느 기간까지는 적당히 거리를 두게 하려는 속셈 같았다.

돌담 별채에 다녀온 날은 기운이 쭉 빠졌다. 거기서 특별히 한 일이 없는데도 그랬다. 피곤을 씻어내려고 술 한잔 기울이면 어김없이 몇 가지 의문이 등짝을 쓸어내렸다. 이 조직은 어떻게 만들어진 걸까? 조직원들은 어떤 관계로 이루어졌으며, 또 조직의 우두머리는 누구일까? 여러 차례 허동식에게 물어봤으나, 돌아오는 대답은 둘 중 하나였다. 곧 알게 돼. 많은 걸 알려고 하지 마……. 그렇다고 이를 알아낼 방법이 전혀 없는 것은 아니다. 정 기자라면 의문점을 풀어주지 않을까. 짐작하건대, 정 기자도 이곳에 가담한 지 오래되어 보이지 않았다.

최주호는 아주일보 근처에 차를 주차하고 횡단보도 앞을 서성거렸다. 아주일보 안으로 들어가 그녀를 만날 용기가 나지 않았다. 허동식은 아주일보 근처에는 얼씬도 하지 말라고 단단히 주의를 주었다.

5시가 조금 넘어 정 기자가 모습을 드러냈다. 이 무렵이면 기사 마감을 위해 취재 기자들이 편집국에 들어오는 시간이다. 최주호는 횡단보도를 건너는 그녀 옆에 바싹 따라붙었다.

"여기에 오시면 어떡해요."

정 기자는 적병을 만나기라도 한 것처럼 화들짝 놀랐다.

"할 얘기가 있습니다."

"얼른 가세요."

"잠깐 시간을 내주십시오."

최주호는 그녀와 보폭을 함께하며 인도 쪽으로 밀어붙였다. 그녀가 다정하게 대하리라는 것은 아예 기대도 하지 않았다. 정 기자는 주위 시선을 의식한 듯 난감한 표정을 지었다.

"알았어요. 버스정류장 옆에 '고수레'라는 찻집이 있으니 거기서 기다리세요. 저는 10분 후에 갈게요."

정 기자를 만나면 무슨 말을 해야 할지 머릿속에 차곡차곡 담아두었다. 자신이 속해 있는 조직의 실체를 알지도 못하고 조직원의 역할을 수행할 수는 없다.

'오늘은 때가 아닌 것 같군요······.'

문득 편집국 엘리베이터 앞에서 정 기자가 남긴 말이 떠올랐다. 그 말 속에는 언젠가 다시 만날 것이라는 묘한 여운이 남아 있었는데, 결국 그녀의 말대로 되고 말았다. 잠시 후 찻집 안으로 정 기자가 들어섰다.

"어쩐 일이에요?"

정 기자는 자리에 앉자마자 주위를 산만하게 두리번거렸다. 찻집 안에는 개량한복을 입은 노인 한 명밖에 없었다.

"하도 답답해서 왔습니다."

"그 심정 이해가 가요. 하지만 절 찾아온 건 큰 실수예요. 어서 돌아가세요."

"이대로 갈 수는 없습니다."

"지금 제가 얼마나 불편한 줄 아세요? 경찰이 제 뒤를 쫓고 있어요."

그녀가 무슨 소리를 하든 한 귀로 흘려들었다.

"나는 아직도 꿈을 꾸는 것 같습니다. 누군가 자세히 말해 주면 나을 것 같은데…… 내겐 그럴 만한 사람이 없어요. 요양원에 갈 때마다 딴 생각이 들고…… 나만 홀로 방치된 느낌입니다."

"누구든 처음엔 다 그래요. 시간이 지나면 그게 더 편하다는 걸 알게 될 거예요. 저 역시 마찬가지였거든요."

"……."

"두려우세요?"

"두렵지 않다면 그건 거짓말입니다. 사람의 생명을 빼앗는 일인데……."

"정상적인 사람의 생명을 빼앗는 게 아니잖아요. 그런 추악한 인간들 때문에 고통받는 사람을 생각해 본 적 있어요?"

"……."

"생각을 달리 가지세요. 그러면 한결 마음이 편해질 겁니다."

"내가 속해 있는 조직에 대해 아무것도 모르는 현실이 얼마나 참담한지 아십니까?"

잠시 짧은 침묵이 이어졌다. 정 기자는 탁자 위에 있는 물컵을 꼭 쥐었고, 최주호는 창밖으로 시선을 돌렸다.

"뭘 알고 싶은데요?"

이윽고 정 기자가 먼저 말문을 열었다.

"부담을 주기는 싫지만……."

"아니에요. 어차피 다 알게 될 텐데요. 그리고 이제부턴 말 놓으세요."

"……."

"괜찮아요. 저도 그게 편해요."

최주호는 의자를 바짝 당겨 앉고 머릿속에 담아온 의문의 상자를 열었다.

"정 기자는…… 스스로 원해서 참여한 건가?"

"반반으로 보시면 돼요."

"마음고생이 많았겠군."

"그렇지 않아요. 처음엔 제 의지가 약했던 것뿐이죠."

"여기 가담한 지는 얼마나 됐나?"

"1년 조금 넘었어요."

"누구 소개로? 허동식?"

정 기자는 고개를 끄떡였다. 허동식은 정 기자에게 어떻게 접근했는지 궁금했다. 그녀에게도 막무가내로 들이댔을까. 아니면 그럴 듯한 미끼로 유혹했을까.

"지난해 신문사에 사표를 냈어요. 갑자기 기자 생활에 신물이 나더군요. 한 그룹의 비자금 사건을 취재하고 있었는데…… 확실한 증거가 있는데도 정치인들은 미꾸라지처럼 빠져나갔어요. 오히려 저는 그들에게 명예훼손 혐의로 고소를 당했죠."

그 소리는 한 차장에게 들어 익히 잘 알고 있다. 정 기자가 정치부에서 사회부로 발령을 받은 것도 그 사건 때문이다.

"사회부로 발령 난 지 얼마 되지 않아 허 선배가 찾아왔어요."

"허동식과는 예전부터 알고 지내는 사이였나?"

"아니에요. 그때 처음 봤는데…… 오빠와는 초등학교 동창이라고 했어요."

"……."

"처음엔 허 선배의 제안이 말도 되지 않는 소리라고 여겼는데…… 보다시피 그대로 되고 말았어요."

최주호는 어떤 동기로 이 조직에 가담하게 되었는지를 물었다.

"더 이상 썩은 인간들에게 면죄부를 주고 싶지 않았어요. 이 세상이 얼마나 무서운지 그 인간들에게 보여주고 싶기도 했고요."

짧고 시원스러운 대답이다. 그녀가 말하는 '분노를 표출하는 방법'은 허동식과는 조금 달랐다.

"한 가지 덧붙인다면…… 우리 국민을 위로하고 싶었어요."

"위로라니? 사람을 죽이는 일이 어떻게 국민을 위로할 수 있다는 건가?"

"다시 생각해 보세요. 사람들이 열렬하게 환호하는 소리가 들리지 않으세요? 노창룡과 정영곤을 집행한 후 국민들의 반응이 어땠는지 잘 아시잖아요. 지금쯤 인간쓰레기들에게 또 다시 응징의 철퇴가 내려지기를 간절히 기다리고 있을 거예요."

"……."

"물론 인간쓰레기 몇 명을 보낸다고 해서 세상이 달라질 거라고는 생각하지 않아요. 그렇다고 마냥 이 꼴을 볼 수는 없잖아요. 무엇보다 우리와 같은 집행관이 있다는 걸 보여주고 싶었어요."

"누가 처음 이런 일을 계획한 거지?"

이제부터는 조직에 관한 질문을 던질 차례다.

"그건 저도 잘 몰라요."

"두 개의 팀으로 나뉘어져 있던데, 팀의 리더가 누구야?"

"A팀은 허 선배이고 B팀은 윤 실장이에요."

"지난 집행 회의 때 검은색 정장을 한 사람은?"

테라피 홀에서 가장 눈에 띄었던 인물이 검은색 정장 차림의 사내다. 집행 회의에서 그는 단 한마디도 말하지 않았는데, 이상 하리만치 존재감이 느껴졌다. 그는 B팀원이면서도 따로 노는 듯한 느낌이 들었다.

"사람들은 그를 북극성이라고 불러요."

"북극성? 재미있는 이름이로군. 뭐 하는 사람이야?"

"그에 대해서는 알려진 게 별로 없어요. 여기서도 가장 베일에 가려진 사람이죠. B팀원들도 그에 대해서는 잘 모르는 것 같아요."

"그자는 고급 정보를 많이 가지고 있던데……."

"잘 보셨어요. 북극성에게는 인물 파일이 있어요. 정치인, 기업인, 언론인, 교수 등 이름깨나 있는 사람들의 개인 정보를 담은 파일이에요. 이 파일 안에는 사생활까지 포함해서 엄청난 양의 정보가 들어 있어요. 물론 교수님도 그 파일 속에 포함되어 있었고요."

"또 다른 조직은 없나?"

"행동조를 말하는 거죠?"

최주호는 고개를 끄떡였다.

"A팀에서는 안 과장님 후배와 배 중령님 부하들이 있어요. 모두 믿을 만한 사람들이죠. B팀에서는 북극성이 행동조를 책임지고 있어요."

주차장 지하 창고에서 본 사내들…… 정 기자의 말대로라면 이들은 배 중령의 부하들일 것이다.

"전 이제 그만 들어가 봐야 돼요."

"잠깐!"

최주호는 그녀를 다시 자리에 앉혔다. 가장 궁금한 게 하나 남았다.

"이 조직은…… 누가 처음 만든 건가? 허동식이나 윤 실장 말고 또 있나?"

"그건 저도 잘 몰라요……."

"허동식과 윤 실장은 아닌 것 같은데."

"오늘은 그쯤 해두세요."

정 기자는 자리에서 일어났다.

"앞으로는 절 찾아오시면 안 돼요. 그리고 교수님도 주의해야할 게 있어요. 되도록 이 조직에 대해서는 알려고 하지 마세요."

"그건 왜지? 우린 같은 팀원이잖아."

"사람들이 그걸 원하지 않아요……."

정 기자가 찻집을 나가고 한동안 그곳에 홀로 남았다. 차 한 잔을 더 주문하고 정 기자의 말을 다시 한번 되짚었다. 아직 속 시원히 풀리지 않았다. 정 기자는 생각보다 많은 것을 알지 못했다. 정작 자신이 궁금했던 것은 그녀도 몰랐고, 그녀가 알고 있는 것은 짐작에서 크게 벗어나지 않았다.

2

뭘 저리 꼼꼼하게 보는 걸까? 벌써 20여 분이 지났다. 문 검사장의 눈길이 약식 보고서에서 떠날 줄을 몰랐다. 5분이면 충분히 검토할 내용인데, 계속 보고서를 붙잡고 늘어졌다. 이따금씩 가는 탄식을 내뱉기도 했고, 앞부분을 다시 들춰보기도 했다.

우경준은 아랫입술을 연신 혀로 핥았다. 초조할 때면 어김없이 나타나는 버릇이다. 문 검사장이 손에 쥐고 있는 것은 세 번째 올리는 약식 보고서다. 급히 작성하느라 보고서 양식이 생략되고 중요한 부분만 채워 넣었다. A4 용지 세 장에 불과하다. 관찰 대상 인물과 피해자의 주변 상황, 그리고 용의자가 남긴 흔적을 넣었다. 관찰 대상 인물과 피해자의 등에 새겨진 숫자를 제외하고는 대부분 언론에 노출된 내용이다.

"이번에도 법률 조항을 새겨 넣었나?"

그 소리가 나오기까지 꽤나 오래 걸렸다. 바로 밑에 답을 적어 넣었는데도 대충 넘어가는 법이 없다.

"그렇습니다. 대법원의 무죄 판결을 받은 조항만 골라 넣었습니다."

문 검사장은 손가락에 침을 묻히고 다음 장을 넘겼다. 거기에는 이번 사건의 주요 관찰 대상 인물이 적혀 있다. 정윤주와 최주호, 그리고 송기백 교수다.

"이 친구는 아주일보 칼럼니스트인데……."

문 검사장이 최 교수를 콕 찍었다.

"최근 최주호의 행적에 미심쩍은 부분이 많습니다."

조 검사가 최주호를 찾아낸 것은 정말 잘한 일이다. 그마저도 없었다면 보고서를 어떻게 채워 넣어야 할지 막막했을 것이다. 사람 보는 눈이 아직 녹슬지 않았다. 조 검사를 처음 봤을 때, 이놈이 뭔가 한 건 올려주지 않을까, 그런 생각이 들었다. 조 검사는 수사팀에 합류하자마자 정영곤의 등에 새겨진 숫자를 명쾌하게 풀었다. 또한 최주호의 대학 도서관에서 이번 사건과 관련된 책을 찾아냈다. 사소하고 하찮은 것을 잘도 훑고 다녔다. 여기저기 쑤시다 보면 꼭 하나는 걸려들기 마련이다.

"여기 송기백 교수도 있군……."

문 검사장이 다음으로 찍은 인물은 송기백이다.

"묘한 인연이야……. 내가 공안부로 자리를 옮기고 처음 구속시킨 인물이 송기백 교수였거든……. 그때가 1990년대 중반이었으니…… 벌써 20년이 넘었어……."

문 검사장은 보고서를 덮으며 가볍게 웃었다.

"나중에 알고 보니 송 교수는 내 고등학교 한참 선배였더군. 그뿐이 아니야. 어려서는 잘 몰랐지만, 송 교수의 집과 우리 집은 서로 내왕을 할 정도로 가까이 지냈지……."

"……."

"인연이라는 게 참으로 묘하지 않나? 그런 사람을 내 손으로 쇠고랑을 채웠으니 말이야."

문 검사장은 지그시 눈을 감았다.

"그때 송 교수가 한 말이 지금도 잊히질 않아…… 다음엔 정말 감옥에 보내야 할 사람을 잘 고르라고 했지……."

문 검사장은 세 명의 인물 중에 유독 송기백에게만 관심을 나타냈다. 최 교수는 한두 마디만 물었을 뿐이고 정 기자는 아예 입에 올리지도 않았다.

"요즘 송 교수의 근황은 어떤가?"

"다음 주에 공청회에 참가한다고 합니다."

"공청회?"

"부패공직자 방지법이란 공청회인데, 연사로 참가할 예정입니다."

"음. 여전히 왕성하군."

문 검사장은 소파에 깊숙이 몸을 파묻었다. 다소 얼이 빠진 그의 얼굴에 회한의 그림자가 몰려들었다.

"됐네. 그만 나가보게."

이상한 일이다. 문 검사장이 수사 보고서를 급히 요구했던 이유는 무엇일까? 그는 보고서를 꼼꼼하게 훑어보고도 이렇다 할 지시나 평가가 없었다. 정영곤의 등에 새겨진 법률 조항에도 별 관심을 보이지 않았다. 최주호에 대해서도 마찬가지다. 보고서에 나타난 내용대로라면 최주호를 주의 깊게 살펴봐야 했다. 그의 연구 논문에서 발췌한 글이 정영곤의 살해 수법에 인용된 것은 보통 일이 아니다. 수사의 맥을 확 바꿀 만했다. 그런데 문 검사장은 다 제쳐두고 오직 송기백에게만 관심을 보였다. 그것도 수사에는 아무런 도움이 되지 않는 넋두리였다. 한물 간 퇴직 교수와의 인연을 붙들고 저 혼자 구시렁거렸다. 공연히 시간만 낭비한 꼴이다. 아무리 약식 보고서라고 해도 그걸 작성하느라 오전 내내 진이 다 빠졌다.

우경준은 방에 들어서자마자 조 검사를 불렀다.

"최주호에게 미행은 붙였나?"

조 검사의 다음 수순이 무엇인지 궁금했다.

"아직 미행할 단계는 아닌 것 같습니다. 자칫 빈틈을 보이면 큰 낭패를 겪을 수도 있습니다. 다음 주에 공청회가 있는데, 그때 최 교수를 직접 만나볼까 합니다."

"직접 만난다고?"

"그렇습니다. 적당히 운을 뗀 후 동태를 지켜볼까 합니다."

"간만 보겠다는 소리로군."

우경준은 비시시 웃었다. 용의자를 살짝 건드려서 그의 움직임을 살피는 것도 수사의 한 방편이다. 제 발 저리는 도둑은 알아서 움직이는 법이다.

"좋아. 자넨 최주호를 맡아. 난 정윤주를 족쳐볼 테니까."

진작부터 정 기자의 행동이 눈에 거슬렸다. 그렇지 않아도 뭔가 하나 걸려들기만을 목이 빠지게 기다려왔다. 기사만 가지고는 몰아붙이기가 여의치 않았는데, 마침 정 기자에게도 빈틈이 보이기 시작했다. 조만간 정 기자를 불러다가 매섭게 다그쳐 볼 생각이다.

"자넨…… 미역국을 몇 번 먹었나?"

최주호 얘기는 그쯤이면 됐다. 조 검사를 부른 이유는 다른 데 있다. 이쯤에서 그에게 확실한 다짐을 받아놓고 싶다.

"두 번입니다."

"오호, 빠르군. 난 다섯 번이야."

우경준은 다섯 손가락을 활짝 펼쳤다. 일곱 번까지 도전해서 고시에 떨어지면 이 세상과 영원히 작별하려고 했다.

"다섯 번째 미역국을 처먹고서 하늘에 맹세한 게 하나 있지. 그게 뭔 줄 아니?"

"……"

"목숨이야. 목숨을 걸었다고."

그땐 정말 목숨을 걸었다. 더 이상 물러설 곳이 없었다. 그래서 방구석에 올가미를 걸어놓았다. 두 번 더 도전해서 낙방하면 올가미에 목을 매달겠다고 결심했다. 매일매일 올가미를 보면서 마음의 각오를 다졌다. 그해 겨울, 올가미 앞에서 다짐한 맹세는 합격자 명단으로 나타났다.

"그때 절실히 깨달은 게 하나 있어. 목숨을 걸면 뭐든 된다는 거지."

우경준은 눈을 크게 뜨고 조 검사를 쳐다봤다.

"이번 사건이 얼마나 중요한지 알고 있지?"

"네."

"자네나 나나…… 여기에 목숨을 걸어야 해."

"……"

"기회는 자주 오는 게 아니라고."

"최선을 다하겠습니다."

우경준은 고개를 절레절레 흔들었다. 그처럼 하나마나한 소리를 들으려고 목숨 얘기를 꺼낸 게 아니다. 이번 사건이 얼마나 중요하고 절박한지를 그의 머릿속에 팍팍 꽂아 넣고 싶었다.

"최선만 가지고는 안 돼. 목숨을 걸라고."

"……"

"왜 대답이 없나?"

"알겠습니다."

"이 정도 사건이면 목숨 걸 만하잖아. 온 국민 다 지켜보는데."

"……."

"목숨을 걸면 뭐든 다 통하는 법이야."

3

오랜 논의 끝에, 다음 집행 대상자가 정해졌다.

이철승과 박시형…… 둘 중 누구를 선택할 것인지 고민할 필요가 없어졌다. 이번엔 두 팀이 동시에 나서기로 했다. 박시형은 B팀이, 이철승은 A팀이 집행하기로 결정했다.

10차 집행 회의에서는 두 개의 주요 안건이 올라왔다. 하나는 이철승과 박시형을 동시에 집행하자는 윤 실장의 제안이었다. 처음엔 그의 제안이 다소 무리가 있을 것이라고 여겼다. 그러나 논의가 활발하게 진행되면서 점차 동시 집행이 힘을 얻었다. 두 팀모두 한 차례 집행 경험을 해봤다. 경험만큼 좋은 학습은 없다. 무엇보다 인간쓰레기들의 집행 숫자를 늘리려는 팀원들의 욕구가 더 간절했다.

다른 하나는 정 기자의 제안으로, 다음 집행 방법을 온건하게 치르자는 것이다. 사실 고문과 형벌은 시민들에게 적지 않은 충격을 주었다. 그만큼 강렬했기에, 그에 따른 여론의 반응도 두 갈래로 갈렸다. 사람들은 다음 집행 대상자가 누가 될지 은근히 기대하면서도 극단적인 집행 방법에 대해서는 우려를 나타냈다. 그들은 선혈이 낭자한 피보다는 인간쓰레기들의 몰락을 원했다. 정 기자는 요즘 들어 언론이 잔혹한 살해 방법을 부각시키고 있기 때문에 여론이 동요하고 있다고 지적했다. 계속 잔혹한 집행 방법을 고집했다가는 자칫 여론의 역풍을 맞을 수도 있다는 것이다.

"언젠가 그놈 차례가 올 줄 알았지."

동시 집행이 결정된 후 배 중령의 입가에서 미소가 떠나지 않았다. 이철승이 집행 대상자로 선정됐을 때 이를 가장 반긴 이가 배 중령이다. 따지고 보면 배 중령이 옷을 벗게 된 것도, 법정에 서게 된 것도 이철승과의 질긴 악연 때문이다.

"기왕이면 내 손으로 보내고 싶었어."

배 중령은 이철승을 없애는 데 자신의 손때를 묻히고 싶어 했다. 그것은 결코 보복이 아니다. 팀에 맡겨진 사명이고, 팀원에게 정해진 몫이다. 집행관으로서 마땅히 치러야 할 의무다.

이곳에서는 개인적인 보복이 철저히 금지됐다. 처음 팀을 만들 때부터 그것을 수차례 강조했다. 사사로운 감정이 끼어들면 팀플레이를 해치게 된다. 그래서 집행자 명단을 고르는 데도 개인의 욕심을 버리고 집행 후보자의 비리에 초점을 맞췄다.

A팀은 이철승을 집행하기 위한 절차에 들어갔다. 이번엔 지원군이 따로 없다. A팀 안에서 모든 걸 해결해야 한다. 집행 과정은 안 과장이, 집행 방법은 배 중령이 맡았다. 정 기자는 이철승의 일정과 외곽 정보를 맡는 데 주력했다.

안 과장은 그의 후배들과 함께 낮밤 가리지 않고 이철승의 뒤를 쫓았다. 노창룡을 집행하고 정영곤을 탐색할 때보다 더 심혈을 기울였다. 배 중령은 집행 방법 고안에 몰두했다. 오래전부터 특수 약물을 다루는 의무장교 출신의 부하와 함께 지하 창고 안에서 약물 성능 검사를 해왔다. 집행 대상자에게 써먹을 수 있게 미리 준비한 건데, 이것이 온건한 집행 방법과 딱 들어맞았다. 배 중령은 이를 두고 하늘이 돕는 거라면서 특별한 의미를 부여했다.

하루가 멀다 하고 이철승의 미행 보고서가 올라왔다. 최근에 이철승이 접촉하는 인물은 대부분 변호사들이다. 이철승은 군납비리 사건의 1심 재판을 앞두고 있었다. 그의 변호인단은 대법관 판사 출신의 초호화 멤버로 구성됐다. 이철승의 재판을 앞두고 벌써부터 말이 많았다. 재판이 열리기도 전에 기껏해야 집행유예로 풀려날 것이라는 소문이 법조계에 흘러나왔다. 이철승의 뒤를 쫓은 지 열흘 만에 마침내 안 과장은 최적의 장소를 찾아냈다.

"남양주의 한 모텔이야."

재판을 앞둔 그 와중에도 연애사업은 멈출 줄을 몰랐다. 이철승은 목요일과 일요일, 일주일에 두 차례 남양주에 위치한 모텔에 들렀다. 인적이 드문 곳이라 눈에 띌 염려도 없었다.

"CCTV가 많을 텐데."

배 중령이 우려를 나타냈다.

"염려 놓으라고. 딱 두 대뿐이니깐."

CCTV가 설치된 곳은 주차장과 카운터뿐이다. 모텔에서는 사생활이 노출되는 걸 꺼려하기 때문에 최소한의 CCTV만을 달았다.

"최 교수는 어떻게 되는 건가?"

안 과장이 물었다.

"많이 섭섭해하겠어. 허드렛일이나 시키고…… 중요할 때는 쏙 빼놓으니 말이야."

"신경 쓰지 마십시오."

허동식은 딱 잘라 말했다. 지금으로서는 최주호가 할 일은 없다. 다들 목숨을 내놓고 하는 일이라 모든 정보를 공유하기가 쉽지 않다. 최주호에게는 모든 것이 낯선 광경일 것이다. 요양원에 처음 들어설 때 그의 표정은 안쓰럽다 못해 처참해 보이기까지 했다. 그런데 지난주부터 그의 태도가 조금씩 달라졌다. 처음엔 마지못해 눌러앉는 것 같더니 이제는 팀에 적응하려는 듯 적극적으로 달려들었다.

시간을 두고 좀 더 그를 지켜볼 생각이다. 아직 팀원들과의 교류는 이른 감이 없지 않다. 집행관의 열정…… 이제 그에게 맡겨질 임무도 얼마 남지 않았다. 미끼를 던지면서까지 그를 데려온 데는 그만한 이유가 있다. 문서철이나 정리하라고 그를 끌어들인 게 아니다. 정작 그가 해야 할 일은 따로 있다.

"똑똑."

노크 소리가 들리고 윤 실장이 고개만 빠끔 내밀었다.

"저 좀 잠깐 보시지요."

허동식은 별채 밖으로 나갔다. 윤 실장의 낯빛이 어두웠다.

"수사팀이 최 교수 주변을 훑고 있습니다."

최주호가 수사망에 걸려들었다는 건가? 뜻밖의 소리다. 그가 이곳에 발을 들여놓은 지 한 달도 되지 않았다. 그런 그가 어떻게 수사 대상에 오를 수 있단 말인가.

"대학 도서관에서 대출한 책을 찾아냈다고 합니다."

윤 실장은 최주호가 아주일보에 찾아간 날이 빌미가 된 것 같다고 덧붙였다. 공교롭게도 그날은 노창룡과 정영곤을 집행한 날과 일치했다. 수사팀이 정 기자의 뒤를 쫓다가 최주호를 찾아낸 것이다.

"최 교수의 칼럼은 물론 논문까지 조사하고 있습니다. 앞으로 행동에 각별히 신경 쓰라고 말해 주십시오."

지금까지 두 명을 저세상으로 보내는 동안 티끌만 한 단서도 남기지 않았다. 그런데 전혀 예기치 않은 곳에서 틈이 드러났다. 최주호를 끌어들이려고 노창룡의 자료를 부탁한 것인데, 그것이 수사팀에게 단서를 제공하고 말았다. 어쩔 수 없는 일이다. 그나마 수사팀의 패를 들여다 볼 수 있어서 천만다행이다.

4

공청회장은 용광로처럼 후끈 달아올랐다. 초청 연사들의 한마디 한마디에 우레와 같은 박수가 쏟아졌다. 지금까지 수차례 공청회에 참석했지만, 이처럼 열광적인 분위기는 처음이다. 초청 연사마다 누가 더 부패 공직자를 잘 성토하는지 내기한 사람처럼 열을 올렸다. 최근 벌어진 노창룡과 정영곤 사건이 연사들에게 더욱 힘을 실어주었다. 공청회에 온 시민들은 초청 연사들의 강연이 끝날 때마다 뜨거운 박수로 호응했고, 뒤이어 나온 연사는 더 화끈한 성토로 화답했다.

다섯 명의 초청 연사 중에 송 교수의 강연이 단연 돋보였다. 송 교수는 부패한 권력을 국민의 힘으로 몰아내자고, 그래서 국민의 주권을 되찾자고 열변을 토했다. 그는 청중들의 뜨거운 호응에 흥분을 했는지 준비한 원고는 거들떠보지도 않았다. 처음부터 끝까지, 즉흥 연설로 대신했다.

송 교수는 강연이 끝난 후 즉석에서 성명서를 채택할 것을 제안했다. 〈부패 공직자 처리 입법안을 요구하는 우리의 결의〉라는 성명서다. 비리에 연루된 정치인이나 공직자들이 다시는 재기할 수 없도록 씨를 말리자는 내용이다. 이참에 부패 공직자들이 법망을 빠져나가지 못하게 부패척결 감시위원회를 국회 내에 설치하자는 주장도 나왔다. 주최측은 이번 주부터 서명 작업에 들어가기로 결의하고 공청회를 마쳤다. 최주호는 공청회장을 나와 대기실 안으로 들어갔다.

"안녕하세요, 교수님."

"어서 와."

팔순의 나이에도 송 교수는 혈색이 좋아보였다. 가지런히 넘긴 백발은 예전보다 많이 빠진 것 같았다.

송 교수는 80 평생을 오직 한 길만 보고 뚜벅뚜벅 걸어왔다. 유신정권 초기 때부터 현재에 이르기까지 이 땅의 민주화를 위해 헌신을 아끼지 않았다. 그의 존재감은 시국이 어수선할 때 더욱 빛났다. 정부의 개각이 있을 때마다 송 교수는 총리 후보 1순위로 하마평에 올랐다. 힘깨나 쓰는 정부 관리가 그를 영입하기 위해 여러 차례 접촉을 시도했다. 선거가 있을 때도 마찬가지였다. 여야를 가리지 않고 거물급의 정치인이 그를 끌어들이려고 집 앞에 장사진을 이루었다. 그러나 송 교수는 정부 요직은 물론 정치권에도 발을 담그지 않았다. 시민단체의 요청에는 흔쾌히 응했지만, 정치권의 요구에는 선을 그었다. 학자로서, 혹은 야인으로 평생을 마치는 것이 송 교수의 오랜 바람이다.

"밥은 잘 먹고 다니지?"

송 교수가 공청회장 로비로 나오며 물었다. 오랜만에 들어보는 소리다. 언제부턴지 그 말은 송 교수의 트레이드마크가 되어버렸다.

"네. 세 끼 꼬박꼬박 챙겨 먹고 있습니다."

군사정권 시절, 송 교수는 32일간의 단식 투쟁을 벌였다. 민주주의 회복을 위해 목숨을 건 싸움이었다. 그때 단식을 중단하고 처음 한 말이 "다들 밥은 잘 먹고 있습니까?"였다. 목숨이 다할 때까지 민주주의를 지키겠다는 의지를 빗대 한 말이다. 송 교수에게 밥은 생명이고 양심이고 정의였다.

"얼굴이 안 좋아 보이는데…… 요즘 무슨 고민이라도 있나?"

"아닙니다."

고민이 있는 건 맞는데, 그게 무슨 고민인지 헷갈렸다. 아직도 팀 내에서 제대로 된 일을 찾지 못했다. 허동식이 가져온 자료를 정리하는 게 전부다. A팀 안에서의 역할이 미미해도 섭섭하지 않았다. 정 기자의 말대로 당분간은 차분하게 지켜볼 생각이다.

"지난 칼럼 잘 봤습니다."

요즘 들어 송 교수의 칼럼이 자주 보였다. 송 교수는 칼럼을 싣는데 그 어떤 매체도 가리지 않았다. 이틀 전 송 교수가 쓴 칼럼은 검찰에게 보내는 경고장이다. 앞으로 제대로 법을 집행하지 않으면 제3, 제4의 사건이 벌어질 것이라고 날을 세웠다. 노창룡과 정영곤 사건을 염두에 둔 메시지다. 최근 발표된 송 교수의 칼럼 중에 가장 강력했다.

그때 로비 한쪽 구석에서 한 차장이 숨을 할딱거리며 달려왔다. 한 차장은 송 교수를 보자마자 직각으로 허리를 굽혔다.

"그동안 찾아뵙지 못해 죄송합니다. 건강은 좀 어떠세요?"

"요즘은 하루하루가 달라. 자네도 밥은 잘 먹고 다니지?"

"밥은 잘 먹고 있습니다만, 소화가 잘 되질 않습니다."

"시절이 뒤숭숭해서 그래……. 언론이 제 역할을 하지 못하고 권력의 눈치를 보면 볼 장 다 본 거야. 그러니 밥이 제대로 넘어갈 리가 있나."

송 교수는 언론에도 일침을 가했다.

"교수님께서는 최근에 벌어진 사건을 어떻게 보시는지요?"

한 차장이 빠르게 화제를 돌렸다.

"따지고 보면 이게 다 법 집행이 공정하지 않아서 벌어지는 일이지. 법이 사람마다 차별을 두고 공정하게 집행되지 않으면 밑바닥 민심부터 무너지는 거야……."

송 교수의 말이 이어지는 동안 팀원들의 얼굴이 차례차례 떠올랐다. 지금 이 순간에도 이철승의 뒤를 밟고, 집행 장소를 찾고, 집행 방법에 몰두하고 있을 것이다. 그들을 볼 수 없지만, 그들의 움직임은 느낄 수 있다. 저벅저벅, 그들의 발걸음 소리까지 생생하게 귀에 잡혔다. 사흘 전 안 과장의 후배가 가져온 보고서에는 이철승의 행적이 낱낱이 적혀 있었다. 짐작컨대, 집행 날짜도 얼마 남아 보이지 않았다. 길어야 4~5일 정도.

"나라의 도적들을 응징하는데 싫어할 사람이 어디 있겠나. 여론이 이들에게 등을 돌리지 않는 것도 다 그런 이유 때문이지."

"무슨 말씀인지 알겠습니다."

"난 요즘 그자들에게서 특별한 영감을 얻기도 해."

"영감이라뇨?"

최주호가 물었다.

"우린 펜대만 붙잡고 투덜거리는데, 그자들은 실행에 옮기고 있잖아. 우리보다 백 배 천 배는 낫지."

"그래도 살인은 정당화될 수는 없지 않습니까?"

한 차장이 끼어들었다.

"그야 보는 시각에 따라 다르지…… 전쟁 중에 벌이는 살인 행위는 모두 정당하지 않은가?"

"저, 전쟁 중이라니요?"

"그자들은 지금 한창 전쟁 중인 거야……. 꼭 총칼을 들어야 전쟁인가?"

짧고 명쾌한 지적이다. 역시 송 교수다웠다. 지금 팀원들은 적의 동향을 살피고 있는 것이다. 적이 가는 길목에 매복을 서고 지뢰를 묻고 습격할 틈을 엿보고 있다. 그들은 악의 뿌리, 인간쓰레기들과 전쟁 중이다.

"정영곤을 살해한 방법이 독특하던데…… 혹시 그자들이 자네 논문을 참조한 건 아닌가?"

송 교수가 입가에 살짝 미소를 띠며 물었다.

"그게 무슨 말씀이신지……."

최주호는 송 교수의 말을 잘 알면서도 그렇게 둘러댔다.

"그자들이 형벌 도구를 현장에 남긴 것 말이야. 이는 다른 탐관오리들에게 본때를 보여주려는 경고의 메시지가 아닌가."

송 교수도 「조선시대 형벌제도 연구」에서 그들의 메시지를 찾아낸 듯싶다. 하긴 송 교수가 자신의 논문을 모를 리 없다. 논문집이 나올 때마다 가장 먼저 송 교수에게 바쳤다.

"어디로 가실 겁니까?"

한 차장이 물었다.

"집으로 가야지."

"제가 모셔다드리겠습니다."

송 교수는 한 차장을 따라가다 말고 뒤를 돌아보았다.

"자네, 요즘도 낚시 하나?"

"요즘은 뜸합니다."

여름 방학이면 빠지지 않고 낚시를 즐겼다. 아내와 딸이 없는 빈자리를 고기 낚는 손맛으로 대신했다. 그러나 허동식이 나타난 이후 낚시는커녕 물가 근처에도 가보지 못했다.

"시간 나면 낚시나 함께 가자고. 팔당댐 근처에 물 좋은 데를 알고 있어."

"알겠습니다."

팔당댐 근처라면 낯이 익은 곳이다. 벌써 여러 차례 요양원을 드나들었다. 그곳으로 가기 위해서는 반드시 팔당댐을 건너야 했다. 팔당댐 주위에 봐둔 데가 몇 곳이 있다. 낚싯대를 드리우면 금방이라도 팔뚝만 한 물고기를 건져 올릴 것만 같았다.

5

조희성은 공청회장을 나와 대기실 옆의 의자에 앉았다.

초청 연사들의 강연을 듣는 동안 몸 둘 바를 몰랐다. 그들의 가시 돋친 발언이 이마를 콕콕 찔렀다. 과연 누구를 위한 법인가, 이 나라의 법은 공정하게 집행되고 있는가……. 사실 연사들의 요구는 검찰에서 발 벗고 나서야 할 일이었다. 애초부터 구속력이 없는 시민단체나 학자에게는 한계가 있다. 그래서인지 초청 연사들은 에둘러 검찰 개혁을 주장하고 권력에 빌붙는 정치 검찰을 성토했다. 부끄럽고 수치스러웠다. 연사들이 토해내는 비난을 온몸으로 다 받아들였다.

최 교수와 간단히 대면하기 위해 공청회장을 찾았다. 이쯤에서 그와 한번 인사를 나누는 것도 괜찮을 듯싶다. 이를테면 먼 앞날을 위한 사전 포석이다. 우 검사의 말대로 살짝 간만 볼 생각이다.

조희성은 공청회장 로비를 휘휘 둘러보았다. 대기실 문이 열리고 최 교수와 송기백 교수가 나란히 로비로 나왔다. 두 명 모두 수사팀이 주목하는 관찰 대상이다. 잠시 후 둘 사이에 또 한 명이 끼어들었다. 아주일보 한 차장이다. 오랜만에 만났는지 사제지간의 정담이 그칠 줄 몰랐다.

송 교수와 한 차장이 주차장 쪽으로 사라지고 최 교수 홀로 남았다. 마침 잘 됐다. 그들 셋이 함께 사라질지 몰라 내심 걱정이 됐다. 조희성은 자리에서 일어나 최 교수에게 다가갔다.

"최주호 교수님이시죠?"

그 앞에 신분증을 내밀었다.

"드릴 말씀이 있는데…… 시간 좀 내주시겠습니까?"

최 교수를 분수대 옆의 나무의자로 데리고 갔다. 공청회장에 들어가기 전에 그와 면담할 장소를 봐두었다. 카페 등의 밀폐된 공간은 부담스러웠다. 처음 안면을 틀 때는 사방이 탁 트인 공간이 편했다.

"초면에 이런 말씀 드리는 걸 이해하시기 바랍니다. 최근에 발생한 살인 사건과 관련하여 교수님께 물어볼 게 있어서 찾아왔습니다."

최 교수는 긴장한 표정이 역력했다. 그는 공청회장 밖으로 나오면서 자꾸 주위를 두리번거렸다.

"말씀하십시오."

조희성은 가방에서 복사 용지를 꺼냈다. 최 교수가 아주일보에 게재한 칼럼이다.

"이 칼럼들은 최근 발생한 살인 사건의 피해자를 겨냥하고 있더군요. 노창룡과 정영곤…… 칼럼 내용에서 보듯이 교수님은 이 두 명을……."

"그 칼럼이 무슨 문제라도 된다는 겁니까?"

최 교수가 말을 잘랐다.

"친일파나 부패 정치인을 비판하는 것은 저와 같은 칼럼니스트가 해야 할 일입니다."

"물론 교수님의 칼럼을 문제 삼으려는 것은 아닙니다."

이번엔 「조선시대 형벌제도 연구」에서 발췌한 글을 꺼냈다.

"공교롭게도 교수님께서 쓰신 이 논문이 정영곤을 살해한 방법과 아주 흡사합니다. 우연이라고 보기에는 어딘가 석연치 않은 점이 있습니다."

"우연이든 필연이든, 그런 시각으로 본다면 달리 할 말이 없습니다. 잘 아시겠지만, 전공 분야를 연구하는 것은 학자로서의 임무입니다. 그걸 이해해 주셨으면 합니다."

"알았습니다. 최근에 아주일보를 방문하신 적이 있습니까?"

"……."

"교수님은 칼럼을 이메일로 보내는 것으로 알고 있는데요."

"얼마 전에 개인적인 일로 아주일보에 간 적이 있습니다."

"거기서 누굴 만났습니까?"

"……."

"사회부에 한일국 차장을 만나지 않았습니까? 방금 전 공청회 장 로비에도 나타났더군요."

"그렇습니다. 한 차장과는 대학 동기입니다."

"혹시 정윤주 기자를 알고 있습니까? 아주일보에 근무하는……."

"기사를 본 적이 있습니다."

"개인적으로 만난 일은요?"

"그걸 왜 묻는 거죠?"

"대답하기 곤란하면 말하지 않아도 됩니다. 이 또한 우연인지 몰라도 정윤주 기자가 쓴 기사는 교수님의 글과 흡사한 점이 많 더군요."

최 교수의 얼굴이 붉게 달아올랐다. 조희성은 더 세게 몰아붙 이려다가 그만두었다. 정 기자를 만난 것은 훗날을 위해 남겨두 기로 했다. 처음부터 쥐고 있는 패를 다 드러낼 필요는 없다.

"교수님께서는 최근 벌어진 살인 사건에 어떤 조직이 개입하 고 있다는 생각을 해본 적 없으십니까?"

"공적인 질문인가요?"

"아닙니다."

"그건 언론에 잘 나와 있지 않습니까?"

"언론은 늘 우리 생각을 앞질러 가지요. 신빙성이 없습니다."

"거기까지는 생각해 보지 않았습니다."

"끝으로 교수님께 한마디 전하고 싶은 말이 있습니다. 이번 살인 사건과는 무관한 말이니 그냥 가볍게 들어주시기 바랍니다……. 저는 줄곧 교수님의 칼럼을 주목해 왔습니다. 사회 정의를 위해 온몸을 아끼지 않는 교수님의 용기에 박수를 보낸 적도 있습니다. 아마 교수님의 팬으로 봐도 무방할 겁니다. 부패 공직자들이 형기도 채우지 못하고 석방되었을 때 교수님이 느꼈을 박탈감에 대해서도 이해가 갑니다. 그건 법 집행의 임무를 수행하는 검찰의 입장과도 크게 다르지 않습니다."

"……."

"법이 제 기능을 수행하지 못하면, 사회의 근간이 흔들리게 됩니다……. 이번 살인 사건은 보통의 사건과는 차원이 다릅니다. 범인들의 행위는 결코 온당한 해결 방안이 아닙니다. 법 집행의 공정성을 빙자하여 사회적인 공분에 호소한다면, 이 사회가 어떻게 유지될 수 있겠습니까? 지금은 일시적으로 여론을 등에 업고 있지만, 그도 오래가지 못할 겁니다. 검찰을 믿으십시오. 도움이 필요하시면 언제든지 연락 주시기 바랍니다."

조희성은 그에게 명함을 내밀었다.

"초정 연사들의 강연을 들으셨습니까?"

최 교수가 공청회장 건물을 힐끔 쳐다보며 물었다.

"그렇습니다."

"법이 공정하게 집행되었다면 범인들과 같은 과격한 인물이 나오지 않았겠지요."

"……."

"그들을 과격하게 만든 자가 누구인지 생각해 보시기 바랍니다. 법을 제대로 집행하지 못하고 권력자의 눈치를 보는 검찰, 공정한 판결을 내리지 못한 법원, 그리고 이들 위에 군림하는 통치권자가 책임져야 할 일입니다."

최 교수는 헛기침을 두어 번 내뱉고는 대로변 쪽으로 사라졌다. 조희성은 그의 마지막 말을 곰곰이 되씹었다. 언제부터 검찰이 동네북 신세로 전락했단 말인가. 최 교수는 아예 대놓고 검찰을 공격했다. 거기에 훈계까지 덤으로 안겼다. 하긴 그의 말이 전혀 생뚱맞은 소리는 아니다. 법이 제대로 집행되었다면, 노창룡과 정영곤 같은 인물이 처참한 최후를 맞이하지는 않았을 것이다.

최 교수와의 첫 대면은 이 정도로 살짝 맛만 보기로 했다. 그래서 『일제 강점기 고문 잔혹사』에서 발췌한 글은 아예 꺼내지도 않았다. 아주일보를 방문한 시기도, 거기서 정 기자를 만난 것도 건드리지 않았다.

최 교수를 다그치지 않은 것은 나름 이유가 있다. 적당한 틈을 보여야 용의자들은 움직이기 마련이다. 너무 숨통을 조이면, 숨이 막혀 거동은 물론 입마저 꼭 다물어버린다. 최 교수가 이번 사건에 개입하고 있다면, 앞으로 그의 움직임도 눈에 띄게 달라질 것이다. 그 틈을 잘 파고드는 게 수사팀에게 남겨진 몫이다.

수사본부에 들어서자 박 형사가《법과평등》이라는 잡지책을 내밀었다.

"언론전담팀에서 찾아낸 겁니다."

언론전담팀은 최 교수의 칼럼을 찾아낸 후 새롭게 만든 팀이다. 우 검사는 범인들의 창구가 아주일보 말고 또 다른 통로가 있는지 주시했다. 조희성은 여기에 수사 인력을 더 보강해 언론전담팀을 만들었다. 언론전담팀에서는 각 신문은 물론 최근에 발행된 정기간행물까지 조사했다. 처음에는 일간지와 인터넷 신문만을 대상으로 삼았으나 주간지나 월간지로 영역을 넓혔다.

《법과평등》9월호에는 인신구속제도에 관한 특집 기사와 법조개혁에 관한 글이 실려 있었다. 기고문에 참여한 사람은 법대 교수들이 압도적으로 많았다. 개혁 성향의 변호사들도 눈에 띄었으나 판검사는 어디에도 보이지 않았다.

조희성은 박 형사가 체크한 부분을 펼쳤다.

과연 지금의 사면권은 정당하게 사용되고 있는가. 봉건주의 시대의 잔재인 이 은사권은 극히 제한적이고 형평에 맞게 사용되어야 한다. 그럼에도 불구하고 현재의 사면권은 정파의 이익이나 정치 논리에 의해 마구잡이로 남용되고 있다. 지난 사정 국면에서 부패한 정치인과 기업인이 대거 사면 복권되는 걸 보면서 법조인의 한 사람으로서 참담한 심정을 감출 수 없다. 어떻게 이 지경에까지 이르게 되었는가. 정말 국민 화합을 위한 길이라면 다시는 부패 세력들이 재기하지 못하도록 단죄해야 한다. 그것이 국민의 명령이고, 법질서를 확립하는 길이다.

대한민국은 1960년 부정 선거 책임자를 처벌하기 위해 '반민주행위자 공민권 제한법'을 제정했다. 이 법은 공무원 지원 자격 박탈과 선거권 및 피선거권을 제한했고, 공민권 제한 대상자를 부정선거 관련자 및 부정 축재자로 정했다. 이는 자유당 독재 정권이 남긴 유산을 적극적으로 청산하려는 의지를 반영한 것이다. 지금이라도 이 법률을 적용하여 부패 정치인과 고위 공직자를 솎아내야 한다. 국민은 정의로운 법 집행을 원하고 있다. 이 땅의 사회 정의를 올곧게 정립시키기 위해서는 아래 최주호 교수의 금언(金言)처럼, 부패 세력을 끝까지 가려내 법의 심판대에 세워야 한다.

'검찰에게 쥐어 있는 칼자루는, 법을 우습게 알고 제멋대로 날뛰는 부패한 권력자를 엄벌하라고 국민들께서 빌려주신 것이다.'

동공이 확 열렸다. '반민주행위자 공민권 제한법'…… 이는 노창룡의 살해 명분이 되었던 법률이 아닌가. 게다가 맨 마지막 문장에는 최주호 교수의 글을 인용하고 있다. 이 글을 작성한 자는 엄기석 변호사다.

"엄기석도 눈길 끌 만한 게 있습니다. 그는 정영곤과 악연이 있더군요."

"악연이요?"

"엄기석은 2003년까지 특수부 검사로 재직하고 있었는데, 그해 겨울 항명 사건으로 검찰 옷을 벗었습니다. 당시 그의 상관이 정영곤이었습니다."

검사 초임시절, 검찰 선배로부터 이 항명 사건에 대해 전해들은 적이 있다. 검찰은 상명하복이 투철한 조직이다. 검찰에게 항명이란 곧 직을 거는 것과 다름없다. 당시 특수부에 재직하고 있던 엄기석은 한 대기업의 비자금을 추적하고 있었다. 재무관리를 담당하던 기업 간부가 검찰에 투서를 넣은 게 발단이었다. 수사를 시작한 지 보름 만에 검은 돈의 흐름이 수사망에 걸려들었다. 그때 상부로부터 수사를 중단하라는 지시가 내려왔다. 그러나 엄기석은 상부의 지시를 따르지 않고 검은 돈의 추적에 들어갔다. 조금만 더 밀어붙이면 비자금의 몸통을 잡고 몇몇 거물 정치인의 명줄을 끊어놓을 기세였다. 검찰 수뇌부는 그런 엄기석을 가만 놔두지 않았다. 엄기석을 제주지검으로 좌천시키고 비자금 사건을 덮어버렸다. 당시 수사 지휘라인의 책임자가 정영곤이었다. 엄기석은 이 사건으로 그해 겨울 옷을 벗었고, 정영곤은 이듬해 검찰 직을 그만두고 정계로 진출했다.

"엄기석도 털어볼까요?"

"좋습니다."

반민주행위자 공민권 제한법, 법률에 밝은 자, 최주호 교수의 글을 인용한 것, 정영곤과의 악연…… 구린 뒷맛이 솔솔 풍겼다.

"최 교수를 만난 일은 어떻게 됐습니까?"

박 형사가 물었다.

"운만 떼고 왔습니다."

"네?"

"이제부터 최 교수의 행동을 주의 깊게 살피기 바랍니다. 틀림없이 빈틈이 보일 겁니다."

박 형사는 무슨 말인지 알겠다는 듯 빙그레 웃었다. 이번 사건의 수사 흐름은 일반 살인 사건과는 전혀 달랐다. 사건 현장에 남아 있는 증거물은 아무런 도움이 되지 않았다. 피해자 주변 인물에게서도 혐의점을 찾을 수 없었다. 그래서 수사 방향을 신문과 잡지, 칼럼과 논문 등 외곽 쪽으로 틀었다. 그런데 그게 제대로 먹혀들어 갔다. 아직 뚜렷한 물증을 잡은 것은 아니나, 수사의 맥을 잡아가는 데 제 역할을 톡톡히 했다.

6

저 멀리 팔당댐이 한눈에 들어왔다. 엊그제 비가 온 탓인지 댐 수위는 며칠 전보다 훨씬 불어났다. 댐 아래로 낚시꾼들이 듬성 듬성 보였다.

최주호는 백미러를 수시로 살피며 경계를 늦추지 않았다. 미행을 의식해 좁고 외진 길만 찾아들었다. 하남시에 들어서면서 뒤를 따르는 두 대의 차가 있었는데, 미행하는 차량 같지는 않았다. 하나는 젊은 연인이, 다른 하나는 중년 여인이 타고 있었다. 중년 여인은 초보 운전인지 차선을 양보해도 줄곧 뒤를 따라왔다.

팔당댐을 건넌 뒤에는 유원지 근처의 슈퍼에서 우회전을 한 후 곧바로 좌회전을 했다. 허동식은 요양원을 올 때 반드시 이 길을 이용하라고 주의를 주었다. 슈퍼에서 우회전을 하면 세 갈래 길과 함께 비보호 좌회전 길이 나오는데, 이곳은 미행을 따돌리기에 안성맞춤이다.

어젯밤 허동식에게 전화가 왔다. 내용은 단 두 마디였다. 첫 마디에 대뜸 조희성 검사를 만났느냐고 물었다. 그렇다고 대답했다. 그다음엔 내일 저녁 7시까지 요양원으로 오라고 했다. 알았다

고 대답했다. 잠깐 한숨 소리가 들리고 전화가 끊겼다. 허동식은
통화를 길게 하는 법이 없었다. 용건만 간단히, 할 말만 하고 전
화를 끊었다. 허동식은 조 검사를 만난 걸 어떻게 알았을까? 하여
튼 조 검사나 허동식이나 귀신같은 인간들이다.

공청회장에서 조 검사를 만난 뒤로 일손이 잡히지 않았다. 두
달 전만 해도 노창룡 사건에 수많은 의혹을 품었다. 그런데 이제
는 되레 수사 대상에 올라와 몸을 사려야하는 처지가 되었다. 황
당한 일이다. 조 검사가 신분증을 제시했을 때 저승사자가 하늘
에서 툭 떨어진 기분이었다.

돌담 별채에 도착하자 7시가 조금 넘었다. 별채 안에는 허동식
과 안 과장이 앉아 있는데, 둘 다 표정이 어두웠다.

"나 좀 보자."

허동식이 별채 밖으로 불러냈다.

"조 검사가 뭘 물었어?"

"내 칼럼과 논문, 정 기자……."

또 뭘 물었더라…… 그것 말고는 잘 생각이 나지 않았다.

"대학 도서관에서 대출한 책은?"

『일제 강점기 고문 잔혹사』, 그 책은 건드리지 않았다. 만약 그
책을 왜 대출했냐고 추궁했으면, 마땅한 변명을 찾지 못해 곤궁
에 빠졌을 것이다.

"조 검사가 어떻게 나를 안 거지?"

"수사팀은 네가 대출한 책도, 편집국 앞에서 정 기자를 만난 것
도, 아주일보에 찾아간 날도 알고 있어. 네 아내가 시카고에 거주
하는 것까지 말이야."

신상이 탈탈 털렸다는 소리다. 대체 어디서부터 일이 꼬인 걸까?

"네가 아주일보에 찾아간 게 CCTV에 노출됐어. 그날이 언제인지 기억해?"

"물론이지."

두 번 찾아갔는데, 모두 특별한 날이다. 한 차장을 만난 날은 노창룡이 살해된 다음 날이고, 정 기자를 만난 날은 정영곤이 살해된 날이다. 이제야 감을 잡았다. 아주일보에 간 날이 공교롭게도 두 사건이 발생한 시기와 같았다.

"이제 왜 오라고 했는지 알겠어?"

"……."

"대비책을 세워야지. 지금은 조약돌로 건드려보지만 다음엔 바윗돌로 내리칠 거야."

조약돌로 맞은 것도 얼얼한데, 바윗돌이라니…… 그건 생각만 해도 끔찍한 일이다.

"막는 데까진 막아야지."

"어떻게?"

"안 과장이 해결해 줄 거야. 그가 시키는 대로만 해."

한숨이 절로 나왔다. 노창룡이나 정영곤에게는 손끝 하나 대지 않았다. 그들의 얼굴을 직접 본 적도 없다. 그런데 졸지에 수사 대상이 되어 대책을 마련해야 하는 처지에 놓였다. 별채 안으로 들어서자, 안 과장이 자리에서 일어났다.

"그날 조 검사가 어땠습니까? 매섭게 몰아붙이지 않았죠?"

최주호는 고개를 끄떡였다.

"대답하기 곤란한 질문은 꺼내지도 않았을 겁니다."

"……."

"말하기 쉬운 것만 골라 질문하지 않았습니까?"

"그런 것 같습니다."

조 검사는 도서관에서 대출한 책도, 정 기자를 만난 이유도, 아주일보를 방문한 날짜도 묻지 않았다.

"우선 이것부터 말씀을 드려야 할 것 같군요. 조 검사가 교수님을 찾아간 이유는 간을 보기 위해서입니다."

"간이라뇨?"

"보통 수사 전문가들이 애매모호한 대상이나 수사 대상에게 확신이 서지 않을 때 자주 써먹는 수법이죠. 확실한 단서를 잡았을 때는 절대 그렇게 접근하지 않습니다."

"……."

"다시 말해 교수님이 수사팀의 주목을 받고 있다는 사실을 알린 후 앞으로의 행동을 주시하겠다는 뜻입니다.. 대부분의 사람은 수사 대상에 자신이 올라와 있는 것을 알게 되면 평상시와는 움직임이 눈에 띄게 달라집니다. 수사팀이 노리는 게 바로 그 점입니다. 그러니까 일종의 미끼가 되는 셈이죠. 그걸 덥석 물었다가는 개떼처럼 달려들 겁니다."

안 과장은 원탁에 놓인 물 컵을 들이켰다.

"조만간 조 검사가 교수님을 다시 부를 겁니다. 그때는 수사본부 조사실이 될 것이며, 지난번과는 달리 교수님의 빈틈을 매섭게 추궁할 겁니다."

"그럼 제가 어떻게 해야 합니까?"

"저와 함께 대비책을 마련해야죠. 지금부터 예상 신문을 하겠습니다. 이제부터 저를 조 검사라고 생각하십시오."

안 과장은 정말 신문을 하려는 듯 의자를 바짝 당겨 앉으며 공격적인 자세를 취했다.

"기분 나쁘게 생각하지 마십시오. 이것은 교수님만을 위한 일이 아닙니다."

"……."

"수사팀이 던진 올가미에 걸려들면 교수님은 물론 모든 팀원들이 큰 낭패를 볼 수도 있습니다. 자, 그럼 시작해 볼까요?"

안 과장은 이미 신문할 내용을 가지고 있었는데, 그의 질문은 송곳처럼 날카로웠다. 때로는 유도 질문을 하듯 부드럽게 이끌기도 하고 때로는 거칠게 윽박지르기도 했다. 말꼬리를 붙들고 꼬치꼬치 캐물을 때는 궁색한 변명을 늘어놓느라 등줄기에 땀이 흘렀다. 도무지 예행연습이라는 생각이 들지 않았다. 마치 수사기관의 취조실을 이곳에 그대로 옮겨놓은 듯한 착각이 들었다. 안 과장은 원하는 답이 나오지 않거나 답이 틀리면 빠르게 바로잡아 주었다. 그러고는 왜 그런 답이 필요한지를 친절하게 설명했다. 난생 처음이었다. 이런 험악한 신문을 받은 적은.

신문이 끝나갈 무렵, 별채 안으로 배 중령이 들어섰다.

"어떻게 됐나?"

안 과장이 신문을 하다 말고 자리에서 벌떡 일어났다.

"해치웠지. 깨끗하게!"

배 중령이 두 손을 터는 시늉을 하며 환하게 웃었다.

"수고하셨습니다."

허동식이 배 중령에게 다가가 손을 꼭 잡았다. 심문을 지켜보는 동안 딱딱하게 굳어 있던 허동식의 얼굴이 환하게 펴졌다.

"이번엔 와인 대신 소주로 하자고."

"좋습니다."

최주호는 그들이 무얼 말하고 있는지 금방 알아차렸다. 세 번째 집행 대상자, 이철승을 깔끔하게 저세상에 보냈다는 소리다. 그렇지 않아도 오늘이나 내일쯤 이철승을 집행할 것으로 예상했다.

"B팀은 어떻게 됐나?"

배 중령이 물었다.

"박시형의 주거지를 확보한 것 같습니다."

"우리가 한발 빨랐군."

"이번엔 특별한 이벤트를 준비하고 있다고 합니다."

"이벤트?"

"네. 박시형을 테라피 홀로 데려올 모양입니다."

"산 채로 말인가?"

"그렇습니다."

"오호! 그럼 법정에 세우겠다는 거로군. 거 참 기대되는데."

최주호는 슬며시 자리에서 일어나 허동식을 밖으로 불러냈다. 그에게 급히 전해줄 말이 있다. 조 검사는 정 기자에게도 올가미를 뻗치고 있었다.

"조 검사가 정 기자를 의심하는 눈치던데…… 정 기자도 신문을 준비해야 하지 않을까?"

허동식은 가볍게 웃어 보였다.

"염려 마. 벌써 손을 봤으니깐."

7

"어서 시작하시죠."

우경준은 건방 떠는 소리를 한 귀로 흘리며 입맛을 쩍쩍 다셨다. 가장 싫어하는 타입의 여자가 코앞에 앉았다. 긴 생머리에 오뚝한 콧날, 거기에 날카로운 눈매까지. 한 마디 말하면 두 마디로 받아칠 스타일이다.

대게 이런 타입의 여자는 뒤끝이 좋지 않다. 검사가 되기 전에 사귀었던 여자가 그랬다. 그땐 긴 생머리가 이상형이었다. 바람결에 나풀거리는 머리칼이 그렇게 매혹적일 수가 없었다. 그래서 3년 가까이 긴 생머리 여자를 만났다. 고시에서 네 번째 미역국을 먹자 그녀는 한마디만 남기고 떠나갔다. 더 이상 기다릴 수 없다고. 사실 그녀에게 기다려달라고 말한 적이 없다. 다섯 번째 도전할 때는 목숨을 걸었고, 고시에 덜컥 합격했다. 그녀는 얼굴에 짙은 화장을 하고 다시 찾아왔다. 그녀의 첫 마디가 걸작이었다. 사랑보다 더 슬픈 건 정이라고. 한물 간 유행가 가사를 그대로 읊었다. 웃음이 나오려는 걸 가까스로 참았다. 인정사정 볼 것 없이 그녀를 내쳤다. 그녀도 가만히 있지 않았다. 뒤끝이 작렬했다. 사법연수원에 찾아와 한바탕 난리를 피웠다. 결혼한 후에는 우편물 안에 자신의 연애편지를 넣어 아내를 당혹스럽게 만들었다. 아기를 낳았을 때는 흰 양말에 붉은 문양을 그려 보내와 처가 식구들을 깜짝 놀라게 했다. 악마의 상징, 역오각형 문양이었다. 지금도 잊을 만하면 심심찮게 검찰 게시판에 자신을 비난하는 글을 올렸다.

우경준은 조서를 뒤척이면서 정 기자를 힐끔 쳐다봤다. 한 성깔 하는 얼굴이다. 조사실에 들어온 후에도 긴장하는 기색이라고는 조금도 없다. 오히려 한가롭고 여유로워 보였다. 한 형사는 정 기자가 한마디도 따져 묻지 않고 되레 어서 가자고 앞장섰다고 했다.

그동안 정 기자 주위를 빙빙 맴돌기만 했다. 제보자의 신원은 밝혀지지 않았고, 특별한 우편물도 찾지 못했다. 아직 충분한 증거를 확보하지 못했으나 이쯤에서 한번 찔러보기로 했다.

"저녁 때 약속이 있어요."

정 기자가 또 채근했다. 성질 같아서는 싸대기를 한 대 올려붙이고 시작하고 싶은 심정이다.

"좋습니다. 먼저 댁이 쓴 기사의 출처부터 알아봅시다."

우경준은 그녀 앞에 노창룡의 기사를 내밀었다. 우선 노창룡이 살해당하기 직전, 용인의 묘지를 구입한 기사를 주 타깃으로 삼았다. 노창룡의 입국 후의 행적을 알지 못하면 작성할 수 없는 기사다.

"큰 걸 물었던데, 소스가 어디요?"

"제보자가 보내 온 겁니다."

"직접 전화하지는 않았을 테고…… 어떻게 왔소?"

"우편으로 보내 왔습니다."

"집이오, 신문사요?"

"집입니다."

"연락은 어떤 방법으로 이루어졌소?"

"그쪽에서 일방적으로 전해 왔습니다."

"제보자의 연락처나 신원은 알고 있소?"

"모릅니다. 그전에 먼저 밝혀둬야 할 게 있습니다. 이와 같은 제보자에게는 한 가지 특성이 있습니다. 얼굴은 물론 신분 노출을 극히 꺼린다는 점이죠."

그녀의 훈계조 말투가 영 마음에 들지 않았다. 신문을 받는 태도가 아주 불손했다.

"제보자의 정체에 대해 생각해 본 적이 있소?"

"무얼 묻는 거죠?"

"그러니까 공범 같지가 않느냐는 소리요."

"공범과 제보자는 구별되어야 합니다. 범행에 직접 참여한 제보자라면 결코 그런 우둔한 짓을 하지 않습니다. 아마 범인들의 행동을 지켜본 관찰자일 수도 있고, 어디선가 귀동냥으로 전해들은 사람일 수도 있고……. 무엇보다 이런 사실을 좀 더 많은 사람에게 알려야겠다는 생각을 가진 사람은 분명해 보입니다."

우경준은 피식 웃었다. 북 치고 장구치고 혼자 잘 놀고 있다.

"지금도 그자에게 연락이 옵니까?"

"정영곤이 살해된 이후 연락이 끊겼습니다. 그리고 이제부턴 제보자가 연락을 해 와도 신중하게 대처할 생각입니다."

"그건 무슨 소리요?"

"제보자의 신원을 확인한 뒤 기사화하겠다는 뜻입니다."

"제보자와 거래를 끊겠다는 거요?"

"거래라뇨? 말씀이 지나친 거 아닙니까?"

"틀린 말도 아니잖소. 그 덕분에 아주일보는 아주 잘 나가던데."

이번엔 정 기자가 피식 웃었다. 우경준은 그 모습을 보고 자신도 모르게 어깨를 움찔거렸다. 정 기자의 웃는 모습이 옛 애인을 꼭 닮았다. 저 미소 뒤에 숨어 있는 비웃음까지.

"최주호 교수를 아십니까?"

"우리 신문의 칼럼니스트입니다."

"직접 만난 적은 있습니까?"

"지난달인가, 편집국 앞에서 잠깐 본 적이 있습니다."

"그날이 어떤 날인지 알고 있소?"

정 기자는 고개를 갸웃거렸다.

"정영곤이 살해된 날이오."

"그렇군요. 이제 기억이 나요."

"무슨 대화를 나누었소?"

"제가 쓴 기사에 관심이 있는 것 같아 몇 마디 나누었습니다."

"다시 묻겠소. 무슨 대화를 나누었소?"

"방금 제 기사에 대해 말했다고 했잖아요."

잠시 팽팽한 긴장감이 흘렀다. 보통 내기가 아니다. 정 기자는 조금도 머뭇거리지 않고 말끝마다 받아쳤다.

"혹시 그 제보자가 최 교수라는 생각은 해보지 않았소?"

우경준은 그녀 앞에 『일제 강점기 고문 잔혹사』에서 복사한 문서를 내밀었다. '등나무 감기기'를 묘사한 내용이다.

"거기 밑줄 친 글과 댁이 쓴 기사를 한번 비교해 보시오. 찰떡

궁합처럼 잘 맞을 테니."

"저는 뭐라 드릴 말씀이 없네요. 그런 거라면 당사자인 최 교수에게 물어봐야 하는 것 아닌가요?"

아직 최 교수를 끌고 들어가기에는 때가 이르다. 제보자 얘기는 이쯤에서 마치고 다음 단계로 넘어갔다.

"노창룽의 사체를 본 적이 있소?"

"없습니다."

"그런데 노창룽이 등나무 감기기라는 고문 수법으로 죽은 걸 어떻게 알았소?"

사건 현장을 수습한 수사관들은 노창룽의 정확한 사인을 알지 못했다. 노창룽의 직접적인 사인을 알게 된 것도 정 기자가 쓴 기사를 통해서였다.

"그야 빤한 것 아닌가요? 사건 현장에 등나무 감기기에 사용했을 법한 고문 도구가 있었잖아요. 솔직히 말해 제보자가 보낸 자료가 도움이 됐어요."

"노창룽의 입국을 알고 있었소?"

정 기자는 고개를 흔들었다.

"노창룽이 묘지를 구입하러 다닌 것도 제보자가 알려왔소?"

"그렇습니다."

"같은 제보자요?"

"아닙니다. 노창룽이 살해된 후 또 다른 제보가 들어왔습니다. 용인에서 노창룽을 본 사람이 있다고 말이죠. 제보자가 알려준 곳에 가봤더니 노창룽이 용인의 한 부동산에서 묘지 매입에 관해 상담을 했더군요."

잘도 빠져나가는군. 사전에 단단히 준비라도 한 걸까. 청산유수가 따로 없었다. 마치 이런 질문을 예상이라도 한 듯 막힘없이 줄줄 흘러나왔다.

"오빠가 한 명 있었죠? 정택민 말이오."

이번엔 그녀의 아픈 데를 살짝 찔러봤다. 정 기자의 얼굴에 그늘이 깔렸다.

"노창룡이 살해된 다음 날 정택민의 무덤을 찾아가지 않았소?"

"그날은 오빠의 생일이었어요."

"정영곤이 살해된 다음 날에도 간 걸로 알고 있는데…… 그날은 무슨 날이오?"

"그것이 이번 사건과 무슨 관련이 있는 거죠?"

"묻는 말에 대답이나 하시오."

우경준은 틈을 주지 않고 다그쳤다.

"특별한 이유는 없습니다. 요즘 와서 오빠가 자주 생각나서 간 것뿐이니까요."

"……."

"더 물어볼 게 있습니까?"

정 기자는 자리에서 일어났다.

"잠깐!"

우경준은 사진 한 장을 슬그머니 내밀었다. 노창룡이 납치된 만찬장 근처에서 CCTV에 찍힌 사진이다. 사진 속에는 소형차 한 대가 도로변에 주차되어 있었다.

"이 차가 낯이 익지 않소?"

"제 차로군요."

"이 사진은 7월 19일, 노창룡이 살해되기 일주일 전에 찍힌 것이오. 노창룡이 납치되던 장소에서 불과 1백여 미터밖에 떨어지지 않았소."

"질문의 요점이 뭐죠? 그날, 그곳에 무슨 일로 갔는지를 묻는 건가요?"

갑자기 그녀의 말투가 공격적으로 변했다.

"그렇소."

"그 근처에 제 친구가 살고 있어요. 시간을 보니 퇴근하고 그 친구의 집에 갈 때 찍힌 것 같군요. 조사해 보세요. 제 친구 이름은 오윤희이고, 지금 광고회사에 다니고 있어요. 이젠 가도 되나요?"

"……."

"끝으로 저도 하나만 여쭤볼게요."

"말해 보시오."

"절 계속 미행할 건가요?"

당돌한 질문이다.

"앞으로 제 뒤를 계속 따라다니면 저도 가만히 있지 않겠어요. 제가 이곳에 온 것은 이 말을 전하기 위해서예요."

"……."

"그리고…… 미행을 하려면 좀 제대로 하세요."

정 기자가 사라지자 우경준의 얼굴이 파지처럼 구겨졌다. 한 방 제대로 맞은 꼴이다. 처음부터 끝까지, 조금도 멈칫거리거나 주저하는 기색이 없다. 비장의 카드로 준비한 CCTV 사진도 전혀 힘을 쓰지 못했다. 차라리 부르지 않은 것만 못했다.

조사실을 나오자 수사본부 안이 웅성거렸다.

"무슨 일이야?"

한 형사는 말은 못하고 눈치만 힐금힐금 살폈다.

"무슨 일이냐고 묻잖아!"

"또 터, 터졌습니다."

또 한 명이 저세상으로 갔다는 소린가. 순간 숨이 턱 막혀왔다.

"이번엔…… 누구야?"

"이, 이철승입니다."

23일 오후 2시경 삼일기업 이철승(62) 회장이 남양주에 위치한 모
텔 객실에서 변사체로 발견돼 경찰이 수사에 나섰다. 모텔 종업원
에 따르면 객실에 아무 반응이 없어 문을 따고 들어가니 이 회장
이 이미 숨져 있었다는 것. 경찰은 숨진 이 회장의 손목에 주사바
늘의 흔적이 있는 것으로 보아 독극물 투입에 의한 타살로 보고
국립과학수사연구소에 부검을 의뢰했다. 이 날 숨진 이 회장은 최
근 발생한 군납 비리 사건의 핵심인물로 지목돼 수사를 받아왔으
며, 다음 주 재판을 앞두고 있었다.

지난 사건과는 여러모로 달랐다. 피해자 등에 아라비아 숫자가
없고, 살해 수법도 온건하다. 이철승은 노창룡이나 정영곤에 비
해 깨끗하게 죽은 편이다. 현장 감식반이 찍은 사진에는 얼굴빛
이 녹색을 띤 것을 제외하곤 신체에 이렇다 할 상흔이 없다.

"혹시 모방범죄가 아닐까요?"

한 형사가 물었다.

"이철승은 다음 주 재판을 앞두고 있었습니다."

"……."

"군납 비리 사건에 연루된 인물 중에 누군가……."

우경준은 동일범죄와 모방범죄 중에 어떤 게 나은지 잠깐 생각해봤다. 차라리 모방범죄가 더 나을 것 같다. 그러고 보니 범인들을 손쉽게 식별할 수 있는 것을 빠뜨렸다.

"새끼 발톱은 확인했나?"

8

모든 준비는 끝났다.

테라피 홀 안에 묘한 긴장감이 감돌았다. 팀원들은 특별 이벤트의 기대감으로 한껏 들뜬 표정이다. 배 중령의 눈에는 불똥이 튀었다. 윤 실장은 연신 헛기침을 토해냈다. 최주호는 꼿꼿하게 허리를 펴고 문 쪽을 유심히 바라봤다. 엄기석은 예전의 특수부 검사로 돌아온 듯 심문 자료를 만지작거렸다. 늘 무표정이던 북극성도 다소 호기심 어린 얼굴이다.

이틀 전 허동식은 윤 실장으로부터 한 통의 전화를 받았다. 박시형을 서해의 작은 섬에서 체포했는데, 그를 테라피 홀로 데려가고 싶다고 했다. 처음엔 그게 무슨 소리인지 잘 몰랐다.

"법정에 세우고 싶습니다."

박시형을 팀원들이 보는 가운데 그의 죄목을 낱낱이 밝히겠다는 것이다. B팀원들과는 이미 합의를 봤다고 덧붙였다. 그의 제안을 거절할 이유가 없다. 그런 출중한 대안이 있는지는 미처 생각하지 못했다.

저벅저벅, 반쯤 열려 있는 문 밖에서 발걸음 소리가 들려왔다. 그 소리가 멈추고 나무문을 여는 소리가 고막을 찢었다. 곧이어 검은 두건을 쓴 박시형이 테라피 홀에 들어섰다. 박시형의 상체와 두 손은 포승줄로 꽁꽁 묶여 있다.

"앉아!"

북극성의 부하가 구부정하게 서 있는 박시형을 나무의자에 앉혔다. 한 차례 손을 봤는지 박시형은 북극성 부하의 지시를 고분고분 잘 따랐다. 그가 쓰고 있는 두건 가운데는 말을 할 수 있도록 주먹만 한 구멍이 뚫려 있다.

허동식은 짧은 틈을 타 박시형의 표정을 그려봤다. 그가 두건을 쓰고 있다고 해서 그의 표정을 분간할 수 없는 것은 아니다. 죽음, 공포, 고통, 절망, 좌절⋯⋯. 이 세상에 가장 두려운 얼굴이 두건 안에 있을 것이다.

"지금부터 12차 집행 회의를 시작하겠습니다."

엄기석이 자리에서 일어나 엄숙한 목소리로 말했다.

"피고인은 일어서시오."

박시형이 반응이 없자, 북극성 부하가 그의 옆구리를 쿡 찔렀다. 그제야 박시형은 엉거주춤 일어났다.

"사, 살려주십시오⋯⋯."

구멍이 뚫린 두건 안에서 가는 신음소리가 흘러나왔다.

"지금 피고인의 자유는 박탈당했습니다. 앞으로 피고인의 솔직한 답변에 따라 운명이 바뀔 수도 있습니다. 피고인은 묻는 말에 사실대로, 거짓 없이 말할 수 있습니까?

"……."

"피고인은 대답하시오."

엄기석의 목소리가 쩌렁쩌렁 울렸다.

"아, 알겠습니다."

"피고인의 성명을 말해 보십시오."

"바, 박시형입니다."

"현재 맡은 직책은 무엇입니까?"

"해동기업의 대표이사입니다."

박시형은 독특한 이력을 가진 인물이다. 그는 2012년까지 국정원에서 근무하다가 뒤늦게 사업가로 변신했다. 국정원에 적을 두었을 때는 공작정치에 대명사로 불릴 정도로 악명이 높았다. 대부분의 시국 사건은 그가 밑그림을 그릴 정도로 기획력이 뛰어났는데, 선거철이면 어김없이 그의 활약상이 나타났다. 그러나 그는 늘 음지에 가려 있어서 존재감이 드러나지 않았다. 그의 존재가 외부에 드러난 것은 사업가로 변신한 후부터다.

"1996년 1월에 있었던 반제동맹사건을 기억하십니까?"

"그게……."

"기억이 안 납니까?"

"아, 알 것 같습니다."

"당시 피고인이 맡은 일은 무엇이었습니까?"

"국가안전기획부에서 학원계와 노동계의 사찰 업무를 담당했습니다."

박시형은 제5, 6공화국을 거치면서 정권이 위기에 처할 때마다 대규모 용공 간첩 사건을 터뜨려 반전의 기회로 삼았다. 문민정부가 들어선 후 용공조작 사건의 배후 인물로 지목돼 왔으나 한 번도 수사 대상에 오른 적이 없었다.

　"반제동맹사건은 안기부에서 조작한 사건이 아닙니까?"

　"⋯⋯."

　"피고인!"

　"그게⋯⋯."

　"사실대로 말하면 됩니다. 조작을 했습니까, 안 했습니까?"

　"그, 그렇습니다."

　"뭐가 그렇다는 겁니까? 조작을 했다는 겁니까?"

　"그, 그렇습니다. 사, 살려주십시오."

　"이 사건을 조작한 과정을 구체적으로 말해 보십시오."

　"처, 처음엔 마땅한 물증이 없었습니다. 그래서 연루된 학생들에게 자술서를 쓰게 해서⋯⋯."

　"자술서를 쓰는데 가혹 행위가 있었습니까?"

　"⋯⋯."

　"말씀하십시오."

　"그, 그렇습니다."

　"왜 이와 같은 사건을 조작하게 된 것이죠?"

　"그해 4월 총선이 있는데⋯⋯ 국면 전환이 필요했습니다⋯⋯."

　박시형은 울먹이는 소리로 반제동맹사건을 조작하게 된 경위를 털어놓았다. 이 사건으로 무려 20여 명의 대학생이 구속됐다. 그것만으로는 성이 차지 않았는지 노동계와 종교계에까지 손을 뻗쳐 판을 크게 키웠다. 박시형은 잘못했습니다, 살려주십시오, 소리만 반복했다.

"2008년 가을 재일교포 간첩단 사건에도 관여하셨죠?"

엄기석에 이어 윤 실장이 심문을 맡았다.

"그, 그렇습니다."

"당시 피고인의 직책은 무엇입니까?"

"국정원 제2차장이었습니다."

"피고인은 이 사건을 기획한 인물로 알려져 있는데, 맞습니까?"

"그게……."

"이 사건에서 어떤 일을 했는지 구체적으로 말씀해 보십시오."

"……."

"이곳은 피고인의 죄를 단죄하는 자리가 아니라 진실을 밝히는 자리입니다. 이 사건을 기획한 이유가 무엇입니까?"

"당시 청와대 비서실에서 특별 지시가 내려왔습니다."

재일교포 간첩단 사건은 2009년 한 기자의 집요한 추적으로, 국정원에서 기획하고 조작한 사건임이 밝혀졌다. 그러나 이 사건의 전모는 여전히 베일에 가려졌다. 검찰 수사 도중 이 사건의 핵심인물인 박시형의 부하가 스스로 목숨을 끊었기 때문이다. 그의 자살로 이 사건은 흐지부지 되었고, 박시형은 증거가 불충분하다는 이유로 무죄 판결을 받았다. 박시형의 부하가 이 사건의 모든 책임을 떠안고 저세상에 가버린 것이다. 그 후 박시형은 국정원을 나와 사업가로 옷을 갈아입었다.

"피고인은 김규식 씨를 잘 아시죠?"

"……."

"대답하십시오."

"네."

"피고인과는 어떤 관계입니까?"

"제 직속 부하입니다."

"피고인은 자신의 과오를 은폐하기 위해 부하 직원인 김규식 씨에게 자살을 유도한 일이 있습니까?"

"아, 아닙니다."

박시형이 고개를 거칠게 흔들었다. 검은 두건도 덩달아 흔들렸다.

"피고인은 김규식 씨가 자살하기 전 날 그를 만난 일이 있습니까?"

"……."

"대답하십시오. 김규식 씨를 만난 적이 있습니까?"

박시형의 입은 쉽게 열리지 않았다. 이 질문의 답은 매우 위험하니 신중하게 머리를 굴리고 있는 것이다.

"2008년 9월 26일 오후 4시쯤 역삼역 부근의 자이언트 카페에서 김규식 씨를 만나지 않았습니까?"

그 말과 함께 박시형의 고개가 푹 꺾였다.

"대답하십시오."

"그, 그렇습니다."

"그날 김규식 씨와 무슨 대화를 나누었습니까?"

"이 사건을 종결 짓기 위해서는 누군가 책임을 져야 한다고 했습니다. 저는 단지 그 친구의 가족을 잘 보살피겠다고만 했습니다."

"그것이 곧 자살을 유도한 것 아닙니까?"

"……."

"피고인은 재일교포 간첩단 사건을 조작한 책임자이며 기획자였습니다. 그럼에도 불구하고 부하 직원에게 모든 책임을 떠넘기고 심지어 그에게 자살을 유도한 후 이 사건을 덮으려고 했습니다."

특별 이벤트가 맞긴 한데 시간이 지나면서 점점 지루해졌다. 역시 이벤트는 짧고 굵어야 제 맛이다. 허동식은 하품을 하면서 최주호 쪽으로 고개를 돌렸다. 최주호의 표정이 진지했다. 너무도 진지해서, 그 안에 푹 빠져들 것 같다. 눈빛도 호수처럼 맑았다. 최주호는 두 눈을 동그랗게 뜨고 윤 실장과 박시형이 나누는 소리를 경청했다. 안타까운 소리가 나올 때는 안타까운 표정을 지었고, 엄숙한 소리가 나올 때는 엄숙한 표정을 지었다. 이따금씩 가는 탄식을 내뱉으며 박시형과 호흡을 맞췄다.

"피고인은 김규식 씨에게 사죄할 용의가 있습니까?"

"……."

"다시 한번 기회를 드리겠습니다. 일말의 양심이 있다면 김규식 씨에게 진심으로 사죄하시기 바랍니다. 그것이 피고인에게 주어진 마지막 양심입니다."

"아, 알겠습니다. 그 친구에게 진심으로 사죄를 드립니다. 그때제가 올바르게 처신했다면 이 같은 불행은 없었을 겁니다. 그리고 그의 가족에게도 진심으로 사죄의 말씀을 드립니다."

그 후로 한 시간 가까이 박시형의 심문이 이어졌다. 대선 자금

모금 과정, 철원 전방 부대에서 발생한 목침 피뢰사건 등의 진실
이 차례차례 밝혀졌다. 지난 사건의 진실이 밝혀질수록 팀원들의
얼굴은 딱딱하게 굳어갔다. 한쪽 구석에 앉아 있는 북극성만이
평소와 다름없는 표정을 유지하고 있을 뿐이다.

더 이상 그를 심문하는 것은 무의미한 일이다. 허동식은 조용
히 테라피 홀을 나왔다. 뒤이어 윤 실장이 따라 나왔다.

"방금 박시형을 처치할 곳이 떠올랐습니다."

윤 실장이 담배를 권하며 말했다. 그의 얼굴에 파릇한 생기가
돌았다.

"어딥니까, 그곳이?"

"박시형의 부하가 목을 매단 곳입니다."

9

동일범의 소행이었다.

살해 수법이 온건해서 별개의 사건이라고 생각했다. 피해자의
등짝에 숫자가 없어서 모방범죄일지도 모른다고 여겼다. 그러나
이들은 이철승의 특정 부위에 동일한 표식을 남겼다. 정영곤의
사체처럼, 새끼발가락의 발톱이 없었다. 별개의 사건에서 동일한
표식을 남기는 경우는 없다. 국과수에서는 이철승이 약물 투입으
로 인해 사망한 것으로 추정했다.

피해자의 신체 일부(우측 손목)에 정맥 마취 후 클라시트라는 독극

물이 투여된 것으로 추정. 클라시트는 클라레라는 맹독에서 추출되는 물질로 호흡기관을 마비시키고 질식에 따른 급속한 고통으로 죽음을 가져오게 하는 극약으로, 1962년 노르웨이 최악의 대량 살인범으로 꼽히는 병원 경영자 아핀 네세트가 노인 환자 22명을 살해하며 사용한 것으로 처음 밝혀짐.

판이 점점 커져갔다. 일제 강점기 친일파에서 갓 석방된 부패 정치인으로, 이번엔 재판을 앞둔 악덕 기업인을 타깃으로 삼았다.

조희성이 이번 사건을 주목한 것은, 피해자가 현재 재판을 앞두고 있었다는 점이다. 이철승은 다음 주에 군납 비리 사건으로 재판을 받을 예정이었다. 범인들은 이철승의 재판 결과를 이미 알고 있었던 걸까. 집행유예로 풀려날 것을 알고 그가 재판을 받기도 전에 아예 싹을 제거한 것은 아닐까. 범인들의 지난 행적을 봐서 결코 무리한 추측은 아니다. 일단 현재 진행 중인 군납 비리 사건에 초점을 맞춰보기로 했다.

군납 비리 사건을 조사하는 도중 뜻밖의 월척이 걸려들었다. 바로 A프로젝트 사업이었다. 이번에도 언론전담팀에서 실마리를 찾아냈다.

"이철승은 A프로젝트 사건에도 연루되어 있었습니다."

박 형사는 최근에 발행된 시사 잡지를 활짝 펼쳤다. 이 잡지는 군납 비리 사건을 집중적으로 조명하면서 예전에 이와 유사한 사건까지 다뤘다. 이를테면 지난 사건을 일지 형식으로 곁들여 독자의 이해를 돕고자 한 기획 기사다. 여기에는 3년 전에 발생한 A프로젝트 사건도 비중 있게 실려 있었다.

A프로젝트 사업은 국방부의 차기 잠수함 사업을 일컫는 말로, 2조원 규모의 사업권을 둘러싸고 의혹이 제기된 사건이다. 이철승은 A프로젝트 사업의 군납업체로 선정되기 위해 군부와 정치권에 수십 억 원 대의 금품을 살포했다. 수주 과정에서 특정업체의 특혜 시비가 일었고, 군 장성이 줄줄이 구속되었다.

"이 자를 잘 보십시오. A프로젝트 사건을 최초로 폭로한 군인입니다."

박 형사가 기자회견장에 나온 장교를 가리켰다. 이 기자회견장은 A프로젝트 사건의 서막을 알리는 자리였다.

"이름은 배동휘, A프로젝트 사업의 핵심 인물입니다."

이 사건으로 여러 장성급 군인이 구속됐지만, 이철승은 무죄 판결을 받았다. 배동휘는 국가 기밀을 외부에 유출함 혐의로 강제 예편 당했다. 그렇다면 배동휘와 이철승은 개인적인 원한 관계에 지나지 않았다. 이번 사건에서 피해자와 개인적인 관계는 철저히 배제됐다. 범인들이 살해 대상으로 삼은 인물은 '공공의 적'이다.

"이걸 보면 생각이 달라질 겁니다."

박 형사가 조희성의 속내를 읽은 듯 인터넷에서 찾은 자료를 내밀었다.

"당시 배동휘는 국가 기밀 유출 혐의로 재판을 받았습니다. 이때 배동휘의 변론을 맡은 인물이 엄기석입니다."

귀가 번쩍 뜨였다. 엄기석은 특수부 검사 시절 항명사건으로 정영곤과 악연을 가진 인물이 아닌가.《법과평등》에 실린 엄기석의 기고문을 찾아낸 후, 별 진전을 보지 못했다. 그가 쓴 글은 참고 자료가 될 수는 있어도 증거가 될 수는 없었다. 그래도 수사팀은 포기하지 않고 엄기석의 주변 인물을 탈탈 털었다.

"그뿐이 아닙니다. 엄기석은 정택민의 군 의문사를 밝히려고 한 인물입니다."

낯익은 이름이 끝말잇기 놀이처럼 이어졌다. 정윤주, 최주호, 엄기석, 배동휘가 서로 앞서거니 뒤서거니 하면서 줄줄이 얽혀 있다. 엄기석을 중심으로 한 쪽에는 정 기자와 최 교수가, 다른 한 쪽에는 배동휘가 떠받치고 있는 형국이다. 이들의 공통점을 찾아내는 것은 어렵지 않았다. 권력형 부패 사건을 다루는 사회부 기자, 부패 정치인과 비리 공직자를 공격하는 역사학 교수, 항명 사건으로 옷을 벗은 전직 특수부 검사 출신의 변호사, 국방부 비리사건을 폭로한 퇴역 군인…… 하나같이 부패와 비리에 맞서는 인물들이다.

"배동휘는 지금 뭘 하고 있습니까?"

"군복을 벗은 후 한때 심부름센터에서 일하다가…… 지금은 예비역 군인들의 친목단체의 회장을 맡고 있습니다. 배동휘 뒤를 캐면 틀림없이 뭔가 나올 겁니다."

"알았습니다. 배동휘는 제게 맡기십시오."

조희성이 자신감에 찬 어조로 말했다. A프로젝트 사업…… 이번에도 전혀 예기치 않은 데서 물꼬가 터졌다.

조희성은 서준범 교수의 연구실을 찾았다. A프로젝트 사업이 전면에 등장했을 때 가장 먼저 떠오른 인물이 서 교수다. 그는 '부패척결 시민감시위원회'의 공동대표로, A프로젝트 사건을 공론화시킨 인물이다. 지난해 대기업의 페이퍼 컴퍼니를 수사할 때 서 교수로부터 큰 도움을 받았다. 그의 열성 덕분에 조세 탈피를 목적으로 만든 페이퍼 컴퍼니를 무더기로 찾아냈다.

서 교수는 A프로젝트 사건의 당사자인 배동휘와 이철승의 관계를 생생하게 기억하고 있었다.

"배동휘 씨가 저를 찾아온 것은 양심선언을 하기 일주일 전이었습니다."

배동휘는 기자회견장에 나서기 전에 서 교수를 먼저 찾았다. 시민단체의 도움이 필요했던 것이다.

"만약 자신이 구속되면 A프로젝트 사건의 진실을 밝혀달라고 부탁했습니다."

"배동휘는 중령에 불과한데, 어떻게 A프로젝트와 같은 거대 사업을 맡게 된 겁니까?"

"군 수뇌부가 그의 청렴성을 높이 평가했기 때문이죠."

배동휘가 맡고 있는 자금담당 부서는 A프로젝트 사업의 노른자 부서였다. 배동휘는 핵심 부서를 맡은 관계로 고위 장성들의 시선을 한 몸에 받았다. 그런데 사업에 참여한 군 장성들이 문제였다. 이들은 원만한 협상이나 계약 체결보다는 떡고물에 눈이 어두웠다. 워낙 큰 뭉칫돈이 오갔던 터라 국방위 소속 국회의원들도 이 사업에 눈독을 들였다.

"훗날 언론에 보도된 대로 잠수함 기종을 선정할 때 경쟁 입찰을 회피하고 특정 업체에 특혜를 주었죠."

배동휘를 비롯한 영관급 장교들은 이와 같은 검은 뒷거래에 군 수뇌부와 정치인이 개입하고 있다는 사실을 밝혀냈다. 이를 눈치

챈 군 수뇌부는 영관급 장교들을 회유하고 또 협박했다. 그러나 배동휘는 이에 굴하지 않고 뜻이 맞는 영관급 장교들과 함께 기자회견을 자청했다. A프로젝트 사업의 비리가 처음 세상에 드러나는 순간이었다.

"이 사건으로 배동휘 씨는 물론이고 기자회견장에 나왔던 장교들도 모두 옷을 벗었습니다."

군 장성들은 회유와 압박이 통하지 않자, 영관급 장교들에게 트집 잡아 강제로 옷을 벗겼다. 이른바 괘씸죄가 적용된 것이다. 나중에는 그도 모자라 국가 기밀을 유출한 혐의를 씌워 법정에 세웠다.

"당시 군 장성들을 꼬드기고 이를 배후에서 조종한 인물이 이철승이었습니다. 따지고 보면 군 장성들도 이철승의 농간에 놀아난 셈이죠. 이철승은 이 사건을 군 수뇌부와 영관급 장교들의 진흙탕 싸움으로 몰고 갔으니까요. 이철승은 영관급 장교 중에 한 명을 법정 증언대에 세워 불리한 증언을 강요하기도 했습니다."

"영관급 장교가 증언대에 서다니요?"

"기자회견장에 나온 장교 한 명이 동료를 배신하고 법정 증언을 하는 바람에 나머지 장교들이 큰 곤욕을 치렀습니다. 하여튼 이철승은 영관급 장교들을 이간질시키는 등 온갖 수단을 동원해 이번 사건을 무마하려고 했습니다."

결국 A프로젝트 사건은 이철승의 뜻대로 흘러갔다. 영관급 장교들은 강제 예편을 당하고 몇몇 장성은 유죄 선고를 받았다. 그러나 이철승만은 무혐의 처분을 받았다.

"당시 배동휘의 변론을 맡은 변호사를 알고 있습니까?"

"물론이죠. 엄기석 변호사 아닙니까."

서 교수는 다소 과장되게 어깨를 으쓱거렸다.

"배동휘와 엄기석 변호사는 어떤 관계입니까?"

"이들을 연결해 준 사람이 바로 접니다. 하하."

서 교수와 엄기석은 대학 동기였다. A프로젝트 사건이 세상에 알려진 후 서 교수는 엄기석을 만났다. 그 자리에서 A프로젝트 사건을 전해들은 엄기석은 배동휘의 변호를 맡았다. 배동휘의 딱한 사정을 듣고 자원해서 변론에 나선 것이다. 그러고 보니 배동휘와 엄기석은 상부의 눈 밖에 나서 옷을 벗은 공통점을 가지고 있었다. 이번에는 엄기석이 어떤 인물인지를 물었다.

"그 친구도 꽤 험난하게 살아왔습니다. 법조인으로서 그처럼 힘들게 살아온 인물도 드물죠……. 그 친구는 검찰에 몸담고 있으면서도 검찰개혁을 주장할 정도로 개혁 성향이 강했습니다."

엄기석은 변호사로 개업한 후 주로 사회적 약자들의 변론을 맡았다. 그 때문에 수임료는커녕 의뢰인의 점심까지 사주는 일도 허다했다.

"A프로젝트 사건은 엄기석에게도 큰 상처를 준 사건이었습니다. 이 사건을 폭로한 영관급 장교들의 강제 예편을 막지 못했기 때문이죠. 또한 이 사건은 국가의 대형 비리 사건임에도 불구하고 국가 기밀 유출 사건으로 변질되었습니다. 영관급 장교들은 그걸 가장 안타깝게 여겼습니다."

조희성은 기자회견장에 나왔던 영관급 장교들의 신변 조사에 들어갔다. 그러나 그들 가운데 특별히 주목할 만한 인물은 없었다. 영관급 장교들은 옷을 벗은 뒤에 대부분 어렵게 생활하고 있었다. 구멍가게를 연 사람도 있었고, 막노동판에서 하루하루를 연명하는 사람도 있었다. 배동휘의 삶 역시 팍팍했다. 한때 심부름센터에서 일하다가 그도 오래 가지 않아 그만두었다. 그 후로 배동휘의 행적이 묘연했다. 그는 기자회견장에 나왔던 장교들과도 일체 연락을 끊고 살았다. 배동휘가 다시 모습을 드러낸 것은 예비역 군인들의 친목단체를 맡으면서부터였다.

10

특별 이벤트는 끝났다. 여운도, 반전도 없었다. 박시형의 범죄 사실을 두 귀로 똑똑히 확인한 것에 지나지 않았다.

허동식은 마지막으로 박시형의 모습을 보기 위해 테라피 홀에 들렀다. 박시형은 테라피 홀을 끌려 나갈 때 최후를 예감한 듯 목울대가 부서지도록 울부짖었다. 괴기 영화에 나오는 늑대의 울음소리를 닮았다. 사람에게도 저런 소리가 나올 수 있는지 깜짝 놀랐다. 박시형이 앉아 있던 나무 의자에는 고약한 지린내가 풍겼다.

사체를 처리할 곳은 박시형의 부하가 목을 매단 곳으로 정해졌다. 저승에 올라가기 전에, 박시형의 영혼이 잠깐 머무르기에는 딱 어울리는 곳이다. 그의 부하와 지난날을 곱씹으며 노닥거리기에도 안성맞춤이다. 이미 거기에는 박시형의 부하가 저승길을 안내하기 위해 마중 나와 있을 것이다.

박시형의 사체를 떠나보낸 후, 허동식은 오랜만에 집에 들렀다. 화곡동 집에 도착했을 때는 날이 뿌옇게 밝아왔다. 방문턱을 넘어서자마자 외로움이 칭칭 몸을 감았다. 언제나 그랬듯이 아내가 없는 집은 황량했다.

'어딜 다녀오는 거야?'

아내는 나무 액자 사진 속에서 환하게 웃고 있었다. 원래 웃음이 많은 여자였다. 그런 미소에 끌려 연애를 하고 결혼을 했다. 오늘따라 유독 아내가 보고 싶었다. 싸구려 화장품을 생일 선물로 받고 깔깔 웃던 아내의 얼굴이 그리웠다. 연애시절부터 아내와는 같은 꿈을 꾸었다. 사람 냄새가 물씬 풍기는 다큐멘터리를 만드는 게 공동의 목표였다.

아내가 죽은 후 한 순간에 세상이 바뀌었다. 꿈도 희망도 사라졌다. 살아도 산목숨 같지가 않았다.

'세상에서 제일 슬픈 게 뭔지 알아?'

아내의 목소리는 화장터로 가는 길목에도, 화로로 들어서는 문턱에도 어김없이 나타나 가슴을 뒤흔들었다. 화로 안의 불길은 산 자의 피눈물을 등지고 두 시간 가까이 맹렬하게 타올랐다.

'사랑하는 사람과 영원히 이별하는 거래. 영원한 이별……'

그렇게 온몸을 태워 한줌 뼛가루로 나온 아내의 몸은 먼 바다에 뿌려졌다. 너무도 갑작스러운 죽음이었기에, 그녀를 보내는 게 쉽지 않았다. 아내의 영혼은 밤마다 찾아와 머리맡에 한 움큼 눈물을 뿌리고 사라졌다. 잠에서 깨면 아내가 머무르다 간 자리에 칼바람이 들어섰다. 길고 어두운 나날이었다.

방 청소를 하고 설거지를 했다. 집을 오래 비운 터라 할 일이 많았다. 쓰레기를 분리수거하는 것도 만만치 않은 일이다. 재활

용품은 큰 비닐봉지에 따로 모아두었다. 대문 앞 우편함에는 공과금 고지서가 잔뜩 쌓였다. 전기료와 가스비가 두 달 치나 밀렸다. 자동 이체한다는 것을 또 깜빡했다. 이제 적응이 될 만도 한데 뜻대로 되지 않았다. 시간이 지날수록 아내의 빈자리는 커져만 갔다.

라면을 끓여 먹고 한숨 자려는데 휴대폰이 울렸다. 최주호였다.

"나 좀 보자."

갑자기 웬 전화일까. 급한 일이 아니면 전화는 자제하라고 했다.

"무슨 일이야?"

최주호는 대답은 않고 거친 숨결만 흘려보냈다. 어쩐지 그의 태도가 심상치 않아 보였다. 조 검사가 또 찾아온 것은 아닐까. 얼마 전에는 정 기자가 수사팀에 불려가 신문을 받았다.

"지금 어디야?"

이번엔 질문을 바꿔봤다.

"월미도."

월미도 문화의 거리는 싱그러웠다. 깨끗하게 단장한 거리에서 젊은 연인들이 데이트를 즐기고 있었다. 바다 빛깔은 푸르고 바닷바람은 서늘했다. 최주호는 콘크리트 난간에 기대서서 먼 바다를 보고 있었다.

문득 테라피 홀에서 박시형을 심문할 때의 모습이 떠올랐다. 최주호는 심문이 진행되는 동안 박시형에게서 단 한 번도 눈길을 떼지 않았다. 두 눈에 불똥을 매달고 늑대 울음소리가 잦아들 때까지 그 자리를 굳건히 지켰다. 특별 이벤트가 끝나자 그는 자신에게 다가와 이렇게 속삭였다. 오늘 정말 황홀하고 감동적이었다고.

"할 말 있으면 해봐."

허동식은 최주호 앞으로 가까이 다가갔다. 월미도에 오래 있었는지 그의 몸에서 바다 냄새가 진하게 풍겼다.

"난 너에 대해 모르는 게 너무 많아. 아니, 아는 게 너무 없어."

그걸 말하려고 월미도까지 불러낸 건가, 조금은 김이 빠졌다.

"혼자 산 지 꽤 됐다며?"

"……."

"아내는 언제 죽었어?"

맥 빠진 목소리가 아픈 데를 쿡 찔렀다. 아내만 떠올리면 지금도 가슴 한복판에 대못이 들어섰다. 속 안에서는 불기둥이 치밀어 올랐다. 아내는 철거민의 농성 현장을 촬영하다가 포클레인이 부순 담장에 깔려 사망했다. 한마디로 개죽음이다. 아내가 숨질 때까지 어느 누구도 아내를 구조하지 않았다. 그게 더 서럽고 비참했다.

"3년 좀 넘었다."

3년 전 초여름이었다. 아내는 철거민들과 함께 생활하면서 그들의 삶과 애환을 카메라에 담았다. 당시 허동식은 한 케이블 방송사의 의뢰를 받아 불법 체류 중인 외국인 노동자들의 다큐멘터리를 찍고 있었다. 아내가 철거민과 함께 생활한 지 보름째 되던 날, 농성 현장에 경찰이 들이닥쳤다. 중무장한 철거 용역들이 경찰의 뒤를 따랐다. 농성 현장은 순식간에 아수라장으로 변했다. 새벽을 틈 타 쳐들어온 터라 경황이 없었다. 철거 용역은 농성 현장에 포클레인을 들이대며 철거민을 위협했다. 또 다른 포클레인은 그 틈을 타 철거민들의 집을 마구 부쉈다. 아내는 용역들의 무자비한 철거 현장을 카메라에 담았다. 사방은 어두컴컴했다. 해가 뜨기에는 아직 이른 시각이었다. 경찰의 서치라이트 불빛이 공중에 붕붕 떠다녔다. 여기저기서 비명 소리가 들려왔다. 날이 밝아올 무렵, 아내는 카메라를 들고 뒷걸음치다가 그만 담장 밑에 깔리고 말았다. 그 위로 슬레이트 지붕이 우르르 쏟아졌다. 포클레인의 굉음은 멈추지 않았다.

아무도 아내를 발견하지 못했다. 아내의 비명 소리는 포클레인 소리에 묻혔다. 철거민들은 경찰에 쫓겨 야산으로 밀려났다. 부상자가 속출했다. 검은 연기가 철거민촌을 뒤덮었다. 철거민의 농성은 정오 무렵에 강제 진압됐다. 그제야 아내는 무너진 담장 밑에서 싸늘한 시신으로 발견됐다. 아내를 처음으로 발견한 이는 다섯 살 난 꼬마였다. 처참한 죽음이었다.

아내의 시신을 거둔 지 일주일 후 허동식은 뜻밖의 사실을 알았다. 농성 현장에 투입된 경찰의 양심선언을 통해서였다. 그는 경찰이 담장에 깔려 있는 아내를 보고도 그냥 지나쳤다고 증언했다. 억장이 무너져 내렸다. 경찰 책임자의 머릿속에 아내의 생명은 없었다. 농성 현장을 서둘러 진압해야 한다는 생각뿐이었다. 경찰이 한두 명만 나섰어도, 아내의 처절한 비명 소리를 외면하지 않았어도 아내는 목숨을 구할 수 있었다. 보상은 이뤄지지 않았다. 경찰은 아내를 외부에서 온 불순세력으로 간주했다. 경찰 책임자는 고작 3개월 감봉에 처해졌다. 끝내 아내의 카메라는 찾지 못했다.

"무슨 일을 하는 거야? 다들 허 감독이라고 부르던데……."

최주호의 목소리에 불만이 가득 담겼다. 눈빛도 매우 공격적이다. 지금은 옛 동창의 지나온 날들을 묻지만, 곧 이 조직의 실체를 다그칠 태세다.

"다큐멘터리를 몇 편 찍었어."

대학 졸업 후 교양제작국 PD로 사회에 첫발을 내딛었다. 5년 후 방송국을 나와 대학 선배가 운영하는 독립영화사에 들어갔다. 그때가 가장 행복한 시절이었다. 자연 여행 문화 등 다양한 다큐멘터리를 만들었다. 사회성이 짙은 다큐멘터리를 만들기 시작한 것은 2009년 용산 참사를 두 눈으로 목격한 후부터였다. 그곳은 아비규환의 전쟁터였다. 여섯 명의 젊은이가 불에 타 죽었다. 그 후 사회의 어두운 곳을 찾아다니며 카메라를 들이 댔다. 아내를 처음 만난 것도 그 무렵이었다.

"인터넷에는 보이지 않던데."

"영화제작사에 들어갈 때 새 이름을 지었어. 허백천으로."

"감독들도 예명을 쓰나?"

최주호가 그깟 이름이 뭔 대수냐는 듯 비실비실 웃었다.

"작품을 만들 때만."

그건 대학 선배가 지어준 이름이다. 동식이라는 이름이 흔하고 가벼워 보인다면서, 백두산 천지의 앞 자를 따서 백천이라는 이름을 지어주었다. 그 이름이 썩 마음에 들었다.

"팀원들은 어떻게 알게 된 거야?"

예상이 딱 들어맞았다. 옛 동창을 빠르게 치우고 그 자리에 조직의 실체를 끼워 넣었다.

"특별한 인연은 없어……."

"옷깃이라도 스쳤을 거 아냐?"

"내가 직접 그들을 찾아갔지. 너처럼 말이야."

"그들에게도 미끼를 던졌나?"

"그들은 너와는 좀 달라."

"뭐가 달라?"

"모두 아픈 상처를 하나씩 가지고 있지."

그런 상처가 팀을 결집시키고 공동의 목표를 갖는 데 질 좋은 자양분이 됐다. 허동식은 야외무대가 있는 쪽으로 걸음을 옮겼다. 최주호는 빠르게 다가와 앞을 가로막았다.

"내가 할 일을 말해 봐. 진짜로 내가 할 일!"

최주호는 '진짜'라는 말에 힘을 주었다.

"설마 문서 자료나 뒤치다꺼리 하라고 날 끌어들인 건 아니겠지?"

그걸 알려고 월미도까지 불러냈다면, 마침 잘 됐다. 그렇지 않아도 이맘때쯤 마음의 빗장을 풀려고 했다. 허동식은 최주호의 얼굴을 뚫어지게 쳐다봤다.

"앞으로 네가 해야 할 일은…… 집행관들의 뜨거운 심장을 기록하는 거야."

최주호의 눈 속에 바다 물결이 험하게 출렁거렸다.

"집행관들이 왜 이런 일을 해야 하는지, 또 그들이 원하는 게 무엇인지를 담아내는 거야."

"……."

"무엇보다 이 기록물에서는 집행관들의 열정을 생생하게 느낄 수 있어야 해."

역사학 교수에 냉철한 칼럼니스트…… 집행관의 열정을 담아내는 데 최주호만 한 인물이 없다. 처음 그를 끌어들일 때부터 가슴에 품고 있던 계획이었다. 분노를 표출하는 방법만으로는 부족했다. 집행관들의 열정을 일시적인 분노와 광기로 끝내고 싶지 않았다. 정말 기회가 된다면 이 기록물을 잘 만들어서 후대에까지 대물림해 주고 싶었다.

"기록물이라면…… 역사책이라도 만들겠다는 건가?"

최주호의 눈에 비웃음기가 살짝 비쳤다.

"그렇게 봐도 무방해. 이를테면 넌 관찰자며, 기록자며, 증언자가 되는 셈이지. 따로 정해둔 형식은 없어. 일기든 보고서든 논문이든 네 자유야. 단, 한 가지 조건이 있어."

"……"

"반드시 집행관들의 열정과 신념을 담아내야 해. 그래서 그들의 심장이 얼마나 뜨거운지를 전달할 수 있어야 해. 그게 네가 진짜 해야 할 일이야."

집행관들의 뜨거운 심장, 그것 하나면 충분했다. 하나 덧붙인다면, 이 기록물을 보는 사람들에게 분노를 표출하는 방법이 무엇인지를 일깨우고 싶었다.

"어때, 할 수 있겠어?"

"……"

"천천히 구상해 봐. 시간은 많으니까."

"쉬운 일은 아니군……."

그의 얼굴에 비웃음기가 사라지고 파릇한 생기가 돌았다. 그럴 줄 알았다. 문서나 자료를 정리하는 일은 누구나 할 수 있다. 사람에게는 격에 맞는 일이 있는 법이다. 어쩌면 최주호의 일이 가장 힘겨울 수도 있다. 집행관의 열정을 조리 있게 담아내는 것은 결코 만만한 작업이 아니다. 거기에 약간의 감동까지 덤으로 받쳐준다면 더 이상 바랄 게 없다.

11

또 한 명이 저세상으로 갔다.

박시형은 서해에서 실종된 지 사흘 만에 남양주의 한 숲속에서 발견됐다. 박시형의 목에는 붉은 끈이 칭칭 동여매져 있었고, 소나무에 매달린 사체 아래에는 구두 한 켤레가 가지런히 놓여 있었다. 사체는 비교적 깨끗한 편이다. 이번에도 새끼발가락의 발톱이 없었다.

도무지 정신을 차릴 수가 없다. 이철승이 살해된 지 불과 나흘 만이다. 이제 속도가 붙은 걸까? 살인의 주기 따위는 거들떠보지도 않았다. 닥치는 대로, 공공의 적을 없앨 기세다.

"목뼈가 부러졌다고 합니다."

조희성은 박 형사가 가져온 중간 부검 소견서를 훑어봤다. 박시형의 최종 부검 안이 나오려면 이틀이 더 걸린다.

"질식시킨 겁니까?"

질식사 중에는 목뼈가 부러질 정도로 목이 졸려 사망한 경우가 종종 있다.

"부검의는 목을 비튼 힘이 보통이 아니라고 하는군요."

박시형의 목을 얼마나 세게 비틀었는지 목뼈가 탈골됐다. 죽은 사체의 목을 나무에 매단 것, 분노의 또 다른 표현이다. 이제 만성이 됐는지 현장 감식반이 찍은 사진을 보고도 별다른 느낌이 없다.

조희성은 컴퓨터를 켜고 한글 프로그램을 띄웠다. 곧이어 모니터 화면에 중간 수사 보고서 초안이 올라왔다.

어젯밤, 우 검사가 중간 수사 보고서를 작성하라고 주문했다. 문 검사장에게 제출할 보고서니 각별히 신경 쓰라고 덧붙였다. 그렇지 않아도 이번 사건을 차분하게 정리하려던 참이다. 어디 빈틈은 없는지, 보강 수사를 해야 할 부분은 없는지 검토하려고 했다. 보고서를 작성하다 보면 예기치 않은 곳에서 사건의 실마리를 찾기도 했다.

"소식 들었나?"

한창 보고서를 작성하고 있는데, 등 뒤에서 술 냄새가 확 풍겼다. 뒤를 돌아보자, 우 검사가 뻣뻣하게 서 있었다.

"박시형의 사체가 발견된 장소 말이야."

"아직……."

우 검사는 힘없이 옆의 의자에 앉았다. 술을 제법 한 얼굴이다.

"박시형이 재일교포 간첩단 사건에 연루된 거…… 알고 있나?"

"그렇습니다."

재일교포 간첩단 사건은 국정원에서 조작한 사건으로 밝혀져 큰 파문을 일으켰다. 박시형은 이 사건을 끝으로 국정원을 떠나 사업가로 변신했다.

"박시형의 부하가 자살한 건?"

그것도 잘 알고 있다. 박시형의 부하 이름은 김규식이다. 그는 검찰이 국정원을 수사하는 도중 스스로 목숨을 끊었다. 조직을 보호하기 위한 것인지, 상부의 압박 탓인지 그의 자살을 두고 말들이 많았다.

"박시형의 목을 매단 곳이…… 그의 부하가 자살한 곳이야……."

"……."

"살다 살다 그런 괴물 같은 놈들은 처음이야……."

우 검사의 얼굴이 험하게 일그러졌다. 숨소리도 덩달아 거칠어졌다. 잠시 짧고 불편한 침묵이 이어졌다. 우 검사는 자리에서 일어나더니 중간 수사보고서 초안이 적혀 있는 모니터 화면을 쳐다봤다.

"언제 받아볼 수 있겠나?"

"내일 아침까지 올리겠습니다."

우 검사는 문 앞에서 걸음을 멈추었다.

"내 말 잘 들어. 놈들은 유령이 아니야…… 몸을 숨길 수도 감출 수도 없다고……."

그의 눈에 붉은 실핏줄이 들어섰다.

"사람이라면…… CCTV에 드러나게 돼 있단 말이지……. 그걸 찾아내라고……."

우 검사는 뭐라 더 중얼거리고는 유령처럼 사라졌다. 조희성은 의자 등받이에 깊숙이 몸을 파묻었다. 그들을 유령이라고 생각해 본 적이 없다. CCTV에 노출되지 않는 방법이 다른 범죄자보다 조금 더 뛰어났을 뿐이다. 그런데 그들은 왜 하필이면 사체 유기 장소를 그곳으로 정했을까. 박시형 부하의 억울한 영혼을 달래주려고 한 걸까. 이번에도 집행의 의미를 드러내려고 한 것 같은데, 억지로 꿰맞춘 듯한 느낌을 지울 수가 없다.

찬물로 얼굴을 적시고 와서 자세를 고쳐 잡았다. 중간에 우 검사가 끼어들어 집중이 되지 않았다. 조희성은 지난 수사일지를 참조해 가며 사건개요에서부터 중간 수사 결론에 이르기까지 하나하나 정리해 나갔다.

1. 사건 개요

최근 잇따라 발생한 살인 사건의 범행 대상이 사회 지도층 인사로 밝혀지면서 법 집행에 대한 불신과 반감이 확산되고 있음. 이런 사회적인 분위기에 편승해 현행 법 체계에 의혹을 제기하는 등 불건전 사상이 확산될 위험이 있으므로 하루 속히 피의자를 검거해 법질서를 확립해야 할 것으로 판단.

이번 사건은 다음과 같은 공통점을 지니고 있음. 첫째, 피해자가 전직 고위 공직자와 기업인, 정치인 등 사회 지도층 인사라는 점. 둘째, 사회의 공분을 유발한 부패 인물을 살해 대상으로 삼고 있다는 점. 셋째, 살해 수법이 독특하며 여론의 동향을 주시하고 있는 점.

심리학자 및 법의학자 소견(별지 참조 1)에 따르면 현행 법 체계에 불만을 품은 세력이 자기만족과 심리적 보상을 얻기 위해 벌이는 집단행동으로 추측됨. 이들이 극도의 불안 심리 상태에서 앞으로 제5, 제6의 범죄를 자행할 것으로 우려.

2. 살해 방법 및 특이사항

범행 수법이 주도면밀하게 이루어진 것으로 보아 다수의 인원이 가담한 것으로 판단. 조직의 구성원은 각 분야의 전문 인력 이외에, 살해 행위만을 전담하는 행동조가 참여한 것으로 보임.

전문가 집단이 가담한 흔적을 여러 정황에서 발견(용의자 부분 참조). 이들은 일반인이 접하기 힘든 고급 정보를 가지고 있을 뿐만 아니라 역사 법률 의학 수사 등에도 폭넓은 지식을 갖추고 있음.

1) 노창룡

일제 강점기에 자행되었던 고문 수법에 의해 사망. 살해 현장은 독립유공자의 후손이 살았던 폐가이며, 치밀한 사전 공모에 따라 범행이 이뤄진 것으로 보임. 노창룡의 행선지를 상세히 파악하고 있는 것으로 미루어 입국 후부터 미행한 것으로 판단됨. 노창룡의 납치 장소는 입국 만찬이 벌어진 사무실 대로변으로, 모범택시(정황증거 1)를 이용한 것으로 추정됨.

노창룡의 신체 일부에서 숫자 194809, 196011 발견. 앞의 숫자는 반민족행위처벌법, 뒤의 숫자는 반민주행위자 공민권 제한법을 제정한 시기로, 이 두 법을 살인의 명분으로 삼은 것으로 판단됨.

2) 정영곤

조선시대의 형벌에 의해 살해되었음. 정영곤의 신체에도 아라비아 숫자가 새겨져 있는데, 이는 특수공갈죄, 국회 위증죄 등의 법률 조항을 나타내는 숫자로 판명. 정영곤의 납치 장소는 서울 강남의 유흥업소로, 용의자들은 피해자가 석방된 이후 일정 기간 미행한 것으로 판단됨. 사건 현장에 남긴 형벌 도구는 범죄 행위를 외부에 알리는 한편 전시 효과를 극대화시키려는 의도로 추정.

3) 이철승

사인은 클라시트(부검의 소견서 1)란 독극물 투입에 의한 것으로 밝혀졌음. 용의자들이 앞선 두 사건과는 달리 온건한 살해 방법을 택한 것은 여론의 향배를 의식하고 있는 것으로 판단됨. 사건 당시 이철승은 군납 비리에 연루되어 재판을 앞두고 있었음.

4) 박시형

직접적인 사인은 '경부압박성 질식(목졸림)'으로, 박시형을 목 졸라 살해한 후 남양주의 산기슭에 사체를 매단 것으로 판단됨. 사체 유기 장소는 재일교포 간첩단 사건으로 검찰 조사를 받던 김규식 전 국정원 직원이 자살한 장소와 동일.

3. 의문사항

1) 정보 수집

용의자들은 노창룡의 입국 시기, 정영곤의 행적, 이철승의 사생활, 박시형의 경력 등 일반인으로서는 접할 수 없는 개인 기밀 정보를 보유하고 있음.

2) 살해 방법

일제 강점기와 조선시대의 고문 및 형벌을 그대로 재현한 것으로 보아 역사 고증에 밝은 전문가(용의자 참조)가 가담했을 것으로 판단됨. 또한 제1, 제2 피해자의 신체에 법률 조항을 새겨 넣은 점에서도 법률 해석에 능통한 자(용의자 참조)의 참여가 유추됨.

3) 전문 살해 집단

납치 살인 등의 강력 범죄를 전담하는 집단을 주시하고 있음. 사건 현장 주변에는 인체의 지문, 모발, 타액, 혈흔 등의 신체적 특성은 발견되지 않았음. 또한 CCTV에도 노출되지 않는 점으로 미루어 숙련된 전문가의 소행으로 여겨짐. 법의학자의 소견(별지 2)에 따르면 이들은 법의학에도 상당한 지식이 있는 것으로 판단됨. 따라서 이들 조직은 최소 10인에서 20인 사이의 인원이 가담하고 있는 것으로 추정됨.

4. 수사진행 과정

현재 용의자로 추정되는 4인의 신원을 확보하고 주변 인물을 면밀히 조사하고 있음. 용의자들을 배후에서 조종하는 세력은 물론 용의자들과 특수 관계에 있는 인물에도 수사력을 확대할 방침. 특히 사회 불만 세력들의 모방 범죄가 발생할 우려가 있으므로, 피의자들의 범죄 행위를 우호적으로 보도하지 못하도록 언론사에 협조 요청 필요. 이번 사건이 집단적으로 행해지고 있다는 점에 주목해 불순 집단과 조직을 파악하는 데 수사 초점을 맞추고 조직

구성원의 면밀한 추적을 통해 접선지역 및 용의자들의 비밀 은거지를 색출할 예정임.

5. 보강 수사

이번 사건을 긍정적으로 받아들이는 각종 사회단체와 인물을 대상으로 내사에 착수. 최근 언론 동향과 함께 부패 기득권 세력을 비판하는 세미나와 심포지엄의 현황을 파악하고 있음. 사회단체로는 시민연합회, 언론에서는 아주일보가 요주의 기관으로 관찰이 요망됨. 시민연합회는 최근 부패공직자 처벌법 제정을 주도적으로 이끌고 있으며, 곧 가두서명에 돌입할 것으로 보임. 아주일보는 이번 사건을 다루는 칼럼 및 기사에서 타 신문과 여실히 구분되고 있음. 아주일보의 기사 분석 결과, 피의자들의 범죄 행위를 매우 구체적이고 자극적으로 다루고 있으므로, 발행인과 편집국장에게 이에 대한 해명 요구서를 발송하고 그 경위를 추궁할 예정임. 언론 탄압의 빌미를 제공할 수 있는 점을 감안해 신중을 기해야 할 것으로 판단됨.

6. 증거 현황

현재 수사팀이 입수한 증거물은 노창룡의 살해 현장에서 수거한 고문 도구, 정영곤 살해 현장에 남아 있던 형벌 도구, 이철승의 투숙 모텔에서 발견된 일회용 주사기, 박시형의 사체 유기 장소에서 발견된 올가미 등임.

노창룡 사건의 고문 수법을 다룬 책(별첨 자료 2), 정영곤 사건의 형벌에 인용된 연구 논문(별첨 자료 3), 반민주행위자 공민권 제한법을 다룬 칼럼(별첨 자료 4) 등은 증거물로는 부족하나 이번 사건과 관련이 있으므로 주요 참고 자료로 활용할 예정임.

앞으로 보다 구체적인 물적 증거가 보강되어야 할 것으로 보임.

7. 용의자 현황

본 수사과정에서 가장 중점적으로 다루고 있는 부분임. 아래 4인의 용의자는 범죄 행위에 직접 가담한 것으로 보이지 않으나, 최근 행적으로 미루어 간접적으로 범죄에 협력하거나 제보자 이상의 역할을 한 것으로 판단됨.

1) 최주호

44세. 진보 성향의 역사학 교수. 아주일보의 고정 칼럼니스트로, 부패 공직자와 비리 정치인을 높은 강도로 비판해 왔음. 최근 아주일보에 게재된 칼럼(별지 3)을 분석한 결과, 이번 사건의 피해자들을 공격적으로 다루고 있음. 제1, 제2피해자의 직접적인 사인이 된 고문과 형벌에 대해 사전에 인지했을 것으로 보이며, 이번 사건에 자료를 제공하는 등 직간접적으로 가담했을 것으로 판단됨.

2) 정윤주

35세. 아주일보 사회부 기자. 지난해 정치부 재직 당시 대신그룹 비자금 사건을 보도(별지 4)해 사회적으로 큰 파장을 일으킴. 제1, 제2피해자의 취재 과정 중 익명의 제보자로부터 피해자의 최근 근황 및 행적 등의 자료를 제공받았을 것으로 추정. 용의자의 친오빠인 정택민은 군에서 의문사 한 인물로, 당시 정택민의 사인을 밝히려고 한 인물이 엄기석임.

3) 엄기석

52세. 사법연수원 21기 특수부 검찰 출신으로, 현재는 변호사와 TV 시사 프로그램 진행자로 활동. 특수부 검사 재직 시 사법 개혁 등을 주장해 상부와 잦은 마찰을 빚었음. 2003년 검찰 고위 간부의 항명 사건으로 인해 제주지검으로 좌천된 후 변호사로 개업. 당시 항명 사건의 발단이 된 검찰 고위 간부가 제2피해자인 정영곤임. A프로젝트 사건으로 기소된 배동휘의 변론을 맡았으며, 정택민의 군 의문사 사인을 밝히는 데도 참여했음.

4) 배동휘

49세. 육사 출신의 예비역 중령, 국방부 파견 근무 시 A프로젝트 사건을 폭로한 후 강제 예편 당했음. 현재 예비역 군인의 친목단체 회장을 맡고 있음. 평소 의협심이 강하고 군 내부에서도 청렴 결백한 인물로 알려져 있으나, 대인관계는 원활한 편이 아님. A프로젝트 사업의 수사가 시작되면서 제3피해자인 이철승과 재판에 회부되었음. 당시 배동휘의 변론을 맡은 인물이 용의자 중의 한 명인 엄기석임.

8. 향후 수사방향

위의 4인은 개혁 성향이 강하고 부패 기득권 세력을 비판해 왔으며, 사회에 깊은 반감을 지니고 있음. 용의자 1과 2는 사건 발생 전후 두세 차례 대면한 것이 목격되어 서로 연관이 있다고 판단됨. 용의자 4를 제외한 세 명은 알리바이에 이상 없는 것으로 판명. 따라서 이들은 범죄에 협력하거나 동조한 세력으로 판단됨. 향후 이들의 배후 세력을 밝히는 것이 수사의 핵심 사항임. 이번 사건에는 위의 인물과 같은 간접 세력 및 실행 조직 등의 역할 분담이 있을 것으로 판단됨에 따라 수사진을 2개조로 편성할 예정임. 특히 살해에 직접 가담한 실행 조직으로는 용의자 4의 전우회를 주시하고 있음. 앞으로 위의 용의자 주변 인물을 탐문 수사해 배후 세력을 밝히는 동시에 증거물을 확보할 예정임.

9. 중간 수사 결론

이번 사건은 정보 역사 법률 법의학 등의 전문가 집단이 사회 혼란 등의 불순한 의도로 주도한 범행으로 판단됨. 위의 용의자 4인은 증거 인멸과 도주의 가능성이 있으므로 신중한 접근이 필요함. 용의자 1, 2는 수사팀에서 한 차례 조사를 받아 당분간 이들의 활동에 제약이 있을 것으로 보임.

위의 4인의 피해자들은 민족 반역자, 부패 정치인과 공직자, 악덕 기업가 등 이른바 '공공의 적'에 해당되는 인물로, 여론도 이들에게 부정적임. 따라서 언론 매체를 통해 이번 사건의 폭력성 및 부당함을 강조하고 사회 안전 유지의 필요성을 지속적으로 전달해야 할 것으로 판단됨. 또한 제5, 6의 유사 범죄 발생의 우려가 있으므로 각계 지도자급 인사의 보호관찰이 요망됨.

조희성은 등받이를 밀어내고 허리가 휘어지도록 기지개를 켰다. 밤을 꼬박 지새웠다. 보고서를 세 번이나 고쳐 썼지만, 마음에 들지 않았다. 솔직히 빈틈이 너무 많았다. 용의자를 선정하는 데도 뚜렷한 물증 없이 칼럼이나 기사, 기고문에 의지했다. 과학수사를 보고서에 담고 싶었으나, 그만한 단서를 확보하지 못했다.

창밖으로 뿌옇게 날이 밝아왔다. 사우나에서 한숨 자려고 일어나는데, 노크 소리가 들려왔다.

"마침 자리에 계셨군요."

폐쇄회로 판독팀의 주 형사였다. 그 역시 밤을 꼬박 샜는지 얼굴이 푸석푸석했다.

"배동휘의 차를 잡았습니다!"

잠이 싹 달아났다. 주 형사의 목소리가 귓불에 착 감겨들었다. 듣던 중 반가운 소리다. 조희성은 주 형사와 함께 판독실에 들어섰다. 배동휘의 차가 CCTV에 잡힌 곳은 아주일보 교차로 지점이었다.

"날짜를 보십시오."

주 형사가 모니터 화면을 가리켰다. 9월 2일, 15시 16분이었다.

"9월 2일은 정영곤이 살해된 날입니다."

그날은 최 교수가 두 번째로 아주일보를 방문한 날이기도 했다. 주 형사는 9월 2일, 아주일보 로비에 잡힌 최 교수와 정 기자의 화면을 모니터에 띄웠다.

"이번엔 시간을 잘 보시기 바랍니다."

최 교수와 정 기자가 아주일보 로비 CCTV에 잡힌 시각은 오후 3시 17분이다. 배동휘의 차가 아주일보 교차로에 잡힌 시각은 3시 16분이다.

이걸 우연이라고 할 수 있을까? 1분 간격을 두고 용의선상에 오른 세 명이 아주일보 안팎에서 모습을 드러냈다. 셋이 같은 공간, 같은 시각에 나타나는 우연은 없다.

12

전우회 사무실을 나온 뒤부터 뒤통수가 근질거렸다.

배 중령은 편의점 모퉁이를 돌면서 뒤를 힐끔 돌아봤다. 줄무늬 재킷을 걸친 사내가 적당한 간격을 두고 졸졸 따라왔다. 40대 후반의 사내로, 키가 크고 체격이 호리호리했다. 수사관 같지는 않았다. 보란 듯이 드러내놓고 미행하는 수사관은 없다.

처음엔 미행당하는 걸 알고도 모른 척 하려고 했다. 대로변에서 낯선 자와 실랑이를 벌이고 싶지 않았다. 자칫하다가는 경찰을 끌어들여 엉뚱한 데서 일이 꼬일 수도 있다. 그런데 큰길가의 횡단보도를 건너면서 마음이 달라졌다. 사내의 미행하는 태도가 궁금증을 자아냈다. 어딘가 어수룩해 보이는 게 프로의 솜씨가 아니다.

배 중령은 사내를 유인할 만한 곳을 찾으려고 주변을 두리번거렸다. 마침 횡단보도 옆의 오피스텔 지하 주차장이 눈에 들어왔다. 지하 주차장 입구에 들어서자마자 계단 벽에 몸을 밀착시켰다. 잠시 후 주차장 문이 열리고 줄무늬 재킷이 들어섰다. 다리를 걸자, 사내는 중심을 잃고 풀썩 자빠졌다.

"어이쿠!"

배 중령은 사내의 목덜미를 쥐고 벽 쪽으로 거세게 밀어붙였다. 왜 똥개처럼 따라다니느냐고 따지려는데, 줄무늬 재킷의 입에서 자신의 이름이 흘러나왔다.

"이보게, 동휘."

"……."

"나야. 학수라고."

줄무늬 재킷은 입가에 주름을 내보이며 희미하게 웃었다.

"김학수……."

배 중령은 멱살을 쥔 손을 슬며시 내려놓았다.

"한잔 하게."

배 중령은 마지못해 잔을 들었다.

"미안하이."

김학수는 멋쩍은 듯이 잔을 부딪쳤다. 아직 날은 훤한 편이다. 술집 안에 손님은 한 명도 없었다. 반쯤 열린 문틈 사이로 채소 장수의 확성기 소리가 들려왔다.

오랜 동료를 만났는데도 마음이 편치 않았다. 김학수는 A프로젝트 기자회견장에 나선 다섯 명의 영관급 장교 중의 한 명이다. 그는 A프로젝트 사건 판결이 끝나고 돌연 자취를 감추었다. 어느 누구도 그가 사라진 곳을 알지 못했다. 아니, 굳이 그의 소재지를 알려고도 하지 않았다.

"면목이 없네."

김학수는 술잔에 살짝 입만 갖다 댔다.

"여긴 어쩐 일인가?"

갑자기 무슨 바람이 들어 찾아온 걸까. 배 중령은 술잔을 기울이면서 그를 힐끔 쳐다봤다. 그새 흰머리가 부쩍 늘어난 것 같다.

"용서를 구하러 왔네."

3년 동안 코빼기도 비추지 않더니 갑자기 나타나 용서를 구하겠다니. 배 중령은 시선을 문 쪽으로 돌렸다. 솔직히 그를 용서하고 싶은 마음이 없다. 3년이라는 세월이 흘렀어도 그에게 받은 상처는 아직 아물지 않았다. 김학수는 저 혼자 살겠다고 동료 장교를 배신했다. 그가 법정에서 불리한 증언을 하는 바람에 모든 장교들이 곤욕을 치렀다. 그는 재판이 열리는 내내 이철승과 군 장성 편에 서서 동료 장교들을 공격했다.

"다 지난 일이야."

배 중령은 건성으로 대답했다. 다시는 떠올리고 싶지 않은 기억이다. A프로젝트 사건의 진실이 밝혀질 때까지 함께하자던 맹세는 물거품처럼 사라졌다. 국가의 배신보다 동료 장교의 배신의 상처가 더 컸다.

"뉴스에서 이철승이 살해된 걸 봤네……."

이제야 그가 왜 찾아왔는지 감이 잡혔다. 이철승이 살해된 뉴스를 보고 3년 전의 기억이 떠오른 것이다. 최근 톱뉴스는 박시형과 이철승 사건이 사이좋게 양분하고 있었다. 문득 이철승을 보널 때의 짜릿한 손맛이 전해져 왔다. 노창룡을 집행할 때와는 달리 일회용 주사기 하나면 충분했다. CCTV 촬영을 피하려고 버스와 도보, 그리고 택시를 적절히 이용했다. 모텔 객실에 문을 따고 들어갔을 때, 이철승은 팬티 바람으로 홀로 낮잠을 자고 있었다. 3년 전 법정에서 대면한 후 첫 만남이었다. 그를 깨워 회포라도 나누고 싶은 걸 간신히 참았다.

"지난 일을 다시 들추고 싶은 생각은 없어……. 하지만 이것만은 알아두었으면 하네."

무슨 변명을 늘어놓으려는지 짐작이 갔다. 그날 왜 법정에서 거짓 증언을 했는지 털어놓고 싶은 것이다. 사람들은 그의 갑작스러운 배신 뒤에는 이철승의 회유와 압력이 있었을 것이라고 여겼다.

"이철승은 단지 심부름꾼에 불과했네."

뜻밖의 소리다. 배 중령은 빈 잔에 술을 가득 채웠다.

"이철승도 누군가에게 지시를 받았다는 건가?"

김학수를 고개를 끄떡였다.

"그게 누군데?"

"연세현이었어."

연세현은 당시 국정원장이었다.

"이철승이 나를 회유하는데 실패하자…… 사흘 뒤에 연세현이 찾아왔네."

연세현은 이철승과는 달랐다. 그는 애초부터 김학수를 회유할 생각이 없었다. 자신이 요구한 대로 따르지 않으면 가족들이 험한 대가를 치를 것이라고 협박했다. 연세현은 김학수의 동생에게 탈세 혐의를, 형에게는 외환관리법 위반을 적용해 콩밥을 먹일 것이라고 윽박질렀다. 결국 김학수는 연세현의 협박을 이기지 못하고 법정에서 거짓 증언을 했다. 동료 장교와의 신의보다 가족의 안전이 우선이었다.

"그때는 나도 어쩔 수가 없었어⋯⋯."

배 중령은 술잔을 빠르게 비웠다. 그렇다면 A프로젝트 사건에 국정원이 개입했다는 소린가. 거기까지는 미처 생각하지 못했다. 국정원장이 국방부와 관련된 사업에 나서는 것은 극히 이례적인 일이다. 하지만 연세현이라면 직접 발 벗고 나설 만도 했다. 그는 정권을 사수하는 일이라면 안 끼어드는 곳이 없었다. 민간인 불법 사찰을 주도하고 재야인사의 사생활을 감시했다. 정권 말에는 국정원에 댓글 부대를 만들어 여론을 조작하고 정부 비판 세력을 응징하는 데 앞장섰다. 연세현은 통치권자의 입맛에 맞지 않는 반정부 인사에게는 악마 같은 인물이다.

"이철승을 꼬드겨 A프로젝트 사건을 국가 기밀 유출 사건으로 둔갑시킨 것도, 군 장성들을 끌어들인 것도 바로 그놈이야. 따지고 보면 우리 모두가 그놈에게 놀아난 걸세."

"⋯⋯."

"연세현, 그놈이 가장 악질이었어."

김학수는 흥분을 감추지 못하고 몸을 부르르 떨었다. 그래도 배 중령은 그의 말이 미덥지 않았다. 이제 와서 그걸 다 까발리는 이유는 뭔가. 그동안 큰 짐으로 남았던 상처를 훌훌 털어내고 싶다는 소리가 아닌가.

"이제라도 자네에게 용서를 구하고 싶네."

배 중령은 술 한 병을 비우고 술집을 나왔다. 그래도 그를 용서하고 싶은 마음이 없다. 동료를 배신한 대가로 그는 가족의 안정을 얻었는지 모르지만, 다른 장교들은 씻을 수 없는 상처를 입었다. 오죽했으면 스스로 목숨을 끊을 생각까지 했을까. 3년 만에 불쑥 내뱉은 그의 말 한마디에, 오랜 상흔을 그냥 덮어둘 수는 없다.

김학수는 미안하다는 말을 남기고 버스정류장 쪽으로 사라졌다. 배 중령은 그의 뒷모습을 보지 않으려고 애써 고개를 돌렸다. 비가 오려는지 먹구름장이 꾸역꾸역 모여들었다. 전우회 사무실에 들어서자 허 감독에게 전화가 왔다.

"당분간 몸을 피하는 게 좋겠습니다."

허 감독의 숨넘어가는 소리가 고막을 흔들었다.

"무슨 일인가?"

"수사팀이 선배님의 신병을 확보한 것 같습니다."

제5장

숨은 그림 찾기

1

그날의 여운은 좀처럼 가시지 않았다. 허동식의 말대로, 특별한 이벤트였다. 박시형이 테라피 홀을 나설 때까지 한 번도 딴청을 피우지 않았다. 도저히 눈을 뗄 수가 없었다. 너무 집중한 나머지 눈이 아려왔다.

신선하고 자극적이었다. 박시형에게 손끝 하나 대지 않았는데도 집행관들의 무시무시한 힘이 느껴졌다. 섬뜩하면서도 감동적이었다. 그날의 장면을 많은 사람들과 함께하지 못한 게 아쉬웠다. 이런 기회가 또 온다면, 인터넷 방송으로 중계할 것을 적극 권하고 싶다.

집행관의 뜨거운 심장…… 월미도에서 털어놓은 허동식의 제안이 썩 마음에 들었다. 그럼 그렇지, 그런 허드렛일이나 시키려고 끌어들일 리가 없다. 그들에겐 집행관들의 열정을 담아낼 기록관이 필요했던 것이다.

최주호는 막중한 책임감을 느꼈다. 그들이 행동하는 전사라면, 자신은 전사들의 업적을 기록하는 사관이었다. 전사들의 열정과 신념, 나아가서는 이들의 분노를 정확하고 올곧게 기록해야 한다. 그런데 어디서부터, 어떻게 작업을 해야 할지 가닥이 잡히지 않았다. 따로 정해진 형식이 없기 때문에 더욱 신경이 쓰였다. 우선 생각나는 대로 적어봤다.

그들은 불의에 맞서고 부패를 응징하는 전사다. 팀워크로 철저히 무장하고 저승사자의 역할을 묵묵히 수행한다. 그들에게 관용과 자비는 없다. 어느 누구도 그들의 매서운 칼날을 피해 가지 못한다. 그렇다고 그들이 아무나 표적으로 삼는 건 아니다. 엄청난 양의 비리 자료와 부패 보고서를 집행의 근거로 삼는다. 그들은 이성적이면서도 냉철하다.

몇 줄만 적는데도 가슴이 찌르르했다. 최주호는 글 쓰는 것을 멈추고 머릿속으로 밑그림을 그렸다. 써야 할 것이 너무 많아 정리가 되지 않았다. 지금은 글을 쓰는 것보다 얼개를 잡는 게 더 중요하다. 책으로 한 권 만들 거라면 결코 적지 않은 분량이 될 것이다. 그때 호주머니에서 휴대폰이 울렸다. 액정 화면에는 낯선 번호가 찍혀 있다. 누굴까? 이 휴대폰으로 통화하는 사람은 허동식밖에 없었다.

"저예요."

정 기자다.

"학교 뒷산이에요. 미행 조심하세요."

정 기자에게 전화가 온 것도, 그녀가 대학에 찾아온 것도 처음이다. 요양원을 놔두고 학교까지 찾아온 이유가 심상치 않았다.

최주호는 학교 뒷산을 오르며 미행하는 자가 없는지 주위를 유심히 살폈다. 안 과장에게 예상 신문을 받은 후로 경계심이 몸에 배었다. 일상적인 일에는 평소와 다름없이 행동하고 팀원들과 접촉할 때는 소소한 일에도 주의를 기울이라고 단단히 교육을 받았다.

산 중턱에 오르자 정 기자가 손을 흔들며 다가왔다. 무슨 일이냐고 묻기도 전에, 그녀는 대뜸 가방 안에서 문서를 꺼냈다.

"수사팀이 작성한 중간 수사 보고서예요."

보고서를 작성한 날짜는 이틀 전이고, 작성자는 조희성 검사다.

"여기 교수님도, 저도 있어요."

나무 의자에 앉자마자 보고서를 빠르게 훑어갔다. 스무 장이 넘는 보고서에는 서슬 퍼런 단어들이 빼곡히 담겨 있다. 배동휘, 정윤주, 엄기석, 그리고 자신의 이름까지…… 한 장 한 장 넘길 때마다 수사팀의 칼끝이 가슴팍을 지그시 눌렀다. 법 집행에 대한 반감, 전문가 집단의 개입, 용의주도한 사전 계획, 범죄 행위의 역할 분담…… 여러 차례 수정을 봤는지 아귀가 착착 맞아 떨어졌다. 이쯤이면 이미 절반은 수사팀에 까발려진 것이나 다름없다. 무엇보다 이 보고서에서 눈길을 끈 것은 배 중령과 엄 변호사가 수사팀에 노출된 것이다.

"이게 어디서 난 건가?"

"아침에 북극성이 메일로 보내왔어요."

"북극성은 어떻게 입수한 거야?"

"그건 저도 몰라요."

보고서 내용도 놀라웠지만, 보고서를 입수한 경위도 그에 못지않았다.

"배 중령까지 노출됐다면 보통 일이 아닌데…… 배 중령은 만나봤어?"

"아직요."

"허동식은?"

"연락이 안 돼요. 지금까지 이런 일은 없었는데……."

정 기자는 보고서를 건네준 후 자리에서 일어났다.

"전 그만 가봐야 해요. 교수님도 알아야 할 것 같아서 급히 온 거예요."

"……."

"앞으로 더욱 조심해야겠어요. 저도 얼마 전에 수사팀에 불려 가 조사를 받았어요."

최주호는 보고서를 뒷주머니에 쑤셔 넣었다. 어찌 됐든 놀라운 보고서다. 변변한 물증 하나 없이 어떻게 이런 결론을 이끌어낼 수 있단 말인가. 이 보고서는 사건 현장에 중점을 두지 않았다. 집요하리만치 외곽을 훑었다. 이 보고서에 아쉬운 점이 있다면, 집행관들의 열정을 느낄 수 없다는 것이다.

"드릴 말씀이 있습니다."

연구실에 들어서자 김 조교가 심각한 표정을 지으며 다가왔다.

"며칠 전에 형사가 다녀갔습니다……."

"형사가 왜 왔는데?"

김 조교의 말을 빠르게 받아쳤다. 김 조교는 그렇게 운만 뗀 후 입을 꾹 다물었다.

"괜찮아. 어서 말해 봐."

빤히 알면서도 그렇게 물었다. 김 조교뿐만 아니라 자신의 주변 인물들을 만나 미주알고주알 캐물었을 것이다. 용의자 명단에 오를 정도면 시카고에 있는 아내에게까지 손길을 뻗쳤을지도 몰랐다. 안 과장도 그걸 예상하고 있었는지 주변 사람을 대하는 요령까지 덤으로 알려주었다. 침착할 것, 대수롭지 않게 여길 것, 되레 경찰을 욕보이며 되받아칠 것.

"교수님에 대해 이것저것 물었어요……. 요즘 누굴 만나는지,

자주 가는 곳이 어디인지, 평소보다 수상한 점은 없었는지……."

"신경 쓰지 마."

최주호는 김 조교의 말을 잘랐다.

"원래 그 친구들은 아무한테나 대고 집적거리는 게 일이잖아."

"정말 별일 없는 거죠?"

"지난 공청회 때 좀 오버한 말 때문에 그럴 거야. 앞으로 입 조심하라는 소리겠지."

최주호는 김 조교의 어깨를 토닥거리고 자리에 앉았다. 형사가 무슨 말을 했는지 알 수 없으나 김 조교는 대충 눈치를 챘을 것이다. 처음 노창룡 사건이 터졌을 때 김 조교의 당황하던 눈빛이 아직도 어른거렸다. 그러나 김 조교라면 마음이 놓였다. 이번 사건의 집행관들을 열렬히 추종하던 김 조교가 아닌가. 형사의 유도 질문쯤은 가볍게 뿌리쳤을 것이다.

허동식과는 밤늦게까지 통화가 되지 않았다. 그의 전화는 내내 먹통이었다. 문자와 음성 사서함에 메시지를 남겨도 연락이 오지 않았다.

온종일 조 검사의 중간 수사보고서가 머릿속을 떠나지 않았다. 집에 들어와서도 날을 세운 활자들이 관자놀이를 콕콕 찔렀다. 허동식에게 전화가 온 것은 자정 무렵이었다.

"수사 보고서 봤어?"

그의 목소리를 확인하자마자 다급하게 물었다.

"조 검사가 쓴 보고서 말이야."

"그래."

"배 중령은 어떻게 안 거야? 엄 변호사는?"

두 번이나 물어도 반응이 없다. 대답 대신 한숨 섞인 탄식만 흘러나왔다. 최주호는 냉정하게 마음을 가라앉혔다. 하고 싶은 말은 많았으나 꾹 참았다. 말이 늘어지면 잔소리밖에 되지 않는다. 그가 먼저 말할 때까지 조용히 기다렸다. 이윽고 축 가라앉은 목소리가 기어 나왔다.

"누구도 우리를 막을 수 없어……. 어느 누구도……."

술을 마신 걸까. 그의 목소리가 저 아래 땅 속으로 꺼져가는 것처럼 힘이 없다.

"아무도 우리를 당해낼 수 없다고……."

"……."

"내 말 듣고 있어?"

"그래."

"쓰레기 같은 종자들…… 우리가 처리해야 돼…… 우리만이 할 수 있어……."

허동식은 그답지 않게 한동안 횡설수설했다. 그 역시 큰 충격을 받은 것 같다. 그런 보고서를 보고도 놀라지 않는 게 더 이상했다. 용의선상에 오른 네 명 중에 A팀만 셋이나 됐다.

"주말에 보자……."

"……."

"다음 상대가 기다리고 있어. 다섯 번째……."

2

테라피 홀의 공기가 무겁게 가라앉았다.

특별 이벤트가 있던 날과는 전혀 딴판이다. 중간 수사 보고서가 저들을 초조하게 만든 주범이다. 조 검사의 예리한 칼날 앞에 그들의 열기도 한층 수그러들었다. 그래서인지 집행 회의가 시작되기 전부터 분위기가 어수선했다. 예전에는 좀처럼 볼 수 없는 광경이다. 북극성만이 유일하게 평소와 다름없어 보였다.

최주호는 턱에 손을 괴고 고개를 좌우로 돌렸다. 그의 시선이 자연스럽게 용의선상에 올라와 있는 인물을 찾아갔다. 정 기자는 표 나지 않게 한숨을 쉬었고, 엄기석은 천정을 멍하니 쳐다보았다. 그리고 보니 또 한 명의 용의자, 배 중령이 보이지 않았다.

"제14차 집행 회의를 시작하겠습니다."

오늘 집행 회의의 진행자는 허동식이다.

"5차 집행 대상 후보에 올라온 인물은 김만철과 조민국입니다."

1. 김만철

청와대 경제정책비서관 출신으로 정보기관의 협조 아래 각종 이권 사업에 개입했다. 1990년대부터 사설 조직인 종로연구소를 개설해 정치인의 사생활을 감시하고 민간인을 불법 사찰하는 등 정보 활동을 해왔다. 여론 동향을 분석할 목적으로 개설한 이 연구소는 20여억 원의 자금을 정보기관으로부터 지원받아 각종 정치 공작에 사용했다. 특히 그는 군부 인사에도 상당한 영향력을 발휘

해 온 것으로 알려져 있으며, 장성 진급 시에는 20억에 달하는 뇌물을 챙겨 영관급 장교로부터 지탄의 대상이 되기도 했다. 또한 통신사업권과 종합금융 인허가 과정에서 기업으로부터 5억 원에 달하는 뇌물을 받아 카지노 사업에 투자했다.

2. 조민국

언론학 교수 출신으로, 1997년 뒤늦게 정계에 입문했다. 1970년 대엔 유신에 반대하는 개혁 세력이었으나, 5공화국 정권이 들어 서면서부터 변절의 길을 걸었다. 교수 재직 중에는 신군부 세력을 옹호하는 기관지를 발행해 군사정권을 대변했다. 1980년대 초반 강남의 부동산 투기에 직간접적으로 관여해 거액의 시세 차익을 올렸다. 정계에 입문한 후에는 재벌 편향 경제 법안과 노동자 권익을 저해하는 각종 악법을 발의하였으며, 학계에 영향력을 발휘 해 교수 및 총장 임용에 개입했다. 언론계에도 막강한 권력을 휘 둘러 언론인의 대량 해고 사태를 일으키는 데 빌미를 제공했다.

집행 회의 진행도 평소와 달랐다. 뭔가에 쫓기듯이 속전속결로 해치웠고, 토의 내용도 별로 없었다. 집행 후보자를 검증하는 비리 자료도 지난 번보다 훨씬 적었다. 이들이 어떤 과정을 거쳐 집행 후보자가 됐는지 부연 설명도 없었다.

허동식은 마지못해 회의를 이끄는 듯했다. 팀원들의 발언을 유도하지 않았고, 팀원들도 그런 진행에 이의를 제기하지 않았다. 모든 절차를 생략하고 회의 결과에만 치중하는 것 같았다.

최주호 역시 회의에 집중하지 못했다. 지금 한가하게 집행 대상자를 고를 때가 아니다. 수사팀의 칼끝이 턱 밑까지 다가왔다. 네 명이나 용의자 선상에 올라와 있는데, 아직 수사 보고서에 관한 얘기는 나오지 않았다. 곧 있으면 대비책을 논의하겠지, 조금 더 기다려보기로 했다.

회의가 끝나갈 무렵, 엄기석이 자리에서 일어났다. 모든 시선이 그에게로 쏠렸다.

"5차 집행 후보자에 대해 드릴 말씀이 있습니다."

엄기석은 좌중을 쓰윽 둘러본 뒤 말을 이었다.

"조민국은 군사독재 정권 때부터 신군부의 앞잡이 역할을 해온 악질 정치꾼입니다. 선거 때마다 지역감정을 부추겨 여론을 선동했으며, 방송 언론을 장악해 국민의 눈과 귀를 막았습니다. 현재는 정계를 은퇴했다고 하나 여전히 방송 언론계에 깊숙이 개입해 인사권은 물론 편집 방향에도 관여하고 있습니다……."

엄기석은 두 눈에 불똥을 달고 입에 거품을 물었다. 그 모습이 낯설고 생경했다. 지금까지 이들은 할 말을 극도로 아꼈고, 엄격할 정도로 자제력을 보였다. 그런 절제력이 집행 회의의 품격을 높여주었다. 그런데 오늘은 달랐다. 엄기석은 눈앞에 조민국이 있으면 당장이라도 목을 내려칠 듯 이마에 핏대를 세우며 으르렁거렸다.

"이번 기회에 반드시 조민국을 처단해야 합니다. 집행관의 이름으로 조민국을 법의 심판대에 세워야 합니다! 그러기 위해서는……."

"잠깐, 발언을 중지해 주십시오."

허동식이 엄기석의 말에 제동을 걸었다.

"집행 회의는 개인을 위해 마련된 자리가 아닙니다. 앞으로 도에 지나친 발언이나 사적인 견해는 자제해 주시기 바랍니다. 5차 집행 대상자는 15차 집행 회의에서 결정하겠습니다."

"5차 집행 대상자는 이미 결정된 것 아닙니까?"

엄기석이 허동식의 말을 빠르게 받아쳤다. 5차 집행자가 이미 결정됐다니, 이건 또 무슨 소린가. 잠시 테라피 홀이 술렁거렸다.

"우리는 꼭두각시도, 들러리도 아닙니다. 이제부터라도 집행 후보자와 대상자가 선정되는 과정을……."

"엄 변호사님!"

허동식이 다시 제동을 걸었으나, 엄기석의 말은 멈추지 않았다.

"모든 팀원들이 수긍할 수 있도록 낱낱이 공개해야 합니다. 우리가 이 자리에 모인 것은 각자 명분은 달라도……."

"진정하십시오!"

이번에는 윤 실장이 엄기석의 발언을 제지하며 나섰다. 테라피 홀에 팽팽한 긴장감이 감돌았다. 가만히 회의를 경청하던 북극성도 살짝 얼굴을 찡그렸다.

"이럴 때일수록 냉정을 찾아야 합니다. 여러분도 잘 알다시피 집행 대상자는 팀원들의 의견을 조율하여 결정되었습니다."

윤 실장이 잠시 말을 멈추고 차분하게 주위를 둘러봤다.

"팀원들이 공감하는 의견은 언제든지 받아들일 수 있습니다. 그러나 사적인 견해나 일방적인 주장은 집행 대상자를 결정하는 데 아무런 도움이 되지 않습니다. 방금 진행자의 말씀처럼 5차 집행 대상자는 15차 집행 회의에서 결정될 것입니다. 그때 여러분들의 뜻을 모아주시기 바랍니다."

윤 실장이 나서도 냉랭한 분위기는 수습되지 않았다. 엄기석은 아직도 할 말이 남아 있는 듯 씩씩거렸다.

처음부터 끝까지 집행 회의는 순조롭지 않았다. 불과 30분도 안 돼 끝났지만, 그 과정은 매우 산만했다. 집행 회의가 끝나고 팀원들은 통나무 별채와 돌담 별채로 흩어졌다. 그들의 얼굴은 회의가 시작될 때보다 더 어둡고 침울해 보였다. 엄기석은 통나무 별채로 가지 않고 곧장 주차장 쪽으로 걸어갔다. 최주호는 테라피 홀을 나오는 허동식 옆에 따라붙었다.

"다들 신경이 예민해져서 그래."

허동식은 엄기석의 돌출 행동을 대수롭지 않게 여겼다. 그의 말대로 신경이 예민해진 것은 맞는데, 그게 전부 같지는 않았다. 엄기석만이 알고 있는 뭔가 있는 게 아닐까. 그렇지 않고서야 저렇게 흥분할 이유가 없다. 엄기석은 집행 대상자가 선정되는 과정을 못 미더워 하는 눈치였다.

"수사 보고서 얘기는 왜 없는 거야?"

이번 집행 회의에서 수사 보고서에 대한 진지한 토론이 있을 것으로 예상했다. 보고서를 면밀히 분석하고 그에 대한 대비책이 나오리라 여겼다. 그런데 아무도 그 보고서를 입에 올리지 않았다. 꼭 한 번은 짚고 넘어가야 할 일인데, 어느 누구도 이를 제기하는 사람이 없었다.

"대책이…… 있긴 한 거야?"

허동식은 말없이 걷기만 했다. 걸으면서 짧은 한숨을 연신 토해냈다. 아직 마땅한 대책을 마련하지 못한 표정이다.

"A프로젝트 사건에서 냄새를 맡은 것 같아."

안 과장이 조심스럽게 수사 보고서 얘기를 꺼냈다.

"저도 거기까지 건드릴 줄은 몰랐습니다."

허동식이 안 과장의 말을 받았다.

"엄 변호사가 배 중령의 변론을 맡았다고 하지 않았나?"

"그렇습니다."

"엉뚱한 데서 일이 꼬이는군."

"계속 진행할 건가요?"

정 기자가 물었다.

"물론이지. 앞으로는 A, B팀이 협력해서 진행할 거야."

최주호는 고개를 절레절레 흔들었다. 세월이 뒤숭숭하면 나는 새도 제집 둥지에 틀어박혀 나오지 않는 법이다. 수사망이 점점 좁혀오는데 집행에만 몰두하다니, 수사팀과 치킨 게임이라도 벌이겠다는 건가.

"배 중령은 어디에 있나?"

"일단 안전한 곳으로 피신했습니다……."

허동식은 용의선상에 오른 네 명 중에 배 중령에게 각별히 신경을 썼다. 그럴 수밖에 없다. 나머지 세 명은 집행에 직접 관여하지 않았으나 배 중령은 손에 피를 묻힌 인물이다. 알리바이도 확실하지 않았다. 게다가 배 중령이 맡고 있는 예비역 전우회도 수사 대상에 올라와 있었다.

3

눈앞이 침침했다. 눈주름이 아려오고 어깨죽지가 뻑적지근했다.

우경준은 자리에서 일어나 목덜미를 좌우로 꺾었다. 암벽타기를 오래 쉰 탓인지 체력이 예전만 못했다. 9월 들어서는 스포츠센터에도 발길을 끊었다. 판독실 한쪽 구석에는 수사관들이 잠을 이기지 못하고 꾸벅꾸벅 졸고 있었다.

폐쇄회로 판독실에서 꼬박 밤을 샜다. 벌써 사흘째다. 세 끼 식사를 모두 판독실에서 해결하고 덤으로 야참도 먹었다. 모든 수사관이 그랬다. 이철승이 살해된 후, 집 근처에는 얼씬도 하지 못했다. 도저히 판독실을 떠날 수가 없었다.

주 형사가 배동휘의 차를 아주일보 교차로에서 발견한 후 모든 걸 여기에 걸었다. 이제 믿는 구석은 CCTV뿐이다. 전국에 설치된 공공 CCTV는 74만여 대에 이른다. 민간 CCTV까지 합치면 총 150만여 대에 달한다. 언젠가는 놈들의 꽁무니가 CCTV에 걸려들겠지…… 오직 그 하나에만 매달렸다. 아무리 사각지대를 이용했다고 해도 CCTV를 피해갈 수는 없다. 놈들이 투명인간이 아니고서야 CCTV를 지나칠 수도 없다. 생각 같아서는 전국의 CCTV를 죄다 뒤지고 싶은 심정이다.

네 명의 피해자를 중심으로 집중 판독 작업에 들어갔다. 다섯 명씩 한 팀을 이뤄 스무 명이 판독 작업을 벌였다. 피해자 주변은 물론 피해자가 자주 다니는 곳도 놓치지 않았다.

"배동휘 차를 찾았습니다!"

판독실에 들어선 지 사흘째 되는 날 드디어 반가운 소식이 들려왔다. 정영곤을 전담하고 있는 판독팀이다. 모니터에 올라온 것은 쥐색의 소형 승용차다. 이 차는 8월 29일 21시 22분, 청담동 사거리 교차로에서 잡혔다. 배동휘의 차가 CCTV에 잡힌 것은 아주일보 교차로에 이어 이번이 두 번째다. 이 날은 정영곤이 살해되기 사흘 전으로, 교차로에서 좌회전하면 비너스 룸살롱으로 가는 길이다.

비너스 룸살롱은 정영곤이 살해되기 전에 자주 들른 곳이다. 그날 정영곤은 비너스 룸살롱을 나온 후 그의 차와 함께 감쪽같이 증발했다. 수사팀은 범인이 대리 운전기사로 가장해서 정영곤을 납치한 것으로 추정했다. 그러나 배동휘의 차는 교차로에만 나타났을 뿐 룸살롱 주변의 CCTV에는 잡히지 않았다. 추측건대 CCTV가 설치되지 않은 좁은 길을 이용한 것 같았다.

우경준은 용의선상에 오른 인물 중에 배동휘를 콕 찍었다. 그럴 만한 이유가 있다. 그가 군인 출신이라는 점이 이목을 끌었다. 청렴하고 강직한 성격도 빠뜨릴 수 없다. 배동휘가 몸담고 있는 전우회 사무실에는 30대의 젊은 예비역 군인들이 자주 드나들었다. 섣부른 추측이기는 하나 이들이 행동조로 가담했을 가능성도 배제하지 않았다. 무엇보다 배동휘는 A프로젝트 사건에 연루된 이철승과도 악연이 있는 인물이다.

CCTV의 범위도 점차 확대했다. 사건 현장 주변의 CCTV로는 어림도 없다. 놈들은 사건 현장 근처의 CCTV 위치를 훤히 알고 있다. 놈들의 뒤꽁무니를 따라잡기 위해서는 그보다 훨씬 넓게 잡아야 했다.

"사건 현장에서 반경 10킬로미터까지 넓히도록!"

관할 경찰서에 협조를 얻어 공공 CCTV는 죄다 수거했다. 우경준은 네 군데의 사건 현장에서 이철승이 살해된 남양주 모텔을 예의 주시했다. 이곳은 다른 세 곳의 사건 현장과는 달랐다. 노창룡은 폐가에서, 정영곤과 박시형은 인적이 드문 숲속에서 발견됐다. 그러나 이철승의 사체가 발견된 곳은 사람이 자주 드나드는 모텔이다. 이는 곧 놈들이 CCTV에 노출될 확률이 높다는 것을 의미했다.

궁하면 통하고 두드리면 열리는 법. 판독 지역을 확대한지 이틀째, 이철승을 전담하고 있는 판독팀에서 배동휘를 찾아냈다. 이번엔 차가 아니라 실물이다.

"오른쪽에 있는 자가 배동휘입니다."

판독 수사관이 식당 문을 나서는 두 사내를 가리켰다. 배동휘 옆의 사내는 30대 중반 정도 되어 보였다. 이들이 CCTV에 잡힌 식당은 모텔에서 무려 7킬로미터나 떨어져 있었다. 이 날은 이철승이 살해된 9월 23일, 오전 9시 10분이다. 판독팀은 이들이 CCTV에 잡힌 식당에서 모텔 쪽으로 좁혀나갔다. 스무 명의 판독 수사관이 달려들어 토끼몰이 하듯 샅샅이 훑어나갔다.

그다음으로 배동휘가 CCTV에 잡힌 것은 오전 11시 5분, 버스 정류장 앞이었다. 이곳은 모텔에서 3킬로미터 떨어져 있었다. 그 후로 배동휘는 CCTV에 잡히지 않았다. 그러나 그것만으로도 이들의 동선을 따라잡을 수 있다.

우경준은 모텔이 있는 남양주 지도를 활짝 펼쳤다. 9월 23일 오전 9시 10분, 이들은 모텔에서 7킬로미터 떨어진 식당에 모습을 드러냈다. 두 시간 후 모텔에서 3킬로미터 떨어진 버스정류장에 나타났다. 4킬로미터를 CCTV가 미치지 않는 도보로 이용했을 것이다. 이철승이 사망한 시각은 12시 10분쯤이다.

"빙고!"

이쯤이면 배동휘를 조사실에 불러놓고 한바탕 뒤집어놓기에 충분했다. 배동휘가 진범인지 아닌지는 나중에 판단할 일이다.

4

선방 문틈으로 빛줄기가 스며들었다.

배 중령은 이불 속에서 기어 나와 방문을 활짝 열었다. 잠을 제대도 자지 못한 탓인지 온몸이 찌뿌둥했다.

닷새 전 허 감독에게 연락이 왔다. 당분간 몸을 피하는 게 좋겠다면서 암자에 들어갈 것을 권유했다. 달리 도리가 없었다. 조 검사가 작성한 수사 보고서에는 자신이 이름이 선명하게 박혀 있었다. 배 중령은 허 감독의 권유를 받아들여 암자에 몸을 숨겼다. 암자에 들어서기 전에, 전우회 부하들에게도 당분간 피신하라고 일러두었다.

수사팀의 그물망에 걸려들 줄은 꿈에도 몰랐다. 이상한 일이다. 아무리 더듬어도 수사팀에게 꼬리를 잡힐 만한 게 없었다. 수사 보고서에 나타난 것은 A프로젝트 사건뿐이었다. 이철승과의 악연도 이미 다 알려진 사실이다. 대체 어디에서 실마리를 찾은 걸까.

배 중령은 선방을 나와 계곡 쪽으로 발길을 잡았다. 이 암자는 낯이 익은 곳이다. 지난봄 허 감독이 이 암자에 묵었다. 외진 곳에 자리 잡아 은신처로는 제격이다. 암자에 드나드는 사람도 거의 없었다. 허 감독이 묵었던 선방 옆의 공무원 준비생은 보이지 않았다. 이번에도 낙방하면 뜻을 접어야 할 것이라는 그의 말이 어렴풋이 떠올랐다.

어제 비가 내려서인지 계곡 물이 빠르게 흘러내렸다. 물살은 바위들을 길잡이 삼아 굽은 길도 잘도 빠져나갔다. 그때 큰 바위 아래서 조약돌을 줍고 있는 동자승이 눈에 들어왔다.

"몇 살이야?"

동자승은 조약돌을 줍다 말고 고개를 들었다.

"일곱 살."

아들 녀석을 마지막으로 본 게 일곱 살 때다. 마흔이 다 돼서 얻은 늦둥이였다. 유일한 피붙이였다. 아들 녀석을 본 지도 2년이 훌쩍 넘었다.

군복을 벗고 난 후 생활이 말이 아니었다. 정치권과 언론은 하이에나처럼 집요하게 달려들었다. 국가 기밀을 유출했다는 혐의까지 씌워 기어이 법정에 세웠다. 집안이라고 예외가 아니었다. 틈만 나면 아내와 말다툼을 벌였다. 집에 있는 시간이 길어지면서 아내와 부딪히는 시간도 점점 늘어났다. 아내는 양심선언을 끝까지 만류했다. 그냥 못 본 척, 못 들은 척 흘러가는 대로 살자고 했다. 명예가 밥을 대신해 주지 않는다면서, 기자회견장에 나갈 때도 발목을 붙잡고 애원했다. A프로젝트 사업의 비리를 폭로한 이후 아내는 자신을 한 집안의 가장으로 여기지 않았다. 처자식은 안중에도 없는 무책임한 남자로 대했다. 아내의 잔소리를 견디다 못해 심부름센터에 나갔지만, 오래 가지는 못했다.

그러던 어느 날 집에 들어와 보니 아내가 보이지 않았다. 아들도 없었다. 서랍장 안에 넣어둔 비상금을 탈탈 털어 집을 나간 것이다. 처음엔 며칠 지나면 돌아올 줄 알았다. 그런데 그해가 다 가도록 깜깜무소식이었다. 오래 집 떠날 것을 예상했는지 아들 녀석의 옷도 꼼꼼하게 챙겼다. 이듬해 봄, 아내가 집을 나가고 딱 한 번 전화가 왔다. 통화는 일방적이었다. 입 한 번 벙긋할 틈을 주지 않았다. 너무 걱정하지 마라. 아이는 잘 있다. 당신도 팔자를 고쳐라……. 한마디 한마디가 등짝에 비수처럼 꽂혔다.

"여기에 있었군요."

등 뒤에서 허 감독의 목소리가 들려왔다. 배 중령은 애써 환한 표정을 지으며 그를 맞이했다. 허 감독은 계곡 옆의 바위에 걸터앉았다. 동자승은 조약돌을 승복에 한 아름 안고서는 법당 쪽으로 사라졌다.

"지낼 만합니까?"

"그런대로."

솔직히 갑갑하고 좀이 쑤셨다. 원래 군인 체질이어서 어디든 몸을 움직여야 직성이 풀렸다. 그나마 암자 음식이 입에 맞아 다행이다.

"삼시 세 끼 절밥을 먹을 줄 누가 알았나."

"곧 잠잠해질 겁니다. 소나기가 올 때는 피해 가야죠."

맞는 소리다. 그런데 그 소나기가 오래 갈 것 같아 걱정이다.

"5차 대상자는 정해졌나?"

몸은 암자에 머물고 있지만, 마음은 늘 테라피 홀 한가운데 있었다.

"김만철과 조민국이 후보자에 올라왔습니다."

어느 정도 예상하던 바다. 조민국이 집행 후보자에 올라온 것은 엄기석의 노력 덕분이다. 엄기석은 정영곤이 집행된 후부터 조민국을 강력하게 밀었다. A팀원에게도 찾아와 다음 집행 대상자로 조민국이 될 수 있게 힘을 써달라고 부탁할 정도였다.

"드디어 엄 변호사의 소원이 이루어졌군."

허동식은 그게 무슨 소리냐는 듯 아래턱을 내밀었다.

"엄 변호사는 늘 조민국을 마음에 두고 있었어. A프로젝트 사건으로 날 변호할 때 조민국 얘기를 한 적이 있지. 엄 변호사의 형을 밀고해서 투옥시킨 인물이 조민국이었거든."

엄기석이 한 말이 지금도 생생하다. 그의 형은 고문 후유증을 견디지 못하고 스스로 목숨을 끊었다. 그의 형이 자살로 생을 마감한 후, 조카를 20년 넘게 친아들처럼 키워왔다고 했다. 엄기석은 그때의 일을 아직도 가슴에 새겨 두고 있었다.

"혹시 모르니 엄 변호사에게 각별히 주의를 줘. 자신의 뜻대로 되지 않으면 무슨 짓을 저지를지도 몰라."

엄기석은 확실한 목표를 갖고 사는 사람이다. 목표가 분명할수록 목적의식이 강해지는 법이다. 자나 깨나 조민국이 집행 대상자에 올라오기만을 학수고대했을 것이다.

"고마워, 허 감독."

배 중령은 따뜻한 눈길로 허동식을 쳐다봤다.

"자네가 없었으면…… 난 벌써 저세상에 가 있었을 거야."

아내가 집을 나가고 처자식의 빈자리를 메워준 이가 허 감독이다. 당시 배 중령은 극단적인 생각을 할 정도로 피폐한 삶을 살고 있었다. 아내와 아들은 돌아올 기미가 없었다. 밤마다 외로움과 참담함이 밀려왔다. 산송장이 따로 없었다. 숨 쉬는 것도 버거웠다. 그렇게 사느니 차라리 목숨을 끊어야겠다고 생각했다. 그때 허 감독이 구세주처럼 다가왔다. 그가 내민 손길은 따뜻했다. 군복을 벗고 난 후 모처럼 사람 냄새가 나는 손길이었다.

"암자에 며칠 있더니 생각이 깊어진 모양입니다."

허 감독이 가볍게 웃어 보였다.

"난 지금도 자네가 한 말을 기억하고 있어."

"……."

"분노를 가슴에 담아두지 말고 마음껏 표출하자고 했지……. 아마 그때 정의나 양심 따위의 말로 날 설득하려고 했다면 단칼에 거절했을 거야. 그 한마디가 내 마음을 움직였어."

"그렇게 봐주니 고맙습니다."

지금도 그때의 생각과 변함없다. 분노를 표출하는 방법…… 그게 가장 확실하고 명쾌했다. 어차피 법이라는 테두리에서 선과 악을 구분 짓는 것은 불가능했다. 그러나 집행관이라면 얼마든지 가능했다.

5

용의선상에 오른 넷 중에, 하나가 감시망에서 이탈했다. 배동휘가 쥐도 새도 모르게 증발한 것이다.

그동안 수사팀은 네 명을 집중 관리했다. 최주호와 정윤주, 엄기석은 별다른 징후가 없었다. 집과 대학, 사무실, 신문사를 쳇바퀴 돌듯 오고갔다. 그런데 배동휘만이 종적이 묘연했다. 전우회 사무실에 나오지 않았고, 집에도 없었다. 전우회 사무실을 드나들던 사내들도 보이지 않았다. 그새 눈치를 채고 잠수를 탄 것일까.

'우 검사님이 찾습니다.'

사우나에서 잠깐 눈 붙인 사이, 수십 통의 문자 메시지가 날아들었다. 조희성은 문자를 확인하자마자 부랴부랴 수사본부로 들어섰다.

이번엔 또 무엇으로 달달 볶으려는 걸까. 우 검사의 호출이 있을 때마다 머리에 쥐가 났다. 박시형이 살해된 후부터 우 검사의 태도가 위험 수위를 넘어섰다. 그의 방에서 시도 때도 없이 쌍욕이 흘러나왔다. 우 검사는 사소한 일에도 분을 참지 못하고 사무실 집기를 내던졌다. 벌써 두 대의 전화기가 파손되고 거울 한 개가 박살났다. 어제부터는 수사관들의 정강이에 조인트를 날리기 시작했다.

"배동휘는?"

방에 들어서자 우 검사가 다짜고짜 배동휘 소식을 물었다.

"아직 소식이 없습니다."

"내가 뭐랬어? 자네가 보고서를 가져왔을 때…… 그놈부터 족치자고 했지?"

"그렇습니다."

배동휘를 불러들이기에는 때가 이르다고 판단했다. 엄기석이 변론을 맡은 것이나, 이철승과의 악연은 선뜻 내놓을 패가 아니다. 아주일보나 청담동 교차로 CCTV에 잡힌 배동휘의 차도 확실한 물증이 될 수 없다. 그래서 결정적인 단서가 나올 때까지 지켜보기로 했다. 그 와중에 배동휘가 감쪽같이 사라진 것이다.

"가까이 와봐."

우 검사가 가운데 손가락을 치켜세우고 앞뒤로 까딱거렸다. 가운데 손가락이 꼼지락거릴 때마다 어깨가 절로 움츠러들었다. 화풀이를 할 때 그게 신호라는 것을 뒤늦게 알았다. 조희성은 두어 발짝 그 앞으로 다가섰다.

"내가 그놈이 몸통이라고 했나…… 안 했나?"

"했습니다."

"근데 왜 안 잡아들였나?"

"……."

"내 말이 말 같지 않나?"

"아닙니다."

우 검사는 계속 같은 말을 반복하며 몰아세웠다. 등줄기에 식은땀이 흘렀다. 우 검사의 무표정한 얼굴에 섬뜩한 살기가 스며들었다.

"이게 뭔 줄 아나?"

우 검사가 두 장의 사진을 내밀었다. 하나는 두 사내가 식당 정문을 나서는 사진이고, 또 하나는 이들이 버스정류장 근처에 서 있는 사진이다. 호리호리한 사내는 푸른 점퍼를, 체격이 좋은 사내는 갈색 재킷을 걸쳤다.

"오른쪽에 있는 놈이 배동휘야."

우 검사가 갈색 재킷을 걸친 사내를 가리켰다.

"거기 찍힌 날짜를 봐."

9월 23일, 이철승이 살해된 날이다. 식당 정문 앞에서 찍힌 사진은 오전 9시 10분, 버스정류장에서 찍힌 사진은 11시 5분이다.

조희성의 입이 쩍 벌어졌다. 이들의 얼굴이 CCTV에 노출된 건 이번이 처음이다. 지난 며칠 동안 판독실에 처박혀 있더니 드디어 배동휘의 꽁무니를 잡은 것이다. 이 사진은 배동휘의 동선이 모텔로 향하고 있는 것을 말해 주고 있었다. 아쉽고 허탈했다. 하루만 일찍 찾아냈어도 배동휘의 목덜미를 낚아챌 수 있었다.

"내가 이번 사건에 목숨을 걸라고 했나…… 안 했나?"

"했습니다."

갑자기 방 안이 사우나에 들어선 것처럼 후텁지근했다. 우 검사의 몸에서 뿜어져 나오는 열기가 방 안에 가득했다.

"말로만 목숨을 걸 건가?"

조희성은 손등으로 이마에 맺힌 땀을 훔쳤다.

"이제 뭘 해야 하는지 알겠지?"

"네."

"나가봐."

조희성은 조용히 방을 나왔다. 우 검사가 열을 받을 만했다. 며칠 동안 밤을 꼬박 새가며 힘들게 단서를 찾아냈는데, 간발의 차이로 배동휘가 종적을 감췄다. 하여튼 대단한 발견이다. 조희성역시 판독팀과 함께 이철승이 살해된 모텔 주변의 CCTV를 모두 확인했다. 그러나 모텔에서 7킬로미터나 떨어진 식당까지는 뒤져보지 못했다.

이제야 노련한 수사 검사의 실력이 나오는 걸까. 우 검사의 짧은 몇 마디가 등골에 팍팍 꽂혔다. 그 어떤 쌍욕이나 고함보다 그 소리가 더 위압적으로 들렸다.

"받아보십시오. 최주호 미행 팀입니다."

박 형사가 전화기를 건네주었다. 사우나에 가기 전에 최 교수가 대학 정문을 나섰다는 소식을 전해 들었다. 그렇지 않아도 최 교수의 소식을 물으려던 참이었다.

"죄송합니다. 방금 최주호를 놓쳤습니다."

미행 담당 수사관의 목소리가 축 처졌다.

"지금 어딘가?"

"팔당댐 근처입니다."

정 기자의 차를 놓친 곳도 팔당 근처다. 그 주변에 미행을 따돌리는 길을 따로 만들기라도 했단 말인가.

"팔당댐에 대기하도록 해. 틀림없이 다시 그쪽으로 돌아올 테니까."

"알겠습니다."

이쯤에서 다시 한번 최 교수와 얼굴을 맞대야 할 것 같다. 나름 비장의 카드도 마련해 놓았다. 배동휘와 최 교수의 관계도 밝혀냈다. 이번엔 어물쩍 간만 보고 넘어가지 않을 것이다. 당장 숨통을 끊지는 못해도 어디 한 군데 죽지 않을 만큼 손을 볼 것이다.

6

미행을 따돌리는 것은 어렵지 않았다.

진작 두 팀이 번갈아가며 쫓고 있는 걸 알았다. 차가 양평에 접어든 뒤부터 검은 승용차로 바뀌었다. 서울에서 양평에 들어서기 전까지는 흰색 승용차가 백미러에 꾸준히 잡혔다. 검은 차는 추월할 수 있는 공간이 있는데도, 적당한 간격을 유지하면서 뒤를 따라왔다.

유원지 슈퍼에서 우회전을 한 후 빠르게 비보호 좌회전을 했다. 미행을 따돌릴 수 있는 유일한 길이다. 좌회전 길을 따라 비포장도로로 접어들면 요양원으로 향하는 국도가 나왔다. 더 이상 미행하는 차는 보이지 않았다.

수사팀을 따돌리면서까지 공연한 짓을 하는 건 아닐까. 요양원은 함부로 가서는 안 될 곳이다. 허동식은 당분간 집과 대학에만 죽은 듯이 처박혀 있으라고 주의를 주었다. 그런 당부에도 불구하고 기어이 요양원으로 방향을 잡았다. 팀이 위기에 빠졌는데 마냥 연구실에 죽치고 앉아 있을 수가 없다. 최주호는 주차장에서 멀찍이 떨어진 곳에 차를 세웠다.

땅거미가 빠르게 내려앉았다. 어둠과 빛이 교차하는 요양원 풍경은 눈이 시릴 정도로 매혹적이다. 테라피 홀과 돌담 별채, 통나무 별채에는 불이 꺼져 있다. 그런데 유독 팔작지붕 건물에서만 희미한 불빛이 새어 나왔다. 여러 차례 이곳을 드나들었지만, 팔작지붕 건물에 불이 들어온 것은 처음이다. 아무도 드나들지 않기에 그냥 방치된 건물인 줄 알았다. 요양원에 처음 온 날, 허동식이 한 말이 떠올랐다. 팔작지붕 건물에는 절대 가지 말라고 했다.

최주호는 팔작지붕 건물로 슬금슬금 다가갔다. 저 안에 누가 있을까. 함부로 접근해서는 안 될 곳이라고 여기면서도 강렬한 호기심을 주체할 수가 없다. 이 팔작지붕 건물은 테라피 홀 위의 언덕에 자리 잡고 있어서 마치 감시 초소 같은 인상을 주었다. 몸을 최대한 낮추고 팔작지붕 건물 앞으로 바짝 다가섰다. 건물 안에서는 사람의 목소리가 두런두런 들려왔다.

"저도 배 중령이 노출될 줄은 몰랐습니다."

"수사팀이 배 중령의 사진도 확보하고 있습니다."

윤 실장의 목소리에 이어 허동식의 목소리가 흘러나왔다.

"낭패로군…… 알았네. 그 얘긴 차차 하기로 하고……."

이번엔 나이가 든 목소리다. 잠시 그들 사이에 침묵이 흘렀다.

"조민국은 누가 올렸나?"

나이 든 목소리가 물었다.

"엄 변호사입니다. 엄 변호사는 조민국과 구원이 있었더군요."

허동식이 말했다.

"구원이라니?"

"오래전에 조민국이 엄 변호사의 형을 밀고해서 투옥시켰다고
합니다."

"개인감정에 휘둘려서는 안 돼."

"엄 변호사는 여전히 조민국을 마음에 두고 있습니다."

"그깟 한물간 정치인을 제거한들 무슨 소용이 있나."

"저도 같은 생각입니다."

윤 실장이 나이 든 목소리를 받았다.

"다른 소식은 없나?"

"북극성 부하가 김만철의 주변을 훑고 있습니다."

"집행 날짜도 잡아놨습니다. 10월 22일이 김만철의 결혼 30주
년 기념일입니다."

"오호, 그거 괜찮군."

최주호는 귀를 의심했다. 벌써 5차 집행 대상자가 정해졌다는

소린가. 수순대로라면, 다음 주 집행 회의에서 김만철과 조민국 중에 집행대상자가 가려질 예정이다. 그런데 이들은 이미 김만철의 집행 날짜까지 잡아놓았다.

"이번엔 좀 거칠게 다룰 생각입니다."

"너무 욕보이진 말게."

잠시 후 문이 열리고, 허동식에 이어 윤 실장이 모습을 드러냈다. 최주호는 건물 옆의 나무에 몸을 숨겼다. 허동식과 윤 실장은 서로 대화를 주고받으며 언덕 아래로 내려갔다. 돌담 별채와 통나무 별채에 동시에 불이 들어왔다.

나이 든 목소리의 주인공은 누구일까? 허동식과 윤 실장이 깍듯하게 대하는 것으로 봐서 보통 인물은 아닌 것 같다. 혹시 이 조직의 최고 우두머리가 아닐까. 이 판을 처음 계획하고, 판을 키우고, 판을 주도해 가는 인물……

한동안 꼼짝하지 않고 팔작지붕 건물을 지켰다. 나이 든 목소리의 주인공이 누구인지 두 눈으로 확인하고 싶었다. 시간이 꽤 흘렀는데도 건물 안의 주인공은 모습을 드러내지 않았다. 책장을 거칠게 넘기는 소리만이 간간이 흘러나올 뿐이다.

콧잔등이 또 근질거리며 재채기 신호를 보내왔다. 최주호는 두 손으로 입을 막고 언덕 아래 수풀 쪽으로 내려갔다. 시도 때도 없이 재채기가 터져 나오려고 발버둥을 쳤다. 재채기를 막으려다가 헛구역질까지 치밀어 올라왔다. 도저히 감당이 되지 않아 잠시 팔작지붕 건물을 벗어났다. 그때였다. 산기슭을 내려가는데 커다란 동굴이 눈앞을 막아섰다.

오오, 이런 곳에 동굴이 있다니……. 갑자기 온몸이 돌부처처럼 뻣뻣하게 굳어졌다. 요양원에 여러 차례 드나들었지만, 이 안에 동굴이 있는 줄은 까맣게 몰랐다. 이 동굴은 팔작지붕 건물의 고혹한 분위기와도 잘 어울려 보였다. 동굴 옆의 나뭇가지도 치렁치렁 늘어져 있어서 판타지 영화의 한 장면을 보는 듯했다.

최주호는 어떤 강력한 힘에 이끌리듯 천천히 동굴 앞으로 다가갔다. 시커먼 아가리가 어서 들어오라고, 뭘 꾸물거리느냐는 듯 서늘한 입김을 뿜어댔다. 동굴 안으로 몇 걸음 들여놓자, 검은 물감을 뒤집어쓴 것처럼 아무것도 보이지 않았다. 동굴 특유의 냉기가 사방에서 뿜어져 나왔다. 휴대폰을 꺼내 손전등 버튼을 눌렀다. 그제야 주위가 밝아지면서 동굴 안이 훤하게 드러났다. 생각보다 그리 큰 동굴은 아니다. 10평 정도나 될까. 자연 발생적으로 생긴 동굴 같기는 한데, 군데군데 사람의 손길이 닿은 흔적도 보였다. 그때였다. 휴대폰 불빛이 동굴 천정을 비추는 순간 최주호는 자신도 모르게 두어 발짝 뒤로 물러났다. 손바닥만 한 크기의 인형이 동굴 천정에 대롱 매달려 있는 게 아닌가!

한눈에 봐도 보통 인형이 아니다. 가늘게 찢어진 눈에 우뚝한 코, 구릿빛의 깡마른 얼굴, 촘촘하게 엮은 실매듭으로 머리에 씌워진 모자……. 일반 가게에서는 볼 수 없는, 이국적이면서도 토속적인 냄새가 짙은 인형이다. 인형의 몸에는 바늘이 여러 개 꽂혀 있었다. 머리, 가슴, 팔, 다리 할 것 없이 온통 바늘 천지였다. 인형의 두 눈에는 금방이라도 붉은 피눈물이 주르르 흘러내릴 것 같다.

휴대폰 불빛을 비추며 동굴 안을 더듬어 나갔다. 인형은 모두 네 개였다. 낙숫물이 떨어지는 천정에도, 고드름처럼 튀어나온 천정 벽에도 인형이 매달려 있었다. 네 개의 숫자가 무얼 의미하는지 감이 왔다. 노창룡, 정영곤, 이철승, 박시형의 분신이 아닐까. 한 명씩 저세상에 보낼 때마다 인형의 숫자도 늘어난 게 아닐까. 최주호는 도망치듯 동굴을 빠져나왔다. 더 오래 머물렀다가는 저 인형 꼴이 될 것 같았다.

팔작지붕 건물은 어둠에 푹 잠겨 있다. 불이 꺼지고 고요한 적막이 흘렀다. 책장 넘기는 소리도 들려오지 않았다. 그새 나이 든 목소리의 주인공이 건물을 빠져나간 것이다. 팔작지붕 건물뿐만이 아니다. 통나무 별채도, 돌담 별채도 어둠에 둘러싸여 있었다. 잠시 동굴에 머문 사이 약속이나 한 듯 모두 사라졌다.

최주호는 돌담 별채 쪽으로 터벅터벅 걸어갔다. 별채 안으로 들어가자마자 서랍과 책장을 뒤졌다. 이제 열혈 조직원으로서 맡겨진 일을 할 차례다. 연구실에 처박혀 있느라 최근 자료를 정리하지 못했다. 집행관의 열정을 기록해 달라는 허동식의 제안을 받은 후로 마음이 더 다급해졌다.

노란 파일철에는 김만철과 조민국의 자료가 한데 뒤섞여 있었다. 김만철의 자료가 조민국의 자료보다 훨씬 많았다. 김만철의 자료를 훑어보다가 손길이 멈추었다. 10월 22일에 빨간 펜으로 동그라미가 그어져 있다. 김만철의 결혼 30주년 기념일…… 5차 집행이 이뤄지는 날이다.

팔당댐에 이르러서 차의 속력이 줄어들었다. 차 사고가 난 것 같지는 않았다. 이곳은 1차선 일방통행로이기 때문에 사고가 나면 댐 위를 건널 수가 없다. 최주호는 차창 밖으로 고개를 내밀었다. 저 멀리 이동식 바리게이트가 한눈에 들어왔다.

"잠시 검문이 있겠습니다."

형광안전조끼를 입은 경찰이 차를 세웠다. 경찰은 신분증과 얼굴을 대조하더니 비릿한 미소를 흘렸다.

"최주호 씨 맞습니까?"

"그렇습니다."

"차에서 내리십시오."

"무슨 일입니까?"

"여깁니다. 여기요!"

경찰은 대답은 않고 형광 막대기를 마구 흔들었다. 잠시 후 건장한 체격의 사내들이 차 앞으로 다가왔다.

"저희와 함께 가주셔야겠습니다."

두 사내가 최주호를 차에서 끌어내린 후 검은색 승용차에 밀어넣었다. 서울에서 양평까지 미행하던 그 차였다. 그들은 미행을 놓쳤다고 해서 그냥 돌아간 게 아니었다. 팔당댐을 차단하고 자신이 나타나기만을 목이 빠지게 기다리고 있던 것이다.

최주호는 마음을 굳게 먹었다. 이제 곧 조 검사의 신문이 있을 것이다. 지난번과는 달리 매섭게 몰아붙일 것이다. 서울로 올라가는 차 안에서 조 검사가 던질 질문을 곰곰이 더듬었다. 이미 안 과장으로부터 혹독한 신문을 받았다. 궁색한 변명이 통하지 않으리라는 것을 잘 알고 있다. 그래서 그에 대한 대비책을 마련해놓았다. 안 과장의 주문대로, 조 검사에게 정면으로 대응할 생각이다. 조 검사가 알고 있는 것은 아는 대로, 그가 의문점으로 남겨둔 것은 또 그것대로 말하면 됐다. 그러나 그게 생각대로 잘 될지는 의문이다.

7

"오랜만입니다."

조희성은 자판기에서 뽑은 커피를 탁자 위에 올려놓았다. 자리에 앉기 전에 최 교수의 눈을 슬쩍 곁눈질했다. 그의 눈동자가 부지런히 움직이고 있었다. 뇌세포는 더 빠르게 돌아가고 있을 것이다. 어떤 질문이 나올지 예상하고, 또 어떻게 답변할지 준비하고 있는 것이다. 한두 번 겪어본 게 아니다. 신문을 앞둔 용의자들의 표정은 하나같이 데스마스크 같았다. 데스마스크에서 유일하게 움직이고 있는 것이 두 눈동자다.

"태우시겠습니까?"

조희성은 박 형사에게 빌린 담배를 내밀었다.

"안 피웁니다."

"이곳까지 오게 해서 미안합니다. 우선 저희들의 입장을 양해해 주십시오."

탁자 위에 두 손을 올려놓으며 정중하게 말했다. 최 교수는 그런 양해는 필요 없으니 어서 용건을 말해 보라는 듯 고개를 치켜들었다.

"팔당에는 무슨 일로 간 겁니까?"

일단 목적지에 무슨 볼일이 있는지를 물었다.

"다음 달에 저희 학부 교수 세미나가 있습니다. 교외에서 세미

나를 열자는 의견이 있어서 예비답사 차 간 겁니다."

최 교수는 그런 질문이 나오기를 기다렸다는 듯 빠르게 대꾸했다. 아마 그가 예상하던 질문 중의 하나였을 것이다. 이번엔 질문을 약간 비틀어봤다.

"굳이 평일 밤에 갈 필요가 있습니까?"

"주말에 약속이 있습니다."

"좋습니다. 단도직입적으로 묻겠습니다. 대학 도서관에서 『일제 강점기 고문 잔혹사』라는 책을 대출한 적이 있습니까?"

조희성은 곧바로 본론으로 들어갔다. 공청회장 앞에서 대면했을 때처럼 어물쩍 넘기는 일은 없을 것이다. 최 교수를 불러들이기에 앞서 제법 쓸 만한 무기를 준비했다. 치명상을 입힐 수는 없어도 깊은 흉터 자국은 남길 수 있는 무기다.

"그렇습니다."

"그 책의 일부 내용이 노창룡을 살해하는 데 사용한 것도 알고 있습니까?"

최 교수는 고개를 끄떡였다.

"교수님은 용의자들과 접촉했을 뿐만이 아니라 이들에게 범죄에 이용된 자료도 제공했습니다."

"제가 이번 사건에 연루되어 있다면…… 굳이 부인하지는 않겠습니다. 우선 처음 만났을 때 빠뜨린 몇 가지를 말씀드리겠습니다. 제가 대출한 책과 저의 연구 논문이 이번 사건에 이용된 것은 사실입니다. 이는 정체불명의 한 남자로부터 자료 요청을 받았기 때문입니다."

"누가 그런 자료를 요청했습니까?"

"그건 저도 모릅니다."

"자료를 요청한 사람을 모르다니요."

"제 말을 더 들어보십시오. 노창룡 사건이 일어나기 얼마 전에 이상한 봉투가 연구실에 배달되었습니다. 이 봉투 안에는 제가 예전에 쓴 칼럼이 들어 있었는데, 저는 익명의 독자가 보내온 걸로 알고 크게 신경을 쓰지 않았습니다. 검사님은 잘 모르겠지만 칼럼니스트에게는 극성 독자들이 있게 마련입니다……. 그런데 그로부터 며칠 지나 한 남자로부터 연락이 왔습니다. 노창룡의 약력과 친일 행각, 그리고 고등계 형사들이 사용한 고문 수법 자료를 보내달라고 요청해 왔습니다. 처음엔 그 남자의 요구에 응하지 않았습니다. 신분도 모르는 사람에게 그런 부탁을 들어줄 정도로 한가하지 않았거든요. 그런데 이튿날 그 남자에게서 또 전화가 왔습니다."

"그래서 노창룡의 자료를 그자에게 보냈습니까?"

"그렇습니다. 솔직히 느낌이 별로 좋지 않았지만, 하도 간청하는 바람에 노창룡의 자료를 찾아 보냈습니다. 제가 도서관에서 대출한 책에는 등나무 감기기라는 고문 자료가 있습니다."

"어떻게 자료를 보냈습니까?"

"우편으로 보냈습니다."

"주소지를 기억하십니까?"

"대학 내의 도우미 아주머니가 치우지 않았다면 연구실 어딘가에 주소지가 있을 겁니다."

"그와 유사한 부탁이 또 있었습니까?"

"보름 정도 지나서 이번엔 조선시대 형벌에 관한 자료를 요청

해 왔습니다. 그러나 이번엔 단호하게 거절했습니다. 아마 저뿐
아니라 어느 누구도 그런 부탁을 들어주지는 않았을 겁니다…….
그때는 노창룡이 이미 살해된 후였으니까요. 그런데도 괴전화는
계속 걸려왔습니다."

"경찰엔 왜 알리지 않았습니까?"

"솔직히 두려웠습니다. 노창룡을 그 지경으로 만든 작자들이
저 하나쯤은 쉽게 해치우리라는 생각이 들었기 때문입니다."

"보복이 두려웠다는 소린가요?"

"그렇습니다. 그 남자의 농간에 말려들고 있다는 것을 알면서
도 거절할 수 없었습니다. 그자는 제 아내가 시카고에 거주하고
있는 것도 알고 있었습니다. 아내에게도 이상한 우편물을 보냈다
고 하더군요……. 아내에게 연락해 보면 제 말을 이해할 수 있을
겁니다. 사나흘 동안 버티다가 결국 제 연구 논문에서 자료를 발
췌해 그자에게 보냈습니다."

"그자가 왜 교수님께 그런 부탁을 했다고 생각하십니까?"

"저도 그게 의문입니다. 아마 제 칼럼을 보고 영감을 받지 않았
나 하는 생각이 듭니다."

"영감이라뇨?"

"그건 검사님의 판단에 맡기겠습니다."

"이해가 안 가는군요. 지난번에는 왜 그런 말을 하지 않았죠?"

"앞서 말했듯이 어느 누구에게도 말할 수 없었습니다. 누군가
늘 제 주위를 감시하는 기분…… 이해해 주시기 바랍니다."

"그 후로도 전화가 왔었나요?"

"정영곤이 살해된 후로는 연락이 없었습니다."

조희성은 잠시 뜸을 들인 후 입을 열었다.

"아주일보 정윤주 기자를 잘 아시죠?"

"잘 안다기보다 사건이 발생하고 한두 번 만난 일이 있습니다."

"아주일보에서 정 기자를 만난 일이 있습니까?"

"그렇습니다."

"무슨 말을 나눴습니까?"

"제가 발췌한 자료가 어떻게 기사화됐는지를 물었습니다. 정 기자는 그 자료를 익명의 제보자로부터 받았다고 하더군요. 그러니까 제가 발췌한 자료가 그자를 통해 정 기자에게 흘러들어간 것 같습니다."

들고 보니 일리가 있는 소리다. 최 교수가 발췌한 자료의 흐름이 딱 들어맞았다. 정 기자 역시 익명의 제보자로부터 그 자료를 건네받았다고 했다.

"A프로젝트 사건이라고 들어보셨습니까? 3년 전에 일어난 사건인데."

"언론을 통해 본 적이 있습니다."

"이 사진을 잘 보십시오."

조희성은 탁자 위에 사진을 올려놓았다. 이제 최 교수의 급소를 두드릴 차례. 지금까지 잘 버텨왔지만, 앞으로 10분 내에 두 손을 들고 투항할 것이다.

"아는 사람입니까?"

"모릅니다."

"다시 한번 잘 보십시오."

조희성은 최 교수의 눈을 매섭게 노려보았다. 그에게 내민 사진은 버스정류장 앞에서 찍힌 배동휘다.

"모르겠습니다. 처음 보는 사람입니다."

"좋습니다. 이 아이는 알고 있겠죠?"

이번에 내민 사진은 꼬마 아이의 얼굴이다. 최 교수가 다니는 대학 근처에서 순대를 팔고 있는 아주머니의 막내아들이다. 인문대 수위도 이 아이의 얼굴을 똑똑히 기억하고 있었다.

"앞서 말한 대로 제 칼럼을 심부름 한 아이입니다."

"심부름을 시킨 자를 알고 있습니까? 그 아이 말로는 턱 밑에 점이 있고 프로야구단 모자를 썼다고 하더군요."

"……."

"이 사진을 다시 보십시오.

조희성은 배동휘의 사진을 가리켰다.

"이 자가 A프로젝트 사건을 최초로 폭로한 배동휘입니다. 바로 교수님의 칼럼을 그 아이에게 심부름을 시킨 자입니다."

그동안 수사팀은 배동휘와 최 교수의 연결 고리를 찾기 위해 사방팔방 뛰어다녔다. 마침내 노창룡이 살해되기 직전 배동휘가 최 교수의 대학에 다녀간 것을 밝혀냈다. 턱 밑에 큰 점…… 꼬마 아이도 배동휘의 얼굴을 똑똑히 기억하고 있었다. 배동휘가 대학에 처음 나타난 것은 7월 17일이었는데, 그로부터 열흘 후 노창룡이 살해됐다. 배동휘가 두 번째 나타난 것은 8월 19일이었고, 정영곤이 살해된 날은 9월 2일이다.

"그래도 모르겠습니까?"

"모릅니다. 저도 그 아이에게 심부름을 시킨 자가 누구인지 궁금했습니다."

"교수님!"

조희성의 목소리가 날카롭게 울렸다.

"그 꼬마 아이를 조사했다면 잘 알고 있을 텐데요. 저 역시 그 꼬마 아이에게 심부름 시킨 자가 누구인지를 여러 차례 물었습니다. 제가 그자가 누구인지 알았다면 굳이 물어볼 필요가 있겠습니까?"

배동휘와는 일면식도 없다는 소리다. 그 뒤로 반시간 가량 더 신문이 이뤄졌다. 정 기자의 오빠에 대해서도 잠깐 언급했으며, 배동휘의 변론을 맡은 엄기석에 대한 반응도 살폈다. 최 교수는 이미 알려진 사실은 확실하게 답변을 했으나, 수사팀이 얻고자 하는 것은 모르쇠로 딱 잡아뗐다.

조희성은 맥이 빠졌다. 최 교수를 데려올 때만 해도 자신감에 차 있었다. 그런데 최 교수는 기름장어처럼 잘도 빠져나갔다. 완벽하지는 않은데 빈틈이 별로 없었다. 그는 조사를 받는 동안 내내 평상심을 유지했다. 최 교수의 눈빛이 흔들린 것은 딱 한 번뿐이었는데, 바로 배동휘의 사진을 내밀었을 때였다.

오늘은 이쯤에서 끝내야 할 것 같다. 더 다그칠 내용도 없고, 비장의 카드도 바닥이 드러났다. 최 교수에게 깊은 상처를 내기는커녕 되치기를 당한 기분이다. 그래도 두 가지 사실만은 확신할 수 있다. 최 교수가 배동휘를 알고 있다는 것, 그리고 이번 사건에 그가 협력자든 용의자든 간에 조직의 한 일원으로 참여하고 있다는 것이다.

"조 검사님!"

조사실을 나가려는데 박 형사가 거칠게 문을 열고 들어왔다.

"무슨 일입니까?"

"바, 방금 전에…….."

박 형사의 얼굴이 하얗게 굳어졌다.

"조, 조민국이 살해됐습니다…….."

8

조민국 전 의원(79)이 성북동 자택 앞에서 숨진 채 발견돼 경찰이 수사에 나섰다. 성북경찰서는 이날 밤 11시 17분께 조 전 의원이 성북동 자택 인근 대로에서 피를 흘린 채 발견돼 인근 병원으로 긴급 후송되었으나 응급실에 도착한 지 두 시간 만에 사망했다고 밝혔다. 조 전 의원의 사인은 흉기에 의한 과다출혈인 것으로 확인됐다.

경찰은 범행 장소에서 1백여 미터 떨어진 편의점 쓰레기통에서 범인이 사용한 것으로 보이는 과도와 목장갑을 발견해 국립과학수사연구소에 의뢰했다. 또한 조 전 의원 자택 주변에서 두 명의 목격자를 확보하고 용의자의 인상착의를 조사 중이다. 조 전 의원은 3년 전 정계에서 은퇴하고 자택에서 자서전 집필에 전념해 온 것으로 알려졌다.

누가 봐도 이건 아마추어 솜씨다. 지난 사건과는 달리 서툴고 어설펐다. 뒤처리도 깔끔하지 못했다. 아무런 준비도 없이 마구들이댄 꼴이다. 최주호는 대학 후문을 빠져나오자마자 택시를 탔다.

"아주일보로 갑시다!"

조민국을 제거한 인물은 누구일까? 지난 14차 집행 회의에서 엄기석은 조민국을 반드시 처단해야 한다고 발언 수위를 높였다. 허동식과 윤 실장이 제지해도 아랑곳하지 않았다. 그렇다면 엄기석이 조직의 규율에 반기를 들고 단독으로 나선 걸까? 어디서부터 어긋난 것인지 헷갈렸다. 팔작지붕 안에서 들려오던 목소리들은 5차 집행 대상자로 김만철을 점찍었다. 돌담 별채 안에서 본 자료에도 김만철의 집행 날짜가 10월 22일로 표기되어 있었다.

"잠깐만이요. 지금 어디로 가는 겁니까?"

택시는 충정로를 지나 시내로 들어서고 있었다.

"아주일보 간다고 하지 않았습니까?"

거기는 근처도 얼씬거려서는 안 될 곳이다. 사복경찰들이 두 눈 시퍼렇게 뜨고 잠복해 있을 것이다. 최주호는 휴대폰을 빼들고 허동식에게 전화를 걸었다. 그가 전화를 받자마자 지금 있는 곳이 어디냐고 물었다. '집'이라는 대답이 돌아왔다. 마침 잘 됐다.

"화곡동, 화곡동으로 가주세요."

정 기자를 만나려던 계획을 허동식으로 바꿨다. 지금 이 순간, 어느 누구라도 만나지 않으면 미칠 것 같았다. 오만 잡념이 머릿속을 붕붕 떠다녔다. 가뜩이나 조 검사의 수사 보고서로 골치가 지끈거리는데, 조민국의 사건으로 아수라장이 된 느낌이다.

"조민국은 누가 죽인 거야?"

허동식의 집에 들어서자마자 대뜸 그렇게 물었다. 이것저것 사정을 살필 겨를이 없다.

"나도 이렇게 일이 꼬일 줄은 몰랐다."

허동식은 가늘게 한숨을 내쉬었다. 오늘따라 그의 어깨가 축 처져 보였다. A팀의 리더, 집행관의 강인한 모습은 어디에서도 찾아볼 수가 없다. 그 역시 조민국 사건으로 큰 충격을 받은 듯했다.

"엄 변호사가?"

허동식은 고개를 끄떡였다. 그래도 설마 했는데, 기어이 일을 저지르고 말았다. 법조인답게 냉철한 사람이라고 여겼다. 특수부에서 날렸다던 칼잡이 명성은 똥물에 처박아 둔 모양이다.

"이젠 어떻게 할 거야?"

"……"

"대비책이 있어야 할 거 아냐."

그를 다그치고 싶지 않은데, 말이 그렇게 툭 튀어나왔다. 똑, 똑, 똑! 그때 문을 두드리는 소리가 짧고 굵게 세 번 들려왔다. 허동식이 문을 열자 누군가 고개를 내밀었다. 북극성이다.

"교수님도 함께 있는 줄은 몰랐소."

북극성이 의외라는 듯 최주호를 위아래로 쓰윽 쳐다봤다. 최주호도 굳이 그의 눈길을 피하지 않았다.

"2차 수사 보고서요."

북극성이 서류 봉투를 바닥에 내려놓았다. 겉장에 조희성이라는 이름 석 자가 눈에 들어왔다. 2차 수사 보고서는 지난번보다 분량이 훨씬 적었다. 세 장에 불과한 약식 보고서였다. 이 보고서에서 눈여겨볼 것은 최근에 입수한 세 가지 정보다. 첫째, 용의선상에 윤 실장이 추가돼 다섯 명으로 늘어났다. 둘째, 조민국 사건에 두 명의 목격자 신원을 확보했다. 셋째, 사건 발생 이틀 전, 조민국의 집에 전화를 한 제보자를 추적 중이다. 보고서에는 제보자의 발신지가 양수리로 나와 있었다.

"이젠 볼 장 다 본 것 같소. 엄기석은 지금 어디 있소?"

북극성이 고개를 까딱거리며 물었다.

"연락이 되지 않소."

"그리 깽판을 치고도 목숨이 붙어 있으면 안 되지."

북극성의 눈매가 쭉 찢어졌다. 그의 시선이 바닥에 깔린 2차 보고서에 한동안 머물렀다.

"다르마는?"

다르마라니, 그건 아주 생소한 호칭이다.

"양수리 별장에 있소?"

"자리를 옮긴 모양이오."

"일이 더 커지기 전에 계획대로 갑시다. 조직을 깨뜨린 자는 어느 누구도 예외일 수 없소. 그들이 먼저 자초한 일이오."

"알았소."

"난 양수리를 거쳐 대광사로 가보겠소. 허 감독은 엄기석을 맡으시오."

"……"

"후한을 남기는 것처럼 우매한 짓은 없소."

북극성이 사라지고 방 안에 무거운 침묵이 흘렀다.

"저 친구와 무슨 소릴 한 거야?"

북극성과 허동식의 짧은 대화가 무엇을 말하는지 대충 알아들었다. 이들은 엄기석과 '다르마'의 목숨을 노리고 있었다.

"넌 모르는 게 좋아⋯⋯."

"나도 알아야겠어. 아직도 날 못 믿는 건가?"

"숨기려는 게 아니야⋯⋯. 네가 알아서 좋을 게 없다는 거지."

"좋든 싫든 그건 내가 판단해."

그동안 허동식의 말에 순순히 따르기만 했다. 궁금한 게 있어도, 의문이 철철 넘쳐나도 참고 또 참았다. 그러나 이번만큼은 그냥 넘어갈 수 없다. 더 이상 꿰다 놓은 보릿자루가 아니다.

"엄 변호사를 없앨 참이야?"

"너도 들었잖아. 그가 먼저 자초한 일이라고."

"저 친구가 말한 다르마는 누구야?"

"⋯⋯."

"그자도 죽일 건가?"

"일이 끝나면 말해 줄게⋯⋯. 모두 다⋯⋯."

허동식은 탁자 위에 있는 웃옷을 걸쳤다. 최주호는 집을 나서려는 허동식의 소매를 붙잡았다.

"말해 봐. 그자가 누구인지."

허동식은 문 앞에서 걸음을 멈추고는 다 죽어가는 목소리로 입을 열었다.

"심판관은⋯⋯ 우리가 아니야⋯⋯."

9

조민국 전 의원의 피살 사건을 수사 중인 경찰은 조 전 의원이 피살되기 전에 걸려온 익명의 제보 전화에 주목하고 있다. 조 전 의원 가족에 따르면 익명의 제보자가 조 전 의원에게 신변의 위협이 있을지 모르니 외출을 자제하라고 말했다는 것이다. 이에 따라 경찰은 조 전 의원 자택에 걸려온 익명의 제보자가 이번 사건의 중요한 단서가 될 것으로 보고 발신지를 추적 중이다. 사건 당일 조 전 의원은 입시 학원에 다니는 손자의 귀가 시간에 맞춰 집 앞에 나갔다가 변을 당한 것으로 알려졌다.

조민국 사건은 앞선 네 번의 살인 사건과는 확연하게 달랐다. 목격자가 있을 법한 주택가에서 범행을 저질렀다는 점, 피해자가 사망한 것을 확인하지도 않고 사라졌다는 점, 사건 현장 근처에 유력한 증거물을 남겼다는 점……. 범행에 사용된 칼과 장갑은 사건 현장에서 1백여 미터 떨어진 편의점 쓰레기통에서 발견됐다. 그뿐이 아니다. 피해자의 옷에서 용의자의 모발이 검출되고 범행에 사용된 장갑에서는 지문이 나왔다. 이쯤이면 어서 날 잡아가쇼, 하는 것과 다름없다.

혹시 모방범죄가 아닐까? 수사관들은 칼도 다룰 줄 모르는 초보자의 솜씨라고 입을 모았다. 수사팀은 가장 먼저 사체의 발가락을 확인했다. 새끼발가락의 발톱은 멀쩡했다. 하긴, 주택가에서 사체의 발톱을 빼내가는 건 무리였다.

조희성은 동일범에 더 무게를 두었다. 범행 수법이 허술하다고 해서 살인의 의도가 비켜가는 것은 아니다. 반드시 사체에 동일 표식을 남길 필요도 없다. 어차피 이들의 목적은 하나, 공공의 적의 명줄을 끊는 것이다. 조민국이 지금까지 걸어온 이력은 5차 피해자로서 조금도 손색이 없다. 범인들에게 딱 맞는 먹잇감인 것이다. 앞선 네 명의 피해자의 이력과 견줄 만했다.

이번 사건의 수사 초점은 두 가지로 모아졌다. 하나는 조민국을 살해한 진범이다. 용의자는 주택가를 서성거리다가 밤늦게 조민국이 집에 나온 것을 보고 범행을 저질렀다. 범행 현장 주변을 지나던 목격자도 두 명이나 확보했다. 폐쇄회로 판독팀은 조민국 집 주변의 CCTV를 집중 판독했다. 여러 정황으로 봐서 진범을 찾는 것은 그리 어려워 보이지 않았다.

그다음은 조민국에게 신변 위협을 알린 제보자다. 조민국의 아내는 사건 발생 이틀 전 익명의 제보자로부터 전화가 왔었다고 증언했다. 제보자는 조민국이 큰 해를 입을지 모르니 안전에 유의하라는 말을 남겼다고 했다. 제보자의 신원은 밝혀지지 않았다.

조희성은 익명의 제보자를 주목했다. 지난 사건과의 연관성 때문이다. 사건이 터지기 직전, 최 교수와 정 기자는 익명의 제보자로부터 연락을 받았다. 이번 사건의 제보자는 장막 뒤에 숨어 제보자 이상의 역할을 했다. 조민국에게 신변 위협을 알린 제보자도 한 패거리는 아닐까. 조민국이 살해될 것을 알고 있었다면, 그 역시 제보자 이상의 역할을 했을 것이다. 다시 말해 이번 살인 사건을 잘 알고 있는 인물이거나 협력자일 것이다.

한나절 만에 발신지 추적 결과가 나왔다. 경기도 양평군 양수리 234번지 일대의 공중전화였다.

"양수리는 팔당댐에서 가까운 곳입니다."

박 형사가 말했다. 조희성 역시 양수리라는 지명을 봤을 때 가장 먼저 팔당댐을 떠올렸다. 최 교수와 정 기자의 차를 놓친 곳도 그 근처다. 수사팀은 공중전화 인근에 설치된 CCTV 판독 작업과 함께 이 일대에 거주하는 70여 가구를 전수 조사했다. 그런데 주소지에 등록된 명단을 파악하다가 뜻밖의 이름을 발견했다.

오오, 이게 누군가! 조희성의 눈이 휘둥그레졌다. 주소지 명단 중간쯤에 낯익은 이름 석 자가 납작 누워 있었다. 여기서 그 이름을 보게 될 줄이야……. 한동안 까맣게 잊고 있던 이름이 수면 위로 떠올랐다.

결국 심판관의 정체를 밝혀내지 못했다.

허동식은 집을 나설 때까지도 입에 단단히 자물쇠를 채웠다. 아무리 붙잡고 늘어져도 소용없었다. 곧 알게 돼…… 택시를 집어 타면서 기껏 한다는 말이 또 그 진절머리 나는 소리였다.

최주호는 연구실에 들어서자마자 창문을 활짝 열었다. 대운동장에서 꽹과리 소리가 들려왔다. 풍물패들이 춤사위를 벌이며 운동장을 빙빙 돌고 있었다.

허동식이 말한 심판관은 누구일까? 감이 전혀 없지는 않았다. 중간 수사 보고서에도, 북극성이 가져온 2차 보고서에도 심판관의 자취가 없다. 심판관은 머리카락 보일세라 어둠의 장막 뒤에 꼭꼭 숨어 있다. 그렇다고 심판관의 존재가 영원히 장막에 가려져 있는 것은 아니다. 눈을 감고 심판관의 자취를 차분히 더듬어 나갔다.

'개인감정에 휘둘려서는 안 돼…….'

팔작지붕 건물 안에서 흘러나온 나이 지긋한 목소리…… 바로 그가 심판관이 아닐까. 최주호는 여기저기 흩어져 있는 기억의 파편들을 한곳으로 모았다. 이제 숨은 그림을 찾을 차례다. 꼬마가 처음 칼럼을 가지고 나타났을 때부터 다섯 명의 인간쓰레기가 집행될 때까지, 여러 장면들이 앞서거니 뒤서거니 하면서 휙휙 지나쳤다. 무엇보다 북극성이 내뱉은 말을 주목했다. 다르마, 양수리 별장…… 마침내 기억의 상자가 열리고 숨은 그림이 서서히 상자 위로 올라왔다.

허동식이 머물던 암자에 찾아온 나이 지긋한 노신사.

팔작지붕 건물에서 들려오던 익숙한 목소리.

양수리에 별장을 가지고 있는 인물.

이쯤이면 절반은 드러난 셈이다. 그다음엔 심판관과 A팀원 간의 관계에 초점을 맞췄다. A팀에서 심판관의 존재를 알고 있는 인물은 허동식밖에 없다. 그런데 허동식과 심판관의 관계가 애매모호했다.

컴퓨터를 켜고 인터넷으로 들어갔다. 포털 사이트 검색 창에 허동식의 또 다른 이름, 허백천을 쳤다. 그 이름 밑으로 10여 편의 다큐멘터리 작품이 고구마 줄기처럼 줄줄이 따라붙었다. 허동식의 초기 작품은 주로 자연과 생태계를 다뤘다. 다섯 번째부터는 사회성이 짙은 다큐멘터리를 만들기 시작했다.

아홉 번째 작품을 검색할 때였다. 〈대담〉이라는 다큐멘터리 제목에 낯익은 이름이 걸려들었다. 잠깐 두 눈을 의심했다. 그래도 긴가민가해서 〈대담〉이라는 작품에 마우스를 찍었다. 잠시 후 낯익은 얼굴이 모니터 화면을 가득 채웠다.

머리 위로 폭포수가 쏟아지는 것처럼 정신이 번쩍 들었다. 〈대담〉에 등장한 인물은 송기백 교수가 아닌가! 마우스를 잡은 손끝

이 파르르 떨려왔다. 모니터 화면에는 송 교수의 얼굴이 뿌옇게 떠올랐다.

이 작품은 송 교수와 한 언론인이 대담 형식으로 꾸며진 다큐멘터리였다. 1970년대 유신 초기부터 현재에 이르기까지의 굵직한 시국사건이 파노라마처럼 펼쳐졌다. 이 다큐멘터리가 제작된 것은 3년 전이었다. 화면 속에는 송 교수의 자료 화면과 함께 현대사의 주요 장면이 이어졌다. 1970년대 중반, 수의를 입고 유신 정권의 법정에 서 있는 모습, 1980년대 대규모 집회 현장에서 연설하는 모습, 촛불을 들고 불의에 항거하는 시위 현장에도 그가 있었다. 화면에 나타난 송 교수의 모습은 이 시대의 양심이며, 민주화의 상징이었다.

머리칼이 쭈뼛 곤두섰다. 허동식이 만든 다큐멘터리에서 송 교수를 보게 될 줄이야…… 잠시 숨을 고른 후, 기억의 상자 속으로 다시 들어가 숨은 그림을 찾아 나섰다.

역사학 쪽에 밝은 석학.

사건이 발생할 때마다 신문에 기고했던 논객.

시민단체 강연에서 혼신을 다해 부패 공직자의 처벌을 주장했던 연사.

그뿐이 아니다. 그는 정택민의 군 의문사를 밝히려 했고, A프로젝트 사건에도 관여했다. 거기에서 정 기자는 물론 배동휘와 엄기석을 만났을 것이다. 인권연대의 윤 실장과도 남다른 인연이 있을 것이다.

기억의 상자 속의 심판관…… 오류는 없었다. 기억을 더듬어 올라갈수록 숨은 그림의 존재는 더욱 명료하게 드러났다. 어느새 송 교수는 어둠의 장막에서 나와 양지 바른 곳으로 성큼 걸어 나왔다.

3년 전, 새해 인사를 드리러 송 교수의 집에 간 적이 있었다. 그때 송 교수는 술이 거나하게 취해 이런 말을 했다.

"눈을 감기 전에 큰일을 한번 해야겠어. 아주 신비롭고 황홀한 일이지⋯⋯."

신비롭고 황홀한 일⋯⋯ 그게 무슨 일인지 여러 차례 물어도 대답이 없었다. 송 교수는 그저 껄껄 웃기만 했다.

인간쓰레기들을 저세상에 보내는 게 신비롭고 황홀한 일일까. 그때부터 집행관들을 하나둘씩 끌어들여 무시무시한 판을 짜고 있었던 것일까. 가만히 생각해 보니 전혀 생뚱맞은 소리는 아니다. 신비롭지는 못해도 황홀한 것은 맞다. 테라피 홀에서 박시형을 심문할 때 정말 황홀경에 푹 빠져들었으니까.

'조직을 깨뜨린 자는 어느 누구도 예외일 수 없소.'

그때 북극성의 목소리가 뒤통수를 후려쳤다. 최주호는 자리에서 벌떡 일어났다. 지금 한가하게 다큐멘터리나 보고 있을 때가 아니다. 북극성은 심판관의 목숨을 노리고 있다.

10

강력 사건 수사에 정도(正道)는 없다. 용의자로 지목한 인물이 피해자가 되기도 하고 피해자가 순식간에 가해자로 변하기도 한다. 흔한 경우는 아니지만, 예상치 못한 인물이 등장해 판을 뒤흔들기도 한다. 지금이 그랬다. 양수리 주소지 명단에 나온 뜻밖의 이름은 송기백이었다.

한때 송 교수는 수사 관찰 대상에 넣은 인물이었다. 피해자를 난도질하는 그의 칼럼과 최 교수와 정 기자의 남다른 인연 때문에 관찰 대상 인물에 포함시켰다. 다소 무리가 있긴 했다. 그러나 본격적인 수사가 시작되고 송 교수는 핵심 용의자 명단에서 제외됐다. 칼럼과 인연 말고는 별다른 혐의점을 찾지 못했다. 시간이 지나면서 그의 이름 석 자는 아예 자취를 감추어버렸다. 그런 송 교수가 다시 수면 위로 두둥실 떠올랐다. 수사 판을 뒤흔들며 전면에 등장한 것이다.

조희성은 아직 확신이 서지 않았다. 주소지 명단만 가지고 무작정 들이댈 수는 없었다. 그 일대는 70여 가구가 거주하고 있었고, 공중전화는 외부인도 사용이 가능한 공기(公器)였다. 공중전화 인근 CCTV 화면은 화질이 좋지 않아 수사에 도움이 되지 못했다. 그래서 일단 송 교수 주변을 쑤셔보기로 했다. 여기저기 건드리다 보면 뭔가 걸려들 것이다.

수사팀은 송 교수의 주거지를 확보한 후 발 빠르게 움직였다. 대부분의 수사 인력이 송 교수의 뒤를 캐내는 데 달려들었다. 티끌 하나 없이 탈탈 털었다. 얼마 가지 않아 송 교수의 티끌이 하나하나 모여들더니 너럭바위처럼 크기를 키웠다.

"양수리에 송 교수의 별장이 있습니다. 한 달 전부터 송 교수와 딸이 함께 별장에 머무르고 있다고 합니다."

양수리 별장, 드디어 본거지가 나타났다.

"송 교수의 차도 팔당댐 근처의 CCTV에 잡혔습니다."

제대로 걸려들었다. 정 기자, 최 교수, 엄기석의 차량도 팔당댐을 넘나들었다. 최근에 찾아낸 인권연대 정책실장인 윤민욱의 차량도 팔당댐 주변에서 포착됐다. 그런데 이들의 차량은 하나같이 팔당댐을 건너자마자 감쪽같이 사라졌다. 거기 어딘가에 그들만이 아는 도피로가 있을 것이다.

이번엔 송 교수를 중심으로 용의선상에 오른 인물을 대조해 나갔다. 최주호는 송 교수와 사제지간이다. 최주호의 결혼 주례를 볼 정도로 친밀한 관계다. 정택민이 군에서 의문사 했을 때 송 교수는 그의 사인을 규명하기 위해 뛰어다녔다. 정 기자와도 남다른 관계일 것이다.

"송 교수는 A프로젝트 사건에도 깊숙이 관여했습니다."

이 사건의 비리를 폭로한 배동휘, 그를 변호한 엄기석과도 인연이 있을 거라는 소리다. 어디를 가나 송 교수가 약방의 감초처럼 끼어들었다.

그런데 한 가지 걸리는 게 있다. 송 교수와 조민국과의 관계다. 익명의 제보자가 송 교수라면, 조민국과의 관계가 분명해야 한다. 생판 모르는 이에게 신변 위협을 알려줄 이유가 없지 않은가. 진보적인 역사학 교수와 악명 높은 부패 정치인…… 어느 모로 보나 아귀가 잘 맞지 않았다. 그들은 서로 융합할 수 없는 대척점에 서 있었다.

이들의 연결 고리를 밝혀내는 데는 오랜 시간이 걸리지 않았다. 송 교수를 중심으로, 조민국의 발자취를 따라잡았다. 그들의 이력에는 공통점이 한둘이 아니었다. 그들은 경북 울산이 고향으로, 중학교 동기동창이었다. 유신 말기, 송 교수가 긴급조치 위반과 국가 내란죄로 투옥됐을 때 그의 뒤를 봐준 인물이 조민국이었다. 당시 조민국은 언론학 교수로 재직하고 있었는데, 정치권과도 깊은 유대 관계를 맺고 있었다. 그들의 인연은, 겉보기와는 달리 끈끈하게 이어져 있었다.

"어렸을 때부터 서로 막역한 사이라고 합니다. 조민국의 아내도 송기백을 잘 알고 있었습니다."

"됐어!"

더 이상 뒤를 캐는 것은 시간 낭비다. 이쯤이면 송 교수는 핵심 인물이거나 주동자에 더 가까웠다.

"가시죠."

박 형사가 비장한 표정을 지으며 다가왔다. 박 형사 뒤로 수사관들이 우르르 몰려들었다.

"우 검사는 어디에 있습니까?"

우 검사가 오전부터 보이지 않았다.

"검사장님과 점심 약속이 있다고 했습니다."

"송 교수의 별장에 간다고 전했습니까?"

"물론입니다."

조희성은 수사관들과 함께 세 대의 차에 나눠 탔다. 내비게이션에 송 교수 별장을 찍고 조수석 등받이에 몸을 기댔다. 차 유리문으로 따사로운 햇볕이 내려앉았다. 월척을 낚기에 딱 좋은 날씨다.

11

"한잔 들게."

문 검사장이 곰탕을 먹다 말고 잔을 치켜들었다. 아직 술을 마시기에는 이른 시각이다. 게다가 낮술은 체질에 맞지 않았다. 문 검사장은 약식으로 올린 수사 보고서를 대충 보고는 청사 근처의 허름한 식당을 찾았다. 우경준은 마지못해 술잔에 살짝 입만 갖다 댔다.

"여기 어떤가?"

식탁이 네 개밖에 없는 작은 식당으로, 곰탕이 주 메뉴다. 검찰청 주변에 이런 허름한 식당이 있는 것도 처음 알았다.

"내 오랜 단골집이야. 요즘은 뜸하지만 평검사 시절에는 거의 매일 드나들었지."

식당에 들어설 때부터 그 소리가 나올 줄 알았다. 검사들의 흥청망청한 접대를 우회적으로 비난하는 소리다.

"숨은 그림은 다 찾았나?"

문 검사장은 술잔을 단숨에 비웠다.

"숨은 그림이라면……."

"보고서를 보니까 막바지에 이른 것 같은데."

"좀 더 지켜봐야 할 것 같습니다."

숨은 그림은 예기치 않은 곳에서 불쑥 튀어나왔다. 방금 전 수사팀은 송기백을 검거하기 위해 양수리로 떠났다. 송 교수 별장의 위치, 조민국과의 오랜 관계, 용의자들과 촘촘히 엮여 있는 인연들…… 박 형사의 말대로, 이번 사건의 협력자로는 턱없이 부족했다. 배후 조종자이거나 막후 실력자였다.

정영곤이 살해됐을 때부터 진작 눈여겨봤어야 했다. 송 교수는 정영곤과도 악연이 있었다. 1980년대 후반, 당시 공안부 검사였던 정영곤은 구국연합회라는 용공 단체의 대표를 맡고 있는 송기백을 구속시켰다.

"무슨 생각을 하고 있나?"

"아, 아닙니다."

"송기백 교수를 생각하고 있군."

우경준은 급소를 맞은 것처럼 움찔거렸다. 그랬다. 송 교수의 괴물 같은 인생을 잠깐 되짚어봤다. 능구렁이가 따로 없었다. 겉으로는 고매하고 민주화의 산증인처럼 행동하면서 뒤로는 희대의 엽기적인 살인 사건을 조종했다.

"내가 일전에 송 교수를 말한 적이 있지?"

"그렇습니다."

그러고 보니 송 교수를 구속시킨 것은 정영곤뿐만이 아니다. 문 검사장 역시 공안부로 자리를 옮기고 처음 구속시킨 인물이 송 교수라고 했다. 송 교수가 문 검사장의 고등학교 한참 선배라는 말도 했던 것 같다.

"만약 송 교수가 주동자라면…… 사람들의 실망이 크지 않겠나? 그래도 이 나라의 큰 어른인데 말이야."

큰 어른이라고? 우경준은 속으로 피식 웃었다. 송기백 같은 인간이야말로 악질 선동꾼이다. 대학생들의 시위를 조종하고 사회의 혼란을 부채질하는 불순분자다. 그만큼 옥살이를 했으면 정신을 차릴 만도 한데 아직도 꼬장꼬장했다. 늘그막에도 그 기질은 여전해서 온갖 집회와 시위를 주동했다. 그런 시위로는 성이 차지 않았는지 아예 살인집단을 만들어 이 나라를 쑥대밭으로 만들었다.

"자네, 인도에 가본 적이 있나?"

문 검사장이 잔을 채우며 물었다.

"없습니다."

"파키스탄과 붙어 있는 인도 북부에는 말이야…… 아직도 마누법전을 실행하는 곳이 있다고 하더군."

마누법전은 인도의 가장 오랜 법전으로 이집트의 함무라비 법전과도 닮은 데가 많았다. 이 두 법전에서 빼놓을 수 없는 것이 눈에는 눈, 이에는 이…… 보복주의다.

"간통한 자는 코를 베고, 도둑질한 자는 손목을 자르고……. 그 마을에서는 죄를 지으면 그 죗값을 치르기 위해 신체 일부를 훼손한다는 거야."

문 검사장의 말이 귀에 거슬렸다. 긴히 할 말이 있어서 곰탕집을 찾은 줄 알았는데 쓸데없는 소리만 늘어놓았다. 그는 이제 소주 반 병밖에 비우지 않았는데도 얼굴이 벌겋게 달아올랐다. 우경준은 술잔을 한입에 털어 넣었다.

"난 가끔 이런 생각을 하곤 해. 법을 어긴 자들에게는 인도의 그 마을처럼 과감하게 법 집행을 하면 어떨까 하고 말이야. 그러면 범죄가 훨씬 줄어들 게 아닌가."

과연 그럴까? 처벌이 강력하다고 해서 범죄가 줄어들지는 않는다. 사람들은 범죄를 저지르기 전에 먼저 죗값을 받을 생각을 하지 않는다. 그들의 머릿속은 죗값이 아니라 완전범죄로 가득 차 있다. 그런 그들에게서 죄의 대가를 묻는 것은 무리한 요구다.

"법이라는 게 확실한 대가를 치르게 해야 효력이 있지, 이놈 저놈 다 빠져나가면 어디 위신이 서겠나. 법을 집행하는 검찰도 마찬가지야. 권력의 눈치나 살피고 그저 만만한 잡털들이나 잡아들이니 영(令)이 서질 않지……. 요즘 검찰을 떡검이나 개검으로 부르는 것도 다 그런 이유 때문이 아니겠나."

우경준은 점점 짜증이 치밀어 올랐다. 식당을 박차고 나오고 싶은 걸 가까스로 참았다. 이 다급한 시간에, 왜 그따위 허접한 소리를 늘어놓는 걸까. 검찰의 현주소를 문 검사장이 더 잘 알고 있을 것이다. 떡검이니 개검이니 하는 소리가 새삼스러운 것도 아니다.

"그만 일어나야겠습니다. 수사팀이……."

우경준은 의자를 뒤로 살짝 뺐다. 그의 말을 다 받아주다가는 넋두리로 밤을 새울 것 같다.

"오호, 그렇지. 미안 미안."

소주 한 병이 비워지고서야 그의 말이 멈췄다. 문 검사장은 깍두기를 젓가락으로 집어 들었다.

"수사팀이 송 교수 별장으로 간다고 했나?"

"그렇습니다."

"송 교수를 검거하면 내게 즉시 보고하게."

"알겠습니다."

"그와는 오랜 인연이 있으니 먼저 만나보고 싶군."

수사본부에 들어서자 4시가 넘었다. 문 검사장의 쓸데없는 소리를 듣느라 세 시간이나 허비했다. 우경준은 곧바로 박 형사에게 전화를 넣었다.

"어떻게 됐나?"

"송 교수는 별장에 없습니다. 수사팀은 곧 사찰로 이동할 예정입니다."

"사찰이라니?"

"송 교수가 자주 가는 절이 있다고 합니다."

아무리 곱씹어도 기가 막힌 일이다. 오전에 조 검사의 보고를 받고도 설마 했다. 그래서 어디 오류는 없는지 잘 찾아보라고 세 번이나 지시했다. 착오는 없었다. 송 교수는 그 주위에 여러 용의자를 거느리고 다섯 명이나 저세상으로 보냈다. 오랜만에 귀국한 자를 혹독한 고문으로 살해했고, 이제 갓 출옥한 자를 사정없이 패 죽였다. 여든을 꽉 채운 노인네의 망령이라고 하기에는 너무도 간교하고 섬뜩했다. 온갖 선동질로 안 되니 아예 다 처 죽이겠다는 것인가.

송 교수를 잡아들이면 그를 직접 취조할 생각이다. 대체 무슨 이유로 그런 엄청난 일을 저질렀는지, 그의 머리통을 까뒤집을 것이다. 그래서 그 안에 뭐가 들어차 있는지 자근자근 씹어볼 작정이다.

제6장

무소처럼 뚜벅뚜벅

1

차가 팔당댐 앞에 멈췄다. 최주호는 차 유리를 내리고 차창 밖을 내다보았다. 댐 주변에 낚시꾼들이 듬성듬성 보였다. 잠시 잊고 있던 숨은 그림이 스르르 떠올랐다.

아아, 왜 그걸 미처 생각하지 못했을까. 팔당댐을 수차례 건너면서도 송 교수의 별장을 까맣게 잊었다. 댐에서 별장까지는 차로 10분도 걸리지 않았다. 공청회장에서 송 교수를 만났을 때도 팔당 근처에 물 좋은 낚시터가 있다고 하지 않았는가.

양수리 별장에 도착한 것은 4시 무렵이었다. 오랜만에 찾은 별장인데도 반갑지가 않았다. 박사 과정을 밟을 때 송 교수의 별장을 여러 번 다녀갔었다. 송 교수와 함께 밤을 새워가며 논문을 쓰기도 했고, 새벽 늦게까지 술을 마시며 시국 토론을 벌이기도 했다. 별장 아래로 팔당호가 검푸르게 누워 있었다. 호수 건너편에서 송 교수와 함께 낚시를 하던 때가 새록새록 떠올랐다.

"교수님이 웬일이세요?"

별장 거실로 들어서자, 송 교수 큰딸이 두 눈을 동그랗게 뜨고 물었다. 아직 송 교수에게 큰일이 벌어진 것 같지 않았다. 그녀의 표정은 밝지도 않았지만 어둡지도 않았다.

"이 근처를 지나가다가 교수님이 생각나서 들렀어. 집에 전화를 했더니 교수님이 별장에 있다고 하더군."

거실은 소파의 위치가 바뀌었을 뿐 예전의 모습 그대로다. 베란다 앞에는 이제 갓 돌이 지난 아기가 잠을 자고 있다.

"지금 안 계시는데…… 아빠에게 연락은 해봤어요?"

"휴대폰을 받지 않아."

송 교수의 휴대폰은 내내 먹통이었다. 사실 송 교수와 통화하기가 두려웠다. 그가 전화를 받으면 무슨 말을 해야 할지 막막했다.

"그러게 말이에요. 어젯밤부터 아빠 휴대폰이 꺼져 있더라고요."

불길한 생각이 등짝을 후려쳤다. 그새 북극성이 다녀간 게 아닐까. 집행관들은 사냥에 나설 때 가장 먼저 상대의 휴대폰을 처리한다. 위치 추적을 피하기 위해서다.

"어디 간다는 말은 없었나?"

"별말은 없었고…… 혹시 아빠에게 무슨 일이 있는 것 아니에요?"

그녀가 정색을 하며 물었다.

"낮에 경찰이 다녀갔어요."

"경찰?"

"네. 아빠가 어디에 있는지 꼬치꼬치 캐묻더라고요."

수사팀은 어떻게 송 교수를 찾아냈을까. 2차 수사 보고서에도 송 교수의 이름은 없었다.

"경찰이 늘 아빠 뒤를 따라다녀서 대수롭지 않게 여겼는데…… 이번엔 좀 다른 것 같아요."

좀처럼 마음이 진정되지 않았다. 가슴속은 숯덩이처럼 시커멓게 타들어 가도 어찌해볼 엄두가 나지 않았다. 송 교수는 북극성에게도, 경찰에게도 쫓기고 있었다. 누구에게 붙잡히든 송 교수를 가만두지 않을 것이다.

최주호는 소파에서 일어나 거실 벽에 붙어 있는 책장을 쭉 훑었다. 책장 안에는 나무로 만든 액자가 가지런히 진열되어 있었다. 그중에 낯익은 얼굴이 눈에 들어왔다. 윤 실장이다.

"이 사람 누구지?"

사진 안에는 윤 실장과 송 교수가 다정하게 포즈를 취하고 있었다. 그들 뒤로 '대광사'라고 적힌 사찰 팻말이 보였다.

"윤민욱 씨예요. 인권연대의 정책실장을 맡고 있는……."

그녀는 고개를 갸웃거리며 최주호 앞으로 다가왔다.

"정말 이상하네요. 경찰도 이 사진을 보고 윤민욱 씨가 누구인지 물었는데……."

그녀의 눈에 불안감이 꾸역꾸역 몰려들었다.

"아빠에게 무슨 일이 있는 거죠?"

"……."

"교수님은 알고 있죠?"

"아니야……."

그녀는 정말 아무것도 모르는 걸까. 지금 그녀의 아버지는 절체절명의 위기에 처해 있다. 조직을 추슬러야 할 심판관이 되레 집행관에게 쫓기는 신세다. 이에 뒤질세라 수사팀도 송 교수 뒤를 쫓고 있다.

"요즘 교수님은 어떠셨어?"

최주호는 화제를 돌렸다.

"조민국 의원님의 소식을 전해 들은 후부터 컨디션이 좋지 않았어요."

조민국이라고? 그녀가 조민국을 어떻게 알고 있는 걸까. 최주호는 애써 흥분을 가라앉혔다. 송 교수는 한 번도 조민국을 입에 올린 적이 없었다.

"교수님이…… 조 의원과는 잘 아는 사이였나?"

"그럼요. 아빠와는 고향도 같고 중학교도 함께 다녔다고 했어요. 그러니 얼마나 상심이 컸겠어요."

조민국과의 관계…… 또 하나의 수수께끼가 풀렸다. 생판 모르는 자에게 왜 연락을 했는지 궁금했다. 그것으로 마지막 남은 퍼즐도 맞춰졌다. 너무 싱겁게 풀린 터라 그게 이상할 정도다. 그때였다. 책장 안을 훑어오던 최주호의 눈이 번쩍 뜨였다.

"저 인형은…… 뭐지?"

책장 맨 오른쪽에 10여 개의 인형이 진열되어 있었다. 동굴 안에서 본 그 인형이다. 갑자기 가슴이 푹 꺼져 내려앉았다.

"아빠가 인도에 다녀온 사람에게 선물 받은 거예요. 요즘 들어 아빠가 가장 아끼는 물건이죠."

"……."

"아침에 일어나면 가장 먼저 인형을 들여다보곤 했어요."

"저 인형에…… 무슨 사연이라도 있나?"

"저도 얼핏 들었는데…… 몸과 마음을 깨끗하게 해주는 정화의 증표라고 하더군요."

그녀는 인형을 유심히 들여다보더니 고개를 갸웃거렸다.

"인형의 숫자가 줄어든 것 같네……. 처음엔 열 개가 넘었는데……."

온몸에 바늘이 꽂힌 채 동굴 천정에 매달려 있던 네 개의 인형…… 그보다 더 확실한 증표는 없다. 그새 팔뚝에는 좁쌀만 한 소름이 오돌토돌 돋았다. 심장이 금방이라도 터질 것 같았다.

2

차는 고속도로 톨게이트를 빠져나와 국도로 접어들었다. 도로는 차량들로 넘쳐났다. 여기저기서 경적 소리가 들리고 서로 앞질러 가느라 차선이 따로 없었다. 암자에 도착한 것은 해가 질 무렵이었다.

안 과장은 법당을 지나 선방 쪽으로 다가갔다. 배 중령은 선방 툇마루에 우두커니 앉아 있었다. 공교롭게도 예전에 허 감독이 묵었던 그 방이다. 안 과장이 손을 흔들자, 배 중령이 환한 얼굴로 다가와 격하게 포옹했다. 배 중령의 몸에서는 은은한 향냄새가 풍겼다.

"늦어서 미안해."

안 과장은 진심으로 미안함을 표시했다. A팀의 인원이 줄다 보니 시간을 내기가 쉽지 않았다. 게다가 뜻하지 않은 곳에서 일이 터졌다. 조민국의 죽음은 전혀 예상치 못한 일이다.

"허 감독은 다녀갔나?"

안 과장이 물었다.

"물론이지. 벌써 세 번이나 왔어."

안 과장은 툇마루에 걸터앉으며 주위를 둘러보았다. 우거진 덤불 속으로 시냇물 소리가 끊이지 않았다. 선방 좌우에는 가파른 봉우리가 학의 날개처럼 높이 치솟았고, 온갖 나무와 꽃들의 향취가 암자 안을 그윽하게 감쌌다. 선방 너머의 작은 폭포에서는 가는 물줄기가 쉼 없이 쏟아졌다. 허 감독이 묵었을 때는 경황이 없어서 암자 주위를 살펴보지 못했다.

"조민국은 어떻게 된 거야?"

"……."

"엄기석의 짓인가?"

안 과장은 고개를 끄떡였다. 아직 5차 집행 대상자가 정해지지도 않았는데, 그새를 못 참고 일을 저질렀다.

"기어이 사고를 치고 말았군."

"이 와중에 사욕을 챙기려고 하다니…… 정말 돼먹지 못한 인간이야."

도저히 엄기석의 행동을 용서할 수가 없었다. 팀원들을 말아먹으려고 작정하지 않고서는 있을 수 없는 일이다. 일 처리도 미숙했다. 내빼는 데만 정신이 팔렸는지 곳곳에 증거물을 남겼다.

"허 감독은 뭐래?"

"이번엔 허 감독의 손을 떠난 것 같아."

"그렇다면…… 북극성이 나설 차렌가?"

북극성의 고유 임무 중의 하나가 팀원을 관리하는 일이다. 조직에 해를 입힌 자, 조직의 체계를 무너뜨린 자, 조직의 명령을 위반하는 자를 응징하는 역할을 맡았다.

"지금쯤 허 감독이 북극성을 만나고 있을 거야."

안 과장은 깊은 한숨을 내쉬었다. 엄기석의 사사로운 감정 때문에 모든 팀원들이 위기에 빠졌다.

"이리 와봐. 자네에게 할 말이 있어."

배 중령은 자리에서 일어나 법당 쪽으로 다가갔다. 법당 앞문은 활짝 열려 있었다. 열린 문 안으로 수십여 개의 촛불이 가늘게 흔들렸다. 꺼질 듯하면서도 꺼지지 않는 촛불이 두 눈을 사로잡왔다. 배 중령은 법당 안으로 들어가 황금불상에 대고 절을 올렸다. 절을 올린 후, 안 과장을 데리고 법당 뒤뜰로 갔다.

"앞으로 팀은 복구되기 힘들 거야……."

배 중령이 대리석 계단에 앉으며 말했다.

"해서 하는 소린데…… 자네 도움이 필요해."

"뭐든 말해 봐."

배 중령의 눈빛이 섬광처럼 번뜩였다. 지금까지 별 생각 없이, 닥치는 대로 인간쓰레기를 죽인 적이 없다. 하나를 제거하는 데도 정성과 노력을 기울였다. 그들의 죄를 낱낱이 밝혀냈고, 그에 대한 죗값을 지불했다.

"새 판을 짜자고."

밤새 무엇을 해야 할지 곰곰이 생각했다. 언제까지 암자에 눌러앉아 있을 수는 없다. 어차피 목숨을 내놓고 뛰어들었다.

"새 판이라니?"

"기왕에 여기까지 왔으니……. 우리가 할 수 있는 일을 해보자고."

팀원들은 위기에 처했고, 조직은 와해되기 직전이다. 지금이야말로 국면 전환이 필요한 때다. 배 중령은 6차 집행 대상자를 염두에 두고 있었다.

"마음에 두고 있는 인물이라도 있는가?"

안 과장은 금방 배 중령의 말뜻을 알아차렸다. 배 중령의 저 깊은 눈 속에 분노의 불길이 활활 타오르고 있었다.

"물론이지."

안 과장은 그가 누구인지를 눈빛으로 물었다.

"연세현."

기왕이면 큰 걸 잡고 싶었다. 판을 뒤흔드는 데는 그만한 인물
이 없다. 연세현은 정권이 위기에 처할 때마다 국면 전환을 위해
북한을 이용했다. 국가 안보를 수호해야 할 자가 안보를 위협하
고 긴장을 조성했다. 국면 전환은 정치판에만 있는 게 아니다.

"할 수 있겠나?"

"허 감독은?"

"우리 둘만으로도 충분해."

3

대광사는 송 교수의 별장과 팔당댐 중간에 자리 잡고 있었다.
조희성은 풀밭 옆에 차를 주차시키고 비포장도로를 따라 올라갔
다. 산문 양쪽으로 이끼로 뒤덮인 부도탑이 드문드문 보였다.

송 교수의 별장을 나오자마자 대광사로 방향을 틀었다. 수사팀
이 양수리 별장에 도착했을 때, 송 교수는 이미 자취를 감춘 뒤였
다. 별장에 남아 있는 송 교수의 딸은 수사팀을 빚쟁이 다루듯이
차갑게 대했다. 경찰을 다루는 솜씨가 보통이 아니었다. 묻는 말
에 대답은커녕 말끝마다 날을 세우고 거칠게 되받아쳤다. 수사팀
은 그녀가 하도 성질 사납게 달려드는 바람에 쫓겨나듯 별장을
나와야 했다. 그래도 송 교수의 별장에서 건진 게 하나 있다. 거
실 책장 안에 송 교수와 윤민욱이 함께 찍은 사진이다. 그들 역시
보통 관계가 아닌 것이다. 용의자들은 하나같이 송 교수와 엮여

있었다.

조희성은 박 형사와 함께 경내 안으로 들어섰다. 나머지 수사
관은 산문 입구에 대기시켰다. 대광사는 수사본부에서 밝혀낸 사
찰이다. 송 교수의 딸과 실랑이를 벌이고 있을 때 수사본부에서
급히 연락이 왔다. 양수리 별장 근처에 대광사라는 사찰이 있는
데, 송 교수가 자주 찾는 곳이라고 전해왔다. 송 교수와 윤민욱이
함께 찍은 사진의 배경도 대광사였다. 조희성은 이 사찰에 한 가
닥 기대를 걸어보기로 했다.

대광사 주지는 선방 툇마루에 앉아 TV를 보고 있었다.

"경찰입니다."

박 형사가 경찰 신분증을 제시하자, 주지가 뱁새 같은 눈으로
째려봤다.

"이 깊은 절간까지 어쩐 일이오?"

"사람을 찾으려고 왔습니다. 이 사찰에 송기백이라는 분이 있
는지요?"

"방금 누구라고 했소?"

주지는 허리를 꼿꼿하게 세웠다.

"송기백 교수입니다."

"송 교수 여기 없소!"

네모나게 각진 주지의 아래턱이 꿈틀거렸다. 경찰을 대하는 태
도가 영 못마땅한 얼굴이다.

"헌데 송 교수에게 무슨 일이 있는 거요? 낮에도 웬 사내들이
송 교수를 찾아왔는데."

"그자들이 누굽니까?"

"난들 어찌 알겠소. 아주 경박하고 돼먹지 못한 자들이었소. 송 교수가 없다고 해도 절간을 뒤지고 한 바탕 난리를 피웠소."

주지의 콧날이 살짝 일그러졌다.

"송 교수가 최근에 이 절을 찾은 적이 언젭니까?"

이번엔 조희성이 물었다. 주지는 선방 벽에 걸린 달력을 힐끔 쳐다봤다.

"14일이로군……."

"……."

"새벽에 불쑥 찾아와서는 법당에 한참 머무르다가 갔소."

14일은 조민국이 살해된 다음 날이다. 혹시 조민국의 죽음을 애도하기 위해 절을 찾은 것은 아닐까. 주지의 눈길이 다시 TV로 향했다. TV에서는 먹음직스러운 아귀찜에 김이 모락모락 피어올랐다.

"저건 뭡니까?

박 형사가 TV 옆에 있는 인형을 가리켰다. 송 교수 별장에서 본 것과 똑같은 인형이다.

"송 교수에게 선물 받은 거요. 이게 인도에서는 귀한 대접을 받는 인형이라고 하오. 악귀를 쫓고 복을 가져다 준다고 했소."

주지는 묻지도 않았는데, 인형의 용도를 친절하게 말해 주었다. 조희성은 주지와 몇 마디 더 나누고 절을 나왔다.

"송 교수를 찾으러 온 자들이 누굴까요?"

박 형사가 산문을 나서며 물었다.

"글쎄요."

절간에서 난리 법석을 부렸다면 송 교수와는 대척점에 서 있는 인물일 것이다. 조희성은 힘없이 비포장도로를 내려왔다. 산문을 벗어나자 해가 뉘엿뉘엿 지고 있었다.

온몸이 축 늘어졌다. 저녁을 부실하게 먹은 탓인지 기운이 없다. 수사본부에 들어서기 전에 편의점에서 컵라면으로 끼니를 때웠다. 그마저도 입맛이 없어 반밖에 먹지 못했다.

송 교수는 잠적했다. 그의 휴대폰은 먹통이라 발신지 추적도 되지 않았다. 어찌 됐든 모든 의혹의 매듭이 풀렸다. 용의선상에 올라와 있는 인물 뒤에는 송 교수가 오롯이 자리하고 있었다. 그런데 송 교수의 존재를 확인하고도 마음이 홀가분하지가 않았다. 송 교수는 왜 이 무지막지한 살인게임에 뛰어든 걸까?

조희성은 송 교수의 타깃이 된 피해자들의 면면을 살폈다. 노창룡, 정영곤, 이철승, 박시형, 조민국…… 하나같이 악질들만 골라 저세상에 보냈다. 온갖 악행을 저질러도 법은 그들에게 관대했다. 면죄부를 주면서까지 그들을 비호했다. 법이 공정했다면 이들은 송 교수의 타깃이 되지 않았을 것이다. 죄의 대가를 온전히 받아들였다면 처참한 최후를 맞이하지도 않았을 것이다.

이번엔 용의선상에 올라온 인물들을 더듬었다. 최주호, 정윤주, 엄기석, 배동휘, 윤민욱…… 각자의 전문 분야에서 권력자들의 부패와 비리에 맞선 인물들이다. 사회 정의와 사회적 약자를 위해 희생을 마다하지 않았다. 이들은 막무가내로 사람을 죽이지 않았다. 친일파, 부패 정치인, 악덕 기업인…… 이 땅에 존재해서는 안 될 종자들만을 골랐다. 법망을 빠져나가며 법을 농락한 자들을 콕 집었다. 그렇다고 살인의 정당한 이유가 될 수는 없다.

이번 사건을 수사하면서 마음이 흔들린 적이 한두 번이 아니었다. 어느 때는 누구를 잡아들여야 하는지, 혹시 잡으려는 대상이 뒤바뀐 건 아닌지 헷갈렸다. 국민이 쥐어준 칼잡이 역할을 제대로 수행하고 있는 건지 의심스럽기도 했다.

검찰에 입문한 지 얼마 되지 않아 이 사회가 얼마나 썩어빠졌는지 절실히 깨달았다. 검찰 밖에서 볼 때보다 더 심각했다. 힘이 센 권력자에게 법은 장식물에 지나지 않았다. 그들은 언제든지 법망을 빠져나갈 수 있는 특별한 재주를 지녔다. 그런데도 공적 (公敵)들이 활개를 치고 다니는 걸 멍하니 지켜봐야만 했다. 그때 책상 앞에 있는 전화기가 들썩거렸다.

"여보세요."

"……."

"말씀하세요."

수화기를 들고 있는 손에 이상한 열기가 전해져 왔다. 조희성은 더 이상 재촉하지 않았다. 상대가 편히 말을 할 수 있도록 수화기에 고른 숨결을 실려 보냈다. 잠시 후 나이 지긋한 목소리가 새어 나왔다.

"나……. 송기백이오……."

4

허동식은 방송국 계단에 앉아 하늘을 쳐다봤다. 방송국 중계탑 위로 보름달이 살포시 드러났다. 현재 시각 밤 11시. 윤 실장이 방송국 로비 안으로 들어간 지 한 시간이 지났다. 잠시 후면 생방송이 시작될 시간인데, 아직도 깜깜무소식이다.

엄기석의 행방이 묘연했다. 조민국이 살해된 이후 코빼기도 비추지 않았다. 변호사 사무실에도 그의 소식을 알지 못했다. 그때 방송국 계단 끝에서 윤 실장이 터벅터벅 걸어 내려왔다.

"어떻게 됐습니까?"

허동식이 발딱 일어났다.

"생방송도 펑크 낸 모양입니다."

그럴 줄 알았다. 혹시나 해서 생방송 시간에 맞춰 찾아왔는데, 예상이 틀리지 않았다. 보통 강심장이 아니고서는 이곳에 나타날 리가 없다.

"이게 다 제 불찰입니다. 그날 엄 변호사님을 붙잡았어야 하는 건데……."

붙잡는다고 될 일이 아니다. 어떤 변명을 늘어놔도 엄기석을 용서할 수 없다. 지금까지 어느 누구도 개인적인 욕심을 채우려고 하지 않았다. 사욕을 앞세운다면 집행 대상자들의 탐욕과 무엇이 다른가.

"엄 변호사님을 찾으면…… 어떻게 하시겠습니까?"

윤 실장이 물었다.

"계획대로 해야죠."

말은 그렇게 했지만, 북극성과의 약속을 지킬 수 있을지 의문이다. 그래도 한때는 같은 배를 탔다. 인간쓰레기들을 없애는 데 서로 격려하고 응원했다. 지금으로서는 반반이다. 설령 자신이 포기한다고 해도 크게 염려할 필요는 없다. 북극성이 가만 놔두지 않을 테니까.

"엄 변호사님의 집으로 가볼까요?"

윤 실장이 차에 시동을 걸며 물었다. 허동식은 마지못해 고개를 끄떡였다. 생방송까지 펑크 낸 자가 집에 붙어 있을 리가 없다.

허동식은 조수석의 차 유리를 내렸다. 엄기석은 왜 그처럼 무모한 짓을 벌인 걸까? 아무리 조민국과는 구원이 있다고 하지만, 특수부 검사 출신답지 않게 냉정하지 못했다. 하긴 그런 낌새가 전혀 없던 것은 아니다.

14차 집행 회의가 있던 날, 엄기석은 김만철과 조민국 중 누가 집행될지 이미 알고 있던 것 같았다. 아직 집행 결과가 나오지도 않았는데, 난데없이 이의를 제기하며 입에 게거품을 물었다. 그렇다면 엄기석은 그걸 어떻게 알았을까?

어둠은 빠르게 내려앉았다.

엄기석은 모텔 방에 들어서자마자 커튼부터 쳤다. 방 안의 형광등을 끄고 간접 조명등으로 바꾸었다. 워낙 날래고 신출귀몰한 자들이라 경계를 늦출 수가 없다. 북극성의 정보력은 늘 상상을 뛰어넘었다. 이틀 전부터는 휴대폰 본체와 배터리를 분리했다. 북극성은 휴대폰이 켜져 있는 것만으로도 귀신같이 냄새를 맡았다. 그동안 북극성의 능력이 얼마나 특출한지 곁에서 똑똑히 지켜봤다.

"삼촌……."

현수가 커튼 친 창가 곁으로 다가왔다.

"괜찮아…… 이젠 괜찮아……."

엄기석은 현수를 다독거렸다. 습관처럼 나오는 한숨을 꾹 삼켰다.

현수와 함께 집을 나와 몸을 숨기고 돌아다닌 지 사흘째다. 첫날은 집 근처의 모텔에서, 둘째 날은 김포의 한 여관에서, 셋째 날은 지금의 파주로 자리를 옮겼다. 인연이 있는 곳은 피하고 한곳에 하루 이상 머물지 않았다. 연고지 주변에는 북극성의 부하들이 두 눈 시퍼렇게 뜨고 잠복해 있을 것이다. 경찰보다 북극성이 더 두려웠다. 며칠 전만 해도 한 배를 탄 팀원이었는데, 졸지에 그들에게 쫓기는 신세로 전락하고 말았다. 어쩔 수 없는 일이다. 지금으로서는 잠수를 타는 것만이 최선의 선택이다.

"이제 어떻게…… 되는 거죠?"

현수의 입술이 파르르 떨렸다. 지금쯤 현수의 정체도 드러나지 않았을까. 증거물이 너무 많아 현수의 정체를 알아내는 것은 시간문제였다. 기가 막힌 일이다. 현수는 경찰에게 쫓기고 자신은 북극성에게 쫓기다니. 하나만 해도 벅찬데, 둘이나 동시에 따돌려야 했다.

"너무 염려 말아라."

"죄, 죄송해요……."

"아니다. 너는 용기 있는 일을 한 거야. 네 아버지도 너를 자랑스럽게 여길 거다."

아버지 얘기가 나오자, 현수의 눈이 매섭게 빛났다. 불꽃처럼 활활 타오르는 그 눈빛이 마음에 들었다. 엄기석은 그런 현수에게서 핏줄만이 공감할 수 있는 끈끈한 연대감을 느꼈다. 아버지의 억울한 죽음을 빤히 알고도 가만히 있는 자식은 없다.

엄기석은 옷을 벗고 샤워실로 들어갔다. 너무 긴장한 탓인지 등줄기에 땀이 물씬 배어 나왔다. 욕조에 뜨거운 물을 받아놓고 그 안에 몸을 담갔다. 팔다리가 산송장처럼 축 늘어졌다. 뿌연 김 사이로 팀원들의 얼굴이 하나둘씩 떠올랐다. 무엇보다 팀원들에게 미안했다.

그게 운명이라면, 다 받아들이기로 했다. 그들이 조민국을 집행한 자를 자신이라고 여겨도 상관없다. 정말 자신의 손으로 조민국을 집행할 마음이 있었으니까. 다만 그걸 현수가 대신해 주었을 뿐이다.

그날 요양원에 가지 않았으면 어땠을까? 통나무 별채에서 조민국의 자료를 가져오지 않았으면 어땠을까? 부질없는 생각인 줄 알면서도 아쉬움이 꾸물꾸물 밀려왔다.

14차 집행 회의가 벌어지기 하루 전, 엄기석은 홀로 요양원으로 향했다. 조 검사의 수사 보고서에는 자신을 포함해 네 명이나 용의자 명단에 올라왔다. 어떻게든 대비책을 마련해야 한다고 생각했다. 그래서 예고도 없이 테라피 홀을 찾았다. 그곳에서 윤 실장과 허 감독이 머리를 맞대고 대책 논의를 하고 있을 것이라고 여겼다. 그러나 테라피 홀에는 아무도 없었다. 돌담 별채에 임시 거처를 마련한 허 감독도 보이지 않았다. 엄기석은 통나무 별채에서 윤 실장이 나타나기를 기다렸다. 그때 원탁 앞에 놓인 서류 뭉치가 눈에 들어왔다. 5차 집행 후보자의 자료였다. 조민국과 김만철…… 언젠가는 조민국이 집행 후보자 명단에 올라올 줄 알았다. 기회는 생각보다 빨리 찾아왔다. 5차 집행자로 조민국이 낙점되기를 내심 바랐다.

엄기석은 이들의 자료를 뒤척거리다가 의아한 점을 발견했다. 조민국의 자료와 김만철의 자료가 달랐다. 조민국의 자료에는 그의 비리와 악행이 자세히 나와 있었다. 그 안에는 자신의 형이 처참하게 최후를 맞이한 내용도 있었다. 거기까지는 예전의 집행 대상자 자료와 크게 다를 바 없었다. 문제는 김만철의 자료였다. 김만철 집의 약도, 감시 카메라의 위치, 그가 자주 가는 단골 식당, 헬스클럽, 그의 미행일지까지…… 김만철의 동선이 시간대별로 정리되어 있는 게 아닌가!

그걸 본 순간 머릿속으로 솥단지만 한 의혹이 데굴데굴 굴러왔다. 이건 집행 대상자가 결정된 후에 나타나는 자료였다. 그러니까 진작부터 북극성의 부하가 김만철을 미행하고 있던 것이다. 더욱 놀라운 것은 김만철의 집행 일자까지 정해져 있었다는 점이었다. 10월 22일…… 그날은 김만철의 30주년 결혼기념일이었다. 이 자료만 놓고 본다면 5차 집행 대상자는 이미 김만철로 낙점된 것과 다름없었다.

이튿날 집행 회의에서 흥분을 참지 못했던 것도 그런 이유 때문이었다. 그땐 그럴 수밖에 없었다. 5차 집행자가 누구인지 빤히 알고도 뒷짐만 지고 있을 수가 없었다. 조민국은 김만철을 낙점하기 위한 들러리에 불과했다. 그래서 어떤 과정을 거쳐 5차 집행자가 김만철로 결정됐는지 따지려고 한 것이었다.

머리를 대충 감고 욕실을 나왔다. 현수는 그새 잠이 들었다. 피곤한 탓인지 가늘게 코까지 골았다. 엄기석은 침대에 앉아 현수를 물끄러미 내려다보았다. 그날 현수의 옷에 묻은 핏자국이 아직도 눈앞에 어른거렸다. 이마에는 땀방울이 송골송골 맺혀 있었고, 얼굴은 혼이 빠져 나간 듯 파랗게 질려 있었다.

"내가 죽였어요⋯⋯. 조민국을⋯⋯ 아버지의 원수를⋯⋯."

현수는 제대로 말을 잇지 못하고 숨을 할딱거렸다.

어떻게 이 지경에까지 이르렀을까. 불과 며칠 전만 해도 평범한 일상을 보냈다. 아내와 딸은 유럽 여행 중이라 현수와 단둘이 오붓한 시간을 가졌다. 따지고 보면 그날 통나무 별채에서 조민국의 자료를 집에 가져온 게 화근이었다. 서재 책상에 올려놓은 조민국의 자료를 현수가 본 것이다. 이 자료에는 현수의 아버지, 자신의 형이 죽음에 이르게 된 과정도 적혀 있었다.

현수의 눈이 뒤집히는 것은 당연했다. 일곱 살 때 아버지의 자살을 똑똑히 목격했던 현수가 아닌가. 조민국의 악행 자료를 본 순간 가슴속에 품고 있던 분노가 한 순간에 폭발하고 만 것이다.

형은 결혼을 일찍 한 편이었다. 군에서 제대하고 대학을 졸업하자마자 동기생과 결혼식을 올렸다. 그 이듬해 시국 사건으로 수배 중이던 형은 당시 지도 교수였던 조민국의 집을 찾아갔다가 경찰에 체포됐다. 형은 스승이 제자를 밀고했으리라고는 상상도 하지 못했다. 그저 운이 나빴다고 여겼다. 그런데 그게 아니었다. 안기부 남영동 분실에 끌려가서야 그 사실을 뒤늦게 알았다. 더 충격적인 것은, 그 외에도 여섯 명이나 되는 대학생이 조민국의 밀고로 줄줄이 체포됐다는 것이다. 당시 조민국은 안기부에서 파견한 밀사나 다름없었다. 아무도 그런 조민국의 첩자 활동을 눈치 채지 못했다. 어수선한 시국이었다. 그때 현수는 갓 돌이 지난 아기였다. 3년이 지나 만기 출소한 형은 고문이 남긴 후유증으로 사회에 적응하지 못했다. 집 밖으로 나가기를 두려워했고, 사람

만나는 것을 기피했다. 요양원에 입원한 후에도 형의 증세는 나아지지 않았다. 그렇게 투병 생활을 이어오다가 형은 요양원 뜰에서 나무에 목을 매달았다. 그때 형의 자살을, 아버지의 최후를 처음 목격한 이가 현수였다. 형이 죽은 이듬해 형수 역시 시름시름 앓다가 세상을 떠났다. 그 후 엄기석은 졸지에 고아가 된 현수를 20년 가까이 키웠다.

사흘 동안 현수와 함께 숨어 지내며 깨달은 게 하나 있다. 현수의 가슴속에 늘 아버지의 죽음이 자리하고 있었다는 사실이다. 엄기석은 그걸 몰랐다. 현수를 곁에 두고 있으면서도 전혀 눈치채지 못했다. 일곱 살에 아버지의 처참한 최후를 목격했으니 얼마나 힘이 들었을까. 그런데도 현수는 그런 증오를 겉으로 드러내지 않았다. 20년이 넘도록 홀로 가슴속에 꾹 담아두었다. 그것이 조민국의 악행 자료를 본 순간 폭발하고 말았다. 현수의 뿌리 깊은 증오와 분노가 봇물처럼 터진 것이다.

엄기석은 그런 현수의 집행을 묵묵히 받아들였다. 그랬다. 그날만은 현수가 집행관이었다. 비록 서툴고 엉성해도 심장만은 그 누구보다 뜨거웠다.

5

엄기석의 집은 어둠에 둘러싸여 있었다. 불이 켜진 곳은 한 군데도 없었다. 사흘 내내 그랬다. 사람의 기척 대신 고양이 울음소리가 스산하게 들려왔다.

"송 교수님은…… 어떻게 됐습니까?"

윤 실장이 어렵게 말문을 열었다. 그의 입에서 송 교수의 얘기가 나오기까지 무려 사흘이 걸렸다. 한번쯤 지나치는 식으로라도 송 교수를 슬쩍 꺼낼 만도 한데 꾹 참고 버텼다. 그건 허동식도 마찬가지였다.

"북극성이 뒤를 쫓고 있습니다. 생각보다 송 교수를 찾기가 쉽지 않은가 봅니다."

송 교수는 양수리 별장에도 대광사에도 없었다. 그러나 어디를 가든 북극성의 손바닥을 벗어나지 못할 것이다. 조금 더 목숨을 연장하는 것에 지나지 않았다. 윤 실장은 그렇게 툭 내던지고는 더 이상 말이 없었다.

송 교수에게 제대로 뒤통수를 맞았다. 그 강도가 너무 세서 지금도 목덜미가 얼얼했다. 후유증이 제법 오래갈 것 같다. 한두 달 가지고는 어림도 없다.

갑자기 망령이라도 든 걸까? 송 교수의 배신은 엄기석의 돌출 행동과 비교가 되지 않았다. 너무도 참담해서 그저 헛웃음만 나왔다. 조직을 만들고 키운 심판관이 조직을 깡그리 말아먹었다.

"셋이 처음 만났을 때…… 비가 오지 않았습니까?"

이번엔 허동식이 질문을 던졌다. 달리 할 말이 없어서 오래전의 기억을 끄집어 올렸다.

"맞습니다. 아침부터 비가 내렸습니다."

"그래서 등산도 하지 못하고……."

"술집부터 찾았죠."

대화가 또 끊겼다. 딱히 할 말이 없었다. 송 교수를 입에 올린 것이 얼마나 큰 고통인지를 서로 잘 알았다.

허동식은 조수석 등받이에 몸을 기대고 눈을 감았다. 그날도 이맘때쯤이었다. 붉은 단풍이 산허리를 가득 매웠다. 빗물에 떠내려가는 단풍잎을 막걸리 사발로 건져 올렸다. 그 모습을 보고 해맑게 웃던 송 교수의 얼굴이 부스스 떠올랐다.

3년 전 가을, 북한산 등산로 입구에서 송 교수와 윤 실장을 만났다. 송 교수와는 평소 잘 알고 지내는 사이였다. 단 한 번의 부탁에, 그는 〈대담〉이라는 다큐멘터리에 흔쾌히 출연해 주었다. 제작 스태프에게도 거리감을 두지 않아 유쾌하게 마무리 작업까지 마쳤다. 겉보기와는 달리 유연하고 쾌활한 사람이었다. 이따금씩 어설픈 농담으로 스태프들의 긴장을 풀어주기도 했다. 송 교수는 등산로 입구에 윤 실장과 함께 나왔는데, 그때 윤 실장을 처음 보았다.

그날 아침부터 비가 내렸다. 북한산 자락은 비에 흠뻑 젖어 있었다. 비가 내려서 등산은 취소되었고, 가까운 야외 식당으로 자리를 옮겼다. 마주앉은 원두막 밑으로 빗물이 줄줄 흘러 내려갔다. 파전을 곁들인 막걸리 두 잔에 취기가 올라왔다. 막걸리 주전자가 비워지자, 송 교수가 모임을 주선한 이유를 털어놨다.

"내 얘기 한번 들어보게."

솔직히 조금은 긴장되었다. 공연히 허튼 소리로 위세를 뽐낼 그가 아니었다. 지난주 송 교수는 약속 날짜와 장소를 정하면서 긴히 할 얘기가 있다고 귀띔을 주었다. 신비롭고 황홀한 얘기라는 소리가 호기심을 자극했다.

"나라 돌아가는 꼴이 말이 아니야. 이대로 마냥 지켜볼 수도 없고……. 해서 하는 소린데…….”

허동식은 송 교수의 말을 가만히 듣기만 했다. 대꾸할 틈이 없었다. 그의 말이 너무도 크게 울려서 감히 끼어들 엄두가 나지 않았다. 막걸리 두 주전가가 다 비워져서야 그의 말이 끝났다.

“어떤가? 해볼 생각이 있는가?”

한동안 귀가 먹먹했다. 방금 무슨 소리를 들은 거지? 영화에서나 나올 법한 이야기였다. 잠시나마 그의 말에 푹 빠졌다. 신비롭고 황홀하지 않았다. 되레 섬뜩하고 무시무시했다. 처음엔 세상을 한탄하는 노 교수의 푸념 정도로 들었다. 그런데 가만히 들어보니 그냥 해보는 소리가 아니었다. 그가 제시하는 명료한 지침이 정수리를 콕콕 찔렀다. 허동식은 선뜻 답을 주지 못했다. 윤 실장도 마찬가지였다.

“시간이 필요할 테지……. 기다리고 있겠네. 언제든 답을 주게.”

송 교수는 막걸리를 또 주문했다. 벌써 네 주전자였다. 낮술은 체질에 맞지 않는다면서도 줄기차게 잔을 비웠다. 비가 오고 날이 컴컴해 밤과 같은 낮이었다. 야외 식당의 손님은 셋밖에 없었다.

“하겠습니다.”

네 주전자가 다 비워질 때 윤 실장이 송 교수의 제안을 수락했다. 윤 실장의 얼굴에 묘한 미소가 번졌다. 눈빛은 비장해 보이는데 입가는 웃고 있었다. 허동식은 식당을 나설 때가 되어서야 송 교수의 제안을 받아들였다. 뭐든 오래 끄는 성격이 아니었다. 그새 가랑비는 장대비로 변해 있었다.

보름 후 송 교수의 양수리 별장에서 다시 만났다. 이번엔 막걸리 대신 작설차가 올라왔다. 부드럽고 향기로운 맛이었다. 새싹의 감칠맛이 몸속으로 찌르르 퍼져갔다.

송 교수가 제시한 밑그림은 빈틈이 없었다. 오랜 세월에 걸쳐 작심하고 준비한 시나리오였다. 인간쓰레기들만을 골라 그들의 죄목을 낱낱이 밝혀서 죗값을 톡톡히 치르기를 원했다. 애초부터 자비와 관용은 염두에 두지 않았다.

"열 명 정도면 좋겠네. 다섯 명씩 두 팀으로 나눌 수 있게 말이야."

허동식과 윤 실장이 각각 한 팀씩 맡기로 했다. 송 교수는 되도록 자신과 인연이 있는 사람이 참가하기를 원했다. A팀에서는 배 중령과 안 과장, 정 기자가 순서대로 합류했다. 그렇게 한 팀의 뼈대를 갖추는데 1년이 걸렸다. 맨 마지막으로 최주호를 끌어들여 다섯을 꽉 채웠다.

조직의 이름은 없었다. 조직의 강령이나 규율도 따로 정하지 않았다. 조직을 상징하는 문양이나 기호 따위에는 아예 관심도 두지 않았다. 그런 장식물은 되레 거추장스러울 뿐이었다. 송 교수가 원하는 것은 단 한 가지, 뜨거운 심장이었다.

"명분 같은 건 필요 없어. 가슴이 시키는 대로, 심장이 주문하는 대로 하면 되지."

허동식은 한 가지 의아한 점을 발견했다. 송 교수는 왜 자신을 선택했을까? 송 교수 주변에는 비상한 사람이 많았다. 용기 있고 정의감에 불타고 의협심이 강한 사람이 넘쳐 났다. 자신은 다큐멘터리를 만드는 평범한 감독에 불과했다. 어디 내세울 만한 이력도 없었다.

"그걸 꼭 내 입으로 말해야 하나."

송 교수는 비시시 웃었다. 그래도 듣고 싶었다.

"자네는 뜨거운 심장을 가지고 있잖아. 그것 하나면 돼."

뜨거운 심장…… 그 소리가 마음에 쏙 들었다. 사실 과분한 칭찬이었다. 심장 말고는 모든 게 차가웠다. 아내가 죽은 후 감정이 없는 쇠막대기로 변했다.

"감독님."

"……"

"허 감독님!"

허동식은 눈을 떴다. 윤 실장이 무표정한 얼굴로 쳐다봤다. 잠깐 옛 생각에 빠져 정신 줄을 놓고 말았다.

"가시죠."

새벽 3시다. 엄기석의 집은 여전히 기척이 없다. 길 건너편에 주차된 소형 승용차는 꿈쩍도 하지 않았다. 차 안에 세 명이 타고 있었는데, 북극성의 부하들이다. 윤 실장은 차 시동을 걸었다.

"이제 접어야 할 때가 온 것 같습니다."

그랬다. 더 이상 버티는 것은 무리다. 북극성이 가져온 2차 수사 보고서에는 윤 실장의 이름도 있었다. 절반이나 되는 팀원이 수사팀에 노출됐다.

"다섯이라도 보낸 걸로 위안을 삼아야겠습니다……."

솔직히 다섯 명 가지고는 어림도 없었다. 적어도 50명은 돼야 위안을 삼을 수 있지 않을까. 차가 사거리 신호등에서 멈췄다. 길가에는 형광 조끼를 입은 미화원이 쓰레기를 주워 담고 있었다.

"그들을 저세상에 보내면서 한 가지 깨달은 것이 있습니다. 꿈이라는 게 거저 얻어지지 않는다는 걸 새삼 알았습니다."

윤 실장이 희미하게 웃어 보였다. 작별을 암시하는 미소 같았다.

"앞으로 어떻게 할 겁니까?"

허동식이 물었다.

"다 털고 떠나야지요. 감독님은요?"

"같은 생각입니다……."

"봐둔 곳이라도 있습니까?"

허동식은 고개를 끄떡였다. 한 팀의 책임자로서, 팀원들이 위기에 닥칠 것을 대비해 여러 안전장치를 마련해 두었다. 그것이 자신을 믿고 따라준 팀원들에 대한 도리라고 여겼다. 검찰의 손에, 법의 심판대에 서는 것은 참을 수 없는 모욕이다.

"혹시 송 교수님 만나거든…… 제 말 좀 전해주십시오."

차가 화곡동 집 앞에 멈추었다. 윤 실장은 애써 밝은 표정을 지었다.

"그동안 꿈을 가질 수 있어서 행복했었다고 말입니다."

"……."

"이건 진심입니다."

그 말을 듣는 순간 귀가 뻥 뚫리고 오감이 활짝 열렸다. 허동식 역시 마찬가지였다. 지난 3년 동안 분명한 꿈과 목표가 있었다. 뜨거운 심장을 가지고 마음껏 분노를 표출할 수 있어서, 더 없이 행복했다.

6

오전 강의를 마치고 인문대 학장에게 휴직계를 제출했다. 더 이상 강의할 여력이 없었다. 몸도 마음도 지쳤다. 인문대 학장에게는 거절할 수 없게끔 분명한 이유를 달았다. 미국에 있는 딸아이가 중병에 걸렸다고. 그렇게 해서라도 쉬고 싶었다. 아니, 그 틈을 이용해 어디론가 내뺄 궁리를 하고 있었다. 갈 곳이 정해져 있지는 않으나 어디든 가야겠다고 결심했다. 그것이 여행이든 도피든 상관없다. 출국 금지가 내려졌다면 밀항선이라도 탈 생각이었다.

"저예요."

정 기자에게 전화가 온 것은 학장실을 막 나올 때였다. 그녀는 학교 뒷산에 있다는 말을 남기고 전화를 끊었다. 최주호는 1층 강의실 창문을 타고 인문대 건물을 빠져나왔다. 그새 감시의 시선이 두 배로 늘어났다. 인문대 건물 앞에서 서성거리는 사내도 자주 눈에 띄었다.

며칠 사이 정 기자의 얼굴이 많이 상했다. 연분홍 립스틱을 발랐는데도 윤기가 없었다.

"소식 들었어요?"

무슨 소식을 말하는 건지 알 수 없었다. 그동안 너무 많은 일이 벌어졌다. 열 손가락을 다 꼽아도 모자랄 정도다.

"조민국을 제거한 인물 말이에요."

"……."

"엄 변호사라고 하는군요."

"잡혔나?"

"아직요. 지난주엔 생방송도 펑크 냈대요."

"……."

"알고 있었군요?"

"허동식을 만났어."

"그럼, 조민국에게 연락해 준 사람도 알겠군요."

알면서도 대답하지 않았다.

"기분이 어때요?"

"모르겠어……. 시간이 좀 지나야 할 것 같군."

정 기자는 핸드백에서 담배를 꺼내 물었다. 문득 그녀가 어떻게 송 교수를 찾아냈는지 궁금했다. 그녀도 숨은 그림을 찾으려고 기억의 상자 속을 한참 헤맸을까?

"우리가 속은 건가요? 아니면 송 교수님이 우릴 속인 건가요?"

둘 다 맞는 것 같다. 아니, 하나는 맞고 하나는 틀린 것 같다.

"송 교수님은 지금 어디에 있어요?"

최주호는 고개를 절레절레 흔들었다. 어젯밤 송 교수의 큰딸에게 전화가 왔다. 그녀는 방금 전 아빠에게 연락이 왔다면서, 여행 중이라고만 짤막하게 전해주었다. 아직 목숨이 붙어 있어 다행이었다.

"송 교수님이 있는 곳을 알면…… 갈 거예요?"

정 기자는 담배 연기를 길게 내뿜었다.

"물론 가야지. 아는 곳이라도 있나?"

"교수님이 예전에 수배 중일 때…… 자주 가던 곳이 있다고 했어요."

그곳이 어디냐고 빠르게 물었다.

"강화에 있는 과수원이라고 했는데, 은신처로는 아주 좋은 곳이라고……."

최주호는 더 들을 것도 없다는 듯이 자리에서 일어났다. 정 기자의 차는 대학 후문 쪽 길가에 있었다. 그녀는 미행을 염려해서인지 동료 기자의 차를 가지고 왔다.

산문 입구에는 울긋불긋한 옷을 입은 등산객들이 서성거렸다. 등산객 뒤로 오색 단풍이 곱게 물들어 갔다. 정 기자는 주차할 곳을 찾지 못해 빙빙 맴돌다가 식당 앞에 트럭이 빠져나가자 그곳에 차를 세웠다.

"다 온 건가?"

"저도 잘은 몰라요. 전등사 근처에서 친구가 과수원을 한다는 소리만 들었어요."

과수원이라…… 송 교수가 쓴 책에서 과수원이 나오는 글을 읽은 기억이 났다. 송 교수는 그 과수원을 망상에서 벗어나 마음을 치유해 주는 안식처라고 표현했다.

"북극성도 이곳을 알까?"

최주호가 물었다.

"마음만 먹으면 어디든 못 찾겠어요."

산문 입구에서 10분 정도 내려가자 과일을 주렁주렁 매단 나무들이 보였다. 과수원 입구에는 작업복 차림의 한 노인이 나와 있었다. 정 기자가 노인에게 다가가 이곳에 송기백 교수가 있는지를 물었다.

"어서 오시오. 기다리고 있었소."

노인은 마치 그들이 오기를 기다리고 있었다는 듯이 반갑게 맞이했다.

"저희가 오리라는 걸 어떻게 알았습니까?"

"송 형이 이맘때쯤 젊은 친구가 찾아올 거라고 했소. 자, 어서 들어갑시다."

노인을 따라 과수원 정문 옆에 있는 별채 안으로 들어갔다. 제법 운치 있는 곳이다. 별채 안에는 고풍스러운 그림 액자와 각종 골동품이 가지런히 진열되어 있었다. 노인은 잠시 기다리라는 말을 남기고 별채를 나갔다.

"설마 교수님이 우리를 기다리고 있던 것은 아니겠죠?"

정 기자가 어깨를 으쓱 올렸다.

"어쩐지 기분이 이상한데요."

송 교수를 만나면 무슨 말을 해야 할까? 딱히 떠오르는 게 없다. 강화까지 오는 동안 차 안에서 많은 생각을 했지만, 마땅한 말을 찾지 못했다. 할 말이 너무 많은 건지, 아니면 할 말이 없는 건지 구분이 가지 않았다. 스승으로서가 아니라 한 비밀 조직의 수장으로 그를 대해야 한다는 생각을 하니 서글픈 생각마저 들었다. 과연 서슬 퍼런 노교수의 분노를 어떻게 감당할 수 있을까.

별채 밖에서 헛기침 소리가 두어 번 들렸다. 곧이어 문이 활짝 열리고 개량 한복 차림의 송 교수가 들어섰다.

"자네들……."

송 교수의 눈이 황소 눈처럼 커졌다. 순간 최주호는 몸이 딱딱하게 굳어지는 걸 느꼈다.

"돌아가. 여긴 자네들이 올 곳이 아니야."

"교수님……."

"어서!"

"이대로는 갈 수 없습니다."

최주호는 꼼짝 하지 않았다. 아니, 꼼짝할 수가 없었다. 양다리
는 감전이라도 된 듯 감각이 없었다. 심장만 쿵쾅쿵쾅 뛰었다. 지
금 이 순간만큼은 대학 은사가 아닌, 한 조직의 수장이다. 자신은
그 조직의 열렬한 구성원이다. 그러고 보니 조직의 수장과 구성
원이 만나는 것도 그리 이상한 그림은 아닐 듯싶다.

"허 감독을 만났나?"

"예."

"그럼 잘 알고 있겠군……."

송 교수의 눈동자가 쉼 없이 굴러다녔다. 빠르게 냉정을 찾아
가고 있다는 신호다.

"아직도 확인할 게 남았나?"

그때 과수원 노인이 차를 가지고 들어왔다. 노인은 송 교수의
눈치를 살피고는 조용히 별채를 나갔다. 잠시 짧고 어색한 침묵
이 흘렀다.

"궁금한 게 많겠지……. 자넨 원래 호기심이 많지 않았나."

"교수님. 저는 단지……."

"다 지난 일이긴 하지만…… 자네가 원한다면 못할 것도 없
지."

솔직히 알고 싶은 게 많았다. 너무도 많아서, 어디서부터 시작
해야 할지 모를 정도다. 송 교수는 차를 한 모금 마시고는 두 눈
을 지그시 내리깔았다.

"오랜 지인의 권유로 인도 북부의 작은 마을을 여행할 기회가

있었네."

송 교수의 목소리가 별채 안에 낮게 깔렸다. 정 기자는 두 손을 모으고 귀를 쫑긋 세웠다.

"전기도 들어오지 않는 오지였는데, 그곳에서 뜻밖의 광경을 목격했어. 이 마을에서는 법을 집행하는 방식이 아주 독특했던 거야. 도둑질한 자는 손목이 잘리고 강간한 자는 거세를 당했지. 중세 시대의 형벌이 아직도 남아 있었어⋯⋯. 그들은 형벌을 집행하는 데 어느 누구에게도 차별을 두지 않았지. 힘이 세든 나이가 많든 부자든 간에 똑같이 집행했던 거야. 죄를 지으면 누구나 법대로 심판을 받았기 때문에 불만이 있는 사람은 아무도 없었어⋯⋯. 인도에 다녀온 후에도 한동안 그 마을이 마음속에서 떠나지 않더군."

송 교수는 한 손으로 찻잔을 잡았다.

"고국에 돌아온 지 한 달쯤 됐을까. 한 독립영화 제작사로부터 제안이 들어왔네. 우리 현대사를 담은 다큐멘터리를 만들고 싶다는 거야. 나와 연배가 비슷한 언론인과 서로 대담을 나누는 프로그램이었는데, 이 다큐멘터리를 찍으면서 내가 걸어온 길을 차분하게 더듬어볼 수 있었지⋯⋯. 그동안 민주화 투쟁과 사회적 약자의 인권을 위해 평생 싸워왔다고 자부하면서도, 어딘가 모르게 허전한 느낌을 지울 수 없었어. 겉으로는 표 내지 않았지만, 사실 나는 늘 불만에 차 있었던 거야. 무엇보다 이 나라의 불평등한 법집행이 마음에 들지 않았네. 잘 생각해 보라고. 쿠데타를 일으키고, 수많은 양민을 학살하고, 민주 인사를 고문하고, 인권을 유린한 자들⋯⋯. 어디 그뿐인가. 권력을 이용해 사리사욕을 채우고 부정부패를 저지른 인간들……. 그런 악행을 저지르고도 이들은 여전히 이 거리를 당당하게 활보하고 있지 않나. 오히려 부와 영화를 대물림해 주면서 잘 살고 있지 않은가 말이야. 나는 이런 인간들을 어떻게든 응징해야 한다고 생각했네. 법으로 심판을 받을 수 없다면 다른 방법을 써서라도 반드시 대가를 치르게 해주고 싶었지. 다만 그게 좀스럽고 소인배들이나 하는 짓으로 보일까 봐 겉으로 드러내지 않았을 뿐이야. 알고 보면 나 역시 인간쓰레기들을 혐오하고 공분을 감추지 못하는 평범한 인간에 불과했던 거지……. 주위를 잘 둘러보게. 지금 이 순간에도 협잡꾼과 모리배들이 서로 머리를 맞대고 앉아 더럽고 추악한 모의를 꾸미고 있지 않나. 양심의 가책은커녕 자신의 보위만을 위해 살아가는 사회의 기생충들, 변절을 밥 먹듯이 하고, 자신의 치부를 정당화시키고, 나아가서는 국민의 자존심에 큰 상처를 입히는 종자들……. 법이라는 게 대체 무엇이란 말인가. 있는 자들, 가진 자들의 권리를 보장하기 위해 존재하는 게 법이란 말인가! 이대로는 안 된다고 생각했지. 그러나 일개 퇴직한 교수가 뭘 하겠나. 지금은 민란의 시대도, 혁명의 시대도 아니잖은가. 그렇다고 가만히 보고만 있을 수가 없었네. 뭔가를 하지 않으면 미칠 것 같았지. 세상을 바꾸지는 못해도 세상을 조금이나마 변화시키고 싶었네. 그때 허 감독과 윤 실장을 만났지……. 참으로 고마운 사람들이야. 늙은 퇴직 교수의 바람을 마치 자신의 일처럼 헌신적으로 실천해 주었으니 말이야. 아마 그들이 없었다면 한낱 늙은 교수의 푸념으로 지나쳤을 테지. 지금도 후회는 없네. 다만 너무 일찍 끝나는 것 같아 그게 안타까울 뿐이지."

지난 발자취를 더듬어가는 송 교수의 눈에 물기가 촉촉이 배어들었다.

"기왕에 여기까지 왔으니 내 변명도 좀 들어주게……. 조민국은 내 둘도 없는 친구일세. 그 친구의 집과 우리 집은 오래전부터 깊은 내력이 있었네. 내 부친은 일찍부터 독립운동에 뛰어들어 임시정부와 고국의 독립 운동가들 사이에 연락책을 맡았었지. 그런데 이웃 주민의 밀고로 일본군에게 발각되어 목숨을 잃을 위기에 처했을 때 조민국 부친의 도움으로 목숨을 구할 수 있었네. 부친뿐만이 아니야. 나 또한 긴급조치 위반으로 투옥됐을 때 조민국이 발 벗고 나서서 간신히 목숨을 건질 수 있었네. 2대까지 이어지는 이런 기막힌 인연이 또 어디에 있겠나. 난 그 친구를 보호해야 할 의무가 있네……. 사사로운 감정에 흔들리고 싶지 않았지만 평생 마음의 짐을 지고 살아갈 수는 없었지. 인연이란 게 얼마나 무섭고 오묘한가."

그쯤이면 됐다. 더 이상 송 교수의 말을 듣고 싶지 않았다. 지금 변명을 들으려고 이곳까지 찾아온 게 아니다.

"이제 돌아가. 반갑지 않은 손님이 올지도 모르니……."

"누가 온다는 겁니까?"

최주호가 빠르게 물었다. 송 교수는 어설픈 미소를 지어보이며 자리에서 일어났다.

"이만큼 살았으면 됐지 뭘 또 바라겠나."

"교수님!"

"자네들에겐 정말 미안해."

"그런 말씀하지 마십시오. 저 역시 교수님의 생각과 다르지 않습니다."

최주호는 열혈 조직원으로서 수장의 말에 공감을 표시했다.

"저도 같은 생각이에요. 교수님."

정 기자도 거들고 나섰다.

"그렇게 생각해 주니 고맙군."

송 교수는 별채를 나가려다 말고 뒤를 힐끔 돌아보았다. 그러고는 한마디를 툭 내던졌다.

"심장이 너무 뜨거운 게 탈이었어……."

과수원을 나오자 폭포수 같은 햇빛이 머리맡으로 쏟아졌다. 잠깐 현기증이 일어났다. 왜 송 교수를 찾아간 걸까? 과수원을 나오는데 문득 그런 생각이 들었다. 정작 하고 싶었던 말은 단 한 마디도 하지 못했다. 그의 변명을 들어준 것 말고는 아무것도 한 게 없었다. 최주호는 힘없이 정 기자의 차에 올랐다.

"교수님이 자수를 염두에 둔 것 같지 않아요?"

"……."

"뭐라고 말 좀 해봐요."

"할 말이 없어."

방금 전 송 교수는 꽤 많은 말을 한 것 같았다. 꼼짝하지 않고 그의 말을 듣느라 양다리가 저려올 정도였다. 그런데 이상하게도 그가 무슨 말을 했는지 하나도 기억이 나지 않았다. 심장이 너무 뜨거운 게 탈이었어……. 뜨거운 심장 탓으로 돌리는 그 말밖에는.

"난 여기서 내려줘."

정 기자는 차를 인도 쪽으로 댔다.

"어디 가게요? 일단 서울까지라도 함께 가요."

"됐어. 정 기자는 앞으로 어떻게 할 건가?"

"전 허 선배를 믿어요. 저를 이리로 끌어들였으니 또 나가는 방법도 알려주겠죠."

"그렇다면 다행이로군."

차들이 싱싱 바람을 가르며 지나쳤다. 무단 횡단을 하고 인도를 따라 걸었다. 목적지는 없었다. 그냥 걷고만 싶었다. 비포장도로에 들어서자 산기슭에 무덤들이 듬성듬성 보였다. 무덤 옆의 마른 풀 위에 몸을 던졌다. 큰 대자로 길게 누워서 하늘을 올려다보았다. 하늘엔 솔개 한 마리가 빙빙 맴을 돌고 있었다.

눈을 감았다. 과수원에서 참았던 피로가 일시에 몰려왔다. 앞으로 어떻게 해야 하나. 어렴풋이 떠오르는 게 있기는 했다. 생각을 간추려보니 두 가지였다. 어디론가 떠나야 한다는 것, 그리고 아무도 모르는 곳에 꼭꼭 숨어야 한다는 것.

7

70~80년대 민주화 운동에 앞장섰던 송기백 교수가 강화의 한 과수원에서 숨진 채 발견됐다. 이 날 송 교수를 발견한 김 모(79) 씨에 따르면 오후 4시쯤에 과수원 뒤뜰에 가보니 송 교수가 나무에 목을 매단 채 숨져 있었다는 것이다. 경찰은 "송 교수가 최근에 발생한 연쇄살인 사건과 관련해 수사 압박을 견디지 못하고 스스로 목숨을 끊은 것으로 보인다"면서 "사건 현장에 송 교수가 남긴 유

서는 없었다"고 밝혔다. 송 교수는 1970년대 반유신 투쟁에 이어 군사독재 정권에 항거했으며, 우리나라의 민주화 운동에 큰 업적을 남긴 인물이다.

예정된 수순이다. 조희성은 송 교수의 자살을 묵묵히 받아들였다. 과수원을 나오면서 가장 먼저 떠올린 게 그의 최후였다. 송 교수는 법의 심판대에 서는 것을 원치 않았다. 원래 법을 잘 따르지 않는 사람이었다. 그런데도 송 교수는 왜 자신을 불렀을까? 이유는 간단했다. 말끔하게 뒤치다꺼리를 해줄 사람이 필요했던 것이다. 과수원에 갈 때부터 그런 생각이 들었다. 법의 심판대에 서는 것은 그에게는 더할 나위 없는 모욕이었다.

송 교수와의 만남은 짧았다. 그가 약속 장소와 시간을 정했을 때 잠시 이런 생각을 했다. 2박 3일이 걸려도 그가 하고 싶은 말을 다 들어줄 것이라고. 그게 이 시대의 큰 스승에 대한 예의라고 여겼다. 그러나 송 교수는 모든 걸 절제하고 꼭 하고 싶은 말만 가려 했다. 그가 당부한 것은 두 가지였다. 먼저, 뒷정리가 필요하니 시간을 달라고 했다. 조희성은 얼마나 시간을 드리면 되겠느냐고 물었고, 송 교수는 이틀이면 된다고 했다. 다른 하나는 이번 사건에 연루된 용의자들에 대한 얘기였다. 송 교수는 자신이 모든 걸 떠안고 가면 안 되겠냐고 물었다.

두 가지 모두 무리한 부탁이었다. 이틀이면 용의자들이 잠적하기에 충분한 시간이었다. 주동자 혼자 짐을 떠안는 것은 중세 시대에나 통할 법한 발상이었다. 수사를 마무리하기 위해서는 적어도 서너 명은 더 필요했다. 홀로 감당하기에는 판이 너무 커졌다.

조희성도 꼭 하고 싶은 말만 했다. 일단 첫 번째 부탁은 받아들이기로 했다. 솔직히 송 교수의 손목에 수갑을 채울 자신이 없었다. 법의 심판대에 세우는 것은 더욱 못할 짓이었다. 어쩌면 송 교수가 이 문제를 스스로 해결해 주기를 은근히 바라고 있었는지도 몰랐다. 두 번째 부탁은 첫 번째 부탁의 결과에 따라 유동적이 될 거라고 애매모호한 답을 주었다.

"이 늙은이 청을 들어주어서 고맙소."

그래도 송 교수는 만족해 하는 눈치였다. 뒤늦게 딱딱한 표정을 풀고는 보란 듯이 환하게 미소를 지었다. 결국 목숨을 담보로 한 그와의 거래를 받아들였다. 마지막 가는 길에, 그의 명예만은 지켜 주고 싶었다.

"당신도 뜨거운 심장을 가진 것 같소."

송 교수는 과수원 정문까지 바래다주면서 그렇게 작별 인사를 대신했다. 그 소리가 무엇을 뜻하는지 알 수 없었다. 추켜세우는 것 같기도 하고 살짝 비꼬는 것 같기도 했다.

조희성은 의자 등받이에 몸을 파묻고 두 다리를 길게 뻗었다. 간밤의 취기가 슬슬 등줄기를 타고 올라왔다. 송 교수를 만나고 온 후 한동안 술독에 푹 빠져 살았다. 날이 저물기가 무섭게 수사본부를 빠져나와 술집을 순례했다. 술에 취하면 어김없이 송 교수의 마지막 모습이 떠올랐다. 그날 송 교수에게 꼭 묻고 싶은 게 두 가지 있었다. 하나는 그런 엄청난 일을 벌이게 된 동기가 무엇인지 알고 싶었다. 다른 하나는 그 인간들을 패 죽이는 것 말고 다른 방법이 없었는지 묻고 싶었다. 그러나 그와 헤어질 때까지 차마 그것을 묻지 못했다.

"하나 물어봐도 되겠습니까?"

눈 좀 붙이려는데 박 형사가 다가왔다.

"말해 보십시오."

"정윤주, 최주호, 엄기석, 윤민욱…… 왜 잡아들이지 않았습니까?"

뜻밖의 질문이다. 박 형사의 표정이 무엇을 말하려고 하는지 애매모호했다. 도발적인 것 같기도 하고 정말 궁금해서 묻는 것 같기도 했다.

"송 교수와의 관계도 밝혀졌는데……."

"왜요?"

박 형사의 말을 빠르게 잘랐다.

"불만 있습니까?"

"아, 아닙니다."

이틀만 시간을 달라는 송 교수와의 약속을 지키기 위해서다. 그 정도 시간은 눈 감아줘도 될 것 같았다.

"잘 하신 것 같아서 드리는 말씀입니다."

그렇다면 다행이다. 박 형사도 이번 사건을 무척 힘들어 했다. 처음엔 그들을 잡으려고 득달같이 달려들었으나, 네 번째 사건이 터진 후부터 무척 힘겨워 하는 눈치였다. 수사관들도 법을 집행하기 이전에 감정을 가진 사람이었다.

"우 검사가 가만히 있지 않을 텐데…… 괜찮겠습니까?"

"어쩌겠습니까. 받아들일 건 받아들여야지요."

그렇지 않아도 아침에 우 검사 방에 불려가 온갖 수모를 당했다. 우 검사는 거울을 박살내고 책상을 뒤엎었다. 입에서는 육두

문자가 쉼 없이 흘러나왔다. 목숨을 걸라고 했더니 똥물을 뿌렸다고 고래고래 소리를 질렀다. 가슴을 쥐어뜯는 그의 표정은 굶주린 야수 같았다. 그래도 화가 풀리지 않았는지 그의 구두코가 정강이를 세 번이나 걷어찼다. 군에서 제대한 후 처음 맛보는 조인트였다. 그 앞에서 참는 것 말고 달리 할 게 없었다. 우 검사는 다음 인사 때는 반드시 대가를 치를 것이라고 겁박했다. 그가 하도 날뛰는 바람에 이대로 옷을 벗게 될지도 모른다는 생각이 들었다. 그래도 큰 걱정은 하지 않았다. 아내도 그깟 잘난 검사 그만두고 변호사로 갈아타 돈 좀 벌어오라고 했다. 아내는 아직 권력의 단맛을 몰랐다. 돈이면 뭐든 다 된다고 여기는 여자였다. 옷을 벗든 대가를 치르든 이쯤에서 손을 털고 싶었다. 그게 솔직한 심정이다.

조희성은 책상에 두 발을 올려놓고 길게 하품을 했다. 또 다시 술기운이 슬금슬금 올라왔다. 숙취에는 낮잠만 한 보약이 없다.

눈을 감자 그들의 얼굴이 차례차례 떠올랐다. 지금쯤 그들은 어디서 무엇을 하고 있을까? 이틀이면 충분한지 알 수 없으나 그쯤이면 적당히 시간을 벌어준 것 같았다. 같은 집행관으로서, 그들에게 응원을 보내지는 못해도 싸잡아 비난하고 싶은 생각도 없다. 그러고 보니 송 교수의 부탁을 다 들어준 셈이다.

8

이대로 포기할 수는 없다.

송 교수가 자살했다고 해서, 그의 추종자가 증발했다고 해서 끝난 게 아니다. 아직 막을 내리기에는 일렀다. 살인집단의 괴수만이 영원히 사라졌을 뿐이다.

괴수의 자살과 함께, 놈들은 약속이라도 한 듯 사라졌다. 닭 쫓던 개 지붕 쳐다보는 꼴이다. 뭐가 단단히 씌었는지 꼭 한 발짝씩 늦었다. 그렇다고 여기서 멈출 것 같지가 않다. 지금쯤 놈들은 또 다른 살해 대상을 물색하고 있을 것이다. 괴수의 죽음을 슬퍼할 겨를도 없이 다음 대상을 찾으려고 분주히 움직이고 있을 것이다. 놈들의 지난 행보가 그걸 말해 주고 있다. 어쩌면 벌써 살해 대상을 낙점하고 그 주변을 빙빙 맴돌고 있을지도 모른다.

우경준은 이참에 수사 방향을 확 바꿨다. 이젠 놈들이 싸질러 놓은 오물을 처리할 게 아니라 한발 앞서서 놈들의 행적을 찾아 나서기로 했다. 놈들이 갈 만한 곳을 선정해 집중적으로 파헤칠 생각이다. 밤새 사우나에서 짜낸 묘안이다.

만약 놈들이 다음 살해 대상을 노리고 있다면 어떤 인물일까? 노창룡, 정영곤, 이철승, 박시형…… 조 검사가 작성한 보고서에도 적혀 있듯이 이 사회의 '공공의 적'이다. 우경준은 여기에 그치지 않고 좀 더 세밀하게 이들의 성향을 분석했다. 곧이어 다음과 같은 결과가 나왔다.

첫째, 노창룡을 제외하고 최근 3년 안에 벌어진 사건에 연루된 인물이다. 둘째, 중범죄를 저지르고도 가석방되거나 집행유예 등의 형량을 선고 받은 인물이다. 셋째, 언론에 대문짝만 하게 실려 사회적으로 공분을 일으킨 인물이다.

우경준은 이 같은 분석을 토대로 놈들이 노릴 만한 살해 대상을 하나하나 추려 나갔다. 1차 선정에 80여 명의 명단이 확보됐다. 국경일 특사로 사면 복권된 인물, 재판 과정에서 물의를 일으키고 집행유예로 풀려나온 인물, 3년 안에 대형 비리 사건에 연루된 인물로 좁혀나갔다. 2차 선정에는 40여 명이 추려졌다. 마지막으로 언론과 여론에 주목받은 인물로 대상을 압축해 가니 열일곱 명의 명단이 손에 잡혔다. 판검사 출신의 법조인이 네 명, 정보기관 출신이 세 명, 대기업 총수가 두 명, 대학교수가 두 명, 장성 출신의 군인이 두 명, 고위공직자 출신이 네 명이다. 이들은 하나같이 지난 3년 사이에 언론에 크게 보도되어 유명세를 탄 인물이다.

수사 방향은 단순 명료했다. 마지막으로 선정된 열일곱 명의 범위에서, 오직 CCTV에만 의존하기로 했다. 우경준은 열일곱 명의 명단을 수사관에게 나눠주었다.

"자택, 사무실, 자주 가는 곳…… 그 주변에 설치된 모든 CCTV를 수거해서 판독하도록!"

수사관들의 입이 쩍 벌어졌다. 앞으로 놈들에게 희생될 예상 인물이라니, 다들 어처구니가 없는 표정들이다.

"이거, 너무 무리하는 것 아닙니까?"

민 형사가 토를 달았다. 아무런 근거 없이 왜 마구잡이로 들이대느냐는 소리다.

"잔말 말고 시키는 대로 해."

지금으로서는 이보다 더 확실한 방법은 없다. 원래 육감이라는 걸 잘 믿지 않는 편인데, 이번엔 달랐다. 육감이 너무도 생생해서 머리에서 발끝까지 도무지 가만 놔두지를 않았다.

수사관의 절반에 이르는 인력이 CCTV 판독 작업에 투입됐다. 지난번 배동휘의 행적을 찾았을 때보다 세 배나 많은 인원이다. 열일곱 명의 자택 주변, 사무실이나 이들이 적을 두고 있는 곳, 그리고 이들이 자주 가는 곳의 CCTV를 수거해 판독 작업을 벌였다. CCTV 날짜는 일주일 전부터 현재까지를 기준으로 삼았다. 굳이 오래전까지 거슬러 올라갈 필요는 없다.

민 형사의 말대로, 무리한 측면이 없지는 않다. 놈들이 다음 살해 대상자를 고르는 기준도, 여전히 눈에 불을 켜고 살해 대상을 찾고 있는지도, 열일곱 명의 인물 중에 대상자가 포함되어 있는지도 자신할 수 없다. 그러나 육감을 믿고 끝까지 밀어붙이기로 했다.

"배동휘가 있습니다!"

자정이 가까워오는 시각, 판독실이 술렁거렸다. 판독을 시작한 지 단 하루 만이었다. 너무 빨리 찾아내서 오히려 당혹스러웠다.

"어디야?"

"연세현의 사무실 빌딩 주차장입니다."

결코 허튼 육감이 아니었다. 연세현은 열일곱 명 중의 한 명으로, 2년 전 국정원장에서 사임한 후 여의도에 위치한 '나라발전연구소'에 적을 두고 있었다. 지난겨울 연세현은 민간인 불법 사찰 혐의로 재판에 넘겨졌으나 무혐의로 석방됐다. 놈들이 고르기에 딱 알맞은 먹잇감이다.

연세현을 전담하고 있는 판독팀이 모니터 화면을 띄웠다. CCTV 화면에 찍힌 날짜는 10월 12일 오후 4시 30분이었다. 송교수가 자살하기 이틀 전이다. 빌딩 지하 주차장에 한 사내가 서성거렸다. 프로야구단 모자를 푹 눌러쓰고 있었으나 배동휘를 판별하는 것은 어렵지 않았다. 배동휘 옆에, 그 또래의 사내도 CCTV에 잡혔다. 두 번째로 이들이 잡힌 곳은 성북동 연세현 자택 근처에 설치된 CCTV였다. 10월 13일 오전 8시 5분, 배동휘의 동선은 연세현의 출근 시간에 맞춰졌다.

"이거 좀…… 이상하지 않습니까?"

민 형사가 고개를 갸웃거리며 다가왔다.

"지금까지 CCTV에 노출된 적이 한 번도 없는데…… 이번엔 보란 듯이 드러내놓고 다니는 게……."

일리가 있는 지적이다. 놈들은 단 한 차례도 사건 현장 근처에 모습을 드러내지 않았다. 그나마 CCTV가 어렵게 찾아낸 곳도 사건 현장에서 3킬로미터나 떨어졌다. 그런데 이번엔 무슨 까닭인지 현장 주변에서 대놓고 얼굴을 공개했다.

"어차피 수사팀에 노출됐기 때문에 CCTV는 신경 쓰지 않는 것 같습니다."

한 형사가 할 말을 대신해 주었다. 수사팀에게 다 까발린 마당에, 군이 얼굴을 감출 필요가 없는 것이다.

우경준은 20여 명의 수사관을 긴급 소집했다. 이제부터는 연세현 주변을 살피면서 배동휘가 나타날 때를 기다리는 것이다. 지금 이 순간에도 놈들은 연세현 주위를 맴돌면서 납치 시기와 장소를 저울질하고 있을 것이다.

"연세현에게 이 사실을 알려야 하지 않습니까?"

한 형사가 물었다.

"자칫하다가는 연세현이 놈들에게 당할지도 모릅니다."

우경준은 잠시 고민에 빠졌다. 연세현은 놈들이 자신을 점찍은 것도, 주위를 빙빙 맴도는 것도 알지 못했다.

"아니야. 알리지 마."

연세현에게 알려줘 봐야 좋을 게 하나도 없다. 연세현의 동태가 수상하면 놈들은 이를 눈치 채고 포기하거나 사라질 것이다. 평소와 다름없이 행동해야 놈들을 그곳에 붙잡아둘 수 있다.

"그대로 밀어붙여. 모든 일은 내가 책임진다."

9

졸지에 오도 가도 못하는 신세가 되고 말았다. 고작 경찰의 눈을 피해 숨어든 곳이 서울역 근처의 찜질방이다.

송 교수를 만나고 온 후 아파트 근처에는 얼씬도 하지 않았다. 대학도 마찬가지다. 휴직계는 처리되었지만, 아직 정리할 게 많았다. 그런데도 연구실에 발길을 딱 끊었다. 어쩔 수 없는 일이다. 사방팔방이 사복 경찰들로 우글거렸다. 혹시 몰라 찜질방 안에서도 경계를 늦추지 않았다.

송 교수의 자살 소식은 찜질방 안의 TV 뉴스를 통해 알았다. 파란만장한 그의 일생이 외딴 과수원에서 종지부를 찍었다. 과수원에서 속내를 훌훌 털어냈을 때부터 송 교수가 가야 할 곳을 알았다. 모든 길은 막혔고 비상구는 없었다. 송 교수는 원래 몸을 잘 돌보는 사람이 아니었다. 그날 무거운 짐을 훌훌 내려놓는 송 교수의 얼굴은 평온해 보였다.

'심장이 너무 뜨거운 게 탈이었어…….'

찜질방에서도 자꾸 그 소리가 윙윙거렸다. 지나고 보니 그럴 듯한 변명이었다. 아니, 송 교수답게 잘 정제된 작별 인사였다. 최주호는 그 말을 송 교수의 유언으로 받아들였다.

찜질방에서 할 수 있는 일은 별로 없었다. 황토방과 불가마를 번갈아 드나들면서 구운 계란으로 요기를 했다. 목이 마르면 식혜로 입을 축였다. 나머지는 TV 앞에서 뒹굴며 시간을 때웠다. 조민국 사건은 매 시간마다 야금야금 흘러나왔다. 경찰은 용의자의 신원을 확보하고 맹추격 중이었다. 그런데 경찰이 발표한 용의자의 신상이 수상했다. 수사 책임자는 용의자가 20대 후반의 젊은이라고 콕 집어 말했다. 그럴 리가 없다. 그새 엄기석이 마법을 부려 젊은이로 둔갑했단 말인가. 경찰이 번지수를 잘못 짚은 게 분명했다.

허동식에게 연락이 온 것은 마감뉴스가 끝날 무렵이었다.

"어디냐?"

아직 무사하냐는 소리로 들렸다.

"찜질방."

무사하다는 의미로, 목소리를 밝게 만들었다.

"내일 오전에 암자로 와라. 내가 예전에 머물던 암자 알지?"

툇마루가 딸려 있는 방들이 떠올랐다. 공무원 시험을 준비하는 젊은이도, 파일철을 전해주던 아주머니도 휙휙 스쳐지나갔다.

"무슨 일인데?"

"조만간 여길 뜰 거야."

"어디로?"

"인도⋯⋯. A팀원도 함께 간다."

이제 갈 데까지 다 간 것 같다. 그나마 오갈 데 없는 처지에서
갈 곳이 생긴 게 다행이다.

오랜만에 A팀원들이 한 자리에 모였다. 대충 헤아려보니 꼭 보
름 만이다. 그 보름 사이에 많은 일이 벌어졌다. 모두들 숨을 곳
을 찾느라 똥줄이 타들어 갔다. 수사망은 점점 좁혀오고 있었고,
출구는 보이지 않았다. 조직은 한순간에 폭삭 주저앉았다. 공중
분해 되는 것도 시간문제였다. 불행 중 다행으로 팀원들은 모두
무사했다. 그것만으로도 감사할 일이다.

최주호는 목탁 소리가 흘러나오는 법당 계단에 앉았다. 옛 기
억이 새록새록 떠올랐다. 암자에 온 날 바로 이 계단에서 허동식
의 검은 파일철을 펼쳤다. 이 파일철에 다섯 명의 집행 대상자가
다 들어 있었다. 살생부라는 예상은 정확히 들어맞았다.

배 중령과 안 과장은 요양원에 있을 때보다 얼굴이 더 좋아 보
였다. 암자에 머무르며 도라도 닦은 것일까. 세월의 한파를 비껴
간 고승처럼 여유마저 엿보였다. 정 기자는 암자에 도착했을 때
부터 약간 들떠 있었다. 이틀 전 그녀에게 전화가 왔는데, 강화
과수원에서 송 교수가 기다리고 있던 사람은 조 검사였다고 전
해주었다. 허동식은 암자 마당을 서성이며 통화를 하느라 정신이
없었다. 무슨 통화가 그리도 긴지 도통 휴대폰을 놓으려고 하지
않았다.

"얼굴이 많이들 상했어."

허동식이 통화를 끝내자, 안 과장이 비시시 웃으며 말했다.

"그래도 뒤탈 없이 끝내고 떠나서 다행이야."

"북극성에게 당하는 것보다 그게 백 배 천 배는 낫지."

배 중령이 안 과장의 말을 받았다.

"저승에 가서도 심심하지는 않겠어."

배 중령은 심판관이 있는 건 짐작했지만, 그가 송 교수인 줄은 까맣게 몰랐다고 털어놓았다. 안 과장 역시 송 교수가 왜 심판관의 정체를 숨기려고 했는지 의아하게 여겼다. 허동식은 아무 말이 없다. 심판관이 누구인지 다 밝혀졌는데도 애써 남의 일처럼 한 귀로 흘러들었다.

최주호는 팀원들에게 '다르마'가 무슨 뜻인지 물어보려다가 그만두었다. 최후의 심판관…… 숨은 그림을 어렵게 찾아낸 후 한 가지 떠오른 의문이 있었다. 북극성은 왜 송 교수를 '다르마'라고 불렀을까?

"소식 들었어요?"

정 기자가 다가와 귓속말로 물었다. 얼마 전 학교에 찾아왔을 때도 그녀는 그렇게 물었다. 이번에도 무슨 소식을 말하는 건지 알 수 없었다.

"조민국을 제거한 자 말이에요……."

"누군데?"

"엄 변호사 조카래요."

뜻밖의 소리다. 그렇다면 경찰이 지목한 20대 후반의 용의자는 엄기석의 조카란 말인가.

"엄 변호사가 조카에게 시킨 건가?"

"그건 저도 몰라요."

기왕 일을 벌이려거든 제대로 처리할 일이지, 하여튼 여러 가지로 마음에 들지 않았다.

"이걸 받으십시오."

허동식이 조그만 천 조각을 팀원들에게 나누어주었다.

"이게 뭔가?"

"비표입니다. 인천항 제4부두에 컨테이너를 취급하는 곳이 있습니다. 이 비표를 제시하면 인도로 가는 화물선으로 안내해 줄 겁니다. 출항 시간은 내일모레 저녁 8시입니다."

"갈 때 가더라도…… 딱 하나만 더 잡고 가자고."

배 중령이 비표를 주머니에 넣으며 말했다. 구릿빛 얼굴에 비장함이 흘렀다.

"이렇게 허무하게 끝낼 수는 없어."

안 과장이 배 중령을 거들고 나섰다. 최주호도 같은 생각이었다. 암자로 오면서 치킨 게임 말고 유종의 미를 거둘 방안이 없는지 곰곰이 생각했다. 이대로 홀쩍 떠난다면 두고두고 후회할 것 같았다. 집행관들의 열정을 기록하기 위해서도, 아쉬움과 미련을 홀홀 털어내기 위해서도 깔끔한 한 방이 필요했다.

"시간이 없습니다."

허동식이 고개를 흔들었다.

"이틀이면 충분해."

"우리가 암자에서 놀고만 있었는지 아나?"

"잠깐 이리 와봐. 보여줄 게 있어."

배 중령과 안 과장이 간 곳은 암자 뒤편의 산중턱이다. 산중턱 아래 돌무더기를 쌓아 올린 원뿔 모양의 누석단(累石壇) 제단이 보였다. 누석단 옆의 커다란 나뭇가지에는 천 조각, 쌀이 든 자루, 낡은 옷, 다 떨어진 신발이 주렁주렁 매달려 있었다. 오래전에 성황당으로 쓰인 곳 같았다.

배 중령이 돌무더기 앞의 나뭇가지를 치우자, 깊게 팬 웅덩이가 드러났다. 웅덩이 한 가운데는 나무로 만든 십자가가 박혀 있었다.

"저 십자가에 매달아 태우려고."

십자가 밑에는 가시덤불과 함께 장작더미가 쌓여 있었다. 불씨만 들이대도 그대로 활활 타오를 정도로 수북했다.

"마무리를 깔끔하게 해야지, 송 교수 저승길에 말동무도 필요하잖아."

안 과장이 송 교수를 덤으로 끼워 넣었다. 허동식은 뒤로 돌아서서 정 기자와 자신을 번갈아 쳐다보았다. 그의 눈빛이, 어떻게 하면 좋겠느냐고 묻고 있었다.

"전 찬성이에요."

정 기자가 엄지손가락을 치켜들었다.

"나도 맘에 들어."

최주호도 정 기자를 따라 엄지손가락을 치켜들었다. 저 정도면 피날레를 장식하는 데 조금도 손색이 없다. 문득 공청회장 로비에서 송 교수가 한 말이 떠올랐다. 한 차장이 살인이 정당화될 수 없다고 했을 때, 송 교수는 이렇게 말했다. 그들은 지금 전쟁 중이라고, 전쟁 중에는 모든 게 정당하다고. 이들의 전쟁은 아직 끝나지 않았다.

"좋습니다. 약속 시간은 꼭 지키십시오."

허동식이 고개를 끄떡이자, 배 중령과 안 과장은 곧바로 산을 타고 사라졌다. 정 기자는 담배 한 대를 피운 후 암자를 떠났다.

누구일까? 저 십자가에서 불기둥과 함께 사라질 마지막 집행 대상자는. 최주호는 그가 누구인지 궁금해도 꾹 참았다. 그 얘기는 인도로 가는 화물선에서 듣고 싶었다. 이번 집행 대상자는 사체 수습이 쉽지 않아 보였다.

모두 사라지고 허동식과 단 둘이 남았다. 이때가 오기를 조용히 기다렸다. 이 땅을 떠나기 전에, 확인하고 싶은 게 하나 있다.

"물어볼 게 있어."

원래는 송 교수에게 직접 물어보려고 했다. 자신을 이곳으로 끌어들인 게 누굴까? 송 교수가 심판관임을 알고 난 후 갖게 된 궁금증이다. 혹시 송 교수가 허동식을 시켜 자신을 끌어들인 건 아닐까. 만약 허동식이 끌어들인 거라면, 송 교수는 어떤 반응을 보였는지도 궁금했다. 알고도 모른 체 했는지, 두 손 들어 격하게 환영했는지. 다 지나간 일이라고 해도 꼭 알고 싶었다.

"송 교수 얘기라면 다음에 하자."

허동식이 먼저 선수를 치고 나왔다. 그는 짧게 한숨을 토해내고는 그윽한 눈길로 하늘을 올려다보았다. 쾌청한 날씨다. 하늘은 높고 푸르렀다. 너무 푸르러서 눈이 아릴 정도다.

"미안하다. 약속을 지키지 못해서."

허동식은 그 말을 남기고 산 아래로 내려갔다. 그의 뒷모습이 작고 초라해 보였다. 뒤늦게 그에게 해줄 말이 떠올랐다. 그쯤이면 충분히 약속을 지킨 것이라고. 비록 두 달에 불과하나 그 덕분에 마음껏 분노를 표출할 수 있었다. 꼭 손에 피를 묻혀야 직성이 풀리는 건 아니다. 보고 듣고 함께 있는 것만으로 집행관들의 열정이 느껴졌다. 그들의 심장이 얼마나 뜨거운지도 확인할 수 있었다.

이제 어디로 가야 하나. 최주호는 암자 주위를 휘휘 두리번거렸다. 이틀이란 시간이 짧고도 길게 느껴졌다. 찜질방에는 다시 가고 싶지 않았다. 그때 테라피 홀의 살풍경이 스르르 떠올랐다.

10

거리는 한산했다. 4차선 도로변에는 고급 외제차가 드문드문 주차되어 있었다. 주택가 안쪽으로는 교회 십자가 등불이 희미하게 반짝거렸다.

조수석에 앉은 배 중령은 길게 하품을 했다. 이제 새벽 4시가 조금 넘었다. 이곳에 도착한 게 2시쯤이니 두 시간이 훌쩍 지나갔다. 지루하고 무료한 시간이다. 꼭두새벽부터 기어 나와 주택가 입구에 차를 주차하고 잠복에 들어갔다. 마지막 집행을 앞둔 탓인지 마음이 다소 들뜨고 설렜다.

그동안 암자에만 틀어박혀 있지 않았다. 안 과장과 함께 열흘 가까이 연세현 주변을 탐색했다. 지난번처럼 변장을 하거나 CCTV를 의식하지 않았다. 어차피 신원이 다 까발려졌기 때문에 굳이 그런 수고를 들일 필요가 없었다. 오로지 연세현의 자취에만 신경 썼다. 마침내 그를 집행할 날짜와 시간, 장소가 한꺼번에 정해졌다. 연세현은 독실한 기독교 신자였다. 주일이면 어김없이 교회에 나가 기도를 올렸다. 조금 더 그 주변을 탐색해 나가자, 수요 새벽 예배가 딱 걸려들었다. 이보다 더 좋을 수는 없다. 허 감독이 자주 쓰는 말로, 하늘이 내린 계시 같았다.

이대로 쫓겨나듯이 떠나고 싶지 않았다. 유종의 미를 거두고 싶었다. 아직 집행관들이 살아 있다는 것을, 지금도 인간쓰레기들의 명줄을 노리고 있다는 것을 만천하에 보여주고 싶었다.

"저기 온다!"

운전대를 잡은 안 과장이 배 중령의 옆구리를 찔렀다. 주택가 입구에 하얀 중형 승용차가 앞머리를 들이댔다. 안 과장은 시동을 걸고 전조등을 켰다. 현재 시각 5시 15분, 예상보다 15분이 빨랐다.

연세현의 차가 주택가로 들어서자 안 과장은 핸들을 오른쪽으로 획 꺾었다. 순간 차체가 흔들리고 목덜미가 앞으로 젖혀졌다. 생각보다 세게 들이받은 것 같았다. 안 과장은 차에서 내려 연세현의 차 앞으로 다가갔다.

아이, 시발! 험한 욕지거리와 함께 연세현이 차에서 내렸다. 활짝 열려 있는 차문 안으로 두툼한 성경책이 얼핏 보였다.

"죄송합니다."

안 과장은 머리를 극적이며 고개를 조아렸다.

"지금 뭐 하는 거요?"

연세현의 얼굴이 험악하게 일그러졌다. 그는 입술을 삐쭉 내밀며 조수석 차문 쪽을 유심히 살폈다. 차 옆구리는 눈에 띌 정도로 움푹 패였다. 그때 안 과장 차의 조수석 문이 열리고 배 중령이 슬며시 기어 나왔다. 연세현의 뒤로 살금살금 다가가는 배 중령의 발걸음이 실바람처럼 부드러웠다. 양손에 쥐고 있는 전선줄에 엄청난 힘이 모아졌다. 반쯤 허리를 숙이고 있는 연세현의 뒷덜미가 두 눈에 쏙 감겨들어 왔다.

바로 지금이다! 배 중령은 연세현의 목에 전선줄을 감았다. 그러고는 있는 힘을 다해 전선줄을 힘껏 당겼다. 손등에 퍼런 힘줄이 튀어나왔다. 이 정도의 힘이라면 사나운 들짐승도 저세상에 보낼 수 있을 것 같았다.

"끄르륵."

숨 넘어가는 소리가 새벽어둠을 갈랐다. 깨금발을 한 연세현의 두 다리가 바르르 떨렸다. 배 중령은 고개를 치켜들고 하늘에 떠 있는 새벽별의 숫자를 셌다. 여섯, 일곱, 여덟…… 아홉을 세려는데 연세현의 고개가 푹 꺾어졌다. 눈 깜짝할 사이다. 양어깨가 축 처지면서 혀가 입 밖으로 쑥 기어 나왔다. 연세현의 숨통을 끊는데 1분도 걸리지 않았다.

"서둘러."

안 과장은 연세현의 겨드랑이를, 배 중령은 목덜미를 잡았다. 연세현의 사체를 질질 끌고 가 차 뒷좌석에 쑤셔 넣었다. 안 과장은 빠르게 차에 올라 핸들을 잡았다. 배 중령은 담배를 물었다. 전선줄을 내려놓자 알싸한 기운이 몰려들었다. 아직도 두 손에는 연세현의 미지근한 온기가 남아 있었다. 목격자는 없었다. 오늘 따라 유난히 새벽별이 밝았다.

아직 해야 할 일이 남았다. 연세현의 사체를 돌무더기 옆에 끌고 가서 나무 십자가에 매달아야 한다. 땔감은 넉넉했다. 사체의 주인공이 누구인지 알아볼 수 있도록 소지품의 일부는 돌무더기 옆에 놓아둘 생각이다. 연세현을 불태우자고 한 것은 안 과장의 제안이었다. 기왕이면 화끈하게 끝을 맺고 싶다는 말에, 군소리를 달지 않았다.

"뒤 좀 봐."

안 과장이 백미러를 힐끔 쳐다봤다. 정릉을 지나면서 승용차 한 대가 줄곧 뒤를 따라붙었다. 속력을 줄여도 앞지르기를 하지 않고 같은 차선을 유지했다. 어쩐지 느낌이 썩 좋지 않았다. 안 과장은 우측 깜빡이를 켜고 대로변에 있는 주유소로 들어갔다. 셀프 주유소다. 만 원짜리 지폐를 투입구에 집어넣고 주변을 살폈다. 주유소 근처에는 건물이 한 채도 없었다. 주유소에 딸린 세차장 뒤편으로 북한산 줄기가 희미하게 보였다.

기름을 넣는 사이 뒤 따라오던 차는 그대로 직진했다. 안 과장은 가늘게 한숨을 내쉬었다. 요즘 들어 신경이 너무 예민해져 있었다. 며칠 암자에 기거하다 보니 작은 소리에도 민감하게 반응했다.

끼이익.

주유 마개를 닫고 다시 차에 오를 때였다. 갑자기 두 대의 승용차가 바람처럼 나타나더니 주유소 출구를 막았다. 곧이어 차 안에서 건장한 사내들이 우르르 내렸다. 그들의 허리춤에서 뭔가 번쩍거리는 게 보였다. 권총이었다.

"어서 내려! 경찰이야!"

안 과장이 조수석에 대고 소리쳤다. 배 중령이 차에서 용수철처럼 튀어나왔다.

"이쪽으로!"

안 과장은 미리 봐둔 세차장 뒤편으로 몸을 틀었다.

"탕, 탕!"

두 발의 총성이 새벽어둠을 갈랐다. 한 발은 주유소 기둥에, 다른 한 발은 안 과장의 차에 맞았다.

"펑!"

순간 거대한 폭발음이 들려왔다. 그와 함께 안 과장의 차가 공중에 붕 솟구치더니 바닥에 나동그라졌다. 차 안에 있던 연세현의 시체가 밖으로 튕겨 나와 차바퀴에 깔렸다. 여기저기서 머리통만 한 불똥이 사방으로 튀었다. 주유소가 대낮처럼 환해졌다. 화염에 휩싸인 안 과장의 차에는 검은 연기가 솟구쳤다.

안 과장은 세차장에 주차된 차를 밟고 주유소 담을 넘었다. 배 중령이 빠르게 그의 뒤를 따랐다.

"탕!"

또 한 발의 총성과 함께 등 뒤에서 짧은 비명 소리가 들려왔다. 주유소 담을 넘던 배 중령이 담 아래로 곤두박질쳤다.

"이봐, 동휘!"

배 중령의 뒷덜미에서 붉은 피가 철철 흘렀다. 안 과장은 허리를 구부리며 배 중령의 목을 받혔다. 목덜미에서 흘러내린 피가 손바닥에 한 움큼 잡혔다.

"난 됐어…… 어서 자네만이라도……."

"동휘!"

"난 됐다니깐, 어서……."

배 중령은 거칠게 숨을 몰아쉬었다. 목구멍에 가래가 끓어오르고 숨이 막혀왔다. 숨을 고를 때마다 가슴에 대못을 박는 것처럼 통증이 밀려왔다. 이제 저세상으로 가는 것이다. 후회도 미련도 없다. 그러나 아들 녀석을 보지 못하고 눈을 감는 게 못내 아쉬웠다. 배 중령의 눈까풀이 점점 내려앉았다. 북한산 자락을 총총히 비추던 새벽별도 어둠 속으로 묻혀 들어갔다.

안 과장은 나뭇가지와 덤불을 헤치며 산 위로 올라갔다. 이마에는 구슬땀이 흘러내리고, 옷은 땀으로 흥건히 젖어들었다. 후우후우, 거친 숨소리가 수풀 속으로 아련하게 퍼져나갔다. 뜀박질 소리에 놀란 날짐승이 뿌연 어둠 속으로 차올랐다. 산 밑으로 수십 개의 손전등이 흔들리며 뒤를 따라왔다.

"탕, 탕!"

두 발의 총성이 산속에 울려 퍼졌다. 비탈길을 오르던 안 과장의 무릎이 푹 꺾어졌다. 한 발이 넓적다리에 맞았다. 종아리 아래로 붉은 피가 줄줄 흘러내렸다. 안 과장은 이를 악물고 허리를 곧추세웠다. 나뭇가지를 잡고 다시 산을 오르려는데 또 한 발의 총성이 울렸다. 이번엔 옆구리였다. 안 과장은 중심을 잡지 못하고 그 자리에 고꾸라졌다. 더 이상 앞으로 나갈 힘도, 일어설 기운도 없었다. 숨 쉬는 것조차 버거웠다. 그래도 엎드린 채로 양다리에 힘을 주고 두 팔을 쭉 뻗었다. 배 밑에 깔린 낙엽이 어지럽게 흩어졌다. 옆구리에서 흘러나온 피가 바닥을 붉게 물들였다.

"어딜 가려고?"

그때 풀이 묻어 있는 구두가 눈앞을 막아섰다. 안 과장은 누운 채로 고개를 치켜들었다. 한 사내가 권총을 손에 쥐고 히쭉히쭉 웃었다. 우경준이다. 산꼭대기 위로 뿌옇게 날이 밝아왔다. 인도에 도착하면 가장 먼저 타지마할 궁전을 둘러보려고 했다. 배 중령은 엘로라 동굴에 가보고 싶다고 했다. 인도에서 2년 정도 보낸 후 다시 고국으로 돌아와 더 강력한 집행관이 되자고 다짐했다.

"살고 싶나?"

우경준은 안 과장의 머리를 구둣발로 지그시 눌렀다. 총을 쥔 손에 땀이 차올랐다. 잠시 이놈을 생포할 것인지 대갈통을 날릴 것인지 머리를 굴렸다. 산 아래로 수사관들이 우르르 몰려오고 있었다. 어서 빨리 결정하라고 뇌세포가 명령을 내렸다. 애초부터 체포할 생각이 없었다.

"괴물 같은 놈!"

우경준은 안 과장의 뒤통수에 대고 방아쇠를 당겼다.

11

오늘 새벽, 북한산 입구의 주유소에서 엄청난 일이 발생했다. 한 구의 시체가 발견됐고, 두 명이 총에 맞아 사살됐다. 주유소 차 밑에서 불에 탄 사체로 발견된 주인공은 연세현이었다. 주유소 야산에서 사살된 한 명은 이번 사건의 유력한 용의자인 배동휘였다. 다른 한 명은 청와대 행정관을 지낸 안희천으로 밝혀졌다.

점심 무렵, 조희성은 사건 현장에 파견된 민 형사로부터 간단한 보고를 받았다. 배동휘와 안희천이 연세현을 납치한 곳은 성북동 주택가의 교회 근처였다. 마침 배동휘를 쫓던 수사팀은 북한산 주유소 뒤로 도주하는 그들을 사살했다. 주유소에서 불에 탄 차량은 안희천의 것으로 밝혀졌다.

우 검사는 집요한 인물이었다. 기어이 배동휘를 찾아내 저승으로 보내고 말았다. 간밤에 열 명이나 되는 수사관을 끌고 나갔을 때만 해도 그런 일이 벌어지리라고는 예상하지 못했다. 하여튼 대단한 성과다. 베테랑 수사 검사의 진면목이 유감없이 드러난 한 판이었다. 연세현을 구출하지 못한 게 옥에 티로 남았다. 그의 사체는 형체를 알아볼 수 없을 정도로 새카맣게 탔다.

"이건 비밀로 해야 합니다. 검사님만 알고 계십시오."

민 형사는 아직 할 말이 남아 있는지 우 검사 방을 힐끔 쳐다봤다. 우 검사는 주유소에서 벌어진 일을 보고하기 위해 문 검사장에게 달려갔다.

"우 검사가 바로 코앞에서 안희천의 대갈통을 쐈습니다."

"……."

"제 눈으로 똑똑히 봤습니다."

민 형사는 그 말을 남기고는 비시시 웃으며 사라졌다. 그의 미소가 무엇을 뜻하는지 감이 오지 않았다.

하루 종일 수사본부 안이 어수선했다. 수사관들은 삼삼오오 모여 이번 사건이 어떻게 흘러갈지 웅성거렸다. 우 검사의 성질로 봐서 이대로 접을 것 같지가 않았다. 국과수에서는 연세현이 불에 타 죽기 전에 이미 목 졸려 사망했다는 소견서를 보내왔다. 불에 타 죽었든 목 졸려 죽었든 사인은 중요하지 않았다. 연세현이 여섯 번째 희생자라는 것에는 변함이 없다.

"송 교수 별장에서 본 그 인형 말입니다."

수사본부를 나서려는데 박 형사가 다가왔다.

"대광사에도 있던……."

"알고 있습니다."

"그 인형이 궁금해서 좀 알아봤는데……."

박 형사가 휴대폰 액정화면에 자그만 인형을 띄워 올렸다. 송 교수 별장에서 봤던 그 인형이다. 인형 아래로 다음과 같은 설명이 붙었다.

'다르마(darma, 정의로운 가르침) 인형'으로 불린다.

3세기 인도 굽타(Gupta) 왕조는 전쟁에서 승리한 후 이 인형을 정의와 복종의 증표로 삼았다. 굽타 왕조는 이 인형에 정복한 나라의 왕 이름을 새겨 넣었는데, 이는 굽타 왕조의 정의를 따르라는 복종의 의미였다. 그래서 이 인형을 '정의로운 가르침'을 의미하는 다르마 인형이라고 불렀다. 특히 굽타 왕조는 정의와 응징의 증표로 '다르마 인형'을 줄에 매달고 몸에 바늘을 꽂는 의식을 행하였다. 여기에는 정의를 염원하는 굽타 왕족들의 간절한 바람이 담겨 있다. 고대 인도 왕족들은 이 인형을 바늘로 찌르는 의식을 가장 가혹하고 무서운 형벌로 여겼다. 다시는 내세에 부활할 수 없기 때문이다.

흥미로운 사연을 지닌 인형이다. 송 교수는 왜 이런 인형을 곁에 둔 걸까? 조희성은 수사본부를 나가려다 말고 다시 자리에 앉았다.

"정의의 증표로 삼으려고 했던 것 같습니다."

박 형사가 속내를 읽은 듯 흰 이를 드러내며 말했다. 정의의 증표라…… 말이 되는 것 같기도 하고 좀 오버한 것 같기도 하다.

송 교수가 죽었으니 이를 확인할 방법이 없다.

지금 이 마당에 그깟 인형의 의미를 되새긴들 무슨 소용이 있을까. 스스로 목숨을 내놓은 사람을 위해서도 더 이상 떠벌이고 싶지 않았다. 그건 고인에 대한 예의가 아니었다.

12

변한 것은 없다. 요양원은 처음 발을 들여놨을 때의 모습 그대로다. 최주호는 돌담 별채 쪽으로 발길을 잡았다.

마지막 순례지로 이곳을 택한 데는 그만한 이유가 있다. 집행 회의 자료, 집행 대상자의 비리 보고서, 집행관의 뜨거운 심장, 그리고 분노를 표출하는 방법까지…… 차마 그것을 두고 이대로 떠날 수는 없다.

그들은 강력한 힘을 지닌 전사였다. 인간쓰레기들에게 불벼락을 내린 집행관이었다. 상상을 현실로 만들어준 마법사였다. 어떻게든 그들이 남긴 족적을 기록물로 복원하고 싶었다. 그것이 원래 자신에게 맡겨진 임무였다. 돌담 별채 안에는 아직도 밋밋한 열기가 남아 있었다.

이제 집행관들이 남긴 자료를 손에 넣은 후 이 땅을 떠나면 된다. 어젯밤 시카고에 있는 아내에게 전화를 걸었다. 짧게 안부를 물은 후 아내의 반응을 살폈다. 아내는 다소 귀찮은 투로 설거지 중이라면서 한 시간 후에 통화하자고 했다. 아직 수사팀이 아내는 건드리지 않은 것 같았다. 그나마 다행이다. 한 시간이 지나

다시 아내에게 전화를 넣었다. 학교에 휴직계를 냈다고 말했다. 아내가 이유를 묻기 전에 반년 정도 여행을 다녀올 거라고 했다.

"어디 가는데?"

아내의 목소리는 여전히 건조했다. 자리를 잡으면 다시 연락하겠다고 말한 후 전화를 끊었다. 차마 인도에 간다고 말할 수는 없었다.

그런데 많은 곳 중에 왜 하필이면 인도일까. 별로 내키지 않는 곳이다. 오래전 아내와 함께 인도를 여행한 적이 있다. 아내의 성화를 견디다 못해 결혼 10주년 기념으로 인도 행 티켓을 끊었다. 인도에 입국한 첫날부터 속이 체했다. 아내가 바늘로 손톱 밑을 따주어도 소용없었다. 날은 무덥고 음식은 입에 맞지 않았다. 아내의 손에 이끌려 여러 곳을 다니긴 했는데, 기억나는 곳이 한 군데도 없었다. 여행 중에 찍은 사진에서 아내는 늘 활짝 웃고 있었다. 그러나 자신은 하나같이 마라톤을 완주하고 난 사람 같았다.

별채 안에 들어서자마자 책장 서랍을 열었다. 그런데 이게 어떻게 된 일인가! 서랍 안은 텅 비어 있다. 집행관들이 가져온 자료철도, 자신이 정리하던 파일철도 없다. 손과 발이 즉각 반응했다. 수납장을 열고 책상 아래를 살폈다. 뒤질 수 있는 곳은 죄다 뒤졌다. 그러나 별채 안을 탈탈 털어도 집행관이 남긴 흔적은 없다. B팀이 쓰던 통나무 별채도 마찬가지다. 혹시나 해서 팔작지붕 건물 아래 동굴로 향했다. 동굴 천장에 매달려 있던 인형들도 보이지 않았다. 정말 감쪽같이 사라졌다. 유일하게 남아 있는 것은 인형의 몸에 꽂혀 있던 바늘이다. 수십 개의 바늘만이 동굴 바닥에 외롭게 뒹굴고 있을 뿐이다.

머릿속이 하얗게 비워졌다. 제정신을 찾기까지 제법 시간이 걸렸다. 마음을 차분하게 가라앉히고 파일철을 가져간 사람이 누구인지를 짚어봤다. 금방 낯익은 얼굴들이 앞다투어 떠올랐다. 집행관 말고 또 누가 있겠는가. 집행관의 열정을 모아두기 위해, 다시 불씨를 되살리기 위해 가져갔을 것이다. 그렇다면 기꺼이 그에게 양보할 수 있다. 그가 더 뜨거운 심장을 가졌으니까.

돌담 별채를 나오는데 휴대폰이 요란하게 울렸다. 허동식이다.

"배 중령은 못 갈 것 같다."

휴대폰에서 푹 가라앉은 숨소리가 흘러나왔다.

"안 과장도……."

순간 불길한 예감이 뒤통수를 후려쳤다. 허동식의 저 건조한 말투에서 그들에게 좋지 않은 일이 벌어진 것을 직감했다. 마지막 집행이 틀어진 걸까. 집행이 실패해도 좋으니 목숨만은 붙어 있기를 간절히 바랐다.

"둘 다 죽었어."

"……."

"너라도 늦지 말고 와라."

가슴이 먹먹했다. 메마른 가슴속으로 황소바람이 들어섰다. 암자를 떠나던 안 과장과 배 중령의 비장한 얼굴이 떠올랐다. 딱 하나만 잡고 가자던 그들의 바람은 깨졌다. 유종의 미를 거두고자 했던 바람도 무산됐다. 그들은 끊임없이 전쟁을 치렀고, 급기야 전쟁 중에 사망했다. 그렇다고 그들이 열정이 사라지는 것은 아니다.

최주호는 아릿한 눈길로 요양원 주위를 더듬었다. 지난여름부터 시작된 짧은 여정이 어트막이 떠올랐다. 한때는 꿈과 현실의 징검다리를 오가며 두 세계를 동시에 염탐한 적이 있다. 그리고 꿈이기를, 어서 빨리 이 지독한 비밀 집단의 족쇄로부터 빠져나오기를 바란 적이 있다. 지나고 보니 모두 쓸데없는 걱정이었다. 지금까지 살아오면서 그처럼 격한 흥분을 맛본 적이 없었다. 그들과 함께한 지난 시간은 가장 치열하고 황홀한 날들이었다.

최주호는 고고한 자태로 웅크리고 있는 테라피 홀을 오랫동안 바라보았다.

13

비가 그친 거리에 따사로운 햇빛이 내려앉았다. 아스팔트에 고여 있는 물은 은박지처럼 반짝거렸다.

문기욱은 뒷짐을 진 채 청사 밖을 내다봤다. 청사 정문에는 50여 명에 이르는 시민단체 회원이 피켓 시위를 벌이고 있었다.

'권력의 시녀가 될 것인가, 국민의 검찰이 될 것인가!'

검찰에 몸담은 지 25년이 넘었다. 예나 지금이나 현수막에 적힌 문구는 변함이 없다. 한 번쯤 바뀔 만도 한데 늘 그 모양이다.

또 다시 가슴 한 구석이 소리 없이 무너져 내렸다. 송 교수의 죽음은 안타까운 일이었다. 모든 걸 홀로 짊어지고 가겠다는 그의 바람을 인정할 수밖에 없었다. 송 교수는 자살하기 직전, 한 통의 문자 메시지를 보내왔다. 액정화면에는 낯선 번호가 찍혀 있었다.

'먼저 가네. 더 강력한 심판관을 기다리고 있겠네.'

처음엔 문자를 보낸 자가 누구인지 몰랐다. 나중에 알고 보니 송 교수의 과수원 친구였다. 그것으로 송 교수와의 오랜 인연도 마침표를 찍었다. 조 검사가 과수원에 은밀하게 찾아갈 때부터 알아봤다. 그들 사이에 서로 거절할 수 없는 제안이 오갔을 것이다. 마무리가 깔끔해야 여운도 오래 남는 법이다. 송 교수는 구질구질한 것을 가장 싫어했다. 아마 송 교수의 마지막 제안도 그의 성격답게 짧고 굵지 않았을까.

애초부터 선택의 여지는 없었다. 이 땅을 떠나는 것, 혹은 이 땅에서 영원히 사라지는 것, 둘 중 하나다. 그것만이 송 교수의 남다른 열정을 더 오래 남길 수 있는 길이다. 또한 모든 흔적을 깔끔하게 지우는 길이기도 하다.

오늘 아침, 문기욱은 송 교수의 묘를 찾았다. 아직 제 모양을 갖추지 못한 봉분은 야산에 덩그러니 누워 있었다. 오래도록 뜻을 함께 한 동지로서, 그의 묘에 절을 올리고 예를 갖추었다.

'뜨거운 심장을 가지고 불의와 맞서다.'

송 교수의 묘비명이 마음에 들었다. 무덤을 떠날 때까지 내내 외롭고 허전했다. 그의 뒷바라지를 다해주지 못한 것 같아 마음이 무거웠다.

"똑똑."

노크 소리가 들리고 북극성이 들어왔다. 그는 커다란 종이박스를 책상 위에 올려놓았다.

"나머지는 차에 싣겠습니다."

북극성은 언제 봐도 믿음직했다. 그를 곁에 둔 지 10년이 넘었다. 지금까지 한 번도 일을 그르치는 걸 보지 못했다.

"다들 갔는가?"

"그렇습니다. 방금 인천항에서 오는 길입니다."

"배동휘와 안희철은?"

"국과수 사체 보관소에 있습니다."

마음에 쏙 드는 친구들이다. 경황이 없는 와중에도 큰 걸 하나 잡아 기어이 저세상에 보냈다. 비록 소중한 목숨을 잃었으나, 그 정도면 마무리를 아주 잘한 셈이다.

문기욱은 북극성이 가져온 종이박스를 열었다. 맨 위에 있는 파일철부터 하나하나 끄집어냈다. 이 파일철에는 집행관들의 땀과 열정이 고스란히 담겨 있다. 그들의 뒤를 이을 집행관들에게 넘겨줄 자료다. 송 교수의 마지막 바람을 외면할 수 없다. 박스 맨 밑에는 송 교수가 심판의 표시로 남긴 인형들이 납작하게 누워 있다.

허동식, 윤민욱, 배동휘, 안희천, 엄기석, 이기호, 양세종, 정윤주, 최주호 그리고 심판관 송기백……. 문기욱은 그들의 이름을 하나하나 낮게 불렀다. 그들은 이 땅의 집행관으로서 뚜렷한 발자취를 남겼다. 그들이 내린 심판의 칼날은 거대한 불기둥을 만들었고, 웅장한 해일을 일으켰다. 그건 일찍이 경험하지 못한 낯설고 신비로운 자양분이었다. 테라피 홀에 간 적은 없지만, 그들의 뜨거운 열정을 한 번도 잊은 적이 없었다.

"내일 노하연 소장과 저녁 약속이 있습니다."

북극성이 사무실을 나가려다 말고 뒤를 돌아보았다. 송 교수가 수사팀에 쫓길 때부터 새로운 심판관을 모색해 왔다.

"알고 있어."

"노 소장에게도…… 인형을 선물할 생각입니까?"

"이번엔 다른 걸 찾아보자고."

굳이 송 교수의 흔적을 다시 끄집어낼 필요는 없다. 그건 새로운 심판관에 대한 예의가 아니다. 아니, 지금은 심판의 증표보다 집행관에게 더 신경을 써야할 때다. 집행관의 열정보다 더 중요한 건 없다.

예비역 육군 소장, 노하연……. 이제 그가 새로운 집행관들과 함께, 심판의 광장에 뛰어들 것이다. 그래서 앞선 집행관들이 이루지 못한 꿈, 염원, 열정을 화려하게 복원시켜 줄 것이다.

집행은 멈추지 않는다.

작
가
의
말

적폐들의 저항이 만만치가 않다.

아무리 쳐내도 독버섯처럼 슬금슬금 기어 나온다. 토착 왜구들은 아예 드러내놓고 건방을 떤다. 검찰, 사법부, 언론, 모피아(Mofia), 조작과 공작의 설계자들…… 이들은 하나같이 용한 재주를 가지고 있다. 법의 사각지대를 집요하게 파고든다. 때로는 거물 급 변호사를 사들여 사법체계를 무력화시킨다. 기득권자들의 공조 카르텔은 너무도 견고하다. 그렇다고 이들의 파렴치한 작태를 무기력하게 지켜만 볼 수는 없지 않은가!

"검찰에게 쥐어 있는 칼자루는 법을 우습게 알고 제멋대로 날뛰는 부패한 권력자를 엄벌하라고 국민들께서 빌려주신 것이다."

한 검찰 간부의 말이다.

과연 그의 말대로 검찰은 '칼자루'를 공정하게 휘두르고 있는가! 그건 아니다. 현실은 그렇게 녹록치가 않다. 지금 이 순간에도 부패한 종자들은 기름장어처럼 법망을 요리조리 잘도 빠져나간다. 법을 유린하고 또 농락하고 있다. 법은 만(萬) 명에게만 평등할 뿐이다.

법의 지배가 확립된 이후 사적인 복수는 금지됐다. 법이라는 제3자가 복수의 대리인으로 임명되었기 때문이다. 그럼에도 불구하고 현대인은 처절한 복수극을 갈망한다.

여기 10여 명의 '집행관들'을 등장시킨 이유는 간단명료하다. 현실에선 이뤄질 수 없는 정의 실현을 졸필(拙筆)로나마 구현하고 싶은 게 솔직한 심정이다. 아울러 암세포 같은 인간쓰레기들을 철저하게 응징하고 싶은 바람도 부인할 수 없다.

조금이라도 '집행관들'의 순수한 열정을 헤아린다면, 적폐들과의 전쟁 속에서 그나마 위로가 되지는 않을까. 정말 그들의 바람대로 세상이 바뀐다면, 이 또한 기쁘지 아니한가!

조완선

집행관들

초판 1쇄 인쇄 2021년 2월 15일
초판 1쇄 발행 2021년 2월 23일

지은이 조완선
펴낸이 김선식

경영총괄 김은영
책임편집 정다움 **디자인** 박수연 **책임마케터** 박태준, 유영은
콘텐츠개발6팀장 이호빈 **콘텐츠개발6팀** 임경섭, 박수연, 한나래, 정다움
마케팅본부장 이주화 **마케팅3팀** 박태준, 유영은
미디어홍보본부장 정명찬 **홍보팀** 안지혜, 김재선, 박재연, 이소영, 김은지
뉴미디어팀 김선욱, 염아라, 허지호, 김혜원, 이수인, 배한진, 임유나, 석찬미
저작권팀 한승빈, 김재원
경영관리본부 허대우, 하미선, 박상민, 권송이, 김민아, 윤이경, 이소희, 이우철, 김재경, 최완규, 이지우, 김혜진

펴낸곳 다산북스 **출판등록** 2005년 12월 23일 제313-2005-00277호
주소 경기도 파주시 회동길 490
전화 02-704-1724
팩스 02-703-2219 **이메일** dasanbooks@dasanbooks.com
홈페이지 www.dasanbooks.com **블로그** blog.naver.com/dasan_books
종이·출력·제본 ㈜갑우문화사

ISBN 979-11-306-3550-7 (03810)